DIE SUCHE NACH JODELLE

Die SEALs von Hawaii, Buch 7

SUSAN STOKER

Titelbild entworfen von: AURA Design Group
Fotomodell: Jose Barreiro
Fotografie: Wander Aguiar Photography
ISBN Taschenbuch: 978-1-64499-362-0
Besuchen Sie Susan im Netz!
www.stokeraces.com
facebook.com/authorsusanstoker
twitter.com/Susan_Stoker
bookbub.com/authors/susan-stoker
instagram.com/authorsusanstoker
Email: Susan@StokerAces.com

EBENFALLS VON SUSAN STOKER

Zuflucht für Lara
Zuflucht für Maisy
Zuflucht für Ryleigh

SEALs of Protection: Legacy
Ein Beschützer für Caite
Ein Beschützer für Brenae
Ein Beschützer für Sidney
Ein Beschützer für Piper (1 Aug)
Ein Beschützer für Zoey (1 Sept)
Ein Beschützer für Avery (1 Dec)
Ein Beschützer für Kalee (1 Mar)
Ein Beschützer für Jane (1 Apr)

Delta Team Zwei
Ein Held für Gillian
Ein Held für Kinley
Ein Held für Aspen
Ein Held für Jayme
Ein Held für Riley
Ein Held für Devyn
Ein Held für Ember
Ein Held für Sierra

Mountain Mercenaries:
Die Befreiung von Allye
Die Befreiung von Chloe
Die Befreiung von Morgan
Die Befreiung von Harlow
Die Befreiung von Everly
Die Befreiung von Zara
Die Befreiung von Raven

Ace Security Reihe:
Anspruch auf Grace
Anspruch auf Alexis
Anspruch auf Bailey
Anspruch auf Felicity

Anspruch auf Sarah

Die Delta Force Heroes:
Die Rettung von Rayne
Die Rettung von Emily
Die Rettung von Harley
Die Hochzeit von Emily
Die Rettung von Kassie
Die Rettung von Bryn
Die Rettung von Casey
Die Rettung von Wendy
Die Rettung von Sadie
Die Rettung von Mary
Die Rettung von Macie
Die Rettung von Annie

SEALs of Protection:
Schutz für Caroline
Schutz für Alabama
Schutz für Fiona
Die Hochzeit von Caroline
Schutz für Summer
Schutz für Cheyenne
Schutz für Jessyka
Schutz für Julie
Schutz für Melody
Schutz für die Zukunft
Schutz für Kiera
Schutz für Alabamas Kinder
Schutz für Dakota

Eine Sammlung von Kurzgeschichten
Ein langer kurzer Augenblick

KAPITEL EINS

Jodelle »Jody« Spencer eilte auf den älteren Kia zu, der ganz hinten auf dem Parkplatz an der Waimea Bay geparkt war. Auf jedem freien Platz waren Wagen geparkt und viele Fahrzeuge wurden von anderen blockiert. Bei Surfwettbewerben an der Nordküste war das immer so. Es gab einfach nicht genügend Platz für all die Teilnehmer, Touristen und Einheimischen, die zum Mitmachen und Zuschauen kamen. Der zweispurige Kamehameha Highway war auch nicht geeignet, den ganzen Verkehr zu bewältigen, was für die Einheimischen ein großes Ärgernis war.

Aber die Wettbewerbe brachten den Verkäufern und Ladenbesitzern in der Gegend eine Menge Geld ein. Ganz zu schweigen davon, dass es aufregend war, den Athleten dabei zuzusehen, wie sie die riesigen Wellen bezwangen, für die die Nordküste von Oahu bekannt war.

Im Moment dachte Jody jedoch weder an die Unannehmlichkeiten des Verkehrs noch an die Surfer im Wasser oder an die Geldsummen, die damit verdient wurden – sie konnte nur an Ben Miller denken. Er war einer der Highschool-Schüler, die morgens zum Surfen kamen und für die Jody eine Schwäche hatte. Vor ein paar Jahren hatte sie angefangen, morgens an die beliebte Surfstelle zu kommen, den Jugendlichen Frühstückssandwiches zu bringen und sie zu ermutigen, rechtzeitig aus dem Wasser zu gehen, damit sie pünktlich zum Unterricht kamen.

Sie war mittlerweile so etwas wie eine Surf-Mutter für die Gruppe. Sie freute sich über ihre Erfolge und tat ihr Bestes, um sie zu beruhigen, wenn sie Probleme in der Schule, beim Surfen oder in ihren jungen Beziehungen hatten.

Ben Miller war einer ihrer Lieblinge. Mit seinen eins achtzig überragte er sie um fast einen Kopf. Er hatte hellbraunes Haar, das er recht kurz trug, die Statur eines Schwimmers und große Füße, über die er oft scherzte. Er sagte, dass Surfen der einzige Sport sei, in dem er halbwegs gut sei, da er unmöglich über seine eigenen Füße stolpern konnte, wenn sie auf dem Brett standen. Und er hatte ein Lächeln, das sein Gesicht erhellte und Jody immer ein gutes Gefühl gab, wenn sie es sah.

Aber als sie hörte, dass jemand Ben mitten am Nachmittag während eines Surfwettbewerbs schlafend in seinem Wagen gesehen hatte, war sie beunruhigt. Das war definitiv ungewöhnlich für den jungen Mann. Er hätte mit seinen Freunden am Strand sein sollen, um mit den Profisurfern zu sprechen, mit Mädchen zu flirten und einfach Zeit dort zu verbringen.

Stattdessen hatte er offenbar einen Hitzschlag, weil er in seinem heißen Fahrzeug gewesen war.

Entschlossenheit stieg in Jody auf, als sie über den Parkplatz zu der Stelle eilte, an der Ben von den Sanitätern untersucht wurde.

»Ganz ruhig, Jodelle«, sagte Baker tröstend neben ihr.

Jody hatte fast vergessen, dass er da war, was sie in einer anderen Situation als dieser zum Lachen gebracht hätte. Es war buchstäblich unmöglich, Baker Rawlins zu vergessen – und das nicht nur wegen seiner auffälligen Größe.

Er war alles, was sie sich je von einem Mann erträumt hatte ... und mehr. Er war ehrenhaft, beschützend und loyal. Ganz zu schweigen davon, dass er umwerfend aussah. Sein schwarzes Haar, das reichlich mit Grau durchsetzt war, war oben länger und an den Seiten kurz. Er hatte einen gut gestutzten Bart und Jody hatte sich schon mehr als einmal gefragt, ob er weich oder kratzig war. Dunkle Tattoos bedeckten seine Arme, seinen oberen Rücken und seine Brust. Und er war überall muskulös, angefangen bei den Armen über die Oberschenkel bis hin zu seinem Hintern.

Kurz gesagt ... er war einer der bestaussehenden Männer, die Jody je gesehen hatte.

Außerdem war er grüblerisch, geheimnisvoll und sogar ein wenig beängstigend. Aus irgendeinem Grund schreckten diese Dinge sie nicht ab. Ganz und gar nicht.

Aber Baker war so weit außerhalb ihrer Liga, dass es nicht mehr lustig war. Er war ein ehemaliger Navy SEAL, um Himmels willen. Jody vermutete, dass er vermutlich noch immer im Dienst wäre, wenn die Marine keine Altersbeschränkung für SEALs hätte. Er war definitiv in Form, selbst mit zweiundfünfzig. Und wenn man bedachte, wie er seinen SEAL-Freunden in letzter Zeit geholfen hatte, hatte er immer noch jede Menge Beziehungen.

Das hätte sie eigentlich misstrauisch machen sollen, denn die Geheimniskrämerei um alles, was Baker tat, erinnerte sie ein bisschen zu sehr an ihren Ex-Mann, der bei nichts die Wahrheit sagen konnte. Aber bei Baker hatte sie ein gänzlich anderes Gefühl als bei ihrem Ex.

Sie war keine Idiotin. Sie war sich ziemlich sicher, dass einige der Dinge, die Baker tat, nicht ganz legal waren, aber da er seine Beziehungen nutzte, um anderen zu helfen – anstatt Geld zu erpressen und mit Drogen zu handeln, wie ihr Ex es getan hatte –, machte sie sich keine Sorgen.

Es war offensichtlich, dass Bakers Freunde ihn respektierten. Und genau dieser *Respekt* unterschied ihn von ihrem Ex. Bobby hatte es genossen, dass die Leute ihn fürchteten ... sie eingeschlossen. Als er sie das erste Mal geschlagen hatte, war sie fertig gewesen. Sie hatte ihre und Kaimanas Sachen gepackt und war gegangen.

Sie hatte befürchtet, dass Bobby ihnen folgen würde, aber es stellte sich heraus, dass er erleichtert war, keine Frau und kein Kind mehr zu haben, die ihn zurückhielten. Sie hatte bei der Scheidung nichts verlangt, und er hatte die Papiere ohne Probleme unterschrieben. Er war in Honolulu getötet worden, als Kaimana acht Jahre alt war. Bei einer Schießerei mit der

Polizei, die ihn mit einem Haftbefehl wegen Drogenhandels hatte festnehmen wollen.

Sein Tod war eine Erleichterung gewesen.

Als sie Baker aus den Augenwinkeln sah, wusste Jody ohne Zweifel, dass er seinen Körper nicht mit irgendeiner Art von Droge verunreinigen würde. Sie hatte ihn noch nie Limonade oder Alkohol trinken sehen, nur Wasser, und er achtete immer darauf, was er aß. Einmal hatte er ihr erzählt, dass er zu alt sei, um irgendwelchen Mist zu essen, da es bei ihm direkt ansetzen würde. Manchmal ging er mit ihren Schützlingen surfen und sie musste sich bemühen, nicht angesichts seiner Bauchmuskeln und seines unglaublich trainierten Körpers zu sabbern.

Nein, Baker Rawlins würde keine Drogen nehmen. Darauf hätte Jody alles verwettet, was sie besaß.

Ihre Gedanken wurden in die Gegenwart zurückgerissen, als sie sich Bens Wagen näherten. Der Teenager saß auf dem Rücksitz, die Füße seitlich im Sand, während ein Sanitäter vor ihm hockte.

Jody wollte zu ihm eilen, aber Baker hielt sie am Ellbogen fest.

»Ich muss nach ihm sehen«, sagte sie, wobei sie ihren Arm zu befreien versuchte.

»Hast du ein Medizinstudium abgeschlossen, seit ich dich das letzte Mal gesehen habe?«, fragte er.

Jody runzelte die Stirn. »Was? Nein.«

»Dann musst du zurückbleiben und die Sanitäter ihr Ding machen lassen.«

»Lass mich los, Baker«, erwiderte sie gereizt.

Sein Griff um sie wurde nur noch fester.

Er begann, sie wütend zu machen. »Im Ernst – lass meinen Arm los«, wiederholte sie. Zu ihrer Überraschung tat Baker, was sie verlangte.

Dann trat er hinter sie, legte einen Arm diagonal um ihre Brust und zog sie dicht an sich heran, sodass ihr Rücken gegen seine Vorderseite gepresst war.

Baker war mehr als einen Kopf größer als Jody. Sie war es gewohnt, in jeder Gruppe die Kleinste zu sein, aber sie kämpfte innerlich mit ihren derzeitigen Gefühlen. Sie liebte es, so in

Bakers Armen zu stehen. An ihn gepresst zu sein. Aber sie war verärgert, weil er sie daran hinderte, zu Ben zu gehen. Sich zu vergewissern, dass es ihm gut ging.

»Er ist aufgebracht«, sagte Baker leise in ihr Ohr.

Jody konnte den Schauer nicht unterdrücken, der sie durchlief, als sein warmer Atem über ihre empfindliche Haut strich. Sie griff nach oben und hielt sich an seinem Unterarm fest, der über ihre Brust gelegt war.

»Wenn du da hinstürmst, wird er dichtmachen. Gib dem Sanitäter eine Chance, mit ihm zu reden und herauszufinden, was los ist, bevor du dich wie Mama-Bär aufführst.«

»Irgendetwas stimmt nicht, Baker«, beharrte Jody, die den Blick auf Ben gerichtet hielt. Er schaute auf den Sand unter seinen Füßen. Er hatte eine Flasche Wasser in der einen Hand und der Sanitäter maß seinen Blutdruck. »Er ist ein guter Junge. Fröhlich. Aufgeschlossen. Aber in letzter Zeit ist er sehr verschlossen. Mürrisch.«

»Er ist ein Teenager«, erwiderte Baker.

Jody schüttelte den Kopf. »Nein. Ich meine, ja, das ist er, aber das ist es nicht. Irgendetwas ist mit ihm los. Sieh dir seinen Wagen an – das reinste Chaos. Ich weiß, dass viele Teenager unordentliche Fahrzeuge haben, aber nicht Ben. Er hält seines normalerweise in makellosem Zustand. Und auf dem Rücksitz sind überall seine Klamotten verteilt. Das ist nicht nur Wechselkleidung für nach dem Surfen. Und ... ist das ein *Kopfkissen*? Wenn ich es nicht besser wüsste, würde ich sagen, dass er in seinem Wagen wohnt. Das bedeutet, dass etwas ganz und gar nicht stimmt.«

Sie erwartete, dass er ihr widersprechen und sie wieder einmal davon zu überzeugen versuchen würde, dass Bens Situation lediglich damit zu tun hatte, dass er siebzehn war. Aber zu ihrer Überraschung sagte Baker: »Dann werden wir herausfinden, was es ist, und es in Ordnung bringen.«

Jody drehte den Kopf in dem Versuch, ihn anzusehen. Er lockerte seinen Griff um sie nicht, was den Winkel unangenehm machte. Sie wollte ihn fragen, was er mit *wir* meinte.

Während der ganzen Zeit, in der sie ihn kannte, hatte Baker nie auch nur angedeutet, dass er mehr als eine lockere

Bekanntschaft haben wollte. Er blieb nie zu lange, wenn er beim Surfen war und sie ihm zufällig begegnete. Er hatte ihr Interesse in keiner Weise gefördert.

Und jetzt war er hier, hielt sie in seiner Umarmung und benutzte das Wörtchen *wir*.

Jody drehte sich der Kopf. Er verwirrte sie, aber sie wusste nicht, wie sie ihn fragen sollte, was zum Teufel los war, ohne sich zu blamieren. Wahrscheinlich hatte er es einfach so gesagt, ohne nachzudenken.

Der Sanitäter richtete sich auf und begann, seine Ausrüstung zusammenzupacken. Ben trank den Rest des Wassers aus der Flasche und stand auf. Er öffnete die Fahrertür und glitt zurück in den Wagen.

Jody schnappte bestürzt nach Luft, und als sie zu ihm gehen wollte, ließ Baker sie los. Sie lief die etwa drei Meter zum Fahrzeug und lehnte sich in das offene Fenster. »Ben! Wo willst du denn hin? Du solltest nicht fahren.«

»Ich muss los, Miss Jody«, murmelte Ben.

»Was ist los?«, fragte sie.

»Nichts«, entgegnete er.

»Komm mir nicht damit, Ben Miller«, schimpfte Jody. »Rede mit mir.«

»Es gibt nichts zu reden«, beharrte er.

Jody streckte eine Hand aus und legte sie auf den Arm des Teenagers. Er kam ihr immer noch überhitzt vor, aber wenn der Sanitäter der Meinung war, er könne gehen, konnte sie nicht viel dagegen tun. »Ich weiß nicht, was los ist, aber ich bin hier, wenn du mal reden willst. Ich weiß, dass ich alt und uncool bin, aber ich kann fantastisch zuhören. Wenn du *irgendetwas* brauchst … bin ich für dich da. Ich stelle keine Fragen. Ich meine es ernst, Ben. Jemanden, der dir zuhört, eine warme Mahlzeit, einen Platz zum Bleiben … was auch immer es ist, du kommst zu mir. Hast du verstanden?«

Ben erwiderte ihren Blick mit seinen haselnussbraunen Augen. »Ich habe verstanden, Miss Jody.«

In den Augen des jungen Mannes spiegelten sich Schmerz und Verwirrung und Jody hätte ihn am liebsten aus dem Wagen gezerrt, fest umarmt und nie mehr losgelassen. Aber er hatte seine Schutzmauern hochgezogen und es war ausgeschlossen, dass er sich auf ein vertrauliches Gespräch einlassen würde. Nicht, wenn so viele Leute zusahen. Nicht mit den Touristen und seinen Highschool-Freunden, die in der Nähe standen.

Als die Sanitäter zum Strand zurückkehrten und die Schaulustigen ebenfalls das Interesse verloren und sich zu zerstreuen begannen, wich Jody vom Wagen zurück, als Ben ihn startete. Sie wäre über einen der Baumstämme gestolpert, die die Fahrzeuge auf dem ausgewiesenen Parkplatz hielten, wenn Baker sie nicht aufgefangen hätte. Als sie ihr Gleichgewicht wiedergefunden hatte, nahm Baker seine Hand jedoch nicht von ihrer Taille.

Ben nahm Augenkontakt mit Baker auf und senkte schnell den Blick. Er fuhr rückwärts aus der Parklücke, die sofort von einem Fahrzeug mit sechs Touristen besetzt wurde, die sich offensichtlich freuten, einen Parkplatz gefunden zu haben.

Jody sah frustriert zu, wie Bens Wagen davonfuhr.

»Wie lange bist du schon hier?«, fragte Baker.

Jody schaute zu ihm auf und zuckte mit den Schultern. »Eine Weile.«

Er schnaubte. »Soll heißen, du bist wahrscheinlich in aller Herrgottsfrühe hierhergekommen. Es ist drei Uhr nachmittags. Hast du schon gegessen?«

»Ich hatte ein Sandwich«, log Jody.

Als hätte er einen eingebauten Detektor für Schwachsinn, hob Baker nur skeptisch eine Augenbraue.

»Gut. Ich habe noch nichts gegessen, aber ich bin nicht hungrig«, sagte Jody.

Ohne ein weiteres Wort drehte er sie in Richtung Strand, wo sie ihre Kühlbox abgestellt hatte. »Du fährst.«

»Nein! Ich kann nicht weg, dann bekomme ich meinen Platz nie wieder zurück«, erwiderte sie.

»Ich weiß.«

Jody funkelte ihn an.

Er lachte, als er den Blick sah, den sie ihm zuwarf. »Du bist schon den ganzen Tag hier, Jodelle. Du musst etwas essen, sonst bist du die Nächste, die die Sanitäter sich ansehen müssen. Den Jugendlichen, die du unter deine Fittiche genommen hast, geht es gut. Und wenn wir jetzt losfahren, haben wir sogar eine Chance, vor all den verdammten Touristen nach Waialua zu kommen.«

Jody starrte Baker an, während sie gingen. Sie hatte keine Angst, über irgendetwas zu stolpern; Bakers Hand an ihrer Taille und die Art, wie er mit dem Blick ständig die Gegend abtastete, versicherten ihr, dass sie das nicht tun würde. »Was gibt es in Waialua?«, fragte sie.

»Mein Haus«, antwortete Baker locker.

Jody blieb abrupt stehen.

»Was? Was ist los?«, fragte er. Seine Stimme wurde härter, als er sich umsah, um herauszufinden, warum sie innegehalten hatte.

»Dein Haus?«

Seine Lippen zuckten, als er zu ihr hinuntersah. »Ja.«

»Ähm ... warum?«

»Weil du etwas essen musst. Und du musst dich entspannen. Und wenn du nach Hause fährst, denkst du zu viel an Ben und wirst wahrscheinlich versuchen, ihn zu finden. Wenn du bei mir bist, kann ich dafür sorgen, dass du etwas Nahrhaftes zu dir nimmst und dich nicht wieder in den furchtbaren Verkehr stürzt, den es nach dem heutigen Wettbewerb geben wird.«

Jody konnte ihm nicht wirklich widersprechen. Wahrscheinlich würde sie ein Tiefkühlgericht in die Mikrowelle werfen und dann die angebrochene Packung Oreos aus dem Vorratsschrank essen. Sie war sich nicht sicher, ob Baker ihr zu sagen versuchte, dass sie übergewichtig war oder so was. Sie würde sich *auf jeden Fall* Sorgen um Ben machen, und zu sehen, ob sie ihn finden konnte, war keine schlechte Idee. Sie hatte seine Adresse nicht, aber sie konnte sie wahrscheinlich von einem der anderen Surfer erfahren, mit denen er abhing.

»Jodelle, konzentriere dich«, sagte Baker, wobei der Humor in seinem Tonfall deutlich zu hören war.

Sie schaute zu ihm auf. »Ich verstehe das nicht.«

»Was verstehst du nicht, Tink?«

Jody runzelte die Stirn. »Hast du mich gerade Tink genannt?«

»Jup. Du bist wie eine kleine Fee. Tinker Bell.«

»Oh, du meine Güte. Du weißt doch, wie nervig das ist, oder?«, schnaubte Jody.

Baker lächelte nur.

»Wie würde es dir gefallen, wenn ich dich Hulk nenne? Oder Gigantor?«

Baker lehnte sich dichter heran und Jody verschluckte sich fast an ihrer Zunge.

»Du kannst mich nennen, wie du willst, Tink.«

Einen Moment lang dachte Jody, Baker würde sie küssen, dann richtete er sich auf und legte seine Finger auf ihren Rücken. »Komm, wir holen deine Kühlbox, schauen, ob wir einen deiner Schützlinge finden, sagen Bescheid, dass du losfährst, erinnern sie alle daran, brav zu sein, und dann verschwinden wir von hier.«

Benommen ließ Jody sich von Baker zurück zu dem Pick-nicktisch führen, an dem sie ihre Kühlbox abgestellt hatte. Sie hatte keine Ahnung, was diese Veränderung in dem Mann ausgelöst hatte. Es war verwirrend ... und aufregend. Aber sie wusste nicht, was es bedeutete, und das machte ihr eine Heidenangst.

Als sie am Tisch ankamen, nahm Baker ihre Kühlbox in die Hand und legte den Gurt lässig um seinen freien Arm. Dann schaute er sich kurz um und als er Rome sah, pfiff er laut. Der Junge schaute zu ihnen hinüber und Baker winkte den Jungen mit einer Geste zu sich.

Jody konnte nur amüsiert den Kopf schütteln, als Rome sofort auf sie zu joggte.

»Was gibt's?«, fragte er Baker.

»Jodelle und ich sind dann mal weg. Alles klar bei euch?«

»Ja.«

»Sagst du den anderen Bescheid?«

»Klar.«

»Super.«

»Wir wollen am Mittwoch bei Morgengrauen am Laniakea Beach surfen. Willst du mitkommen?«, fragte er.

»Das würde ich mir nicht entgehen lassen«, sagte Baker. Er streckte eine Faust aus und Rome gab ihm einen Fauststoß. »Nur keinen Ärger einhandeln«, warnte er. »Macht Jodelle keine Sorgen.«

»Geht klar«, erwiderte Rome grinsend.

»Bleib nicht zu lange«, mahnte Jody, die sich nicht zurückhalten konnte.

»Das werde ich nicht«, versprach Rome. »Kommst du morgen zum letzten Tag des Wettbewerbs?«, fragte er.

Jody öffnete den Mund, um zu sagen, dass sie natürlich dabei sein würde, aber Baker kam ihr zuvor.

»Nein. Ihr seid auf euch allein gestellt.«

»Baker!«, rief Jody, aber sein Blick war auf den Teenager gerichtet.

»Kein Problem. Das Finale findet morgen statt und wir freuen uns schon aufs Zusehen«, antwortete Rome mit einem weiteren Lächeln.

Baker nickte ihm zu. »Wir kommen dann später dazu.«

»Bis dann!«, rief Rome, bevor er sich umdrehte und zurück zu dem Mädchen joggte, mit dem er sich unterhalten hatte, bevor Baker ihn gerufen hatte.

Jody schüttelte den Kopf über die scheinbar endlose Energie, die der Junge besaß. Dann wandte sie sich an den Mann neben ihr. »Ernsthaft, Baker, das war nicht cool.«

»Komm schon, schrei mich an, während wir uns einen Weg aus diesem Wahnsinn herausbahnen«, sagte Baker und lenkte sie in Richtung Parkplatz zu ihrem VW Bus. Er war ihr ganzer Stolz ... so wie er Kaimanas gewesen war. Er war in einem tadellosen Zustand und sie hatte ihm eine ausgefallene, wilde Lackierung verpasst, mit Blumen und Friedenszeichen.

Allzu schnell fand sie sich hinter dem Steuer wieder und fuhr rückwärts aus der Parklücke, die sie an diesem Morgen ergattert hatte, bevor die Sonne aufging und die Touristen in die Waimea Bay strömten.

Sie schüttelte den Kopf und lachte.

»Was?«, fragte Baker auf dem Sitz neben ihr.

Jody war dankbar, dass er nicht darauf bestanden hatte zu fahren. Niemand außer ihr fuhr ihr Baby. »Ich habe keine

Ahnung, wie das passiert ist. Oder *was* überhaupt passiert ist«, sagte sie.

»Folgendes passiert: Ich habe keine Lust mehr herumzualbern.«

Jody schaute überrascht zu ihm rüber. »Was soll das heißen?«

»Das wirst du schon sehen.«

Jody runzelte die Stirn und teilte ihre Aufmerksamkeit zwischen dem Mann, der auf dem Sitz neben ihr saß, und dem Versuch, nicht die idiotischen Autofahrer vor ihr zu treffen. Sie wollte mehr Informationen aus Baker herausholen. Sie wollte, dass er erklärte, wovon er sprach. Er verhielt sich heute so anders, und das war beunruhigend. Auch Jody konnte nicht anders, als ein Kribbeln in den Adern zu spüren. Dennoch wollte sie sich nicht zu sehr hineinsteigern. Baker konnte nicht an ihr interessiert sein. Sie war zu … normal. Er brauchte eine Frau, die fit, hübscher, aufgeschlossener und bereit für Abenteuer war. Einfach *mehr*, als Jody es war.

Sie würde Baker zu Hause absetzen und dann zu ihrem kleinen Haus fahren. Die Dinge zwischen ihnen würden sich wieder normalisieren und sie würde ihr etwas langweiliges und vorhersehbares Leben weiterführen. Was auch immer Baker dazu veranlasst hatte, heute auf sie aufzupassen, würde in seinen Gedanken verblassen, und das war's dann.

Ein Anflug von Enttäuschung durchfuhr Jody, aber sie weigerte sich, sich davon überwältigen zu lassen. Sie war sehr gut darin geworden, sich ihre wahren Gefühle nicht anmerken zu lassen.

Sie war nur noch ein Schatten der Frau, die sie einst gewesen war … und das war in Ordnung für sie. Mehr als in Ordnung. Das Beste, was ihr je passiert war, war ihr auf grausame Weise entrissen worden, und sie würde weder ihr Herz noch ihre Seele riskieren, indem sie jemals wieder jemanden so liebte. Es war sicherer und bequemer, am Rande zu leben. Nur Zuschauerin zu sein. Wenn Baker erst einmal diese seltsame Anwandlung überstanden hatte, würde er weiterziehen.

Zufrieden mit ihrem Gedankengang, schaute Jody zu dem Mann hinüber. Sie schluckte schwer, als sie feststellte, dass sein

Blick auf sie gerichtet war und nicht auf die Straße vor ihnen. Da es ihr unangenehm war, so intensiv gemustert zu werden, erklärte sie: »Du sagst mir doch, wohin ich fahren muss, oder?«

»Natürlich.«

Jody nickte, wandte die Aufmerksamkeit wieder der Straße zu und weigerte sich, irgendetwas in Bakers Augen zu lesen.

Entschlossenheit.

Hartnäckigkeit.

Und eine Zärtlichkeit, die sie seit ihrer Hochzeit nicht mehr gesehen hatte.

KAPITEL ZWEI

Baker hielt Jodelle die Tür zu seinem Haus auf und konnte sich des Gefühls der Zufriedenheit nicht erwehren, als sie an ihm vorbeiging und die Tür ins Schloss fiel. Die zierliche Frau war der erste Gast, den er jemals in sein Haus eingeladen hatte ... und es fühlte sich richtig an, sie hier zu haben.

Von dem Moment an, in dem er sie kennengelernt hatte, kurz nachdem sie angefangen hatte, regelmäßig zum Strand zu kommen, um auf die Jugendlichen aufzupassen, hatte Baker eine Verbindung gespürt. Er konnte es nicht erklären, und ehrlich gesagt hatte es ihm ein solches Unbehagen bereitet, dass er sich größte Mühe gegeben hatte, sie nur als eine Bekannte zu behandeln. Aber im Laufe des letzten Jahres war sie ihm immer mehr unter die Haut gegangen, ohne dass sie es überhaupt versucht hatte. Zu sehen, wie seine Freunde die Liebe ihres Lebens fanden und heirateten ... und zu sehen, wie diese Beziehungen tatsächlich funktionierten ... weckte in ihm die Sehnsucht nach mehr in seinem Leben.

Er hatte bisher nur eine einzige Langzeitfreundin gehabt. Und das hatte ihm gereicht, um sich endgültig von Beziehungen abzuwenden. Er hatte Tabitha wie eine Königin behandelt, und im Gegenzug hatte sie sein Bankkonto geleert, dreiundzwanzig Kreditkarten auf seinen Namen beantragt und sogar geplant, ihn zu töten. Es war wie in einer verdammten

Krimiserie. Sie hatte mit ihm gespielt, und er war damals so verzweifelt auf der Suche nach Liebe gewesen, nach dem, was alle anderen hatten, dass er ihr all ihren Mist geglaubt hatte.

Sie hatte nicht einmal im Gefängnis gesessen, was ihn unendlich wütend machte. Ihr Vater hatte den teuersten und erfolgreichsten Anwalt angeheuert, den er finden konnte, und sie war mit einer Bewährungsstrafe und ein paar Geldbußen davongekommen.

Von diesem Zeitpunkt an hatte Baker den Frauen abgeschworen. Er weigerte sich, mehr als ein paar Nächte mit ein und derselben Person zu verbringen, bevor er ihr den Laufpass gab. Er war ein Arschloch, das wusste er ... aber jetzt wollte er zum ersten Mal seit Jahren mehr.

Er wollte alles.

Jodelle. Als er ihren Namen erfahren hatte, dachte Baker, es sei der schönste Name, den er je gehört hatte. Sie hatte gelacht, als er sie das erste Mal so nannte, und ihm gesagt, dass alle ihren Spitznamen Jody benutzten. Aber er weigerte sich. Er würde sie immer als Jodelle sehen.

Er hatte sich monatelang gegen ihre Anziehungskraft gewehrt. Jahrelang, um genau zu sein. Und er konnte nicht mehr dagegen ankämpfen. Er hatte gehofft, dass die Verbindung, die er spürte, nachlassen würde. Baker war sich sogar sicher gewesen, dass sie etwas tun würde, um ihn zu verärgern oder zu nerven. Etwas, das beweisen würde, dass sie genau wie die meisten anderen Frauen war, die er kannte. Aber je länger er Jodelle kannte, desto mehr mochte er sie.

Sie war sensibel. Manchmal introspektiv. Sie hatte nicht das Bedürfnis, Stille mit leerem Geschwätz zu füllen. Sie kümmerte sich aufrichtig um die Jugendlichen, auf die sie ein Auge hatte. Das hatte sie immer wieder bewiesen. Sie war selbstlos, nicht überheblich, und Baker gefiel, wie sie in einem Badeanzug aussah. Sie war an allen Stellen kurvig, an denen eine Frau kurvig sein *sollte*.

Alles in allem hatte er keine einzige negative Sache an Jodelle gefunden, seit er sie kennengelernt hatte. Und das irritierte und faszinierte ihn zugleich. Niemand war so heilig, wie sie es zu sein schien. Ausgeschlossen.

Obwohl er sich zu ihr hingezogen fühlte, war er fest entschlossen gewesen, sich von ihr fernzuhalten. Sie war zu gut für ihn, das war klar. Aber nachdem er gesehen hatte, wie glücklich Mustang und Elodie waren, wie glücklich *alle* seine SEAL-Freunde mit ihren Frauen waren, ganz zu schweigen von der Liebe in Pids Augen, wenn er seine neugeborene kleine Tochter ansah ... hatte Bakers Denkweise sich geändert.

Er neigte dazu, Menschen auf Abstand zu halten, Männer *und* Frauen. Doch nachdem ein alter SEAL-Kamerad mit einem großen Groll nach Hawaii gekommen war – und Monica Collins, die Frau eines seiner Bekannten, als Köder benutzt hatte –, musste Baker ernsthaft in sich gehen.

Er kam zu der Erkenntnis, dass er kein alter Mann ohne Freunde sein wollte. Er war zu sehr ein stures Arschloch, um jemanden an sich heranzulassen. Nach so vielen Jahren gefiel ihm der Gedanke, allein zu sein, nicht mehr.

Und als er über seine Zukunft nachdachte, darüber, mit wem er abhängen wollte, wenn er alt und grau war, kam ihm nur Jodelle in den Sinn. Es war verrückt, sie kannten sich nicht, nicht wirklich, aber Baker konnte nicht aufhören, an sie zu denken.

Dann war Ashlyn Taylor, die Freundin eines anderen SEAL-Freundes, vor einigen Monaten angeschossen worden und Baker stellte sich Jodelle an ihrer Stelle vor.

Er geriet in Panik. Das war unlogisch. In der Vergangenheit hatte er sich noch nie Gedanken darüber gemacht, dass seine Freunde verletzt werden könnten. Aber die letzten Jahre hatten gezeigt, dass die Gefahr immer dann kam, wenn man sie am wenigsten erwartete, vor allem wenn es um seine SEAL-Freunde und ihre Frauen ging. Jetzt konnte er das Bild von Jodelle nicht abschütteln, die mit einer Schusswunde in einem Krankenhausbett lag. Das wollte er auf keinen Fall erleben.

Und der beste Weg, sie zu beschützen, bestand darin, sie an seiner Seite zu haben.

Die Vorstellung machte ihm keine Angst. Zum ersten Mal seit Tabitha wollte Baker eine Beziehung haben. Er wollte mit einer Frau an seiner Seite einschlafen und genau so wieder aufwachen. Er wollte, dass sie ihm SMS schickte und ihn wissen ließ, wie ihr Tag gelaufen war, und er wollte ihr mitteilen, was in seinem eigenen Leben los war.

Jodelle war nicht Tabitha. Sie würde nie auf die Idee kommen, ihn zu bestehlen. Und ein Mordkomplott gegen ihn schmieden? Das würde auf keinen Fall passieren. Das wusste Baker so genau, wie er seinen eigenen Namen kannte.

Als er vorhin einen Arm um ihren Oberkörper gelegt hatte, um sie daran zu hindern, den Sanitäter bei der Untersuchung des Teenagers zu stören, um den sie sich so sehr sorgte, wusste Baker sofort, dass er verloren war. Sie passte absolut perfekt zu ihm. Er war noch nie ein Fan von zierlichen Frauen gewesen, aber Jodelle änderte seine Meinung darüber. Abgesehen von ihren Kurven liebte er ihr langes, dunkelbraunes Haar, das nie in der Frisur bleiben wollte, in die sie es gesteckt hatte, und ihre goldbraunen Augen, die einen Schmerz andeuteten, den er lindern wollte. Außerdem war sie die ausdrucksstärkste Frau, die er je getroffen hatte. Er wusste genau, was sie dachte, ohne dass sie ein Wort sagen musste.

Aber es war der Kummer in ihren Augen, der ihn am meisten traf. Die Frau war innerlich gebrochen. Sie folgte nur noch dem Trott des Lebens. Jedes Lächeln war gedämpft, jedes Lachen von Trauer durchdrungen. Baker wollte sie in den Arm nehmen und ihr sagen, dass sie sich nicht vor ihm verstecken musste, dass er sie Stück für Stück wieder zusammensetzen würde – aber er musste sich das Recht dazu erst verdienen.

Und er war mehr denn je entschlossen, genau das zu tun.

Baker wusste, dass sie einen Sohn gehabt hatte, der gestorben war. Aber er kannte keine Details. Der Tod ihres Sohnes musste das gewesen sein, was sie gebrochen hatte, und obwohl Baker nicht genau wissen konnte, was sie fühlte, hatte er selbst auch Verlust erlebt.

Als er sie davon abgehalten hatte, zu Ben zu gehen, hatte Baker eine Entscheidung getroffen. Er war zu lange ein Feigling gewesen. Zu verängstigt, jemanden hereinzulassen. Aber das war vorbei. Er hatte die Blicke gesehen, die Jodelle ihm zuwarf. Sie war interessiert, hatte jedoch nicht die Absicht, etwas zu unternehmen, was sie von anderen Frauen unterschied. Baker wusste, dass er es für den Rest seines Lebens bereuen würde, wenn er nicht wenigstens versuchte, die Verbindung zwischen ihnen zu erkunden.

Heute war also der erste Schritt, um sie beide zu heilen. Vielleicht würde es funktionieren, vielleicht auch nicht, aber er wollte verdammt sein, wenn er es nicht wenigstens versuchte.

»Es ist schön«, sagte Jodelle, als sie sich in seinem Haus umsah.

Baker zuckte mit den Schultern. In der Vergangenheit hatte er nicht viel über die Einrichtung nachgedacht. Das Haus war funktional, und das war alles, was er brauchte. Fliesen auf dem Boden, eine kleine Küche und ein kleiner Wohnbereich. Sein Schlafzimmer hatte eine angemessene Größe und ein angeschlossenes Bad. Ein Gästezimmer, in dem er normalerweise sein Surfbrett und anderen Kram lagerte, den er im Laufe der Jahre angesammelt hatte. Er hatte den obligatorischen Großbildfernseher, eine bequeme Couch und einen übergroßen Sessel.

Aber wenn er sich umsah, sah er nichts, was nach »Zuhause« schrie. Keine Fotos an den Wänden. Keine Dekoration. Es war irgendwie kalt ... was ein Kunststück war, da er in Hawaii lebte.

»Es ist ein Ort zum Schlafen, mehr nicht«, erwiderte er mit einem Achselzucken. Er wusste, dass sie nur höflich sein wollte. Die Sache war nur die, dass er keine Ahnung hatte, wie er das Haus aufwärmen und zu einem Ort machen konnte, an dem sie sich gern aufhalten würde.

»Komm schon«, sagte er etwas schroffer als beabsichtigt. »Lass uns in die Küche gehen, damit du etwas essen kannst.«

»Mir geht's gut«, sagte Jodelle, als er seine Hand auf ihren Rücken legte und sie zu dem kleinen Tisch neben der Küche führte. Baker konnte sich nicht erinnern, wann er das letzte Mal dort gesessen hatte. Normalerweise aß er im Stehen oder auf der Couch, während er fernsah.

Ihren Protest ignorierend, öffnete Baker einen der Schränke in der Küche und überprüfte dessen Inhalt. »Ich kann fantastische Spaghetti kochen. Die Nudeln würden dir bestimmt guttun, nachdem du schon eine Weile nichts mehr gegessen hast.« Dann ging er zum Kühlschrank und schaute hinein. »Ich hätte auch ein paar Steaks, die ich grillen kann.« Baker beugte sich vor und entdeckte hinten eine Packung mit Hähnchen. Er schnappte sie sich, richtete sich auf und schaute auf das Verfallsdatum.

»Baker«, sagte Jodelle von ihrem Platz am Tisch aus.

»Ich wollte sagen, dass ich Hähnchen habe, aber ich kann das Verfallsdatum nicht lesen und weiß nicht mehr, wann ich das gekauft habe. Ich will nicht riskieren, dass du dir später die Seele aus dem Leib kotzen musst.« Er ging zum Mülleimer und warf die Hähnchenschenkel weg, wobei er sich die geistige Notiz machte, später den Müll rauszubringen, damit sein Haus nicht zu stinken begann.

»*Baker*«, sagte Jodelle erneut, diesmal etwas eindringlicher.

Er drehte den Kopf und sah sie an.

»Du musst mir nichts kochen. Ich bin mir immer noch unsicher, warum ich eigentlich hier bin. Versteh mich nicht falsch, ich habe dich gern gefahren, aber du hast wahrscheinlich noch etwas zu erledigen. Ich sollte gehen.«

Baker ging zu ihr hinüber, legte eine Hand auf den Tisch und die andere auf die Rückenlehne ihres Stuhls. Sie hatte sich so gedreht, dass sie seitlich saß, wodurch er sie nun praktisch eingesperrt hatte. Er beugte sich zu ihr hinunter und konnte nicht umhin, sich darüber zu freuen, wie ihre Wangen erröteten und sie ihn mit großen Augen anstarrte.

»Im Moment muss ich nur dafür sorgen, dass du nicht ohnmächtig wirst, weil du zu wenig gegessen hast. Wir reden weiter, wenn wir gegessen haben. Willst du Spaghetti oder Steak? Leider sind das die besten Optionen, die ich im Moment anzubieten habe. Wenn du meine fantastischen Spaghetti nimmst, sollte die Soße eigentlich mindestens sechs Stunden köcheln, damit sie ihre volle Wirkung entfalten kann, aber es wird schon funktionieren.«

»Ähm ... Spaghetti.«

Baker musterte Jodelle einen Moment lang. »Isst du Fleisch?«, fragte er.

»Ja. Ich meine, nicht viel. Ich habe nichts dagegen, aber es ist so einfach, hier frisches Obst und Gemüse zu bekommen. Der Bauernmarkt in Waialua ist großartig und ich gehe oft dorthin, sodass ich mich normalerweise mit Salaten und Ananas versorge. Außerdem ist es nicht so, dass ich die zusätzlichen Kalorien von schweren, fleischhaltigen Gerichten brauche.«

»Nein«, sagte Baker.

Sie rümpfte die Nase. »Nein? Nein was?«

»Mach dich nicht schlecht. Du bist perfekt, so wie du bist.«

Jodelle lachte, aber es war nicht gerade ein humorvoller Laut. »Baker, ich bin achtundvierzig. An diesem Punkt meines Lebens weiß ich, was ich bin und was nicht, und was ich nicht bin, ist perfekt. Ich bin ungefähr zehn ... okay, wahrscheinlich eher fünfzehn Kilo schwerer, als ich sein sollte. Wenn man gerade mal eins fünfzig groß ist, sieht man diese zusätzlichen Pfunde. Und wenn man hier in Hawaii lebt und all die schönen Frauen in ihren Bikinis sieht, wird einem das nur noch deutlicher.«

»Ich habe nie verstanden, warum Frauen nur aus Haut und Knochen bestehen wollen«, entgegnete Baker. Er ließ den Blick an ihr hinunterwandern und hielt kurz an ihren Brüsten inne, bevor er den Rest ihres Körpers betrachtete. Sie trug Shorts, und es kostete ihn alles, um nicht die gebräunte Haut ihres Oberschenkels zu streicheln. »Glaub mir, wenn ich sage, dass ich es liebe, wie du aussiehst. Ist Büffelhack in der Soße okay für dich?«

Sie starrte ihn einen Moment lang an. Baker konnte sehen, wie ihr Puls in ihrem Nacken pochte. Aber schließlich atmete sie tief durch. »Ich habe noch nie Büffel gegessen. Wie schmeckt es denn?«

»Nach Rindfleisch«, sagte Baker und richtete sich langsam auf. Er wünschte sich nichts sehnlicher, als sich zu ihr hinunterzubeugen und sie zu küssen, aber dafür war es noch zu früh.

»Warum kaufst du dann nicht einfach Rinderhackfleisch?«, fragte Jodelle, wobei sie auf äußerst niedliche Weise den Kopf neigte.

»Weil Büffelfleisch magerer ist«, antwortete er und zwang sich, zurück in die Küche zu gehen.

»Und warum nicht mageres Rindfleisch?«, fragte sie.

Bakers Lippen zuckten. Er konnte es nicht verhindern.

Niemals hätte er gedacht, dass er einmal in seiner Küche stehen und eine Diskussion über die Vorzüge von Büffelfleisch gegenüber Rindfleisch führen würde. »Es enthält Selen, ein Antioxidans, das oxidativem Stress vorbeugt und Entzündungen reduziert, die durch eine schlechte Ernährung verursacht werden. Außerdem hat es mehr Eisen, einen höheren Vitamingehalt und doppelt so viel Betacarotin.«

»Na gut«, sagte Jodelle lachend.

Baker starrte sie einen Moment lang an und kämpfte gegen den plötzlichen Drang an, zu ihr zu gehen, sie hochzuheben und in sein Schlafzimmer zu tragen. Hatte er jemals so für eine Frau empfunden?

Nein, definitiv nicht.

»Kann ich helfen?«, fragte sie.

Baker brauchte keine Hilfe. Er konnte die Spaghetti-Soße im Schlaf zubereiten, aber seine Küche war nicht sehr groß und wenn Jodelle ihm helfen würde, kämen sie einander sicherlich in die Quere ... und er hätte die Chance, sie zufällig zu berühren.

»Willst du das Fleisch für mich anbraten?«

Sofort stand sie auf. »Natürlich.«

Fünfundvierzig Minuten später trug Baker zwei Teller mit Nudeln und Soße an den Tisch. Er hatte sie weniger scharf als sonst zubereitet, da Jodelle sagte, sie sei kein großer Fan von scharfen Gerichten. Sie starrte auf den riesigen Teller Spaghetti und lachte.

»Ich kann das nicht alles essen.«

»Dann lass es«, sagte Baker achselzuckend. »Was übrig bleibt, esse ich später.«

Als sie weiterhin auf den Teller starrte, ohne ihre Gabel in die Hand zu nehmen, runzelte Baker die Stirn. »Was ist los? Wenn du deine Meinung geändert hast, kann ich uns immer noch ein paar Steaks grillen.«

Jodelle schaute ihn überrascht an. »Was? Nein. Du hast dir so viel Mühe gegeben, das hier zu machen, da kann ich es mir nicht anders überlegen.«

Baker stützte sich mit den Ellbogen auf der anderen Seite des Tisches ab. Er wünschte, er hätte den Platz neben ihr gewählt und nicht gegenüber. Obwohl der Tisch nicht so groß war und er ihre Hand auch von seinem Platz aus in die seine nehmen konnte, zwang er sich, ruhig zu bleiben. »Alles, was du willst, Jodelle. Ich will nie, dass du etwas mit mir machst, nur um höflich zu sein. Wenn du es dir anders überlegst, bin ich jederzeit bereit, dir entgegenzukommen.«

Sie starrte ihn einen Moment lang an, in ihren braunen Augen spiegelten sich Verwirrung und Besorgnis. »Ich verstehe das nicht.«

Baker wusste, dass sie reden mussten, aber zuerst sollte sie etwas zu sich nehmen. Sie hatte den ganzen Tag nichts gegessen und war zu sehr damit beschäftigt gewesen, sich um »ihre« Jugendlichen zu kümmern. Er bedauerte, dass sie sich Sorgen machte. Er lehnte sich zurück und holte tief Luft. »Erst das Essen, dann reden wir.«

Seine Worte schienen sie nicht zu entspannen, was ihn umso mehr bereuen ließ, so aufdringlich gewesen zu sein. Baker war noch nie ein subtiler Mann gewesen. Wenn er etwas wollte, bekam er es. Punkt. Aber in dieser Situation ging es nicht darum, ein SEAL sein zu wollen, einen Terroristen aufzuspüren oder das neueste Gadget haben zu wollen. Er hatte es mit Jodelle zu tun und musste sich verdammt noch mal zurückhalten, um sie nicht zu vergraulen, denn das wollte er auf keinen Fall.

»Nur zu«, sagte er, wobei er versuchte, seinen Tonfall zu lockern. »Versuche es. Sag mir, was du vom Büffelfleisch hältst.«

Er beobachtete, wie sie tief einatmete, die Schultern zurückzog und nickte. Sie nahm ihre Gabel und drehte einige Nudeln auf die Zinken, wobei sie darauf achtete, eine ordentliche Portion Soße aufzunehmen. Er wartete mit angehaltenem Atem, als sie sich den Bissen in den Mund schob und kaute.

Nachdem sie geschluckt hatte, schenkte sie ihm ein kleines Lächeln und sagte: »Es ist wirklich gut.«

»Natürlich ist es das«, erwiderte Baker mit einem Anflug von Stolz. Er mochte kein Koch sein wie Elodie Webber, aber er konnte eine gute Spaghetti-Soße zubereiten, wenn er das so sagen durfte.

Jodelle lachte und schüttelte dann den Kopf, während sie auf ihren Teller starrte. »Spaghetti. Es gibt kaum etwas anderes, das so peinlich ist, es vor jemandem zu essen, den man –« Sie brach abrupt ab.

Baker hoffte inständig, dass sie »den man mag« hatte sagen wollen. Aber er wollte sie nicht in Verlegenheit bringen, also tat er sein Bestes, um das Gespräch von dem abzulenken, was sie fast ausgesprochen hätte.

»Ich werde nie vergessen, wie ich in Marokko war und mein Team und ich in das Haus eines Stammesführers eingeladen wurden. Er war unglaublich stolz, uns einheimische Köstlichkeiten zu servieren. Er brachte uns einen Teller mit Speisen, und wir konnten nichts erkennen. Aber es wäre unhöflich und eine ziemliche Beleidigung gewesen, nicht daran teilzunehmen. Ich wählte das, was ich für das harmloseste Stück auf dem Teller hielt. Unser Gastgeber hatte ein breites Grinsen im Gesicht, was mir eigentlich hätte zeigen müssen, dass ich das, was ich gewählt hatte, auf keinen Fall essen sollte. Aber als Teamleiter musste ich es durchstehen. Unser Gastgeber nahm ein weiteres dieser Bällchen und schob es sich in den Mund. Dann nickte er zu dem Objekt in meiner Hand, als wollte er mir sagen, ich solle es essen. Also zuckte ich innerlich mit den Schultern und machte es ihm nach.«

Jodelle lächelte und lehnte sich zu ihm hin, als wäre sie von der Geschichte fasziniert. »Und? Was war es?«

Baker wurde zum ersten Mal bewusst, dass während des Essens wahrscheinlich nicht der beste Zeitpunkt für diese Geschichte war. »Äh ... vielleicht sollten wir erst zu Ende essen.«

»Oh nein, du hast mit der Geschichte angefangen, du kannst mich nicht hängen lassen. Das wird mich nicht von diesen fantastischen Nudeln abschrecken, Baker. Erzähl weiter.«

»Gut. Nun, das Ding war etwas schwammartig, sodass ich es mit den Zähnen zusammendrücken konnte ... aber dann dehnte es sich wieder aus. Ich konnte nur in den weichen Sack beißen. Als ich das tat, lief mir ein Schwall schleimiger Flüssigkeit in den Mund und ich musste mich zusammenreißen, um sie nicht sofort wieder auszuspucken. Aber da unser Gastgeber nickte und lächelte, als hätte ich ihm gerade die Welt geschenkt, zwang ich mich zu schlucken. Wenigstens war das Ding in meinem Mund nicht mehr ganz so groß wie vorher, aber was übrig blieb, war gummiartig und fast unmöglich zu kauen. Egal, wie sehr ich auf dem Ding herumkaute, es wurde nicht weicher und es war immer noch zu groß, um es einfach herunterzuwürgen.

Also tat ich, was ich tun musste – ich schob es mir in die Backe, tat so, als würde ich es schlucken, und lächelte den Stammesführer an. Er stieß einen triumphierenden Schrei aus und grinste mich an. Als er sich umdrehte, um sich ein weiteres Stück fragwürdiger Kochkunst zu schnappen, spuckte ich das harte Etwas in den Dreck und vergrub es schnell.«

Baker erschauderte. »Es war eines der schlimmsten Dinge, die ich je in meinem Leben gegessen habe, und glaub mir, ich habe schon einige schlimme Sachen gegessen.«

»Was war es?«, fragte Jodelle mit einem breiten Grinsen.

»Schafsauge. Das habe ich aber erst später herausgefunden, und das war auch gut so. Wenn ich das gewusst hätte, hätte ich mich wahrscheinlich auf der Stelle übergeben müssen.«

Jodelle erschauderte heftig.

»Also ... Spaghetti gehören also nicht einmal zu den ersten hundert der peinlichsten Dinge, die man in Gegenwart anderer essen kann«, sagte Baker grinsend.

»Danke, dass du mir keine Augäpfel servierst«, sagte sie und erwiderte sein Lächeln.

»Niemals«, versprach er.

Der Rest des Essens verlief reibungslos. Baker konnte kaum glauben, dass Jodelle tatsächlich hier in seinem Haus war und mit ihm aß. Er war nicht der redseligste Mann der Welt, aber das schien sie nicht zu stören. Selbst wenn sie lange schwiegen, wirkte sie nicht nervös oder unruhig. Besser noch, sie jammerte nicht über belanglose Dinge, nur um die Stille zu überbrücken.

Schließlich lehnte Jodelle sich mit einem Seufzer in ihrem

Stuhl zurück. »Ich ergebe mich«, sagte sie. »Ich habe so viel gegessen, wie ich konnte.«

Baker war beeindruckt. Er hatte ihr einen ganzen Haufen Nudeln und Soße auf den Teller getan und sie hatte es geschafft, etwas mehr als die Hälfte zu essen. Es gefiel ihm, dass sie keine Angst hatte und es ihr nicht peinlich war, vor ihm zu essen. Andere Frauen hätten nur ein paar Bissen genommen und so getan, als wären sie satt.

»War es gut?«, fragte er, als er aufstand und nach ihrem Teller griff.

»Köstlich.«

Baker nickte zufrieden. Eine vertraute Begeisterung machte sich in ihm breit. So hatte er sich schon oft gefühlt, wenn er eine Mission abgeschlossen hatte, wenn er auf einer riesigen Welle geritten war oder wenn er bei der Recherche über Bösewichte eine wichtige Information gesammelt hatte ... aber noch nie hatte er dieses Gefühl erlebt, nachdem er für jemanden eine Mahlzeit zubereitet hatte.

Gemeinsam packten sie die Reste ein und als sie fertig waren, sagte Baker: »Es ist noch ziemlich früh, der Verkehr da draußen wird noch furchtbar sein. Wenn du jetzt losfährst, wirst du ewig brauchen, um zu deinem Haus zu kommen. Willst du dich noch eine Weile setzen?«

Jodelle starrte ihn eine Sekunde lang an und fragte dann: »Du weißt, wo ich wohne?«

Baker überlegte, ob er lügen und sagen sollte, dass er nur annahm, dass sie näher an der Waimea Bay wohnte, aber er wollte ihre Beziehung nicht mit Unehrlichkeit beginnen. »Ja«, antwortete er einfach.

Jodelle legte den Kopf schief und starrte ihn an. »Ich weiß nichts über dich«, sagte sie nach einem Moment.

»Doch, das tust du«, entgegnete er. »Du kennst mich jetzt schon eine Weile.«

»Meinetwegen. Ich weiß, dass du ein verdammt guter Surfer bist, dass du früher ein Navy SEAL warst und dass du ein paar ziemlich tolle Freunde hast – nach den wenigen zu urteilen, die ich getroffen habe. Ich weiß, dass du der starke und schweigsame Typ bist, dass du ein wenig herrisch und netter bist, als du es den meisten Leuten zeigen willst.«

Baker nickte. »Bis auf den letzten Punkt hast du recht.«

»Du glaubst nicht, dass du nett bist?«, fragte Jodelle.

»Ich weiß, dass ich es nicht bin«, sagte er und deutete mit dem Kopf auf die Couch. »Sollen wir uns setzen?«

Sie nickte sofort und folgte ihm in den kleinen Sitzbereich. Sie setzte sich auf das eine Ende der Couch und Baker ließ sich auf dem anderen nieder. Am liebsten hätte er sie in seine Arme und in den übergroßen Sessel gezogen, aber das war selbst für ihn zu viel.

»Ich denke, du hast während deines aktiven Dienstes einige ziemlich schreckliche Dinge gesehen«, fuhr Jodelle fort. »Und das hat dich den meisten Menschen gegenüber misstrauisch gemacht. Aber ich habe gesehen, wie du mit den Jugendlichen umgehst. Du bist hart zu ihnen, du redest nicht um den heißen Brei herum, wenn sie Mist bauen, egal ob im Meer oder in der Schule, aber du bist dabei nicht grausam. Du sagst ihnen, was sie falsch gemacht haben und wie sie es wiedergutmachen können. Dafür respektieren sie dich, weißt du.«

Baker zuckte mit den Schultern.

»Ich meine, versteh mich nicht falsch, du kannst ein Arsch sein. Aber meistens haben die Leute, die du tadelst, es auch verdient, zumindest soweit ich das gesehen habe.«

Baker wollte ihr sagen, dass sie sich irrte. Dass er alles andere als nett war. Aber er war auch kein Idiot. Er wollte, dass sie ihn mochte, und zuzugeben, wie oft er Leute als Arschlöcher beschimpft hatte und wie oft er absichtlich jemanden verärgerte, weil er es verdient hatte ... das würde nicht funktionieren.

»Ich bin froh, dass du mich so siehst«, sagte er schließlich.

Zu seiner Überraschung lachte Jodelle. »Wow, war *das* diplomatisch.«

Baker konnte sich ein Lächeln nicht verkneifen.

»Wie auch immer, du weißt, wo ich wohne ... was weißt du sonst noch?«, fragte sie.

»Ich weiß, dass mein Tag wesentlich besser wird, wenn ich dich sehe. Wenn ich in deiner Nähe bin, fühle ich mich weniger wie ein abgewrackter, alter Navy SEAL und mehr wie ein normaler Mensch. Dass du mehr Schmerz in dir trägst als jeder andere, den ich je getroffen habe, und dass ich noch nie eine Frau so sehr begehrt habe wie dich.«

Jodelle blinzelte überrascht. »Oh, ähm ... wow.«

Baker zuckte innerlich zusammen. Scheiße, das hier war nicht seine Stärke. »Ich bin kein netter Mann«, fuhr er fort, »aber wenn ich in deiner Nähe bin, möchte ich der Mann sein, den du in mir siehst. Ich bin zweiundfünfzig. Ich habe herausgefunden, dass die Dinge viel besser laufen, wenn ich mit dem rausrücke, was ich will, anstatt um den heißen Brei herumzureden oder vage zu bleiben. Ich möchte dich besser kennenlernen, Jodelle. Mit dir ausgehen. Ich kann nicht aufhören, an dich zu denken. Es ist verrückt, so etwas habe ich noch nie erlebt, und ich will sehen, ob die Anziehungskraft, die zwischen uns zu existieren scheint, etwas ist, auf das wir aufbauen können, oder ob sie schnell und heiß aufflammt und dann verpufft.«

Sie starrte ihn so lange an, dass Baker das Gefühl hatte, er hätte zumindest versuchen sollen, nicht so aufdringlich zu sein.

»Warum jetzt?«, fragte sie.

Baker entspannte sich ein wenig, da sie weder gelacht noch die Anziehungskraft zwischen ihnen geleugnet hatte, und sagte: »Weil ich viel zu lange herumgealbert habe. Wenn mich die Scheiße, die meinen Freunden passiert ist, etwas gelehrt hat, dann, dass das Leben kurz ist. Man sollte meinen, dass ich das als SEAL schon gewusst hätte, aber in letzter Zeit wurden mir die Augen noch mehr geöffnet und ich habe erkannt, was für ein Idiot ich war.«

»Ich bin mir nicht sicher, ob ich eine Beziehung haben will«, gestand sie.

Baker respektierte sie für ihre Ehrlichkeit umso mehr. »Ich weiß auch nicht, ob ich das will«, sagte er.

Ihre Lippen zuckten. »Wir sind also zwei Menschen, die keine Beziehung wollen, es aber trotzdem versuchen werden?«

Baker zuckte mit den Schultern. »Du bist anders«, sagte er leise. »Ich weiß nicht warum, aber ich will es herausfinden. Ich habe immer gedacht, dass ich für den Rest meines Lebens allein sein würde, und das war für mich in Ordnung. Ich war zufrieden damit, die Arschlöcher auszuschalten, die denken, sie könnten andere misshandeln und tun, was sie wollen, ohne dass es Konsequenzen hätte. Aber am Ende des Tages komme ich in dieses leere und seelenlose Haus, und mir ist klar geworden, dass die Leute zwar schätzen, was ich tue ... aber wenn ich morgen vom Erdboden verschwände, würde das niemanden interessieren.«

»Das ist nicht wahr«, murmelte Jodelle. »Deine Freunde würde es interessieren.«

»Das würde es«, stimmte Baker zu. »Für eine kurze Zeit. Dann würden sie sich wieder ihrem eigenen Leben zuwenden, wie sie es sollten. Ich kann das nicht gut erklären. Ich ... habe einfach gemerkt, dass ich mehr von meinem Leben will, als nur der Mann zu sein, den die Leute anrufen, wenn sie Hilfe brauchen oder etwas ausgraben wollen, um jemanden zu belangen.«

»Und du glaubst, du willst *mich*?«, fragte Jodelle.

»Ja«, antwortete Baker schlicht.

Jodelle schüttelte den Kopf. »Ich glaube nicht, dass ich es in mir habe, noch einmal jemanden zu lieben, Baker.«

Er schnaubte.

»So ist es«, beharrte sie.

»Du hast mehr Liebe in deinem kleinen Finger als manche Menschen in ihrem ganzen Körper«, entgegnete er. »Nimm zum Beispiel das, was heute mit Ben passiert ist. Als du gehört hast, dass er in Schwierigkeiten steckt, hast du nicht gezögert, zu ihm zu gelangen. Und ich weiß, dass du immer noch an ihn denkst, selbst jetzt.«

»Das ist normaler Anstand, keine Liebe«, beharrte sie.

»Von wegen«, sagte Baker. »Hör zu, ich weiß, dass ich ein wenig aufdringlich bin. Aber ich weiß nicht, wie ich sonst sein soll. Wenn du die Verbindung, die wir zu haben scheinen, nicht erforschen willst, brauchst du es nur zu sagen. Ich gehöre nicht zu den Typen, die kein Nein als Antwort akzeptieren. Es wäre zwar scheiße, aber ich werde deine Gefühle respektieren.«

»Ich will dich nur nicht an der Nase herumführen. Ich bin ein Wrack, Baker. Ganz ehrlich.«

»Das war keine Antwort, Jodelle.«

Sie seufzte. »Ich will dich auch nicht enttäuschen.«

Baker beschloss, dass er es leid war, Abstand zwischen ihnen zu schaffen. Er rutschte hinüber, bis sein Bein das ihre berührte. Er hob eine Hand, um sie an die Seite ihres Halses zu legen. Innerlich richtete er sich auf und jubelte, als sie ihren Kopf sanft in seine Hand neigte. »Das wirst du nicht. Ich habe das Gefühl, dass ich derjenige sein muss, der sich Sorgen macht, *dich* zu enttäuschen.«

Er wollte sie küssen. So sehr. Aber Baker zwang sich, ruhig zu bleiben. Er schaute ihr in die Augen und versuchte, die Emotionen zu lesen, die er in ihnen sah.

Dann, nach einer langen Pause ... »Okay.«

»Okay?«, fragte Baker. »Okay was?«

»Ich habe mich von Anfang an zu dir hingezogen gefühlt ... wer würde das nicht tun? Du bist ein gut aussehender Mann. Andererseits habe ich in meinem Leben schon viele gut aussehende Männer gesehen. Aber je mehr du morgens mit meinen Schützlingen herumhingst, desto mehr wurde mir klar, dass du nicht nur ein heißer Surfer bist. Du bist verwirrend, manchmal etwas beängstigend, redest nie um den heißen Brei herum ... aber du bist auch beschützend, ein verdammt guter Freund und hast eine Art von Ehre, die ich bei niemandem sonst gesehen habe, niemals. Ich bin auch einsam. Aber ich dachte immer, das sei die Buße für all die Fehler, die ich in meinem Leben gemacht habe. Ich bin mir nicht sicher ... nein, ich *weiß*, dass ich jemanden wie dich nicht verdiene. Aber ich bin zu schwach, um Nein zu sagen.«

»Du bist nicht schwach«, erwiderte Baker mit einem leichten Stirnrunzeln.

Sie antwortete nicht.

»Das bist du nicht. Ich weiß nicht, warum oder wie du das von dir selbst denkst, aber ich werde alles in meiner Macht Stehende tun, damit du dich so siehst, wie ich es tue. Das Leben ist hart, Tink. Es macht uns fertig und beschert uns mit Vergnügen unangenehme Überraschungen, wenn wir bereits am Boden sind. Schwach sein hieße aufzugeben. Verbittert zu werden. Bei den SEALs gibt es ein Sprichwort, das besagt, dass der einzige einfache Tag der gestrige war ... und das ist so verdammt wahr. Und doch sehe ich in dir dasselbe, was ich in meinen SEAL-Kameraden gesehen habe. Die Weigerung, aufzugeben.«

»Es gibt Zeiten, in denen ich genau das tun möchte«, gestand Jodelle.

»Aber du tust es nicht«, konterte Baker. »Das macht dich verdammt stark. Ich sehe dich, Jodelle Spencer. Und mir gefällt, was ich sehe.«

Sie zitterte und hob eine Hand, um sein Handgelenk zu ergreifen. »Das ist wahrscheinlich ein Fehler«, flüsterte sie.

»Willst du mich?«, fragte er unverblümt.

Sie nickte.

»Dann ist es kein Fehler«, sagte Baker. »Ich kann nicht in die Zukunft sehen, aber ich kann dir eines sagen – was auch immer zwischen uns passiert, wird gut sein. Großartig. Und wenn wir gemeinsam beschließen, getrennte Wege zu gehen, werden wir das auch tun. Es wird kein Drama sein, es wird einfach passieren, okay?«

Sie seufzte. »Das würde mir gefallen. Aber wie du schon sagtest, kannst du nicht in die Zukunft sehen. Dinge passieren.«

»Das tun sie. Aber ich werde mich *niemals* gegen dich wenden. Darauf hast du mein Wort.«

»Okay.«

»Okay«, stimmte Baker zu, der so aufgeregt und glücklich war wie schon lange nicht mehr. »Willst du fernsehen? Ich kann einen Film einschalten. Oder wir könnten einen Spaziergang machen.«

Sie schaute ihn mit ihren großen braunen Augen an und Baker wollte glauben, dass sich in ihrem Blick dieselbe Aufregung widerspiegelte, die er selbst empfand.

»Werden wir uns küssen, um die Sache zu besiegeln?«, fragte sie schüchtern.

»Ja. Aber nicht jetzt. Ich habe die Dinge schon schnell

genug vorangetrieben. Du brauchst Zeit, um zu verarbeiten, was zwischen uns passiert.«

»Oh.«

Die Enttäuschung, die in diesem einen Wort mitschwang, brachte Baker fast dazu, die Kontrolle über sich selbst zu verlieren. »Dazu kommen wir noch, Tink. Es gibt keinen Grund zur Eile.«

»Es ist nur ...« Sie schüttelte den Kopf. »Es fällt mir schwer zu glauben, dass wir von flüchtigen Bekannten zu ... dem geworden sind, was auch immer wir sind.«

»Wir waren nie wirklich flüchtige Bekannte, und das weißt du«, sagte Baker.

Sie blickte zu ihm auf und nickte leicht.

»Ein Spaziergang«, entschied Baker, bevor er widerwillig seine Hand von ihrem Hals nahm. »Das wird mir helfen, meine Hände bei mir zu behalten.«

»Ich mag deine Hände auf mir«, gab Jodelle zu.

Er schloss die Augen und holte tief Luft. Mist. Sie hatte es einfach offen gesagt. Keine Spielchen, keine Schüchternheit.

»Baker?«, fragte sie besorgt.

Er öffnete die Augen und starrte sie an. »Ich mag es auch, dich zu berühren«, sagte er. Dann stand er auf. »Komm. Polo Beach ist nicht weit von hier, normalerweise ist es nicht sehr voll und es ist ein guter Ort, um etwas von den Nudeln abzutrainieren.«

Jodelle stand mit einem Lächeln auf und fragte: »Das wird doch kein Eilmarsch, oder? Ich bin nämlich voll. Und ich könnte mich übergeben, wenn du mich zu schnell laufen lässt.«

Baker lachte und legte einen Arm um Jodelles Taille. »Wir werden in deinem Tempo gehen, Tink.«

»Danke. Deine Beine sind viel länger als meine, und mit deinem Training würdest du mich in Sekundenschnelle abhängen.«

»Glaubst du, ich würde dich zurücklassen?«, fragte er, während er sie in Richtung seiner Haustür lenkte.

»Nein. Aber ich habe das Gefühl, dass du ein harter Team-leiter warst. Ich kann mir vorstellen, wie du deine Matrosen anbrüllst und ihnen sagst, sie sollen sich zusammenreißen und sich ranhalten.«

Baker lachte, weil sie gar nicht so danebenlag. Am liebsten hätte er sie an seine Brust gezogen und sie bis zur Besinnungslosigkeit geküsst, aber stattdessen beugte er sich herunter, um einen Kuss auf ihren Kopf zu drücken. »Versprochen. Das ist nur ein gemütlicher Spaziergang nach dem Essen. Mehr nicht.«

»Okay. Baker?«

»Ja?«

»Das ist seltsam. Und wirklich unerwartet. Aber ich bin nicht beunruhigt darüber.«

Er strahlte. »Gut.«

Er ließ sie lange genug los, um die Haustür zu öffnen, und als sie geschlossen und verriegelt war, freute Baker sich, als Jodelle schüchtern nach seiner Hand griff. Es war verrückt, wie das bloße Halten ihrer Hand ein Kribbeln in seinem Arm auslöste. Er war zweiundfünfzig und zum ersten Mal in seinem Leben war ihm fast schwindelig, weil er mit einer Frau zusammen war. Er war sich nicht sicher, ob er sich darüber Gedanken machen oder sich einfach dem Strom hingeben sollte.

Jodelle sah zu ihm auf, lächelte wieder schüchtern und wandte dann die Aufmerksamkeit dem Bürgersteig vor ihnen zu.

Baker beschloss, mit dem Strom zu schwimmen.

KAPITEL DREI

Am nächsten Morgen lag Jody in ihrem Bett und starrte an die Decke. Der gestrige Tag war ... interessant gewesen. In den letzten fünf Jahren ihres Lebens hatte sie eine Art komfortable Routine genossen. Morgens, bevor die Schule anfing, passte sie auf ihre Schützlinge auf, kam nach Hause und arbeitete, fuhr nachmittags wieder an den Strand und verbrachte den Abend allein zu Hause, aß zu Abend und arbeitete oft wieder, bevor sie sich ins Bett legte, um am nächsten Tag alles von vorn zu tun.

Der gestrige Tag war eine ziemliche Abwechslung zu dieser Routine gewesen und sie war sich nicht sicher, ob ihr das gefiel. Es war sicher, jeden Tag das Gleiche zu tun. Jody hatte genügend Überraschungen und Veränderungen für ein ganzes Leben gehabt.

Der gestrige Tag hatte sie aus ihrer Komfortzone gerissen. Zunächst einmal war da Ben. Irgendetwas stimmte nicht, und sie wollte unbedingt mit dem Teenager reden und sehen, ob sie ihm irgendwie helfen konnte. Sie wusste nicht viel über den Jungen, nur dass seine Eltern wohlhabend waren und er ein ziemlich ruhiger, aber beliebter Junge war.

Und dann war da noch Baker.

Seufzend schloss Jody die Augen, als sie sich den vergangenen Abend noch einmal in Erinnerung rief. Es war schwer zu glauben, dass er tatsächlich an *ihr* interessiert war. Sie war nichts Besonderes. An manchen Tagen fühlte sie sich, als könnte sie sich kaum über Wasser halten. Doch Baker schien es völlig ernst zu meinen, als er ihr sagte, er wolle sehen, wohin die Dinge zwischen ihnen führen könnten.

Er war ein wenig arrogant, aber Jody wusste, dass er sie in Ruhe gelassen hätte, wenn sie seine Annäherungsversuche in irgendeiner Weise zurückgewiesen hätte. Aber das hatte sie nicht. Zum ersten Mal seit langer Zeit ging sie ein Risiko ein.

Mana hätte ihr gesagt, dass es an der Zeit war.

Es war immer noch schmerzhaft, an ihren Sohn Kaimana zu denken, aber heute Morgen war die Vorstellung, dass ihr Sohn sie anlächelte und abklatschte, nicht mehr so lähmend wie früher. Sie vermisste ihr Kind mehr, als sie in Worte fassen konnte. Sie waren so lange nur zu zweit gewesen, dass es sich immer noch seltsam anfühlte, aufzuwachen und ihn nicht im Haus zu haben.

Jody wusste, dass sie den Rest des Tages nur noch schlecht gelaunt sein würde, wenn sie über den Verlust nachdachte, und lenkte ihre Gedanken wieder auf Baker. Sie mochte es, wie offen er war. Er war intensiv, aber sie wusste genau, wie es um sie beide stand, was eine Erleichterung war. Sie war zu alt für Beziehungsspielchen.

Ihr Spaziergang zum Strand war schön gewesen. Sie hatten Händchen gehalten und unter anderem über den Surfwettbewerb des Tages sowie darüber gesprochen, wie sehr sie den daraus resultierenden Verkehr hassten. Baker hatte ihr ein wenig von seiner Zeit bei der Marine erzählt und von seiner Entscheidung, nach seinem Rückzug von den SEALs hier in Hawaii zu bleiben. Es war angenehm und Jody hatte das Gefühl, als würde sie den Mann schon ewig kennen. Sie war immer noch verwirrt darüber, wie sie von bloßen Freunden, die sich ein paarmal pro Woche am Strand sahen, zu einem Paar geworden waren, aber sie konnte nicht sagen, dass sie darüber verärgert war, trotz ihrer anhaltenden Nervosität.

Baker war ... Es fiel ihr schwer, die richtigen Worte zu finden, um ihn zu beschreiben. Jody wusste nur, dass sie gern in seiner Nähe war. Er füllte sie innerlich aus, nachdem sie sich seit Manas Tod völlig leer gefühlt hatte.

Jody setzte sich auf und schwang ihre Beine über die Bettkante, um nicht missmutig zu werden. Heute war einer der seltenen Tage, an denen sie nicht an den Strand ging. Es war der letzte Tag des Surfwettbewerbs und ihre Schützlinge würden höchstwahrscheinlich als Zuschauer dort sein, wie schon in den letzten Tagen. Morgen würden sie ihren Strand zurückbekommen und in den frühen Morgenstunden surfen, bevor die Schule anfing, und Jody würde dabei sein, um sie im Auge zu behalten.

Sie hatte den heutigen Tag für sich allein ... was nicht gerade eine ihrer Lieblingssituationen war. Aber sie hatte ein paar Grafikdesign-Jobs, an denen sie arbeiten wollte, und eine Webseite, die sie von Grund auf neu erstellen musste. Jody war sehr dankbar für ihren Job ... Er gab ihr etwas, auf das sie sich konzentrieren konnte, wenn der Schmerz über den Verlust von Mana zu groß wurde, und er ermöglichte es ihr, in dem Haus zu bleiben, das sie mit ihrem Sohn bewohnt hatte.

Nachdem sie geduscht hatte, holte Jody ein Pop-Tart aus der Speisekammer und stand in ihrer Küche, während sie es aß. Sie wusste, dass diese Dinger nicht gesund waren, aber sie hatten zu Manas Lieblingsspeisen gehört und es erinnerte sie an ihren Sohn, jeden Morgen ein Pop-Tart zum Frühstück zu essen.

Sie war gerade fertig damit, als ihr Handy mit einer Benachrichtigung piepste. Jody runzelte die Stirn, da sie sich nicht sicher war, wer sie so früh kontaktieren würde, und ging zu dem Tisch, auf dem sie ihr Telefon am Abend zuvor liegen gelassen hatte.

Als sie Bakers Namen auf dem Display sah, kribbelte es in ihrem Bauch. Sie hatten gestern Abend ihre Nummern ausgetauscht.

Baker: Ich habe mich gestern Abend gut amüsiert. Ich versuche, nicht zu aufdringlich zu sein, also werde ich dem Drang widerstehen, heute vorbeizukommen.

. . .

Jody wusste, dass sie ein albernes Lächeln im Gesicht hatte, lehnte sich gegen den Tresen und tippte eine Antwort.

Jody: Es war kein Scherz, dass du nicht herumalberst, oder?
Baker: Nein. Das wirst du noch über mich lernen. Wenn ich etwas will, gebe ich alles. Was sind deine Pläne für heute?

Das fühlte sich gut an. Es war schon lange her, dass sie jemanden gehabt hatte, mit dem sie ihre Pläne teilen konnte.

Jody: Nichts Aufregendes. Ein bisschen Arbeit.
Baker: Kein Strand?
Jody: Du hast Rome gesagt, dass ich nicht da sein würde, also halte ich mich daran. Außerdem ist heute Sonntag. Keine Schule, und der Wettbewerb läuft noch. Meine Schützlinge werden zu sehr damit beschäftigt sein, von ihren Lieblingssurfern zu schwärmen, um in Schwierigkeiten zu geraten.
Baker: Aber morgen wirst du da sein?
Jody: Ja. Warum?
Baker: Ich will nur sichergehen, dass ich dich bald sehen kann.

Gänsehaut machte sich auf Jodys Armen breit. Mann, dieser Typ war tödlich. Dann runzelte sie die Stirn. Er könnte ihr das, was von ihrem Herzen übrig war, aus der Brust reißen und es zerstampfen. Zweifel schossen ihr durch den Kopf. Vielleicht war das keine gute Idee.

Baker: Keine Eile und kein Druck, Tink. Ich bin nur ehrlich.

. . .

Es war, als spürte er, dass sie ausflippte, und würde tun, was er konnte, um es zu lindern. Sie holte tief Luft und antwortete.

Jody: Ich kann nicht behaupten, dass mich das nicht nervös macht ... aber ich bin zum ersten Mal seit Jahren mit einem Lächeln im Gesicht aufgewacht.
    Baker: Gut. Erwarte heute einen Anruf von Elodie.

Jody blinzelte verwirrt. Sie wusste, wer Elodie war. Sie war mit einem von Bakers Navy-SEAL-Freunden verheiratet. Sie hatte im letzten Jahr einige von ihnen kennengelernt, aber sie hatte keine Ahnung, warum die Frau sie anrufen sollte.

Jody: Elodie? Warum?

Aber anstatt dass drei Punkte am unteren Rand des Bildschirms erschienen, um anzuzeigen, dass Baker auf ihre Frage antwortete, klingelte ihr Handy in ihrer Hand und erschreckte Jody zu Tode. Sie lachte über sich selbst, bevor sie auf das Symbol tippte, um abzunehmen.
    »Hi«, sagte Jody ein wenig schüchtern.
    »Ich hasse es, SMS zu schreiben«, entgegnete Baker anstelle einer Begrüßung. »Und ich würde sowieso viel lieber deine Stimme hören. Guten Morgen, Tink.«
    Die letzten drei Worte waren etwas sanfter und zärtlicher gesprochen als die anderen.
    »Morgen«, sagte Jody.
    »Elodie wird sich bei dir melden, weil ich heute Morgen mit Mustang gesprochen und zufällig erwähnt habe, dass ich den Abend mit dir verbracht habe. Er wird seiner Frau davon erzählen und ich zweifle nicht daran, dass sie ganz aufgeregt sein und mich anrufen wird, um deine Nummer zu bekommen, damit sie dich in der Gruppe willkommen heißen kann ... sozusagen.«

Jody war sich nicht sicher, was sie dazu sagen sollte. »Ähm ... okay.«

»So ist sie nun mal«, erklärte Baker sanft. »So sind all die Frauen. Sie sind neugierig auf dich und werden dich kennenlernen wollen. Wenn ich ihnen sagen soll, dass sie sich zurückhalten sollen, werde ich das tun.«

»Nein!«, rief Jody schnell. »Ich meine, ich bin auch neugierig auf sie, wenn ich ehrlich bin. Die wenigen Male, die ich einige von ihnen getroffen habe, schienen sie nett zu sein.«

»Sie *sind* nett«, beruhigte Baker sie. »Sie sind aber auch verdammt neugierig, also wenn sie dich etwas fragen, das du nicht beantworten möchtest, lass es. Sie werden sich nicht darüber ärgern.«

»Vielleicht werde ich Elodie über *dich* ausquetschen«, neckte Jody ihn.

»Nur zu«, sagte Baker.

Jody schüttelte den Kopf. Natürlich hatte der Mann keine Angst davor, was seine Freunde über ihn zu erzählen hatten. Gleichzeitig tröstete es sie auch.

»Aber im Ernst, Jodelle, wenn du noch nicht mit Elodie oder einer der anderen Frauen zusammenkommen willst, sag einfach Bescheid. Ich werde ihnen sagen, dass sie sich zurückhalten sollen, dass wir uns noch kennenlernen und sie einfach warten können, bis wir fester zusammen sind, bevor sie dich zu ihren Übernachtungspartys einladen.«

Jody lachte. »Sie machen Übernachtungspartys?«

»Ja. Normalerweise im Penthouse von Kenna und Aleck. Die Aussicht von dort oben ist fantastisch. Jedenfalls macht Aleck sich rar und die Mädchen machen ihr Ding. Und bevor du fragst, die Jungs sind alle mehr als einverstanden mit dieser Tradition, denn es ist besser, als wenn die Frauen sich in Schale werfen und in eine Kneipe gehen, um sich zu betrinken. Es ist viel sicherer.«

Sehnsucht gepaart mit Traurigkeit durchströmte Jody. Sie konnte nicht anders, als sich an einige der Übernachtungspartys zu erinnern, die Mana als Kind veranstaltet hatte. Die Geräusche der kichernden Jungen waren schon lange aus ihrem Haus verschwunden, aber die Erinnerungen waren so lebendig, als wären sie erst gestern entstanden.

»Tink?«, fragte Baker.

»Entschuldige, ich bin noch dran«, sagte Jody.

»Scheiße. Ich wollte dich nicht traurig machen.«

Wie dieser Mann ihre Stimmungen durch eine Telefonleitung erkennen konnte, war ihr ein Rätsel, aber Jody hielt sich nicht damit auf. »Ich bin nicht traurig, nicht wirklich. Es ist nur schon lange her, dass ich an Übernachtungspartys gedacht habe.«

»Eine kleine Vorwarnung, Tink ... irgendwann will ich alles über deinen Jungen hören.«

Jody schloss die Augen. Sie war sich nicht sicher, was sie sagen sollte. Manas Tod war kein Geheimnis, und es überraschte sie nicht, dass Baker von ihm wusste.

»Denn ganz ehrlich, es ist einfach scheiße, dass er gestorben ist«, fuhr Baker fort. »Ich wünschte, ich hätte ihn gekannt. Bei seiner fantastischen Mutter weiß ich einfach, dass er ein unglaublicher Mann gewesen wäre.«

Zwei Tränen liefen Jody über die Wangen, als sie angesichts von Bakers Worten blinzelte. Es war lange her, dass jemand ganz offen über Mana gesprochen hatte. Die meisten vermieden es tunlichst, ihn zu erwähnen. Sie wusste, dass die Leute davon ausgingen, es würde sie stören, wenn sie über Mana sprachen, aber indem sie das Thema vermieden, fühlte es sich fast so an, als würden sie ihr Bestes tun, um ihn ganz und gar auszulöschen. Aber nicht Baker. »Ich wünschte auch, er hätte dich kennengelernt«, sagte sie nach einem langen Moment.

»Soll ich Elodie sagen, dass sie uns ... dir ... etwas Zeit geben soll?«, fragte Baker.

Jody schluckte und wischte sich über das Gesicht. Sie hatte heute Morgen schon so ziemlich alle möglichen Emotionen erlebt, und es war noch nicht einmal neun Uhr. Sie hatte sich so lange innerlich taub gefühlt, und obwohl sie kein großer Fan von diesen wilden Stimmungsschwankungen war, konnte sie nicht leugnen, dass sie sich so lebendig fühlte wie schon lange nicht mehr. Sie fühlte sich, als würde sie langsam auftauen, nachdem sie jahrelang in Eis einge-schlossen war. Ob das etwas Gutes war, wusste sie noch nicht.

»Nein. Ich glaube, ich würde gern mit ihr reden«, sagte Jody zu Baker.

»Okay. Ich gebe es nur ungern zu ... aber ich weiß nicht, womit du dein Geld verdienst.«

Jody lachte, dankbar über den Wechsel zu einem weniger tiefschürfenden Thema. »Ich bin Grafikdesignerin. Ich mache alles, angefangen beim Erstellen von Logos über das Entwerfen von T-Shirts bis hin zum Zusammenstellen von Webseiten.«

»Und das kannst du von zu Hause aus machen?«

»Ja, zum Glück. Ich kann mir meine Arbeitszeit selbst einteilen, sodass ich arbeiten kann, wann ich will. Manchmal hat jemand einen dringenden Auftrag, der erledigt werden muss, aber normalerweise entscheide ich selbst, wie viel ich arbeite und wann.«

»Mir gefällt, dass dein Zeitplan so flexibel ist, Tink.«

Sie konnte sich ein Lächeln nicht verkneifen. Wieder zögerte Baker nicht, ihr zu sagen, was er dachte, was sie langsam zu genießen begann. »Mir auch. Was ist mit dir, Baker?«

»Was *ist* mit mir?«

»Was machst du so? Ich weiß, du bist aus der Marine ausge-schieden und warst früher ein SEAL, aber was machst du jetzt?«

»Das sage ich dir, wenn wir uns wiedersehen«, antwortete Baker nach einer Pause.

Jody runzelte die Stirn. Das klang ein wenig unheilvoll. »Das klingt irgendwie beängstigend«, gestand sie.

»Das ist es nicht. Es ist nur schwer zu erklären. Und ich möchte nicht, dass du irgendetwas von dem, was ich dir sage, falsch verstehst. Wenn ich dir bei diesem Gespräch von Ange-sicht zu Angesicht gegenüberstehe, kann ich deine Bedenken schon im Keim ersticken.«

»*Werde* ich denn Bedenken haben?«, fragte sie.

»Es ist möglich.«

Scheiße. Das hörte sich für Jody nicht gut an.

»Aber wenn du es tust, werde ich dafür sorgen, dass sie verschwunden sind, sobald wir mit dem Gespräch fertig sind.«

Sie konnte nicht anders, als über seine Arroganz zu lachen.

»Das gefällt mir«, sagte er leise.

»Was?«

»Dich lachen zu hören. Ich werde es mir zur Lebensaufgabe machen, das jeden Tag zu hören.«

Ein seltsames Gefühl machte sich in Jody breit. Sie konnte sich nicht erinnern, wann sich das letzte Mal jemand um *sie* gekümmert hatte. Sich darum gesorgt hatte, was sie dachte oder fühlte. Oder sich vergewissert hatte, dass sie aß, sich ausruhte, lachte ... einfach glücklich war.

»Jodelle?«, fragte Baker, als einige Sekunden vergingen, ohne dass sie etwas sagte.

»Ich bin noch dran. Es ist nur ... Jahre her, dass sich jemand dafür interessiert hat, was ich tue oder denke.«

»Mich interessiert es. Ich werde dich jetzt in Ruhe lassen, damit du noch etwas arbeiten kannst, bevor Elodie dich unterbricht. Wundere dich nicht, wenn du dich bereit erklärst, für sie und die anderen Frauen eine Tupperparty oder so zu veranstalten, ohne eine Ahnung zu haben, wie sie dich dazu überredet hat.«

Jody lächelte. »Okay.«

»Ich meine es ernst. Die Frau ist ganz schön raffiniert. Aber, Tink, wenn du nicht bereit bist oder dich damit nicht wohlfühlst, hab keine Angst, Nein zu sagen. Das wird Elodie nicht abschrecken. Wenn du ihr sagst, dass du Zeit oder Raum brauchst, wird sie es dir geben.«

»In Ordnung.«

»Alles klar?«, fragte er.

»Ja, Baker, ich glaube schon.«

»Ich werde mich heute noch melden, um sicherzugehen, dass das so bleibt. Ist das okay für dich?«

»Meinst du mit dich melden, dass du zu beliebigen Tageszeiten durch meine Fenster spähen oder vor meiner Tür auftauchen wirst?«

Diesmal lachte Baker, und Jody hörte es gern. Sie hatte das Gefühl, dass er auch nicht sonderlich viel lachte. »Ich dachte eher daran, dir ab und zu eine SMS zu schicken. Vielleicht rufe ich dich heute Abend an.«

»Das ist okay für mich«, erwiderte Jody. »Aber ich hätte auch nichts dagegen gehabt, wenn du gesagt hättest, dass du vorbeikommen willst.«

Baker schwieg für einen Moment. »Scheiße. Du bringst mich um. Ich mag es, dass du keine Spielchen spielst, Tink. Ich melde mich später wieder. Hab einen schönen Tag.«

»Okay.« Jody fiel auf, dass sie ihn nicht gefragt hatte, was er heute vorhatte, aber dafür war es jetzt zu spät. »Du auch.«

»Tschüss.«

»Tschüss.« Jody legte auf, rührte sich jedoch nicht von der Stelle. Nach ein oder zwei Minuten bemerkte sie, dass sie immer noch lächelte.

Schließlich machte sie sich auf den Weg in ihr Schlafzimmer und zu dem kleinen Schreibtisch in der Ecke. Ihr Haus hatte zwei Schlafzimmer, aber selbst nach all der Zeit konnte sie sich nicht dazu durchringen, den zweiten Raum in ein Arbeitszimmer zu verwandeln. Das war Manas Zimmer. Es würde immer ihm gehören. Sie hatte die meisten seiner Kleider der Wohlfahrt gespendet und seine Sachen zusammengepackt, aber der Anblick des Doppelbetts und der Aufkleber, die Mana auf die Schubladen seiner Kommode geklebt hatte, ließ sie auch nach all den Jahren noch zusammenbrechen. Sie hatte darüber nachgedacht, das Zimmer in ein Arbeitszimmer umzuwandeln, aber ... sie konnte sich ehrlich gesagt nicht vorstellen, etwas daran zu ändern.

Also stand das Zimmer leer und sie arbeitete an dem kleinen Schreibtisch in der Ecke ihres Schlafzimmers. Wenn sie Abwechslung brauchte, nahm sie ihren Laptop mit in den Wohnbereich und arbeitete an dem Tisch oder auf der Couch.

Jody wünschte sich, sie hätte eine herrliche Aussicht, die sie bei der Arbeit genießen konnte, wie zum Beispiel die Wellen, die vom Meer ans Ufer rollten, aber ihr Haus war klein und lag hinter einem noch größeren Gebäude, sodass sie aus den Fenstern ihres Schlafzimmers nur das Nachbarhaus und aus den größeren Fenstern im Wohnzimmer nur Bäume sehen konnte. Sie hatte einen recht großen Garten, was ein Segen war. Auch die Obstbäume waren ein Pluspunkt.

Die fehlende Aussicht war wahrscheinlich eine gute Sache, denn so konnte sie sich besser konzentrieren. Aber heute fiel es ihr schwerer als sonst, gedanklich bei dem zu bleiben, was sie tat ... dank Baker. Ein Teil von ihr dachte, dass sie vielleicht halluzinierte, dass der gut aussehende Mann nicht wirklich seine Absicht erklärt hatte, *nicht weiter herumzualbern*, wenn es um eine Beziehung mit ihr ging. Aber sie brauchte nur einen Blick auf ihre SMS zu werfen, um sich zu vergewissern, dass sie den gestrigen Nachmittag und Abend wirklich mit ihm verbracht hatte. Und dass er in sie verliebt zu sein schien.

Es war seltsam. Sie war eine geschiedene, verkorkste Frau mittleren Alters, die immer noch in ihrem Kummer ertrank. So sehr, dass sie manchmal kaum durch den Tag kam. Ganz zu schweigen davon, dass sie zu viele überflüssige Pfunde auf ihrer schmalen Statur mit sich herumschleppte und es ihr leichter fiel, mit einem Haufen Teenager auszukommen als mit Leuten in ihrem Alter. Was um alles in der Welt sah Baker in ihr?

Jody war nicht davon überzeugt, dass eine Beziehung zwischen ihnen funktionieren würde, aber sie konnte nicht leugnen, dass sie es zum ersten Mal seit Jahren wieder versuchen wollte. Sie war es leid, die ganze Zeit traurig zu sein.

Sie atmete tief durch und zwang sich, alles aus ihrem Kopf zu verbannen, bis auf die Grafiken, an denen sie arbeiten musste. Ihr Kunde brauchte einen großen Aufkleber, der bei einer Konferenz an einem Hotelaufzug angebracht werden sollte. Er sollte auffällig und auf einen Blick zu lesen sein. Und er hatte ihr freie Hand gelassen, das zu gestalten, was sie für das Beste hielt.

Drei Stunden später lehnte Jody sich in ihrem Stuhl zurück und starrte zufrieden auf den Bildschirm vor ihr. Ihr gefiel, was sie entworfen hatte, und sie hoffte, dass es ihrem Kunden ebenso ergehen würde.

In ihrer Konzentration erschreckte das Klingeln ihres Handys sie so sehr, dass sie fast von ihrem Stuhl fiel. Kichernd und mit dem Gedanken, dass es irgendwie traurig war, dass sie ihr Telefon schon so lange nicht mehr hatte klingeln hören, dass es sie zweimal an einem Morgen vor Schreck zusammenzucken ließ, ging Jody ran.

»Hallo?«

»Hi. Hier ist Elodie. Ist da Jodelle?«

»Ja, aber bitte nenn mich Jody. Das tun alle.«

»Alle außer Baker«, sagte die Frau lachend.

»Stimmt. Ich habe ihm gesagt, dass mich niemand so nennt, aber das scheint ihn nicht zu interessieren.«

»Das klingt nach Baker. Wie geht es dir?«

»Mir geht's gut.«

»Es tut mir leid, dass wir dich gestern beim Surfen verpasst haben. Baker hatte netterweise einen Freund überzeugt, uns in seinem Garten abhängen zu lassen, damit wir das Geschehen aus der Vogelperspektive beobachten konnten, ohne uns mit der schrecklichen Parksituation herumschlagen zu müssen. Ich weiß nicht, wie du das machst.«

»Was machen?«, fragte Jody, etwas amüsiert über Elodies leichtes Geplapper. Wenn sie es nicht besser wüsste, hätte sie gedacht, dass die andere Frau nervös war, aber das war verrückt. Wenn überhaupt, dann sollte *sie* die Nervöse sein, nicht Elodie.

»Mit dem ständigen Verkehr dort zurechtkommen.«

»Ja, es macht keinen Spaß, aber es ist nicht immer so schlimm wie bei den Surfwettbewerben. Und ist der Verkehr auf der Hi besser?«

Elodie lachte. »Stimmt. Also ... du musst wissen ... wir sind alle sehr neugierig auf dich.«

Jody rümpfte die Nase. »Ich bin doch gar nicht so interessant.«

»Falsch«, entgegnete Elodie, ohne zu zögern. »Hör zu, ich kenne Baker schon eine Weile. Er hat mir sogar das Leben gerettet. Und dieser Mann duldet keine Dummheiten. Er ist sehr wählerisch, wem er seine Zeit schenkt, und du gehörst *definitiv* zu diesem seltenen Klub.«

»Er hat dein Leben gerettet?«, fragte Jody.

»Ja. Und ich werde dir alles darüber erzählen – und

darüber, wie er auch das Leben all meiner Freundinnen gerettet hat –, wenn wir uns mal zum Mittagessen treffen.«

Jody konnte sich ein Lachen nicht verkneifen. Gott, sie hatte heute so viel gelacht wie schon lange nicht mehr.

»Was? War das lustig?«, fragte Elodie.

»Baker hat mich nur gewarnt, dass du mich zur Ausrichtung einer Tupperparty überredet hättest, sobald wir unser Gespräch beenden.«

Elodie kicherte. »Also? Willst du mit mir essen gehen? Ich habe mir überlegt, dass wir uns auf halbem Weg treffen könnten. Südlich der Dole Plantage an der H2 gibt es ein Lokal namens *Sunset Smokehouse*, das laut Scott fabelhaft ist. Aber wenn das nicht in Ordnung ist, können wir auch woanders hingehen.«

»Ich war schon dort, das Barbecue ist fantastisch«, sagte Jody.

»Cool. Und ich fordere vermutlich mein Glück heraus, aber was hältst du davon, wenn ein paar von den anderen mitkommen?«

»Die anderen?«, fragte Jody.

»Monica, Lexie, Ashlyn. Du hast Mo kennengelernt und Lexie zugewunken, als sie sich einmal mit Baker getroffen hat, und Ashlyn hat bei diesem Mann einen gewissen Beschützerinstinkt entwickelt ... auch wenn es schwer zu glauben ist. Es ist irgendwie verrückt, aber wahr. Kenna und Carly wollen dich auch kennenlernen, aber sie haben großzügig erklärt, dass sie warten können, bis du zu einer unserer Übernachtungspartys kommst.«

Ehrlich gesagt war Jody ein wenig überfordert, aber sie musste wieder einmal lachen. »Baker hat mir auch von euren Übernachtungspartys erzählt.«

»Gut. Denn wir wollen unbedingt, dass du zu einer kommst. Bald.«

»Ähm ... verzeih mir, wenn das gemein klingt, das ist nicht meine Absicht ... aber du kennst mich nicht. Und Baker und ich haben uns erst gestern Abend darauf geeinigt, diese Beziehungssache auszuprobieren. Es ist noch nicht mal einen Tag her, also verstehe ich nicht, wie du und deine Freundinnen so ... begeistert sein könnt, mich zu treffen.«

»Die Sache ist die, Jody ... Baker ist der Hammer. Er hat mehr für uns alle getan, als du dir überhaupt vorstellen kannst. Ich würde *alles* für ihn tun, und das meine ich nicht auf eine komische Art und Weise. Aber er wird nie darum bitten. Er lebt in einer Blase. Er hilft gern anderen, aber für sich selbst tut er nichts. Er ist schon seit Langem an dir interessiert. Und wenn Baker sich für dich interessiert, bedeutet das, dass du ein fantastischer Mensch bist. Wenn Scott, mein Mann, etwas will, hält ihn nichts davon ab, es zu bekommen. Und auch wenn ich Baker nicht *so* gut kenne, weiß ich, dass er meinem Mann sehr ähnlich ist.«

»Ja, da muss ich dir zustimmen, das klingt ganz danach.«

Elodie kicherte wieder und Jody lächelte.

»Also, kommst du zum Mittagessen?«

»Ja, das würde ich gern.«

»Gut. Wie wär's mit diesem Wochenende?«

»Oh, ähm ... okay.«

»Samstag? Ist dreizehn Uhr okay? Und so sehr es mich auch schmerzt, lass dich nicht von Baker überreden, ihn mitkommen zu lassen. Nur für Mädchen.«

»Es schmerzt dich?«, fragte Jody.

»Baker ist geheimnisvoll. Keiner von uns hat wirklich viel Zeit mit ihm verbracht. Er taucht einfach auf und ist eine Minute später wieder weg. Ja, ich würde mich gern hinsetzen und mich mit ihm unterhalten, wenn die Kacke gerade mal *nicht* am Dampfen ist, aber zuerst möchte ich dich kennenlernen.«

Die Betonung des letzten Satzes bescherte Jody nicht gerade ein wohlig warmes Gefühl, aber sie dachte nicht weiter darüber nach. »Klingt gut. Samstag im *Sunset Smokehouse*. Um dreizehn Uhr.«

»Es wird lustig, versprochen«, sagte Elodie.

Jody war sich da nicht so sicher. Sie hatte bereits Zweifel. Aber sie antwortete nur: »Ich freue mich darauf, einige von Bakers Freundinnen kennenzulernen.«

»Du hast meine Nummer, also kannst du mich anrufen

oder mir eine SMS schicken, wenn etwas dazwischenkommt. Ich freue mich darauf, dich kennenzulernen«, sagte Elodie.

»Gleichfalls.«

»Okay, bis dann.«

»Tschüss.« Jody legte auf und fügte Elodies Nummer sofort zu ihrer Kontaktliste hinzu. Es war irgendwie traurig, wie wenige Leute sie in ihrem Adressbuch hatte, und es fühlte sich gut an, jemand Neues hinzuzufügen.

Ohne darüber nachzudenken, öffnete Jody ihre SMS und begann, eine Nachricht an Baker zu tippen.

Jody: Elodie hat angerufen. Es ist keine Tupperparty geplant, aber wir gehen am Samstag zum Mittagessen.

Nicht einmal eine Minute, nachdem sie auf Senden gedrückt hatte, erschienen drei Punkte, als Baker antwortete. Es war so typisch für ihn, sie nicht auf eine Antwort warten zu lassen.

Baker: Ist das in Ordnung für dich?

Jody: Irgendwie.

Baker: Erklär mir das.

Jody: Elodie hat gesagt, dass Monica, Lexie und Ashlyn auch da sein werden. Ich habe Monica getroffen und sie schien schüchtern, aber nett. Lexie habe ich auch einmal gesehen, aber sie sagte, Ashlyn hätte dir gegenüber einen Beschützerinstinkt entwickelt.

Baker: Soll ich Elodie anrufen und ihr sagen, dass es zu schnell geht? Ich will nicht, dass du dich überrumpelt fühlst.

Jody entging nicht, dass Baker nicht auf die Sache mit dem Beschützerinstinkt einging, aber vielleicht waren SMS auch nicht die beste Art, um darüber zu sprechen.

.   .   .

Jody: Nein. Ich bin ein großes Mädchen, Baker. Ich kann damit umgehen.

Baker: Na gut, aber wenn du es nicht kannst, ist das auch okay.

Jody: Ich habe irgendwie das Gefühl, dass ich Freundschaftsarmbänder machen muss, um sie am Samstag zu verteilen.

Baker: LOL

Jody: OMG, hast du gerade LOL geschrieben?

Baker: Du hast Augen im Kopf, Tink. Sieht aus, als hätte ich das getan.

Jody: Ich hätte dich nur nicht für jemanden gehalten, der SMS-Sprache verwendet.

Baker: Bin ich auch nicht.

Jody: Und doch hast du LOL getippt.

Baker: Entweder das oder ich wollte dir sagen, was für eine Spinnerin du bist und wie sehr ich es liebe, dass du so sein kannst. Und ich denke, es ist wahrscheinlich ein bisschen zu früh, um dich als Spinnerin zu bezeichnen und dir zu sagen, dass ich alles an dir liebe. Also ... habe ich mich mit LOL begnügt.

Jody schluckte schwer, während sich erneut eine Gänsehaut auf ihren Armen ausbreitete. Gott, dieser Mann.

Baker: Und jetzt habe ich es dir trotzdem gesagt. Und dir einen Schreck eingejagt. Tut mir leid.

Jody: Nein! Okay, vielleicht ein bisschen, aber auf eine gute Art. Es ist sehr lange her, dass ich etwas anderes war als Manas Mutter, Miss Jody oder die Grafikdesignerin, die jemand angeheuert hat.

Baker: Für mich bist du all das und noch viel mehr. Bist du für heute fertig mit der Arbeit?

Jody: Nein. Ich habe ein Projekt abgeschlossen, muss aber noch zwei weitere in Angriff nehmen und meine E-Mails überprüfen, um zu sehen, welche Projekte ich als Nächstes anpacken will.

Baker: Dann lasse ich dich jetzt in Ruhe.

Jody: Okay.

Baker: Elodie und die anderen sind gute Frauen. Du brauchst dir keine Sorgen zu machen. Ich rufe dich später an.

Jody: Klingt gut.

Als keine drei Punkte auf dem Bildschirm mehr auftauchten, nahm Jody an, dass ihr Gespräch beendet war. Sie atmete tief durch, schüttelte den Kopf darüber, wie verrückt ihr Leben jetzt schien verglichen mit den vierundzwanzig Stunden zuvor, und stand auf, um in die Küche zu gehen und sich etwas zu essen zu holen, bevor sie sich wieder an die Arbeit machte.

KAPITEL VIER

Am nächsten Morgen fuhr Baker früher als sonst zur Waimea Bay. Er war bereits ein Frühaufsteher, aber jetzt wollte er unbedingt Jodelle sehen. Er hatte keine Ahnung, was ihn an ihr so faszinierte, aber er hatte es satt, gegen ihre Anziehungskraft anzukämpfen.

Der Parkplatz war selbst zu dieser frühen Stunde bereits überfüllt, aber Baker war nicht überrascht, dass Jodelles bunter VW Bus schon da war. Er stieg aus seinem Subaru Crosstrek – ein kleinerer Geländewagen, aber eines der am besten bewerteten Fahrzeuge für den Transport von Surfbrettern –, zog seinen Neoprenanzug an, schnappte sich sein Surfbrett vom Dachgepäckträger und machte sich auf den Weg dorthin, wo Jodelle sich immer niederließ, während sie auf ihre Schützlinge aufpasste.

Er hatte gestern einige Nachforschungen angestellt, und obwohl ein Teil von ihm ein schlechtes Gewissen hatte, sich in ihr Privatleben eingemischt zu haben, rechtfertigte Baker es damit, dass er auf keinen Fall etwas sagen wollte, das ihr unangenehm wäre.

Er hatte zwar gewusst, dass ihr Sohn vor etwa fünf Jahren gestorben war, aber das war auch schon alles gewesen. Es war nicht schwer, die Details über Kaimanas Tod herauszufinden. Es war tragisch und herzzerreißend und gab Baker ein besseres

Verständnis dafür, warum sie jeden Tag in aller Herrgottsfrühe aufstand, um den Highschool-Schülern beim Surfen zuzusehen.

»Hey«, sagte er, als er sich ihr näherte, da er sie nicht erschrecken wollte, indem er ohne Vorwarnung neben ihr erschien.

Jodelle drehte sich um und lächelte ihn an – und einfach so zuckte Bakers Schwanz. Mist. Wann hatte er das letzte Mal die Kontrolle über seinen Körper verloren? Noch nie. Das bewies nur, dass sie die Richtige für ihn war, und Baker würde alles tun, um die Sache zwischen ihnen nicht zu vermasseln.

»Guten Morgen«, sagte sie. Sie hatte einen Thermosbecher in der Hand, und als Baker näher kam, konnte er den Duft von Schokolade riechen.

»Kaffee?«, fragte er, obwohl er die Antwort bereits kannte.

»Nein. Heiße Schokolade«, sagte Jodelle. »Es war …« Sie hielt inne, zuckte mit den Schultern und sagte: »Ich mag sie.«

»Was wolltest du gerade sagen?«, fragte Baker.

»Nichts«, log Jodelle.

Baker lehnte sein Brett gegen einen Baum in der Nähe und trat näher heran. Sie saß auf einem Picknicktisch und hatte die Füße auf die Sitzfläche gestützt, sodass sie einen freien Blick auf das Meer vor sich hatte. Die Wellen waren noch recht klein; später am Tag würden sie zu den Monstern anschwellen, für die die Nordküste um diese Jahreszeit bekannt war.

Baker beugte sich zu ihr und schüttelte den Kopf. »Was wolltest du über deine heiße Schokolade sagen, Tink?«, wiederholte er.

Einen Moment lang glaubte er nicht, dass sie antworten würde. Dann sagte sie leise: »Nur, dass es eines von Manas Lieblingsgetränken war und wir morgens immer eine Tasse zusammen getrunken haben, bevor er zum Surfen losgezogen ist.«

»Hab keine Angst, mit mir über deinen Sohn zu reden«, bat Baker. »Du musst nicht aufpassen, was du sagst. Wenn du über ihn sprichst, wird mir das nicht unangenehm sein. Wenn dich etwas an ihn erinnert, will ich es wissen. Es ist scheiße, aber ich kann nur durch dich mehr über ihn erfahren. Wenn es dir unangenehm ist oder Schmerzen bereitet, können wir das natürlich vermeiden. Aber du sollst wissen, dass es dir nicht unangenehm sein muss, ihn in meiner Gegenwart zu erwähnen.«

Jodelles Augen füllten sich mit Tränen und sie schluckte, bevor sie nickte, aber sie schwieg weiter.

Baker war ein wenig enttäuscht. Auch wenn er selbst nicht viel über sich mitteilte, wollte er doch, dass sie mit ihm über ihre Gefühle sprach, aber er würde ihr Zeit lassen. Sie würde lernen, dass er nie etwas sagte, was er nicht ernst meinte.

Er beugte sich vor, küsste sie auf die Stirn und zog sich dann zurück. Er schaute auf das Wasser und sagte: »Sieht so aus, als wären heute Morgen viele Leute im Line-up. Wer ist alles da draußen?«

Der Line-up war der Bereich im Wasser, der vom Wellengang abgewandt war und in dem die Surfer darauf warteten, eine Welle zu erwischen. Baker wusste, dass Jodelle mit dem Surferjargon vertraut war, als sie, ohne zu zögern, antwortete.

»Alle. Felipe, Rome, Brent, Lani, Kal ...« Ihre Stimme wurde wieder leiser.

»Ben nicht?«

»Nein«, murmelte sie mit gerunzelter Stirn.

Es lag nicht in seiner Natur, sich unaufgefordert in eine Situation einzumischen, aber da Jodelle sich offensichtlich Sorgen machte, war es an der Zeit, dass er eingriff. »Ich werde sehen, was ich herausfinden kann.«

Sie legte den Kopf schief und musterte ihn eingehend. Gerade als er dachte, sie würde die Fragen stellen, die er hinter ihren Augen lauern sah, sagte sie nur: »Danke.«

In jeder ernsthaften Beziehung kam irgendwann der Zeitpunkt, an dem ein SEAL entscheiden musste, wie viel er seiner Partnerin mitteilen wollte. Baker hatte einige Männer gekannt, die buchstäblich nichts preisgaben. Es gab viele Details, über die sie nicht reden konnten, selbst wenn sie es wollten, aber er wusste genau, dass *einige* SEALs mit ihren Frauen darüber sprachen, was sie getan und gesehen hatten.

Baker war nie in Versuchung gekommen, jemandem von den Dingen zu erzählen, die er in der Vergangenheit getan hatte und immer noch tat. Nicht einmal seine Freunde wussten, in welchem Ausmaß er immer noch in die streng geheime Welt der nationalen Sicherheit involviert war. Jetzt verspürte er zum ersten Mal den Drang, jemandem genau zu erklären, womit er seinen Lebensunterhalt verdiente. Aber es Jodelle zu sagen könnte sie in Gefahr bringen, und das war das Letzte, was er jemals tun würde. Sie hatte in ihrem Leben schon genug durchgemacht, Baker würde ihr nicht noch mehr Leid zufügen.

Dennoch hatte er das Gefühl, dass er sich dieser Frau mehr öffnen würde als jedem anderen in seinem Leben ... und das war für ihn völlig in Ordnung.

»Wie gut kennst du Ben?«, fragte er.

Jodelle zuckte mit den Schultern, nahm einen Schluck von ihrer heißen Schokolade und sagte dann: »So gut wie ich die anderen Jugendlichen kenne, nehme ich an. Vor ein paar Jahren fing er an, morgens zum Surfen herzukommen. Er war schon immer ruhig und respektvoll. Am Ende des letzten Schuljahres hatte er eine Ohrenentzündung, aber er kam trotzdem morgens hierher. Er setzte sich zu mir und wir unterhielten uns. Nie über etwas sehr Persönliches, aber trotzdem ... Ich mag ihn, Baker. Er ist ein guter Junge. Aber irgendetwas stimmt nicht. Ich spüre es.«

Baker nickte und wiederholte: »Ich werde sehen, was ich herausfinden kann.«

»Und du wirst es mir sagen?«

Baker runzelte überrascht die Stirn. »Natürlich.«

»Oh ... okay. Ich dachte nur, da du so verschlossen bist, könntest du Informationen bekommen und sie dann für dich behalten.«

Baker war nicht überrascht, dass Jodelle ihn für geheimnisvoll hielt. Das war er. Er beugte sich zu ihr und war begeistert, als sie nicht zurückwich. Er hob eine Hand und legte sie in ihren Nacken, während er mit dem Daumen über ihre Wange strich. Sie saß wie erstarrt neben ihm und schaute ihn mit großen Augen an.

»Das ist weder der richtige Zeitpunkt noch der richtige Ort, um mit dir über meine Arbeit zu sprechen, aber ich werde dir etwas davon erzählen. Allerdings gibt es eine Menge Dinge, über die ich nicht reden kann, Tink.«

»Ich weiß«, sagte sie, bevor er fortfahren konnte. »Du warst ein SEAL. Ich verstehe das.«

»Das ist ein Teil davon. Aber ich arbeite immer noch für die Regierung. Wenn jemand Informationen braucht, ruft er mich an. Ich bin gut in dem, was ich tue, und was ich tue, ist, Informationen zu sammeln.«

Sie starrte ihn an, ohne zu blinzeln.

»Diesen Teil meines Lebens werde ich nicht mit dir teilen. Nicht im Detail. Und das nicht, weil ich ein Arschloch bin oder nicht will, dass du es weißt. Sondern weil ich nicht will, dass es dich jemals berührt. Wenn wir das tun«, sagte Baker und deutete mit seiner freien Hand zwischen ihnen hin und her, »musst du das verstehen und akzeptieren.«

»Das tue ich«, erwiderte sie, ohne zu zögern.

Baker nahm sich einen Moment Zeit, um tief einzuatmen. Gott, diese Frau. Sie hatte keine Ahnung, wie viel ihm ihr Vertrauen in dieser Hinsicht bedeutete. Er könnte illegale oder unmoralische Durchsuchungen durchführen, aber er hatte das Gefühl, dass ihr das nicht einmal in den Sinn gekommen war.

»Das bedeutet mir sehr viel, Tink«, gestand er. »Aber auch wenn ich nicht verraten werde, woran ich für die Regierung arbeite, würde ich nie etwas für mich behalten, was dich betrifft.«

»Wie Ben«, sagte sie.

»Wie Ben«, bestätigte er.

»Okay.«

Baker wartete. Als sie nichts weiter sagte, hob er eine Augenbraue. »Das war's?«

»Ähm ... ja?«

»Ich möchte dich jetzt wirklich küssen«, sagte er nach einer langen Pause.

Jodelles Atmung beschleunigte sich und ihre Lippen verzogen sich zu einem kleinen Lächeln. »Damit habe ich kein Problem, auch wenn ich nicht weiß, warum du das gerade jetzt willst.«

»Das ist mit ein Grund, warum ich es will«, erwiderte Baker.

»Aber ich habe weder die Zeit noch die Privatsphäre, um dich so zu küssen, wie ich es im Moment möchte. Und ich habe das Gefühl, wenn ich einmal angefangen habe, wird es schwer sein, wieder aufzuhören. Außerdem ... ist es noch zu früh.«

»Gibt es einen Zeitplan für solche Dinge?«, fragte sie.

Baker lachte leise. »Nein. Aber du sollst auf keinen Fall denken, dass ich dir nur an die Wäsche will. Du wirst das Warten wert sein, Tink.«

»Ähm, vielleicht solltest du in dieser Hinsicht keine hohen Erwartungen haben, Baker«, sagte Jodelle und brach zum ersten Mal den Blickkontakt zu ihm ab.

Er ließ seine Hand von ihrem Nacken zu ihrem Kinn gleiten und hob ihren Kopf an, sodass sie keine andere Wahl hatte, als seinem Blick noch einmal zu begegnen. »Erkläre das«, befahl er.

»Anscheinend bin ich nicht so gut im Bett«, gestand sie.

Baker war einen Moment lang sprachlos, dann warf er den Kopf zurück und lachte. Als er sich wieder unter Kontrolle hatte und zu Jodelle hinunterblickte, sah er, dass sie die Stirn runzelte und ihn anfunkelte.

»Es tut mir leid, Tink, aber das ist ein Haufen Mist.«

»Das weißt du doch gar nicht.«

»Doch, das weiß ich«, beharrte er.

»Nein, tust du nicht. Ich glaube, ich würde mich daran erinnern, wenn du und ich schon einmal ein Bett geteilt hätten.«

»Jodelle, es ist ausgeschlossen, dass du in Sachen Sex etwas anderes als überragend bist.«

Sie sah hinreißend verwirrt aus ... und wütend. Baker wusste, dass er ein Arschloch war, weil ihn das anmachte, aber so war es eben.

»Im Ernst«, sagte sie. »Ich würde dir ja sagen, dass du meinen Ex fragen sollst, aber er ist tot, also geht das nicht. Aber glaub mir, er hat mir so oft erzählt, wie beschissen der Sex mit mir war, dass ich keine andere Wahl hatte, als ihm zu glauben.«

»Falsch«, erwiderte Baker, der jeden Humor aus seinen Augen verloren hatte. »Du bist die sinnlichste Frau, die ich je kennengelernt habe. Wenn der Sex zwischen dir und deinem Ex schlecht war, lag das an *ihm*, Tink, nicht an dir.«

»Er hatte Affären«, gab Jodelle leise zu. »Er sagte, da er von mir nicht bekam, was er brauchte, musste er es sich bei anderen holen. Er sagte mir auch, es sei meine Schuld, dass es so lange gedauert hat, bis ich mit Kaimana schwanger wurde.«

»Dieser Idiot war nicht nur ein Arschloch, sondern auch ein verdammter *Idiot*«, gab Baker sofort zurück. »Und wenn er nicht tot wäre, würde ich ein paar Worte mit ihm wechseln. Ich denke, du weißt, dass ich schon eine ganze Weile auf dich stehe, und falls nicht, weißt du es jetzt. Glaub mir, wenn ich sage, dass du für die Liebe geschaffen bist. Angefangen bei deinem Körper über deine Lippen bis hin zu der Art und Weise, wie du Daumen und Zeigefinger aneinanderreibst, wenn du nervös bist ... so wie jetzt«, sagte Baker mit einem Lächeln, wobei er den Blick auf ihre Hand gleiten ließ, mit der sie genau das tat, was er gerade beschrieben hatte. »Außerdem glaube ich, dass ich derjenige bin, der sich Sorgen um seine Leistung im Schlafzimmer machen muss. Es ist über zehn Jahre her, dass ich mit einer Frau zusammen war.«

Baker hatte das eigentlich nicht zugeben wollen, aber er würde alles tun, damit Jodelle sich bei ihm wohler fühlte. Er schämte sich nicht dafür, so lange keinen Sex mehr gehabt zu haben; er hatte es so gewollt. Er hatte einfach nicht das Bedürfnis oder den Wunsch verspürt, mit jemandem intim zu sein. Bis jetzt.

»Ich –«, begann Jodelle, aber Baker legte ihr einen Finger auf die Lippen, woraufhin sie mitten im Satz abbrach.

»Nein. Vertrau mir.«

Sie lächelte unter seinem Finger, und Baker legte seine Hand wieder in ihren Nacken.

»Ich werde es versuchen«, versprach sie.

Baker wusste, dass es unmöglich war, seine Erektion zu verbergen, da er einen hautengen Neoprenanzug trug, aber das war ihm egal. Wenn Jodelle wusste, wie sehr er sie begehrte, war das umso besser. Er beugte sich vor und küsste sie erneut auf die Stirn. Er verweilte, atmete den leichten Duft von Plumeria ein und wusste, dass er etwas Wertvolles verlieren würde, wenn er die Sache zwischen ihnen vermasselte.

Baker holte tief Luft und zog sich zurück. Er wünschte sich

nichts sehnlicher, als dort zu bleiben, wo er war, aber wenn er herausfinden wollte, was mit Ben Miller los war, musste er bei den Leuten anfangen, die ihn am besten kannten. Und einige dieser Leute waren draußen im Wasser und surften ... also ging Baker dorthin.

»Ich werde ein paar Wellen reiten«, verkündete er, wobei ihm der unfokussierte Ausdruck auf Jodelles Gesicht gefiel. Ihm gefiel zu wissen, dass er sie auf diese Weise beeinflusste.

»Okay.«

»Wie viel Zeit haben sie noch, bis sie zur Schule müssen?«, fragte er.

Jodelle schaute auf ihr Handgelenk. »Ungefähr vierzig Minuten.«

Das war nicht viel, aber es musste reichen. »Okay. Bis dann.«

Sie lächelte ihn an. »Ich glaube, die Zeit, in der du zur Highschool gehst, ist schon lange vorbei, Baker. Du musst das Wasser nicht verlassen, wenn sie es tun. Normalerweise bleibst du sogar noch lange danach drin.«

Das tat er. Zum einen, weil er es mochte, nicht in der Reihe warten zu müssen, um eine Welle zu erwischen, aber auch, weil er versucht hatte, sich von Jodelle fernzuhalten. Aber jetzt nicht mehr.

»Ich weiß«, war alles, was er sagte. »Wir sehen uns in etwa vierzig Minuten.«

Sie schenkte ihm ein schüchternes Lächeln. »Okay.«

Baker zwang sich, sich umzudrehen und sein Brett zu holen. Er konnte nicht anders und schaute einmal zurück, als er auf dem Weg zum Wasser war, und er grinste, als er sah, wie Jodelles Aufmerksamkeit auf seinen Hintern gerichtet war.

Baker war kein eitler Mann. Er hielt sich in Form, weil es für ihn im aktiven Dienst zur Routine geworden war, aber er konnte nicht leugnen, dass es ihm gefiel, wie sie ihn ansah. Mit einem kleinen Schmunzeln lief er ins Meer und paddelte an der Aufprallzone vorbei zu den Surfern hinaus.

Alle begrüßten ihn herzlich und es gab einige Minuten lang Gespräche über den Surfwettbewerb sowie Spekulationen darüber, wie groß die Wellen später am Nachmittag sein würden. Nachdem Kal eine große Welle erwischt hatte, paddelte Baker zu Brent hinüber. Er hätte lieber mit den Jugendlichen geredet, nachdem er etwas über Ben und seine Familie recherchiert hatte, aber er wollte sich diese Gelegenheit nicht entgehen lassen.

»Ich habe Ben noch nicht gesehen. Woran liegt das?«

»Ich weiß es nicht«, sagte Brent. »Seitdem er sich für das neue Mädchen interessiert, sehen wir ihn nicht mehr oft.«

»Das neue Mädchen?«, fragte er. Jodelle hatte nichts davon gesagt, dass Ben eine Freundin hatte, und normalerweise war sie mit dem Highschool-Klatsch bestens vertraut, da sie so viel mit den Jugendlichen zusammen war. Aber vielleicht war es eine neue Sache, und da der Wettbewerb die übliche Routine unterbrochen hatte, hatte sie noch nichts von Bens Schwarm gehört.

»Ja, sie heißt Tressa Dixon. Sie ist supersüß. Zierlich, aber zu schüchtern für mich. Sie ist auch in der Schulband. Das ist alles, was ich weiß«, sagte Brent.

»Redet ihr über Tressa und Ben?« fragte Lani, als sie näher paddelte.

»Ja. Baker hat gefragt, ob wir Ben in letzter Zeit gesehen haben, und ich habe gesagt, dass er mit Tressa abhängt«, erklärte Brent.

»Macht sie Ärger?«, fragte Baker.

»Tressa? Nicht dass ich wüsste«, sagte Lani. »Aber ich gehe auf die Waialua High und sie besuchen die Kahuku High auf der Nordseite. Ich habe von Parker Dunn, einem Schüler der Waialua High, gehört, dass es dieses Wochenende wieder eine große Party im Miller-Haus geben wird, falls du Ben suchst.«

»Noch eine?«, fragte Baker.

Lani nickte. »Ja, in Bens Haus gibt es ständig Partys. Sein Vater ist supergroßzügig und cool und hat nichts dagegen, wenn Leute zum Abhängen vorbeikommen. Jedenfalls geht Parker mit Nora aus, die auf die Kahuku geht, und sie sagt, dass Tressa umwerfend sei. Sie ist auch in der elften Klasse, hat lange schwarze Haare, große braune Augen und anscheinend sind alle Jungs scharf auf sie. Aber sie bleibt für sich und redet mit niemandem viel ... außer mit Ben. Das macht Alex Flores wütend, einen anderen Schüler von Kahuku, und er hat gesagt, dass er Ben verprügeln wird, wenn er ihn sieht – und das wird, wie jeder weiß, auf der nächsten Party in seinem Haus sein, denn da gehen alle hin.«

»Er hält sich also bedeckt?«, fragte Baker. Das würde einen Sinn ergeben. Wenn er erfahren hätte, dass ihn jemand verprügeln wollte, würde er sich vielleicht nicht mehr an seinen üblichen Treffpunkten blicken lassen.

»Nicht wirklich«, entgegnete Lani. »Ben ist sauer wegen Tressa. Denn jeder weiß, dass Alex ein Mistkerl ist und dazu neigt, seine Freundinnen herumzukommandieren. Er hat Tressa auf dem Flur beschimpft, was bei Ben nicht gut ankam.«

Baker schüttelte den Kopf. Meine Güte, er vermisste das Highschool-Drama definitiv nicht. Aber er war froh zu hören, dass Ben das Mädchen zu beschützen schien.

»Alex ist einfach nur ein Idiot. Außerdem spielt es keine Rolle. Ich habe gehört, dass Tressa Jungfrau ist«, fügte Rome hinzu. Er hatte sich der Gruppe eine Minute zuvor genähert und Lanis letzten Kommentar gehört.

»Das habe ich auch gehört«, stimmte Brent zu.

»Ist das denn so wichtig?«, fragte Baker etwas schärfer als beabsichtigt.

»Nun, ja«, sagte Lani, als wäre Baker schwer von Begriff. »Das bedeutet, dass sie auf keinen Fall mit einem Arschloch wie Alex ins Bett gehen wird. Und da er und seine Freunde nur auf nuttige Mädchen stehen, wird er es irgendwann satthaben, auf Tressa herumzuhacken, und weiterziehen.«

Baker war sich da nicht so sicher, aber andererseits war es auch schon lange her, seit er sechzehn und in der Highschool gewesen war. »Also, was hat es mit der Party auf sich?«, fragte er. »Wenn dieser Alex droht, ihn zu verprügeln, und seine Freundin belästigt, warum gibt Ben dann eine große Party? Das scheint mir eine Einladung für Probleme zu sein.«

Und mit einem Mal wurden die zuvor gesprächigen Jugendlichen still.

Nach einer nervösen Pause rief Brent: »Partywelle!«, und die anderen Jugendlichen begannen sofort, zu der großen

Welle zu paddeln, auf der mehrere Leute gleichzeitig surfen konnten.

So ein Mist.

Baker setzte sich auf sein Brett und nickte ein paar anderen Surfern zu, die auf eine weitere Welle warteten, während er über den Klatsch nachdachte, den er gerade erfahren hatte.

Ben hatte eine neue Freundin, die noch Jungfrau und schüchtern war, jemand wollte ihn ihretwegen verprügeln, und am kommenden Wochenende fand bei ihm zu Hause eine große Party statt. Der letzte Teil passte nicht dazu, was Baker ein ungutes Gefühl gab. Ganz abgesehen davon, dass er sich definitiv nicht mit Teenagern und ihren Ängsten auskannte. Da war ihm ein Psychoterrorist lieber als so ein Scheiß.

Aber da Jodelle sich Sorgen um Ben machte, würde er tun, was er konnte, um herauszufinden, was los war, und sei es nur, um sie zu beruhigen. Baker hatte das Gefühl, dass der Junge einfach nur in eine mögliche neue Beziehung und in das vertieft war, was es mit diesen anderen Jungs auf sich hatte, und dass dies wahrscheinlich der Grund war, warum er eine Weile nicht gesurft hatte und sich so seltsam verhielt.

Wenn es sich jedoch um ein einfaches Teenagerdrama handelte, warum waren Lani, Brent und Rome seiner Frage nach der Party in Bens Haus ausgewichen? Vielleicht hatten sie einfach Angst, in Schwierigkeiten zu geraten. Wo es Partys gab, gab es normalerweise auch Alkohol und möglicherweise Drogen.

Noch beunruhigender ... warum waren neulich mehrere Wechselklamotten und ein *Kopfkissen* in Bens Wagen gewesen?

Bakers Intuition sagte ihm, dass hinter Bens aktuellen Problemen mehr steckte als nur Beziehungsdramen und der Ärger mit dem Raufbold.

Seufzend beobachtete er, wie die Jugendlichen, mit denen Ben normalerweise surfte, sich auf den Weg zum Ufer machten. Jetzt *wusste* er, dass sie ihm aus dem Weg gingen. Normalerweise kamen sie nicht freiwillig raus, bevor Jodelle an den Rand des Wassers kam, um ihnen mitzuteilen, dass es Zeit war, sich für die Schule fertig zu machen.

Als Baker es selbst ans Ufer schaffte, hatten Bens Freunde

sich bereits in den Duschen abgewaschen und waren auf dem Weg zu ihren Fahrzeugen.

»Nun, das war mal was anderes«, bemerkte Jodelle, als er zu ihr an den Picknicktisch kam.

»Was denn?«, fragte er, obwohl er die Antwort bereits ahnte.

»Anstatt zu trödeln, schienen sie es tatsächlich eilig zu haben, zur Schule zu kommen. Seltsam, oder?«

»Ja, seltsam«, stimmte Baker zu, aber innerlich war seine Neugierde geweckt. Irgendetwas stimmte nicht, und es war nicht mehr nur Jodelle, die sich Sorgen machte. Er hatte auch das Gefühl, dass er alle Hände voll zu tun haben würde. Er war ein Erwachsener. Die Jugendlichen würden sich ihm nicht anvertrauen und es war nicht so, dass er seine üblichen Methoden anwenden konnte, um Informationen von einem widerwilligen Informanten zu bekommen.

Jodelle beugte sich vor, um ihre Kühlbox aufzuheben, aber Baker nahm sie ihr ab. Sein Surfbrett lehnte wieder an einem Baum und er griff mit der freien Hand nach ihrer. »Ich bringe dich zu deinem Wagen«, sagte er.

»Ich glaube, es ist sicher genug, dass ich es auch allein schaffe«, stichelte sie.

Baker zuckte mit den Schultern. »Vermutlich. Aber wenn die Wahrscheinlichkeit, dass du verletzt oder angegriffen wirst, auch nur bei einem Prozent liegt, werde ich das Risiko nicht eingehen. Außerdem habe ich so eine Minute mehr Zeit mit dir.«

»Wie könnte ich mich darüber beschweren?«, fragte Jodelle.

»Kannst du nicht.«

Sie gingen zum Parkplatz zu ihrem bunten VW Bus, der weit hinten stand. »Warum parkst du nicht näher?«, fragte er.

Jodelle zuckte mit den Schultern. »Aus Gewohnheit, denke ich. Ich treibe nicht viel Sport, weil ich bei der Arbeit fast den ganzen Tag am Computer sitze. Deshalb denke ich mir, dass mir die zusätzlichen Schritte nicht schaden werden. Außerdem können so andere, die nicht so weit gehen können, die näheren Plätze nutzen.«

Seine Jodelle war gütig.

Baker flippte nicht einmal über seine gedankliche Verwendung des Wortes *seine* aus.

Viel zu schnell kamen sie bei ihrem Fahrzeug an. Sie nahm ihm die Kühlbox ab, schob die Hintertür auf und stellte sie auf den Boden.

»Ich bin schockiert, dass du innen nicht überall Lichter und Friedenszeichen hast«, neckte Baker sie. »Ist das nicht eine Voraussetzung, um so ein Ding zu fahren?«

Jodelle lachte. »Wahrscheinlich schon, aber ich war noch nie gern berechenbar. Und bevor du fragst, ich habe die Sitze bei mir zu Hause in der Garage, aber ich habe sie herausgenommen, weil es so einfacher ist, Sachen zu transportieren.«

»Sachen?«, fragte Baker.

Er sah, wie Jodelles Wangen sich rosa färbten, und war sofort fasziniert. Er dachte, er hätte diese Frau durchschaut, aber jedes Mal, wenn er in ihrer Nähe war, erfuhr er mehr Dinge, die er noch nicht wusste.

»Ja. Manchmal fahre ich einen meiner Schützlinge nach Hause, wenn seine Mitfahrgelegenheit ausfällt. Ich will auf keinen Fall, dass sie per Anhalter fahren ... und ich brauchte den Platz für ihre Surfbretter im Kofferraum. Manchmal, wenn ich nicht so viel zu tun habe, gehe ich raus und sammle Müll ein. Die Leute sind so rücksichtslos und werfen Flaschen und Dosen einfach aus dem Fenster. Da ist es praktisch, dass ich Platz für die Tüten habe, die ich sammle.«

Baker war von ihrem rücksichtsvollen Verhalten nicht überrascht. So war sie nun mal. Das hatte er im letzten Jahr immer wieder gesehen. Er hatte gedacht, dass ihre Freundlichkeit sich darauf beschränkte, Snacks für die jugendlichen Surfer zu machen, aber da hatte er sich offensichtlich getäuscht.

»Wenn ich denke, dass ich mehr als eine Person transportieren muss, mache ich den Sitz rein. Ich mag es nicht, wenn jemand ohne Sicherheitsgurt hinten sitzt.«

»Wie bekommst du den Sitz rein?«

»Ähm ... Ich verstehe die Frage nicht«, sagte Jodelle mit einem kleinen Stirnrunzeln.

»Du bist winzig, Tink. Bittest du deine Nachbarn um Hilfe, um den Sitz ein- und auszubauen?«

»Meine Nachbarn sind entweder älter oder bei der Arbeit«, antwortete Jodelle.

Baker starrte auf sie herab.

»Also gut. Es ist nicht schön und es wird viel geflucht und geächzt, aber ich schaffe das schon«, gab Jodelle ein wenig abwehrend zu.

Baker hasste die Vorstellung, dass sie allein mit dem Sitz des Busses kämpfte. »Sag das nächste Mal Bescheid, dann helfe ich dir.«

»Das ist keine große Sache, Baker. Ich bin daran gewöhnt.«

Er beugte sich zu ihr, bis sie mit dem Rücken an die Seite ihres Wagens gedrückt war. »Wenn du ihn das nächste Mal ein- oder ausbauen musst, sag mir Bescheid, dann helfe ich dir«, wiederholte er.

»Äh ... okay.«

»Ich meine es ernst, Jodelle.«

»Ich habe Okay gesagt«, protestierte sie.

»Aber hast du es auch so *gemeint*?«, fragte er mit hochgezogener Augenbraue.

»Ja?«

Baker konnte sich ein Lachen nicht verkneifen. »Sicher. So bin ich nun mal. Ich bin weder sexistisch noch ein Arschloch. Der Sitz muss so groß sein wie du. Ich will dir nur helfen.«

»In Ordnung«, sagte Jodelle, die etwas selbstsicherer klang. »Aber die Sache ist die – ich musste lernen, viele Dinge selbst zu tun. Du kannst nicht immer da sein, wenn ich Hilfe brauche.«

»Ich kann es versuchen«, erwiderte er.

Jodelle schüttelte den Kopf. »Wie auch immer«, murmelte sie.

Baker beugte sich vor und vergrub seine Nase an der Haut ihres Halses, direkt unter ihrem Ohr.

»Ähm ... Baker?«

»Ja?«

»Was machst du da?«

»Ich rieche an dir.«

Sie lachte ein wenig verlegen. »Es ist warm heute Morgen, das kann sicher nicht angenehm sein.«

Baker hob den Kopf. »Plumeria«, sagte er.

Als Jodelle sich über die Lippen leckte, musste Baker sich zusammenreißen, um sie nicht auf der Stelle zu küssen.

»Das ist mein Parfüm.«

»Du trägst Parfüm auf, um an den Strand zu kommen?«, fragte Baker, der zu verstehen versuchte.

Sie zuckte mit den Schultern. »Das ist eine Angewohnheit. Als Mana noch klein war, saß er immer auf dem Waschtisch und sah mir zu, wie ich mich morgens fertig gemacht habe. Das war so eine Sache mit uns. Er wollte mir immer mein Parfüm auftragen. Es morgens zu benutzen ist ein weiteres kleines Ritual, das mich an ihn erinnert.«

Baker hob eine Hand und strich ihr über den Kopf. »Das ist süß. Ich bin froh, dass du diese Erinnerung hast, Tink.«

»Ich auch«, sagte sie leise.

»Und damit du es weißt ... es riecht verdammt gut an dir.«

Sie lächelte schüchtern. »Danke.«

»Gern geschehen. Hast du einen anstrengenden Tag vor dir?«

»Er sollte normal werden, warum?«

»Ich frage mich nur, ob du Anwandlungen bekommen wirst, die Insel zu säubern, die Wale zu retten, gegen Plastikstrohhalme zu protestieren oder einen willkürlichen Touristen zu finden und ihm eine private Tour von Oahu oder so zu geben.«

Jodelle kicherte. »Heute nicht. Ich habe zu viel zu tun. Aber – nur weil ich neugierig bin – was würdest du tun, wenn ich dir sagte, dass ich irgendetwas davon machen würde?«

»Ich würde schauen, ob ich eine Einladung bekomme, um mit dir zu kommen«, antwortete Baker ehrlich.

»Wirklich?«

»Ja. Warum bist du so überrascht?«

»Mein Ex wollte nie so etwas mit mir machen. Er hat immer behauptet, ich sei ein Weltverbesserer, und zwar in einem Tonfall, der mir sagte, dass er das lächerlich findet.«

»Es ist nicht lächerlich«, entgegnete Baker, ohne zu zögern. »Und scheiß auf ihn.«

Jodelle lächelte. »Ja.« Dann wurde sie nüchtern. »Wusste jemand etwas darüber, was mit Ben los ist?«

Baker seufzte und trat ein Stück zurück, um ihr etwas Platz zu machen. Sie bewegte sich nicht von ihrem Platz an der Seite ihres Wagens weg. »Nicht wirklich. Aber ich werde mir das mal ansehen.«

Ihre Schultern sackten nach unten. Baker wollte ihr von der Party erzählen, aber er hatte das Gefühl, wenn sie es wüsste, würde sie selbst Nachforschungen anstellen. Und bei Bakers Unbehagen über die Party war das der letzte Ort, an dem er sie sehen wollte. Also spielte er herunter, was er von den Jugendlichen erfahren hatte.

»Ich weiß es zu schätzen, dass du versuchst, mit ihnen zu reden«, sagte sie. »Ich werde sehen, ob ich heute Nachmittag jemanden dazu bringe, sich mir zu öffnen. Normalerweise hängen sie jedoch nicht am Strand ab, da sie zu sehr darauf erpicht sind, ins Wasser zu gehen und ein paar Wellen zu erwischen.«

»Ich bin mir nicht sicher, ob du damit viel Glück haben wirst, denn die Wellen sollen heute Nachmittag hammermäßig werden«, sagte Baker.

Sie lächelte.

»Was?«

»Es ist irgendwie lustig, dass du *hammermäßig* sagst.«

»Warum?«

»Ich weiß nicht, es ist einfach so.«

Baker konnte nicht anders, als sie anzulächeln. »Ich bin Surfer, Babe. Ich muss den Jargon sprechen.«

Ihr Lächeln wurde noch breiter.

»Komm her«, befahl er, streckte eine Hand aus und gab ihr einen kleinen Ruck. Sie kam, ohne zu zögern, legte ihre Arme um ihn und drückte ihn fest an sich.

So nahe bei ihr zu sein ließ Bakers Schwanz zucken, aber das schien sie nicht zu stören. Jodelle hielt ihn für einige herrliche Minuten fest, bis sie seufzte und sich zurückzog.

»Danke.«

»Wofür?«

»Es ist schon lange her, dass ich umarmt wurde. Mana war ein gefühlsbetonter Junge. Jedes Mal wenn er das Haus verlassen hat, hat er seine Mutter umarmt. Ich vermisse diese Verbindung zu jemandem.«

»Fürs Protokoll, wann immer du eine Umarmung brauchst, bin ich für dich da. Aber ich habe das Gefühl, dass ich dich warnen sollte ...«

»Wovor?«, fragte sie und runzelte auf niedliche Weise die Stirn, als er nicht sofort fortfuhr.

»Du solltest dich auf etwas gefasst machen ... denn Elodie und die anderen ... sind Umarmer.«

Jodelle kicherte. »Ja?«

»Mh-hm. Am Anfang fand ich es nervig, aber ich habe mich an sie gewöhnt. Aber *nichts* ist besser, als dich in meinen Armen zu halten, Tink.«

Ihre Wangen wurden erneut rot. Er liebte es, dass er sie zum Erröten bringen konnte. Er hatte das Gefühl, dass sie das im Laufe ihrer Beziehung noch oft tun würde. Er war kein Mann, der seine Worte zügelte ... besonders nicht im Bett.

»Es ist schon spät. Du musst nach Hause, ein gesundes Frühstück zu dir nehmen und dich an die Arbeit machen, damit du heute Nachmittag wieder herkommen kannst.«

»Sehe ich dich später?«

Es gefiel ihm, dass sie sich darauf zu freuen schien, ihn wiederzusehen. »Ich bin mir nicht sicher. Ich muss abwarten, wie sich der Tag entwickelt. Aber ich rufe dich auf jeden Fall heute Abend an, wenn ich es nicht hierher schaffe, um dich zu sehen.«

»Okay. Baker?«

»Ja, Tink?«

»Ich glaube, ich mag das. Uns. Ich bin mir immer noch nicht sicher, was sich geändert hat, aber ich bin froh darüber.«

Er würde in nicht allzu ferner Zukunft dafür sorgen, dass sie nicht nur glaubte zu mögen, was zwischen ihnen passierte, sondern es verdammt noch mal liebte. »Geändert hat sich, dass ich endlich in die Gänge gekommen bin. Und ich mag es auch. Wir sprechen uns später. Pass auf dich auf.«

»Das werde ich.«

Er strich ihr noch einmal mit den Fingern über die Wange, dann trat er zurück. Sie kletterte auf den Fahrersitz – und *klettern* war das richtige Wort, da sie so klein war – und winkte ihm kurz zu, bevor sie ausparkte, um in Richtung Straße zu lenken.

Baker ging zurück zum Strand, schnappte sich sein Brett, kehrte zu seinem eigenen Fahrzeug zurück und befestigte es auf dem Dachgepäckträger. Nachdem er sich hinter das Steuer gesetzt hatte, hielt er seine Hand an die Nase und atmete ein. Er konnte immer noch den leichten Duft der Plumeria auf seiner Haut riechen, wo er ihren Hals berührt hatte. Er würde es nie wieder riechen können, ohne an sie zu denken ... was ihm mehr als recht war.

Er hatte an diesem Morgen nicht annähernd genug trainiert. Verdammt, er war nicht einmal auf einer Welle gesurft, also würde er trainieren müssen, wenn er nach Hause kam. Aber er würde dabei über die Situation mit Ben Miller nachdenken. Baker wusste nicht, ob diese Tressa etwas mit dem zu tun hatte, was mit dem Jungen los war. Vielleicht war es nur der Raufbold Alex, der die Probleme verursachte. Vielleicht war aber auch alles in Ordnung und die Prioritäten des Jungen hatten sich einfach vom Surfen auf Mädchen verlagert. Das lag nicht außerhalb des Möglichen.

Andererseits hatten Bens Freunde sich heute Morgen sehr verdächtig verhalten, was Baker unruhig machte. Er musste nachforschen, und wenn etwas faul war, würde er es herausfinden, und sei es auch nur, um Jodelle zu beruhigen. Wenn es jemanden gab, der ein unbeschwertes Leben brauchte, dann war sie es. Sie hatte in ihren achtundvierzig Jahren bereits genügend Elend erlebt. Er würde alles tun, was er konnte, um dafür zu sorgen, dass sie von jetzt an nur noch Gutes erlebte.

KAPITEL FÜNF

Jody richtete sich in ihrem Bett auf und lauschte angestrengt. Da sie genau wusste, was sie hörte, weil sie es schon öfter gehört hatte, als sie zählen konnte, warf sie die Decke zurück, sprang aus dem Bett und lief zur Tür. Sie riss sie auf und stürzte sich praktisch auf Manas Schlafzimmertür. Sie öffnete sie, bereit, Mana dafür zu schelten, dass er so spät nach der vereinbarten Zeit nach Hause kam.

Aber anstatt ihren Sohn in seinem Zimmer stehen zu sehen, mit verlegener Miene und einem Lächeln im Gesicht, sah sie nur Dunkelheit. Das Zimmer war leer und kalt.

Das Geräusch von Manas Schlüsseln, die auf seiner Kommode landeten, war nichts weiter als ein Traum gewesen. Ihre Einbildung.

Jody stolperte rückwärts und schluchzte heftig. Jedes Mal wenn sie dachte, sie würde sich endlich mit der Tatsache abfinden, dass ihr geliebter Sohn nie wieder zurückkommen würde, spielte ihr Verstand ihr einen grausamen Streich.

Sie drehte sich und taumelte zurück zu ihrem Bett. Ohne darüber nachzudenken, was sie da tat, griff Jody nach ihrem Handy.

Das Letzte, was sie vor dem Einschlafen gehört hatte, war Bakers tiefe Stimme in ihrem Ohr gewesen. Sie hatte ihn in dieser Woche zweimal gesehen, beide Male morgens, bevor er mit den Teenagern zum Surfen losgezogen war, aber er hatte sie jeden Abend angerufen. Es war jetzt Freitag ... na ja, Samstag, denn es war schon weit nach Mitternacht, und heute würde sie mit Elodie, Monica und Ashlyn zu Mittag essen. Lexie war etwas dazwischengekommen, weshalb sie hatte absagen müssen.

Jody freute sich, war jedoch auch nervös. Baker hatte ihr versichert, dass sie keinen Grund hatte, nervös zu sein, und alles glatt laufen würde.

Aus irgendeinem Grund – vielleicht waren es ihre Nerven, die sie übermannten – hatte sie zum ersten Mal seit langer Zeit von Mana geträumt. Früher hatte sie ständig von ihm geträumt, und als die Träume nachließen, war es Segen und Fluch zugleich gewesen. Sie vermisste ihren Sohn so sehr, und auch wenn es schmerzhaft war, von ihm zu träumen, konnte sie ihn so wenigstens wiedersehen.

Heute Nacht war sie aufgewacht, weil sie gehört hatte, wie die Schlüssel ihres Sohnes auf seiner Kommode landeten. Es war so deutlich gewesen. So real. Und es war schon einmal passiert. Tatsächlich hatte sie Mana nach seinem Tod eine Zeit lang immer wieder gehört. Wie er das Haus betrat, die Toilettenspülung betätigte oder in seinem Zimmer telefonierte. Sie hörte ihn so oft, dass sie schon dachte, sie würde verrückt werden.

Das Telefon klingelte durch den Lautsprecher in ihrem leeren Zimmer. Gerade als Jody vollständig wach und ihr klar wurde, dass es keine gute Idee war, Baker um – sie schaute auf die Uhr – halb vier morgens anzurufen, ging er ran.

»Was ist los, Jodelle?«

Erstaunlicherweise klang er völlig wach und aufmerksam. Jetzt war es zu spät, um aufzulegen und so zu tun, als hätte sie nicht angerufen.

»Ich ... nichts«, murmelte sie.

»Sprich mit mir. Sofort«, sagte Baker streng. »Du hast zwei Sekunden Zeit, bevor ich mich in meinen Wagen setze und zu dir fahre.«

»Ich hatte einen Albtraum«, flüsterte Jody, die sich albern vorkam, ihn geweckt zu haben.

»Was?«

»Einen Albtraum. Oder eine Halluzination. Ich weiß nicht, wie du es nennen würdest. Es tut mir leid, ich wollte dich nicht beunruhigen. Mir geht's gut. So gut, wie es mir eben gehen *kann*. Ich lasse dich jetzt weiterschlafen. Ich weiß nicht, warum ich dich angerufen habe.«

»Leg nicht auf«, befahl Baker wesentlich entspannter als noch vor einer Sekunde. »Worum ging es denn?«

»Worum es immer geht«, seufzte Jody.

»Mana«, vermutete Baker.

»Ja.«

»Erzähl mir davon.«

Zu ihrer eigenen Überraschung tat Jody genau das. Sie *musste* mit jemandem reden. Sich einmal nicht so allein fühlen.

»Es passiert immer wieder mal. Es ist jedes Mal das Gleiche. Ich schlafe und könnte schwören, dass ich höre, wie seine Schlüssel auf seiner Kommode landen. Das war eine Angewohnheit von ihm. Immer wenn er nach Hause kam, ging er direkt in sein Zimmer und warf sie auf seine Kommode. Das hat er von mir gelernt. Ich lege meine Schlüssel immer an denselben Ort, wenn ich nach Hause komme, sonst verliere ich sie. Mana musste mir so oft helfen, sie zu suchen, dass wir schließlich einen Pakt geschlossen haben, sie immer an denselben Ort zu legen, sobald wir nach Hause kommen. Meine sind in einer Schüssel auf der Küchentheke. Seine lagen auf der Kommode.«

Jody schloss die Augen und lächelte traurig, als sie sich daran erinnerte, wie schwer es für sie beide gewesen war, sich anzugewöhnen, ihre Schlüssel an den vorgesehenen Platz zu legen.

»Das hast du also heute Nacht gehört?«

»Ja«, sagte Jody leise. »Mein Gehirn sagt mir, dass sein Tod ein schrecklicher Traum war. Dass er zu Hause ist. Ich stehe aus dem Bett auf, bevor ich überhaupt richtig wach bin. Ich laufe zu seinem Zimmer, bereit, ihn dafür zu schelten, dass er nach der vereinbarten Zeit nach Hause gekommen ist, aber ich sehe nur diesen leeren Raum. Im einen Moment bin ich ekstatisch, im nächsten am Boden zerstört. Es tut immer noch weh, Baker. So verdammt weh.«

»Ist dir kalt?«, fragte Baker.

Jody war sich einen Moment lang nicht sicher, warum er das fragte, dann merkte sie, dass ihr ganzer Körper zitterte. Sogar ihre Zähne klapperten. Er musste es an ihrer Stimme gehört haben.

»Eiskalt«, antwortete sie.

»Wo bist du?«

»Ich liege auf meinem Bett.«

»Geh unter die Decke.«

Baker war schon wieder herrisch, aber Jody war nicht ganz sie selbst, also störte es sie nicht. Sie winkelte ihre Beine an, schob sie unter die Decke und zog diese hoch, während sie sich hinlegte.

»Liegst du darunter?«

»Ja«, flüsterte sie.

»Schließ die Augen.«

»Baker, ich bin sicher, du hast Besseres zu tun, ich werde einfach –«

»Sei still«, unterbrach er sie, jedoch nicht unfreundlich.

Jody verstummte.

»Ich weiß nicht, was du über Gott, den Himmel oder den Tod denkst, aber ich sage dir, was ich denke.«

Jody nickte. Er konnte nicht sehen, dass sie es tat, aber das musste er auch nicht, um weiterzureden.

»Du hast keine Halluzinationen. Und du bist nicht verrückt. Dich und deinen Sohn verbindet eine einzigartige Beziehung. Ihr standet euch sehr nahe, und ich glaube, dass seine Seele noch hier ist … und über dich wacht. Wenn du von ihm träumst oder hörst, wie seine Schlüssel gegen das Holz seiner Kommode prallen, ist das seine Art, dich wissen zu lassen, dass er in der Nähe ist. Dass er dich beschützt.

Ich glaube auch, dass wir bei unserer Geburt die Aufgabe bekommen, etwas über das Leben zu lernen. Das kann Liebe sein, das kann Freundschaft sein, das kann sein, wie es ist, Eltern zu sein, oder sich durch Widrigkeiten zu kämpfen und zu lernen, damit umzugehen. Wenn wir sterben, wird das Leben, das wir geführt haben, überprüft ... Wenn wir gelernt haben, was wir lernen sollten, gehen wir in ein anderes Leben über, in dem wir eine weitere Chance haben, etwas Neues zu lernen. Wenn wir unsere Lektion nicht gelernt haben, bekommen wir eine zweite Chance, im nächsten Leben zu lernen, was wir lernen sollten.«

»Sprichst du von Reinkarnation?«, fragte Jody.

»Ja. Ich glaube auch, dass Seelen zusammen wiedergeboren werden. Die Menschen, die du am meisten liebst, tauchen also in deinem nächsten Leben auf irgendeine Weise auf. Als dein Freund, dein Kind, dein Ehepartner, ein Lehrer, der dich auf irgendeine Weise berührt. Ich glaube, Seelen sind miteinander verbunden ... das bedeutet, dass Mana auf dich wartet, Jodelle. Diese Träume sind seine Art, dich wissen zu lassen, dass er da draußen ist, über dich wacht und darauf wartet, dass ihr irgendwann wieder vereint seid und gemeinsam neu anfangen könnt.«

Jody dachte über Bakers Worte nach. Manche Leute hätten sie sofort als kitschig oder zu abgehoben abgetan ... aber ihr gefiel der Gedanke, in hoffentlich ferner Zukunft wieder mit Mana zusammen zu sein. Doch eine Sache störte sie an Bakers Worten. »Ich bin mir nicht sicher, ob mein Junge Zeit hatte, die Lektion zu lernen, die er lernen sollte«, gab sie zu.

»Was waren seine besten Eigenschaften?«, fragte Baker.

Jody musste nicht einmal darüber nachdenken. »Er war einer der nettesten Menschen, die ich je getroffen habe. Er hat sich buchstäblich mit jedem angefreundet. Er hat mich immer damit genervt, anzuhalten, damit er aus dem Wagen springen und einem Obdachlosen Geld geben konnte. Einmal hat er sogar seine eigenen Schuhe ausgezogen, als er sah, dass ein Obdachloser keine Schuhe trug. Er hat jüngeren Kindern geholfen, das Surfen zu lernen, und ich schwöre, ich habe ihn nie ein schlechtes Wort über jemanden sagen hören.«

»Ich denke, dass die höhere Macht da draußen vielleicht andere Pläne für deinen Sohn hatte«, sagte Baker leise. »Vielleicht war es nicht seine Aufgabe, in diesem Leben eine Lektion zu lernen, sondern eine Lektion für andere zu *sein*. Er sollte andere lehren, wie man offen, nicht wertend und freundlich ist.«

Jody traten Tränen in die Augen. Das gefiel ihr. Sehr sogar. Nicht der Teil, dass Mana viel zu jung hatte sterben müssen, sondern dass vielleicht, nur vielleicht, andere durch sein Beispiel Mitgefühl gelernt hatten.

»So wie ich das sehe«, fuhr Baker fort, »solltest du keine Angst vor deinen Träumen haben oder davor, Mana im Haus zu hören. Nimm es an und freu dich, dass seine Seele noch da draußen ist und darauf wartet, dass ihr wieder zusammenkommt.«

Die Tränen liefen ihr über die Wangen. »Das möchte ich, aber ich vermisse ihn so sehr, Baker.«

»Ich weiß, dass du ihn vermisst, Tink. Es tut mir leid, dass ich ihn nie kennengelernt habe.«

»Mir auch. Er hätte dich gemocht«, entgegnete Jody. Dann fiel ihr etwas anderes ein, was Baker vorhin gesagt hatte. »Also ... Seelen werden zusammen wiedergeboren?«

»Daran glaube ich«, sagte Baker.

»Glaubst du, *wir* kannten uns in einem früheren Leben?«

»Ja.« Baker zögerte nicht eine Sekunde, bevor er antwortete.

»Ich könnte also dein Lehrer oder Vater gewesen sein?«

»Möglicherweise, aber ich denke nicht.«

Als er nicht weitersprach, fragte Jody: »Warum nicht?«

»Es ist wahrscheinlich zu früh für dieses Gespräch«, gestand Baker, womit er auf eine für ihn unübliche Weise einer Antwort auswich.

»Es tut mir leid, dass ich so spät ... oder früh angerufen habe«, murmelte Jody.

»Das meine ich nicht. Es ist nur ... wir lernen uns gerade erst kennen. Ich will nicht, dass du ausflippst.«

»Baker, ich habe dich mitten in der Nacht angerufen, um dir zu sagen, dass ich gehört habe, wie mein toter Sohn seine Schlüssel auf die Kommode geworfen hat ... wenn jemand ausflippen sollte, dann wohl du«, sagte Jody trocken. Erstaunlicherweise fühlte sie sich hundertmal ruhiger, als sie es beim Wählen seiner Nummer gewesen war. Normalerweise fiel sie nach einem solchen Vorfall in eine so tiefe Depression, dass sie mehrere Tage brauchte, um wieder herauszukriechen. Aber nachdem sie mit Baker gesprochen und seine Gedanken über das Leben nach dem Tod gehört hatte, fühlte sie sich bereits besser.

»Wenn du mich brauchst, rufst du an. Es ist mir scheißegal, wie spät es ist«, sagte Baker entschieden. »Verstanden?«

»Ja. Und obwohl ich mir keine Situation vorstellen kann, in der du mich brauchst, gilt das Gleiche für dich.«

»Manchmal ist es das wertvollste Geschenk, eine sanfte Stimme zu hören, die nichts anderes von dir will, als einfach nur zu reden«, erklärte Baker.

»Baker«, flüsterte sie, da sie seine Worte zugleich liebte und hasste.

»Seelenverwandte«, sagte er leise. »Manchmal gibt es da draußen eine Person, die genau das Richtige für dich ist. Die dich in jedem Leben begleitet hat. Es ist verdammt schwer, sie zu finden, vor allem wenn man in jedem Leben, das uns gegeben ist, Lektionen lernen muss. Aber ich glaube, in jedem Leben kreuzen sich die Wege, und wenn du die Augen offen hältst, freust du dich darüber, dass du die andere Hälfte deiner Seele gefunden hast. Du klammerst dich an diese Person und hältst sie mit aller Kraft fest. Egal, welche Hindernisse sich dir in den Weg stellen, du hältst daran fest ... und wirst im Gegenzug mit einer Liebe belohnt, die so stark und rein ist, dass euch nichts auseinanderreißen kann.«

Jody schluckte schwer. Niemals hätte sie gedacht, dass sie mitten in der Nacht ein solches Gespräch mit Baker Rawlins führen würde. Sie war sich nicht sicher, ob sie wirklich glaubte, was er sagte, aber mit jedem seiner Worte schien eine Wärme in ihrem Inneren zu wachsen.

Unter seinem harten Äußeren, seiner schroffen und manchmal Furcht einflößenden Miene war er ein Romantiker. Diese Gegensätzlichkeit war attraktiv.

»Ich weiß, das klingt verrückt«, fuhr Baker fort. »Und ich habe viel zu lange gebraucht, um in die Gänge zu kommen, aber ich glaube wirklich, dass du diese Person für mich bist, Jodelle. Als wir uns kennenlernten, hat etwas in mir klick gemacht. Ich habe mich gegen unsere Verbindung gewehrt, weil ich dachte, dass ich nach meinem bisherigen Leben dazu bestimmt bin, allein zu sein, aber ich kann es nicht mehr leugnen. Das heißt aber nicht, dass wir die Dinge überstürzen. Du brauchst Zeit, um zu glauben, dass das, was wir haben, echt ist, und ich werde dir die Zeit geben, die du brauchst. Wir gehen also immer noch einen Tag nach dem anderen an. Kleine Schritte, Tink.«

»Okay«, sagte Jody.

»Ist dir immer noch kalt?«, fragte Baker.

Jody dachte kurz darüber nach und antwortete dann: »Nein.«

»Gut. Willst du schlafen oder weiterreden?«

»Du hast gesagt, dass du morgen früh nach Honolulu fährst, um einen Freund zu besuchen«, sagte Jody.

»Ja.«

»Du musst schlafen, damit du das tun kannst«, gab Jody zu bedenken.

»Ich würde viel lieber mit dir reden, um sicherzugehen, dass es dir gut geht. Ich werde sowieso nicht schlafen können, wenn ich mir Sorgen um dich mache«, sagte Baker.

Jody kuschelte sich noch ein wenig mehr in ihre Decke, drehte sich auf die Seite und zog die Knie an, sodass sie praktisch zusammengerollt war. »Erzählst du mir von dem Freund, den du besuchen wirst?«

»Natürlich. Aber bevor ich das tue ... bist du nervös wegen morgen ... oder besser gesagt, wegen heute?«

Jody merkte, dass Baker das ständig tat. Er drehte das Gespräch so, dass sie über sie sprachen und über das, was sie gerade tat. Es machte ihr nichts aus und es fühlte sich gut an, dass er sich für sie interessierte, aber manchmal wollte sie auch über ihn reden. »Ja, aber auf eine gute Art.«

»Was bedeutet das?«

»Ich bin schon lange nicht mehr mit Freundinnen ausgegangen. Die Verbindung zu meinen alten Freundinnen brach ab, nachdem ich geheiratet und Kaimana bekommen hatte. Als ich dann geschieden wurde, nahm es all meine Zeit in Anspruch, mich um mich selbst und meinen Sohn zu kümmern. Ich hatte das Gefühl, mich kaum noch über Wasser halten zu können. Als Mana älter wurde, arbeitete ich viel in dem Versuch, genug zu verdienen, um meinem Sohn alles zu geben, was er brauchte und wollte. Als er starb, war es schon eine Herausforderung, jeden Morgen aufzustehen. Und als ich endlich zu heilen begann, war ich wieder mit meiner Arbeit und damit beschäftigt, morgens und nachmittags an den Strand zu gehen, um auf die Jugendlichen aufzupassen. Ich bin also nervös, aber ich freue mich auch. Ich bin von den Frauen deiner Freunde fasziniert und ich möchte, dass sie mich mögen.«

»Das tun sie bereits«, versicherte Baker ihr.

»Sie kennen mich nicht«, protestierte sie.

»Das macht nichts. Sie wissen, dass du mit mir zusammen bist, und ich bin nicht eingebildet oder so, aber sie mögen mich, Tink, und sie wissen, dass ich kein Idiot bin. Wenn ich dich mag, heißt das, dass du fantastisch bist. Du musst dir also keine Sorgen machen, ob sie dich mögen. Wenn überhaupt, dann muss *ich* mir Sorgen machen, dass sie deine ganze Freizeit für sich beanspruchen und ich in die Röhre schaue.«

Jody lachte darüber. »Ähm, das wird nicht passieren, Baker.«

»Da bin ich froh. Sie sind gute Menschen«, sagte er sanft. »Sie wissen, wie es ist, Angst zu haben. Sie wissen, wie es ist, wenn man das Gefühl hat, ganz allein auf der Welt zu sein. Weißt du noch, was ich über die gemeinsame Reinkarnation von Seelen gesagt habe? Das sind deine Leute, Jodelle. Es klingt lächerlich, aber ich schwöre, es ist wahr. Du musst nur die Person sein, die du bereits bist. Du weißt, warum Mana so freundlich und rücksichtsvoll war, oder?«

»Warum?«, flüsterte Jody, wieder einmal fast überwältigt von ihren Gefühlen.

»Weil er es von seiner Mutter gelernt hat. Ich habe dich mit diesen Jugendlichen am Strand gesehen. Und mit anderen. Die Sandwiches, die du machst, sind nicht nur für die Teenager, auf die du aufpasst. Sie sind für jeden, der hungrig aussieht. Und glaube nicht, dass ich die Tüte mit den Flipflops nicht bemerkt habe, die du in deinem Wagen hast, falls du jemanden triffst, der es sich nicht leisten kann, seine eigenen abgenutzten Schuhe zu ersetzen.«

Jody schloss die Augen und nahm einen tiefen Atemzug.

»Der Freund, mit dem ich mich morgen treffen werde? Sein Name ist Theo. Er wohnt in Barbers Point in der Nähe von *Food For All*, wo Elodie, Lexie und Ashlyn arbeiten. Er ist Mitte vierzig, war früher obdachlos und hat Lexie das Leben gerettet. Er ist nicht ganz richtig im Kopf, aber er ist der talentierteste Künstler, den ich je gesehen habe, und obwohl wir komplette Gegensätze sind ... sind wir Freunde.«

Jody lächelte, nicht überrascht, dass Baker Theo unter seine Fittiche genommen hatte. Sie fragte Baker nach Theo, nach *Food For All*, wie er zum Surfen gekommen war und anderen einfachen Themen. Ehe sie sichs versah, war eine weitere Stunde vergangen.

Als sie zum zehnten Mal in fünf Minuten gähnte, fragte Baker sanft: »Meinst du, du kannst jetzt schlafen, Tink?«

Jodys Augen fühlten sich schwer an und sie war so entspannt wie schon lange nicht mehr. »Ja.«

»Gut. So ist es gut, Jodelle.«

»Was?«

»Mit dir zu reden, wenn du müde und schläfrig bist. Es wird ein Traum wahr werden, wenn ich die Chance bekomme, es persönlich zu tun.«

»Was?«

»Mit dir zu reden, wenn du eine schlechte Nacht hattest. Es wird mir noch viel besser gefallen, wenn ich dich dabei im Arm halten kann.«

Jody hatte nicht den geringsten Zweifel, dass es ihr auch besser gefallen würde.

Baker gab ihr keine Gelegenheit zu einer Antwort. »Ich wünsche dir morgen viel Spaß. Fahr vorsichtig. Sagst du mir Bescheid, wenn du zu Hause bist?«

Wieder breitete sich diese Wärme in ihr aus. Der Gedanke, dass sich jemand dafür interessierte, wo sie war und ob sie gut nach Hause kam. »Sagst du mir Bescheid, wenn du von deinem Besuch bei Theo zurückkommst? Ich mache mir sonst Sorgen, nachdem ich dich wach gehalten habe.«

»Ja, Tink. Ich werde dir Bescheid sagen. Ich möchte auch, dass du Theo irgendwann kennenlernst. Er wird sehr neugierig auf dich sein.«

»Du wirst ihm von mir erzählen?« Sie konnte sich die Frage nicht verkneifen.

»Natürlich.«

»Es ist erst eine Woche her, dass wir beschlossen haben, mehr als nur Freunde zu sein«, gab Jody zu bedenken, womit sie ihn an etwas erinnerte, von dem sie wusste, dass er sich dessen bewusst war.

»Seelenverwandte«, sagte Baker schlicht. »Geh schlafen, Tink. Wir sprechen uns morgen wieder. Dann kannst du mir erzählen, wie toll das Mittagessen war und für wann deine Übernachtungsparty mit den anderen geplant ist.«

Jody kicherte. »Ich bin mir nicht sicher, ob wir gleich beim ersten Treffen zu besten Freundinnen werden, die eine Übernachtungsparty planen.«

»Unterschätze nicht die Macht von Elodie und ihrer Truppe«, erwiderte Baker lachend. »Viel Spaß morgen. Schlaf gut.«

»Du auch.«

»Nacht.«

»Gute Nacht«, sagte sie, dann legte sie auf. Sie blieb noch einen Moment zusammengerollt liegen, bevor sie sich auf die Seite drehte, ihr Handy auf den Nachttisch neben ihrem Bett legte und sich wieder der anderen Seite zuwandte. Sie schloss die Augen und flüsterte laut: »Gute Nacht, Mana. Ich hab dich lieb.«

Jody fühlte sich eine Million Mal besser als vorhin, als sie aufgewacht war, und fiel sofort in einen tiefen, traumlosen Schlaf.

KAPITEL SECHS

Jody fuhr auf den Parkplatz des *Sunset Smokehouse* und konnte sich ein Grinsen nicht verkneifen, als sie die drei Frauen am Eingang stehen sah, wo sie sich unterhielten. Sie erkannte Monica von ihrer ersten Begegnung und nahm an, dass die beiden anderen Elodie und Ashlyn waren.

Erleichtert stellte sie fest, dass sie in Sachen Kleidung die richtige Wahl getroffen hatte. Jody hatte sich für ein legeres Outfit entschieden, aber nicht zu leger. Sie trug ein Sommerkleid aus Baumwolle, das sie vor zwei Jahren beim Einkaufen in Honolulu aus einer Laune heraus gekauft hatte. Es hatte lange Ärmel, eine Empire-Taille und reichte ihr bis zu den Knien. Es war schwarz mit lila und gelben Blumen. Es war heller als das, was sie sonst trug, aber Jody gefiel, dass es ihr perfekt passte und sie sich darin sogar hübsch fühlte.

Das Ganze hatte sie mit schwarzen Keilsandalen vervollständigt, die an den Zehen mit einer funkelnden Perlenblume verziert waren. Mana hatte sich immer über sie lustig gemacht, weil sie zu mädchenhaft waren, aber er hatte einmal zugegeben, sie süß zu finden. Jody dachte jedes Mal an ihn, wenn sie sie trug ... weshalb sie sie seit seinem Todestag nicht mehr angezogen hatte. Aber heute, nachdem sie über Bakers Worte in der Nacht zuvor nachgedacht hatte, erschien es ihr richtig, ihn mitzunehmen, um ihre hoffentlich neuen Freundinnen kennenzulernen.

Bevor sie aus dem Wagen stieg, holte sie ihr Handy heraus und schrieb Baker eine kurze SMS, um ihn wissen zu lassen, dass sie sicher am Restaurant angekommen war. Er hatte sie nicht darum gebeten, sondern nur darum, ihm Bescheid zu geben, wenn sie zu Hause war, aber er hatte ihr zuvor eine Nachricht geschickt, in der er ihr versicherte, dass er ohne Probleme in Barbers Point angekommen und zwar müde, aber nicht *zu* müde sei. Es war rücksichtsvoll, da sie sich Sorgen um ihn gemacht hatte. Jetzt wollte sie den Gefallen erwidern.

Jody: Ich bin da. Die Mädchen warten am Eingang auf mich, aber ich wollte dich nur wissen lassen, dass ich gut angekommen bin.

Baker: Das weiß ich zu schätzen. Viel Spaß.

Seine SMS war kurz und bündig, aber Jody war nicht beleidigt. Wahrscheinlich machte er gerade sein Ding mit seinem Freund, und es war nett, dass er sofort geantwortet hatte. Sie steckte ihr Handy in ihre Handtasche, atmete tief durch und stieg aus ihrem Wagen.

Die drei Frauen beobachteten sie, als sie auf sie zuging. Wahrscheinlich hatten sie ihren bunten VW bemerkt, als sie auf den Parkplatz fuhr.

»Hallo«, sagte Jody, als sie näher kam. »Ich bin Jody.«

Die drei Frauen lächelten alle. Die schwarzhaarige Frau trat vor, als Jody sie erreichte, und sagte: »Ich bin Elodie. Schön, dich endlich kennenzulernen.«

Dann schockierte sie Jody, indem sie die Arme öffnete, um sie in eine lange, herzliche Umarmung zu ziehen.

Monica sagte: »Es ist schön, dich wiederzusehen, Jody«, bevor sie sie ebenfalls umarmte.

Und schließlich wurde sie von der großen Frau, die Ashlyn sein musste, auf dieselbe Art begrüßt.

Baker hatte nicht gescherzt, diese Frauen waren tatsächlich

Umarmer ... und es fühlte sich großartig an. Jody konnte sich das alberne Lächeln nicht verkneifen.

»Ich kann nicht glauben, dass du wirklich hier bist! Wir hätten nicht gedacht, dass Baker jemals in die Gänge kommen würde und dich um eine Verabredung bittet«, erklärte Elodie mit einem Lächeln.

Auch Ashlyn lächelte immer noch freundlich, aber Jody wusste instinktiv, dass sie am schwersten zu beeindrucken sein würde. Jody erinnerte sich daran, dass Elodie ihr am Telefon gesagt hatte, dass Ashlyn Baker gegenüber einen Beschützerinstinkt entwickelt hatte. Anstatt sich darüber zu ärgern, bescherte es Jody ein gutes Gefühl. Es gefiel ihr, dass jemand auf ihn aufpasste, denn es dämmerte ihr, dass er der Typ Mann war, der sich immer um andere kümmerte.

Sie gingen alle hinein und Jody atmete tief ein. Es roch so gut ... sie konnte es kaum erwarten, in das köstlich duftende geräucherte Rindfleisch zu beißen. Sie stellten sich in der Schlange an und Jody bestellte Rinderbrust, ebenso wie Elodie. Monica nahm Pulled Pork und Ashlyn bestellte Spareribs vom Schwein. Sie bestellten eine große Portion Kartoffelsalat und würzige Pinto-Bohnen, um es zu teilen. Als sie einen Platz gefunden hatten, brachte eine Kellnerin einen Korb mit hawaiianischen süßen Brötchen vorbei.

»Ich kann nicht glauben, dass ich nichts von diesem Laden wusste«, sagte Ashlyn, nachdem sie alle mit dem Essen begonnen hatten. »Texas Barbecue ist mein absolutes Lieblingsessen.«

»Es ist so gut«, stimmte Jody zu. »Sie machen auch Catering und bieten Essen zum Mitnehmen an ... auch wenn es von Barbers Point aus ein bisschen weit für dich ist.«

»Ich bin mir sicher, dass es Slate nichts ausmachen würde hierherzukommen. Ich meine, sieh dir das an ... das ist die Fahrt auf jeden Fall wert.« Sie hielt eine ihrer Spareribs hoch. Ihre Finger waren voller Soße und sie hatte sogar etwas davon auf einer Wange. Alle lachten.

»Allerdings«, sagte Jody.

»Ich bin mir sicher, dass Baker hierherfahren und euch

auch etwas holen würde, oder?«, fragte Elodie mit einem Glitzern in den Augen.

Jody wusste, dass sie rot wurde, aber sie schenkte der anderen Frau ein kleines Lächeln. »Wahrscheinlich.«

»Also ... seid ihr endlich zusammen?«, fragte Elodie unverblümt.

Jody war beeindruckt, dass sie so lange damit gewartet hatte, Baker zu erwähnen. Aber sie konnte es ihr nicht verübeln ... ihr war klar, dass es bei diesem Besuch darum ging, dass die anderen Frauen nicht nur sie kennenlernten, sondern auch mehr über ihre neue Beziehung erfuhren. »Ich denke schon«, sagte sie.

»Warte – du denkst?«, fragte Ashlyn. »Elodie hat gesagt, ihr seid zusammen.«

»Ich meine, das sind wir wohl, aber er hat viel zu tun und ich auch, und wir sind noch auf keine Verabredung gegangen«, gestand Jody.

Elodie atmete aus und lehnte sich mit einem kurzen Schnauben zurück. »Dieser Typ«, murmelte sie kopfschüttelnd.

»Ich habe Baker für einen Mann gehalten, der nicht herumalbert ... Es ist irgendwie enttäuschend zu wissen, dass das nicht der Fall ist«, sagte Monica.

Jody mochte es nicht, dass die anderen etwas Schlechtes über ihn dachten. »Er hat mir gesagt, dass er denkt, ich sei seine Seelenverwandte«, platzte sie heraus.

Elodie und Monica lächelten, als sie es hörten.

»Das klingt schon besser«, sagte Elodie.

»Ich kann mir vorstellen, dass er so etwas sagt«, überlegte Monica.

»Und du? Was denkst du?«, fragte Ashlyn.

Es war gut, dass Jody sich mit dem Essen ablenken konnte, denn sie hatte das Gefühl, dass sie sonst zittern würde wie Espenlaub. Sie schluckte die Bohnen herunter, die sie sich gerade in den Mund geschoben hatte, als Ashlyn ihre Frage stellte, und begegnete dann dem Blick der anderen Frau.

»Ich glaube, Baker ist das Beste, was mir seit langer Zeit passiert ist. Bei ihm fühle ich mich sicher, er bringt mich zum

Lachen und er ist der erste Mensch seit Jahren, der mich fragt, wie es mir geht – und es auch so meint. Ich glaube auch, dass ich nicht annähernd gut genug für ihn bin. Er verdient jemanden, der nicht traurig aufwacht und am Ende des Tages meistens genauso einschläft. Jemanden, der nicht so ... kaputt ist. Aber ich weiß jetzt schon, dass ich alles in meiner Macht Stehende tun werde, um die Art von Frau zu sein, die ihn verdient. Ich habe keine Ahnung, ob ich das schaffe oder nicht, aber ich werde es versuchen. Ich glaube auch, dass er genauso fantastisch sein muss, wie ich glaube, dass er es ist, wenn ihr drei ihm den Rücken stärkt.«

Während ihrer kleinen Rede verlor Ashlyns Miene etwas von ihrer Zurückhaltung, und als sie fertig war, hatte Elodie Tränen in den Augen. Sie griff nach Jodys Hand und drückte sie. »Er hat mir das Leben gerettet«, sagte sie leise.

»Und mir«, fügte Monica hinzu.

Jody ließ den Blick zu Ashlyn wandern.

»Mein Leben hat er nicht gerettet. Aber er hat sich so verdammt schuldig gefühlt, dass er nicht die Fähigkeit besaß, in die Zukunft zu schauen, und deshalb nicht im Haus meines Freundes James war, als seine beschissene Haushaltshilfe durchdrehte und auf mich schoss. Er hat mitten in der Nacht am Strand gesessen und sich darüber geärgert. Das ist nicht gut, und das habe ich ihm auch gesagt. Ich habe ihm außerdem mitgeteilt, dass sein Schuldkomplex lächerlich ist, aber er ist der Typ Mann, der es hasst, wenn seine Freunde leiden, und der es noch mehr hasst, wenn er nicht helfen kann.«

»Ähm ... wow ... okay«, sagte Jody, die zu begreifen versuchte, was Ashlyn gerade gesagt hatte. »Du wurdest *angeschossen*? Geht es dir jetzt gut?«

Ashlyns Gesichtsausdruck entspannte sich noch mehr. »Mir geht es gut«, sagte sie leise.

»Und der Typ, der auf dich geschossen hat?«

»Ist tot«, antwortete sie ohne Umschweife.

»Okay.«

»Hat Baker dir etwas über uns erzählt?«, fragte Elodie.

»Nicht wirklich. Nur, dass ihr alle fantastisch seid und er euch für verdammt stark hält«, sagte Jody.

»Typisch. Also, ich war auf der Flucht vor einem Mafioso, der mich töten wollte, weil ich mich als seine Köchin weigerte, Gift ins Essen zu tun, um einen seiner Gäste zu töten. Ich versteckte mich eine Zeit lang auf einem Frachtschiff, das jedoch von Terroristen gekapert wurde. Ich traf Scott, kam nach Hawaii und dachte, ich sei in Sicherheit, aber der Auftragskiller des Mafioso fand mich und ließ mich mitten im Meer zurück, wo ich einen langsamen, grausamen Tod sterben sollte.«

Jodys Augen weiteten sich und sie schnappte nach Luft. Sie hatte ihre Mahlzeit vergessen und konnte Elodie nur noch anstarren. »Heilige Scheiße!«

»Ja. Aber Baker ist nach New York geflogen und hat sich mit dem neuen Mafiaboss getroffen, der nach der Ermordung des Arschlochs, das mich umbringen wollte, das Ruder übernommen hatte, und sie haben *alles besprochen*. Baker versicherte mir, dass ich in Sicherheit sei.«

»Ernsthaft?«

»Ja«, sagte Elodie.

»Dann kam einer von Bakers alten SEAL-Kameraden nach Hawaii und entführte mich, um mich als Köder zu benutzen, damit er Baker herauslocken und ihn töten konnte. Baker hat nicht gezögert, sich in Gefahr zu begeben, um diesen Idioten auszuschalten«, erklärte Monica.

»Oh mein Gott. Einer seiner *Teamkameraden*?«, fragte Jody ungläubig.

»Ja. Ich schätze, Baker hat ihm als Teamleiter eine schlechte Beurteilung gegeben, oder wie auch immer man das nennt, und da der Typ verrückt war – und diese Beurteilung absolut verdient hatte –, hat er jahrelang darüber gebrütet und dann zugeschlagen. Aber keine Sorge, er ist in der Lava auf der Hauptinsel verbrannt ... so wie er es für Baker vorgesehen hatte.«

Jody konnte kaum glauben, was sie da hörte. »Einer seiner Teamkameraden hat versucht, ihn zu töten. Mit Lava.«

»Ja«, sagte Monica ernst. »Aber offensichtlich ist es ihm nicht gelungen.«

Jody schaute auf ihren Teller hinunter, wobei sie das köstliche Barbecue nicht mehr wirklich sehen konnte. »Was um alles in der Welt findet er nur an mir?«, flüsterte sie. »Ich bin so langweilig im Vergleich zu dem, was er gewohnt ist.«

»Ich denke, Baker verdient langweilig«, erwiderte Ashlyn.

Jody hob den Blick und sah ihr in die Augen.

»Und das meine ich nicht abwertend«, fügte sie schnell hinzu. »Baker gibt sich große Mühe, unseren Jungs zu helfen, wo immer sie es brauchen. Er recherchiert für Missionen, wenn bei ihren Frauen etwas schiefläuft, und auch sonst hilft er, wo er nur kann. Er braucht jemanden, der ihm etwas Normalität bringt. Ich glaube, er freut sich über Langeweile, wenn man bedenkt, was in den letzten Jahren alles passiert ist.«

Jody war sich nicht sicher, ob sie zustimmte.

»Hat er dir erzählt, was er beruflich macht?«, fragte Elodie.

Jody schüttelte den Kopf. »Nein. Warum? Was macht er denn?«

»Tja, verflixt. Ich hatte gehofft, *du* könntest es *uns* erzählen«, sagte Elodie lächelnd. »Ich meine, wir wissen, dass er einige erstaunliche Beziehungen hat ... der Mann ist nach New York geflogen und hat sich mit einem Mafiaboss getroffen, um Himmels willen. Aber keiner von uns weiß genau, was sein Job ist.«

»Ist das wichtig?«, fragte Jody.

Ausnahmsweise schienen alle drei Frauen sprachlos zu sein.

Schließlich kicherte Ashlyn. »Nein, das ist überhaupt nicht wichtig. Wir lieben Baker, weil er ein großartiger Mensch ist. Außerdem hat er uns allen und unseren Männern geholfen, als wir es am meisten brauchten. Es spielt keine Rolle, was er tut.«

Jody war erleichtert, das zu hören, denn ihr ging es genauso. Je mehr sie über Baker erfuhr, desto mehr Bewunderung empfand sie für ihn. »Also, hinter mir sind keine Mafiabosse her, zumindest nicht, dass ich wüsste, und ich glaube nicht, dass ich Gefahr laufe, in nächster Zeit entführt zu werden. Ich bin eine ganz normale Grafikdesignerin, die die meiste Zeit des Tages zu Hause vor dem Computer sitzt, eine ehemalige Mutter und jemand, der seine Vor- und Nachmittage am Strand verbringt und sich um die Highschool-Surfer kümmert, die sich dort versammeln. Wenn er langweilig mag, hat er den Jackpot geknackt.«

»Ehemalige Mutter?«, fragte Monica. »Ich bin mir nicht sicher, ob es so etwas gibt.«

»Mein Sohn ist gestorben«, erwiderte Jody unverblümt.

Sie sah die Überraschung in Monicas Augen, dann den Schmerz, als sie die Bedeutung ihrer Worte verstand.

»Das tut mir so leid«, sagte sie, griff über den Tisch und berührte Jodys Hand. »Ich habe mein erstes Kind, Charlotte, vor etwas mehr als einem Monat bekommen und ich kann mir wirklich nichts Schlimmeres vorstellen, als sie zu verlieren.«

»Es gibt nichts Schlimmeres«, stimmte Jody zu.

Sie hatte erwartet, dass das Gespräch damit zu Ende wäre, aber zu ihrer Überraschung fragte Ashlyn: »Wie hieß er?«

»Kaimana.«

»Das ist ein schöner Name«, sagte Elodie sanft.

»Er bedeutet *Kraft des Ozeans*«, erklärte Jody mit einem kleinen Lächeln. »Was passend war, denn von dem Moment an, in dem er schwimmen lernte, liebte er es, im Wasser zu sein. Er war ein großartiger Surfer. Nirgendwo fühlte er sich wohler als auf einem Brett in der Brandung.«

»Und deshalb bist du so oft dort?«, fragte Monica.

Es fühlte sich ein bisschen seltsam an, über Mana zu sprechen, aber auf eine gute Art. Es war schon so lange her, dass jemand nach ihrem Sohn gefragt hatte, und durch Baker und diese Frauen war er noch mehr in ihren Gedanken als sonst. »Ja und nein. Er starb eines Morgens beim Surfen. Eine heftige Strömung kam aus dem Nichts und begann, Menschen aufs Meer hinauszuziehen. Ein jüngerer Surfer geriet in Panik und versuchte, ans Ufer zurückzuschwimmen, anstatt bei seinem Surfbrett zu bleiben. Mana ist zu ihm geschwommen und gab ihm sein eigenes Brett, als er sah, wie der Junge sich abmühte, sich über Wasser zu halten. Er begann, den Jungen auf seinem Brett parallel zum Ufer zu ziehen, um zu versuchen, aus der Strömung herauszukommen, und es gelang ihm auch. Aber eine riesige Welle überspülte sie und Mana blieb darin hängen. Er schlug sich den Kopf an, verlor die Orientierung und ertrank.«

Stille senkte sich über den Tisch und Jody bereute sofort, zu viel erzählt zu haben. Sie hatte die Stimmung nicht verderben wollen. »Ich gehe an den Strand und passe auf die Jugendlichen auf, denn wenn an dem Morgen, an dem mein Sohn starb, jemand da gewesen wäre, hätte er Hilfe rufen können. Vielleicht wäre Mana dann nicht ertrunken.«

»Du bist ihr Schutzengel«, sagte Elodie leise.

Jody zuckte mit den Schultern. »Da bin ich mir nicht so sicher. Ich will nur nicht, dass noch eine Mutter so leidet wie ich.«

»Erzählst du uns von ihm?«, fragte Monica.

Jody schaute sie überrascht an. Und als sie die beiden anderen Frauen ansah, nickten beide und lächelten.

»Ich ... Was wollt ihr wissen?«

»Was immer du uns erzählen willst. Es hört sich an, als wäre dein Sohn großartig gewesen«, sagte Ashlyn.

»Das war er auch.«

»Wie alt war er?«, fragte Elodie.

»Siebzehn. Er war in der elften Klasse der Highschool.«

»Ich wette, er war ein Frauenheld«, sagte Monica.

»Nicht wirklich. Er stand mehr auf Surfen als auf Mädchen«, entgegnete Jody mit einem Lächeln. »Allerdings habe ich ihn kurz vor seinem Tod überredet, auf einen Tanzabend zu gehen. Und er hat hinterher sogar zugegeben, dass er sich amüsiert hat.«

In den nächsten dreißig Minuten beantwortete sie weiterhin die Fragen der anderen Frauen und sprach über ihren Sohn. Als das Gespräch auf Monicas Tochter kam und darauf, wie überfürsorglich ihr Mann mit ihr umging, konnte Jody nicht anders, als die Augen zu schließen und die ungewöhnlichen Gefühle auszukosten, die sie durchströmten.

»Jody? Geht es dir gut?«, fragte Elodie.

Sie öffnete die Augen und nickte. »Mir geht's gut. Wirklich gut. Ich möchte mich bei euch bedanken, dass ihr mich von Mana habt erzählen lassen.«

»Warum sollten wir das nicht tun?«, fragte Monica.

»Die meisten Leute fühlen sich unbehaglich, ihn auch nur zu erwähnen. Sie denken, wenn sie es nicht ansprechen, werde ich nicht traurig sein. Aber ich bin *immer* traurig. Wenn ich über ihn spreche und mich an die guten Zeiten erinnere, fühle ich mich für eine kurze Zeit sogar gut.«

»Er war ein lebendiger, atmender Mensch, der es verdient, dass man sich an ihn erinnert«, erklärte Monica.

»Genau, also danke, dass ihr mir das gegeben habt«, sagte Jody.

»Wann immer du über ihn reden willst, kannst du das gern tun. Es wird uns nicht im Geringsten unangenehm sein«, versicherte Elodie ihr.

»Das ist so seltsam«, gestand Jody, während sie die Tränen wegwischte, die ihr über die Wangen gelaufen waren.

»Was denn?«

»Vor der letzten Woche war ich noch eine einsame Frau mittleren Alters, die in den letzten fünf Jahren für sich geblieben ist, und jetzt habe ich einen fantastischen Mann, der sich für mich interessiert, ich spreche ständig über meinen Sohn – obwohl ich ihn nur selten laut erwähne, aus Angst, anderen Unbehagen zu bescheren – und ich sitze in einem Restaurant mit drei Frauen, mit denen ich wirklich, *wirklich* befreundet sein möchte.«

»Wir sind bereits Freundinnen«, versicherte Ashlyn ihr, ohne zu zögern.

»Nicht nur das, es gibt noch drei andere Frauen, die verdammt neidisch sein werden, dass wir heute Zeit mit dir verbringen durften und sie nicht«, sagte Elodie grinsend.

»Oh, ich bin sicher, Kenna wird sofort eine Übernachtungsparty planen, wenn sie von dem Mittagessen hört«, fügte Monica lachend hinzu.

»Baker hat mir von diesen legendären Übernachtungspartys erzählt«, sagte Jody.

»Die sind der Hammer«, versprach Elodie. »Warte, bis du die Aussicht von Kennas Balkon siehst. Es ist einfach zum Sterben schön. Sie ist quirlig und umwerfend, aber du kannst ihr nicht einmal böse sein, weil sie ein wahnsinnig netter Mensch ist, der seine fantastische Aussicht teilt.«

»Ich glaube, ich bin wahrscheinlich zu alt für eine Übernachtungsparty«, murmelte Jody etwas verlegen. »Ich bin was, zwanzig Jahre älter als ihr? Ich war schon verheiratet, bevor einige von euch überhaupt auf der Welt waren.«

»Und?«, gab Elodie zurück. »Alter ist nichts weiter als eine Zahl. Außerdem könnten wir alle deinen klugen Rat gebrauchen, wenn es darum geht, Mutter zu sein – und *natürlich* wollen wir wissen, ob Baker gut küssen kann oder nicht.«

Alle lachten.

»Natürlich kann er das«, sagte Ashlyn. »Er ist *Baker*.«

Alle sahen Jody erwartungsvoll an.

Jody zuckte mit den Schultern und sagte: »Wenn ihr darauf wartet, dass *ich* euch sage, wie er küsst, muss ich euch leider enttäuschen. Es sei denn, ihr wollt wissen, wie er mit der Berührung seiner Lippen auf meiner Stirn meine Beine schwach machen kann.«

Alle starrten sie einen Moment lang an, bevor Monica sagte: »Er macht langsam.«

Jody nickte.

»Er weiß, dass er nichts überstürzen sollte, wenn er etwas Wichtiges will«, stimmte Ashlyn zu.

»Und damit das klar ist, das bist du«, erklärte Elodie.

»Und nur um dich zu warnen ... die anderen reden gern über Sex«, fügte Ashlyn hinzu. »Sie sind nicht aufdringlich, aber sie halten sich auch nicht zurück. Wenn du dich dabei unwohl fühlst, ist das okay, du musst nicht mitmachen, aber ich wollte dich vor der nächsten Übernachtungsparty vorwarnen.«

»Es macht mir nichts aus, über Sex im Allgemeinen zu reden, aber ich werde nicht über Baker sprechen«, sagte Jody entschieden. Sie wollte diese Frauen nicht verprellen, wo sie doch gerade erst ihren Respekt und ihre Freundschaft gewonnen hatte, aber auf keinen Fall wollte sie tratschen. »Ich bin mir sicher, dass er seine Privatsphäre schätzt, und ich will ihn nicht hintergehen und sein Vertrauen brechen.«

Die anderen drei Frauen strahlten sie an.

»Das liebe ich für ihn«, sagte Ashlyn leise.

»Ich liebe *dich* für ihn«, korrigierte Elodie.

»Ich glaube, du bist genau das, was er braucht«, stimmte Monica zu. »Danke, dass du dich heute mit uns getroffen hast.

Danke, dass du du bist. Und danke, dass du aufgrund unserer Fragen nicht beleidigt bist.«

»Ich danke *euch*, dass ihr mich reingelassen habt«, entgegnete Jody. »Ich wusste schon, dass du etwas Besonderes bist, als ich dich an diesem Tag am Strand sah«, sagte sie zu Monica.

»Bring mich nicht zum Weinen«, beschwerte sie sich, während sie schnell blinzelte.

Der Rest des Essens verlief recht ereignislos im Vergleich zu den emotionalen Themen, die sie bereits besprochen hatten. Jody erfuhr mehr über Lexie, Kenna und Carly und versprach, eines Tages sowohl *Food For All* zu besuchen als auch im Duke's zu Abend zu essen. Elodie versprach, sie könne bei ihr übernachten, falls es spät werden sollte, und damit begann ein Streit darüber, bei wem Jody übernachten könnte, da sowohl Monica als auch Ashlyn sie zu sich einluden.

Es fühlte sich gut an, erwünscht zu sein, aber Jody beendete den Streit, indem sie sagte, dass Baker wahrscheinlich darauf bestehen würde, sie nach Hause an die Nordküste zu bringen, *egal* wie spät das Abendessen endete ... und dass sie ihm vertraute, dass er sie sicher nach Hause bringen würde.

Satt und glücklich folgte Jody den anderen aus dem Restaurant in einen wunderschönen hawaiianischen Nachmittag. Sie tauschte Nummern mit Ashlyn und Monica aus und trug auf Elodies Drängen hin sogar die Nummern von Lexie, Kenna und Carly in ihr Adressbuch ein. Der Anblick all der Namen in ihrer bisher kaum gefüllten Kontaktliste ließ Jody lächeln.

Ashlyn umarmte sie, ebenso wie Monica, und Elodie drückte sie für einen langen Moment fest an sich. »Danke, dass du gekommen bist«, murmelte sie. Als sie sich zurückzog, behielt sie ihre Hände auf Jodys Armen. »Ich weiß, dass es wahrscheinlich komisch war, aber wir alle wollen wirklich nur das Beste für Baker. Er ist ein guter Mann. Er ist geheimnisvoll und manchmal ein bisschen unheimlich, aber wir würden alles für ihn tun. Wir sind froh, dass er sich endlich getraut hat, sich das zu holen, was er so offensichtlich wollte.«

Jody errötete. »Ich auch. Ich hatte selbst schon lange gedacht, dass er wirklich unglaublich ist.«

»Fahr vorsichtig«, sagte Monica zu ihr. »Wenn es okay ist, kann ich Charlotte das nächste Mal mitbringen, wenn wir zu Mittag essen oder so?«

»Ich würde sie gern kennenlernen«, antwortete Jody ehrlich. Sie liebte Babys und hatte nur selten die Gelegenheit, mit ihnen zusammmen zu sein. »Ich komme auch gern nach Honolulu oder Barbers Point.«

»Das ist ganz schön weit«, überlegte Elodie.

Jody lächelte. »*So* weit ist es nicht. Ich meine, es dauert einen ganzen Tag, quer durch Texas zu fahren ... in die Stadt zu kommen ist nichts im Vergleich dazu.«

»Stimmt«, sagte Elodie. »Ich schätze, ich bin jetzt einfach verwöhnt. Ich finde, alles, was länger als zwanzig Minuten dauert, dauert eeeewig«, fuhr sie fort, wobei sie das letzte Wort dramatisch in die Länge zog.

Alle lachten.

»Fahrt vorsichtig«, bat Jody sie.

»Das werden wir. Du auch«, erwiderte Ashlyn. Sie winkten alle und Jody ging zu ihrem Bus. Als sie ihn sah, musste sie lächeln. Die anderen Frauen hatten alle von ihrem Wagen geschwärmt und fanden es toll, dass sie ein Hula-Mädchen auf ihrem Armaturenbrett hatte. Jody bestand darauf, dass sie keinen klassischen VW Bus *ohne* Hula-Mädchen haben konnte.

Als sie in ihr Fahrzeug stieg, kurbelte sie die Fenster herunter, um frische Luft zu bekommen, und kramte ihr Handy aus der Handtasche. Sie sah, dass Baker ihr eine SMS geschrieben hatte, in der er ihr mitteilte, dass er es nach Hause geschafft hatte. Sie tippte schnell eine Antwort.

Jody: Das Mittagessen ist vorbei und ich fahre jetzt nach Hause.

Baker: Ist alles in Ordnung?

Jody: Du hast tolle Freundinnen.

Baker: Ich nehme an, das bedeutet, es ist gut gelaufen?

Jody: Da hast du recht. Es gab nur ein Problem.

. . .

Jody fühlte sich nach dem erfolgreichen Mittagessen verdammt gut. Und mutig.

Baker: Was? Muss ich die Jungs anrufen und ihnen sagen, dass sie ihre Frauen zurückhalten sollen? Oder sich entschuldigen?

Das warme Gefühl in ihr wuchs durch seine sofortige Besorgnis.

Jody: Nein.
  Baker: Was ist dann los?
  Jody: Die Mädchen wollten wissen, ob du ein guter Küsser bist. Und ich musste zugeben, dass ich keine Ahnung habe.

Es dauerte eine ganze Minute, bis die drei Punkte auf dem Display erschienen, gerade genügend Zeit für Jody, um sich zu wünschen, sie wäre nicht *ganz* so mutig gewesen. Sie wollte ihm gerade schreiben, er solle vergessen, was sie gesagt hatte, und vor Verlegenheit sterben, als seine Antwort auf dem Bildschirm erschien.

Baker: Das werden wir beheben, wenn ich dich das nächste Mal sehe.
  Jody: Ich wollte dich nicht unter Druck setzen.
  Baker: Das hast du nicht.
  Jody: Du hast drei Jahre gebraucht, um auf meine dumme Bemerkung zu antworten.
  Baker: Sie war nicht dumm. Und es hat so lange gedauert, weil ich seit meinem vierzehnten Lebensjahr nicht mehr so eine spontane Latte hatte, als ich deine Worte gelesen habe. Ich habe versucht, die Kontrolle wiederzuerlangen.

. . .

Jody atmete erleichtert auf.

Jody: Ich weiß, du hast gesagt, dass du warten willst.

Baker: Ich wollte warten, bis *du* dich mit dem wohlfühlst, worauf wir zusteuern. Ich weiß bereits, was ich in dieser Hinsicht will. Und nachdem du letzte Nacht nach meinem Gerede von Seelenverwandtschaft nicht ausgeflippt bist und mir dann nicht nur eine SMS geschickt hast, als du im Restaurant warst, sondern mich auch hast wissen lassen, dass du auf dem Weg nach Hause bist, denke ich, dass alles in Ordnung ist.

Jody: Es ist alles in Ordnung.

Baker: Wenn wir uns das nächste Mal sehen, wirst du deinen Mädchen etwas zu berichten haben.

Jody: Ich plaudere nicht aus dem Nähkästchen.

Baker: Wenn du ihnen sagen willst, dass ich der beste Küsser bin, den du je hattest, ist das für mich in Ordnung.

Jody lachte laut auf. Wenn jemand sie beobachtete, würde er sie für verrückt halten ... wie sie allein in ihrem Wagen saß und lachte. Aber das war ihr egal.

Jody: Bist du dir deiner Sache so sicher?

Baker: Nein. Ich bin mir *deiner* so sicher, Tink. Du wirst mich umhauen, daran habe ich keinen Zweifel. Fahr vorsichtig nach Hause.

Jody: Das werde ich. War dein Besuch bei Theo erfolgreich?

Baker: Ja. Ich werde dir später davon erzählen.

Jody: Okay.

Baker: Ich bin froh, dass du dich amüsiert hast.

Jody: Ich auch.

Baker: Haben sie die Übernachtungsparty geplant?

Jody: Ha! Noch nicht, aber es wurde erwähnt.

Baker: Sagte ich doch. Okay, ich mache jetzt wirklich Schluss. Wir sprechen uns bald wieder.

Jody: Bis später.

. . .

Sie steckte das Telefon zurück in ihre Handtasche und lächelte. Hatte sie sich jemals so gefühlt, als sie mit Kaimanas Vater zusammen gewesen war? Nein. Nicht einmal annähernd. Vielleicht war an Bakers Seelenverwandtschaftstheorie doch etwas dran. Es war ein beängstigender Gedanke, aber ein guter. Jody hatte immer noch Angst, dass es nicht klappen könnte, aber sie würde alles in ihrer Macht Stehende tun, um dieser Beziehung eine Chance zu geben.

Es gab kein Regelwerk, das besagte, dass Menschen in ihren Vierzigern und Fünfzigern keine Liebe finden konnten. Sie mochte vielleicht nicht auf der Suche nach einer neuen Beziehung gewesen sein, aber sie war nicht so dumm, einem Mann wie Baker den Rücken zuzukehren.

Sie lächelte während der ganzen Heimfahrt.

KAPITEL SIEBEN

Baker saß Jodelle an diesem Abend in ihrem Haus gegenüber und grinste innerlich. Sie hatte ihn angerufen, als sie nach Hause gekommen war, und gefragt, ob er zum Abendessen kommen wolle. Da Baker kein Idiot war, hatte er ihre Einladung in Windeseile angenommen. Bei seiner Ankunft war offensichtlich, dass sie nervös war. Er konnte nicht herausfinden, ob es an seinen Worten lag, dass sie sich küssen würden, oder ob es etwas anderes war.

Als sie etwa fünfzehn Minuten nach seinem Erscheinen den Mut aufbrachte, ihn zu fragen, ob er sie küssen würde, hatte er geantwortet: »Ja, aber nicht, wenn du so aufgeregt bist. Entspann dich, Tink.« Seine Worte hatten die Spannung in der Luft zwar nicht ganz abgebaut, aber zumindest schien sie sich ein wenig zu lockern.

Baker mochte ihr kleines Haus. Es war nichts Besonderes, aber sie hatte es zu einem Zuhause gemacht. Überall, wo er hinschaute, hingen Bilder von ihrem Sohn. Angefangen bei Babyfotos bis hin zu einem, das kurz vor seinem Tod aufgenommen worden sein musste. Er trug Anzug und Krawatte und überragte Jodelle, während er einen Arm um sie gelegt hatte und beide lachten. Es war wunderschön und herzzerreißend zugleich.

Aber er fand es toll, dass sie ihren Sohn nicht versteckt

hatte. Er gehörte jetzt genauso zu ihrem Leben, wie er es zu Lebzeiten getan hatte.

Jodelle hatte einen Auflauf gemacht und aus dem Ofen geholt, nachdem er angekommen war. Jetzt saßen sie an ihrem kleinen Tisch und aßen.

Sie unterhielten sich ein wenig über seinen Besuch bei Theo, Baker erklärte die Rolle des ehemaligen Obdachlosen in Lexies Drama und wie sie für ihn eine Wohnung in der Nähe des neuen Standorts von *Food For All* in Barbers Point gemietet hatte. Er fügte hinzu, dass der Mann jetzt zwar eine Unterkunft hatte, aber manchmal immer noch gern auf der Straße schlief. Das war es, was er kannte und womit er sich wohlfühlte.

»Du respektierst ihn«, stellte Jodelle fest.

»Natürlich tue ich das. Er ist ein guter Mann.«

»Da gibt es kein *Natürlich*. Viele Leute würden auf ihn herabsehen und tun es wahrscheinlich auch, weil er manchmal auf der Straße schläft und eine Art geistige Schwäche hat.«

»Ich gehöre nicht dazu«, sagte Baker entschieden.

Jodelle lächelte. »Ich würde ihn gern mal kennenlernen.«

»Und er möchte dich kennenlernen«, erwiderte Baker.

»Cool.«

Es war tatsächlich cool. Baker war erleichtert, dass Jodelle nicht einmal blinzelte, als sie von seiner Freundschaft mit Theo hörte. »Das ist fantastisch«, lobte er, bevor er sich eine weitere Gabel des Auflaufs in den Mund schob.

»Danke. Das war Manas Lieblingsessen.« Dann rümpfte sie die Nase und sagte: »Tut mir leid.«

»Was denn?«, fragte Baker.

»Dass ich ihn ständig anspreche.«

Baker legte seine Gabel weg, beugte sich vor, legte eine Hand unter Jodelles Kinn und drehte ihr Gesicht so, dass er ihre Augen sehen konnte. »Ich habe das schon einmal gesagt und ich werde es so lange sagen, bis du mich *hörst*. Entschuldige dich niemals dafür, dass du über Mana sprichst. Er war ein Teil deines Lebens, ein wunderbarer Teil – und er ist es immer noch. Du musst dich nicht dafür entschuldigen, von ihm zu reden.«

»Manchmal ist es den Leuten unangenehm, wenn ich es tue«, gestand sie. »Sie denken, ich hätte es schon längst hinter mir lassen sollen.«

»Es ist erst fünf Jahre her«, sagte Baker sanft. »Und dass es ihnen unangenehm ist, ist ihr Problem, nicht deins.«

Sie belohnte ihn mit einem kleinen Lächeln. »Ich schätze, nachdem ich beim Mittagessen mit den Frauen über ihn gesprochen habe, muss ich heute mehr an ihn denken als sonst. Weißt du, wie er gestorben ist?«, fragte Jodelle.

Baker nutzte die Gelegenheit, um mit seinem Daumen über die unglaublich glatte Haut ihrer Wange zu streichen, bevor er seine Hand wieder sinken ließ. Sie hatte ein paar Falten im Gesicht, aber für ihn waren sie ein Zeichen der Ehre. Jodelle hatte kein einfaches Leben gehabt, vor allem in den letzten fünf Jahren, aber die Tatsache, dass sie immer noch so freundlich war, sagte viel über ihre Widerstandsfähigkeit und Stärke aus. Und das gefiel ihm verdammt gut.

»Ja. Ich habe ein wenig recherchiert, damit du nicht über die Details reden musst«, gab Baker zu.

»Das ist wahrscheinlich auch gut so. Es macht mir nichts aus, über Mana zu reden, aber nicht über diesen Tag«, entgegnete Jodelle.

»Er war ein Held«, sagte Baker sanft.

»Ich weiß. Und das Einzige, wodurch ich mich ein wenig besser fühle, ist das Wissen, dass Mana stolz auf das wäre, was er getan hat. Ihm wäre es lieber, wenn er sterben würde, als dieses Kind.«

»Weißt du, so habe ich mich jedes Mal gefühlt, wenn ich als SEAL auf eine Mission ging. Wenn mein Tod auch nur einen Menschen retten könnte, wäre es das wert«, sagte Baker.

Jodelle hob den Blick und sah ihn an. »Ich bin froh, dass du nicht gestorben bist«, flüsterte sie.

Es kostete Baker all seine Beherrschung, um nicht seinen Stuhl zurückzuschieben, Jodelle hochzuheben, sie in ihr Schlafzimmer zu tragen und sie zu lieben. Er begnügte sich mit den Worten: »Ich auch. Schon weil ich in dieser Sekunde hier bin, dieses fantastische Essen genieße und neben der schönsten Frau sitze, die ich je gesehen habe.«

Sie errötete und wandte den Blick von ihm ab, um sich auf den Teller vor ihr zu konzentrieren. »Du brauchst mir nicht zu schmeicheln.«

»Ich schmeichle niemandem«, entgegnete er in einem Tonfall, der wahrscheinlich etwas zu hart für das aktuelle Gespräch war. »Ich sage die Dinge, wie sie sind. Du bist umwerfend, Jodelle.«

Die Farbe ihrer Wangen intensivierte sich. »Baker, das letzte Mal, dass ich Make-up getragen habe, war noch vor der Jahrtausendwende. Ich habe zu viele Falten, weil ich so viel in der Sonne war. Ich bin eher rundlich als schlank, und meine Größe lässt zu wünschen übrig.«

»Und ich bin ein abgewrackter Navy SEAL mit mehr Falten als Verstand. Die Muskeln, auf die ich früher so stolz war, werden langsam schlaff, und ich runzle die Stirn mehr, als dass ich lächle. Die Leute werfen einen Blick auf mich und wechseln die Straßenseite, weil sie Angst haben. Wir sind *mehr* als unsere äußere Hülle, Jodelle, aber ich blase dir keinen Zucker in den Arsch, wenn ich sage, dass du wunderschön bist. Denkst du, ich will jemand Jüngeres? Jemanden, der ein Jahr braucht, um sich einen Haufen Scheiße ins Gesicht zu schmieren, bevor er aus dem Haus geht? Jemand, der sich weigert, spontan schwimmen zu gehen, weil das sein Make-up ruinieren würde? Falls du verwirrt bist, die Antwort auf diese Fragen lautet *nein*.

Ich will dich. Nicht jemanden *wie* dich, sondern dich, Tink. Ich mag deine Kurven, sehr sogar. Und deine Größe ist perfekt. Du passt an meinen Körper, als wärst du für mich gemacht ... und meine Meinung dazu kennen wir ja schon. Wenn ich dir sage, dass du umwerfend bist, möchte ich, dass du mir glaubst.«

»Ich ... Es ist schwer, etwas zu glauben, was man noch nie in seinem Leben gehört hat«, murmelte Jodelle nach einer Weile.

»Willst du mir sagen, dass Kaimana seiner Mutter nie gesagt hat, wie hübsch sie ist?«, fragte Baker skeptisch.

Jodelle zuckte mit den Schultern. »Er war noch ein Kind.«

»Vielleicht. Aber er war nicht dumm. Ich bin ihm nie

begegnet, aber nach allem, was du mir erzählt hast, weiß ich das ganz sicher.«

»Nein, er war nicht dumm«, stimmte Jodelle zu.

»Streiten wir uns wirklich über deine Schönheit?«, fragte Baker leise, während er den Kopf schüttelte.

Jodelles Lippen zuckten.

»Das ist wohl besser, als sich über andere, dümmere Dinge zu streiten«, gab Baker zu bedenken, während er sich eine große Portion des käsigen, fleischigen Kartoffelauflaufs in den Mund schob. Nachdem er geschluckt hatte, sagte er: »Wir müssen darüber reden, was ich beruflich mache.«

Das erregte Jodelles Aufmerksamkeit. Sie nickte. »Okay.«

»Nicht jetzt, nach dem Essen. Wir machen es uns auf deiner Couch gemütlich und reden darüber. Wenn du mit dem einverstanden bist, was ich dir erzähle, suchen wir uns vielleicht einen Film oder eine Serie aus und entspannen uns.«

Jodelle begegnete unverwandt seinem Blick. »Wenn ich mit dem einverstanden bin, was du mir erzählst?«, fragte sie.

»Ja.«

»Ist es schlimm?«

Baker zuckte mit den Schultern. »Kommt drauf an.«

Als er nicht weiter darauf einging, hakte Jodelle nach: »Worauf?«

»Darauf, ob du zu den Menschen gehörst, die die Welt in Schwarz und Weiß sehen, oder ob für dich auch Grautöne möglich sind.«

Jodelle sah ihn einen unangenehm langen Moment an. »In Ordnung«, sagte sie schließlich, dann wandte sie sich wieder ihrem Teller zu.

Baker wollte sie fragen, was das zu bedeuten hatte, aber er war derjenige, der gesagt hatte, dass sie sich erst nach dem Essen unterhalten würden. Es dauerte nicht lange, bis es so weit war und sie das Geschirr in die Spülmaschine einräumten. Als Jodelle sich zu ihm umdrehte und sich auf die Unterlippe biss, als wäre sie unsicher, fragte Baker: »Hast du es bequem?«

»Ähm ... was?«

Er nickte ihr zu. »Was trägst du normalerweise, wenn du abends auf dem Sofa sitzt? Ich nehme an, es sind keine engen

Shorts und eine Rüschenbluse. So gern ich auch deine Beine sehe, Tink, ich möchte, dass du dich wohlfühlst.«

»Ich wollte für unsere erste Verabredung gut aussehen«, gab sie zu.

»Dies ist keine Verabredung«, korrigierte Baker sie.

»Ach nein? Komisch, wir haben gegessen und du willst abhängen und einen Film sehen. Das klingt für mich wie eine Verabredung«, gab sie spielerisch zurück.

Baker lachte. »Stimmt, da hast du recht. Aber in meinen Augen ist eine Verabredung, wenn ich dich ausführe, damit ich mit dir angeben und andere Männer eifersüchtig machen kann. Dann fahren wir an den Strand und schauen uns den Sonnenuntergang an, während wir rummachen. Ich bringe dich nach Hause, frage, ob ich mit reinkommen darf, dann können wir die Hände und Münder nicht voneinander lassen und landen im Bett, wo wir uns die ganze Nacht langsam und innig lieben.«

»Ähm ... wow«, sagte Jodelle, während sie von einem Fuß auf den anderen trat. »Du klingst, als wärst du ein ziemlicher Experte.«

»Das bin ich nicht«, konterte er. »Du erinnerst dich, wie ich gesagt habe, dass ich seit zehn Jahren keinen Sex mehr hatte, oder? Aber wenn ich an eine Verabredung mit dir denke, stelle ich mir genau das vor.«

»Und was ist dann das hier?«, fragte sie, wobei sie mit den Händen auf sie und das Haus selbst deutete.

»Ich lerne meine Frau kennen«, antwortete Baker. »Ich sorge dafür, dass sie sich in meiner Gegenwart wohlfühlt, ohne den Druck des Sex. Ich spreche darüber, was ich beruflich tue, damit es keine Geheimnisse zwischen uns gibt. Ich sorge dafür, dass wir ohne Missverständnisse oder Überraschungen weitermachen können. Ich schaffe den ersten Kuss aus dem Weg, damit sie ihren Freundinnen sagen kann, dass ihr Freund kein schlechter Küsser ist, und um zu beweisen, dass wir mehr als kompatibel sind.«

Jodelle starrte ihn mit großen Augen an. Es war verdammt niedlich, aber Baker wollte das, was er zu sagen hatte, schnell hinter sich bringen, damit sie zu den angenehmeren Teilen des

Abends übergehen konnten ... nämlich, dass er sie im Arm hielt, während sie auf der Couch kuschelten. Ihn störte nicht einmal die Tatsache, dass er in seinem ganzen Leben noch nie den Wunsch verspürt hatte, mit einer Frau zu *kuscheln*, und jetzt konnte er sich nichts vorstellen, was er mehr wollte.

»Oh«, sagte sie, und selbst das war verdammt niedlich.

»Also, da das hier keine Verabredung ist und wir bereits besprochen haben, dass du nichts tun musst, um mich zu beeindrucken – denn ich bin schon beeindruckt und finde dich wunderschön –, zieh dir eine Jogginghose oder Leggings und ein T-Shirt oder so etwas an. Dann kommst du wieder hierher und wir können uns etwas im Fernsehen anschauen und uns entspannen.«

Jodelle lächelte. Das hätte Baker eigentlich beruhigen sollen ... aber stattdessen brachte etwas an ihrer Miene ihn dazu zu verkrampfen.

»Okay. Ich ziehe mir an, was ich normalerweise trage, wenn ich abends allein zu Hause bin.«

»Gut.«

»Fürs Protokoll?«, fragte sie.

Als sie nicht weitersprach, hob Baker eine Augenbraue. »Ja?«

»Ich habe keine Angst vor dem, was du mir sagen wirst. Es ist offensichtlich, dass *du* deswegen nervös bist, und dass du nervös bist, zeigt mir, dass du deinen Job nicht auf die leichte Schulter nimmst und es dir wichtig ist, was ich denken werde. Wenn das nicht so wäre, würdest du einfach damit herausplatzen und mir sagen, ich solle damit klarkommen. Also ... ich bin auch bereit, dieses Gespräch hinter mich zu bringen.«

Mit diesen Worten drehte sie sich um und machte sich auf den Weg in den Flur zu ihrem Schlafzimmer.

»Verdammt«, sagte Baker leise, während er seinen Schwanz umfasste und sein Bestes tat, um ihn zu richten. Aber wenn er so hart war, konnte er es sich unmöglich gemütlich machen. Es war schon sehr lange her, dass er eine Beziehung gehabt hatte, und so war es noch nie gewesen. Baker war immer angespannt gewesen und hatte Angst gehabt, etwas Falsches zu sagen, womit er seine Partnerin verärgerte. Es war schön, mit einer Frau zusammen zu sein, die älter war und nicht in jede Kleinigkeit, die er sagte, etwas hineininterpretierte.

Und Jodelle hatte recht, er war nervös in Bezug darauf, was sie von seiner Arbeit halten würde. Es war ein potenzielles K.-o.-Kriterium. Er würde nicht aufhören, und sie musste damit einverstanden sein, wenn sie eine Beziehung führen wollten. Er lebte in einer grauen Welt, in der Recht und Unrecht oft verschwommen waren. Er tat, was er tat, zum Wohle seines Landes und für die Menschen, die ihm wichtig waren, aber es war nicht immer legal. Jodelle würde das, was er ihr sagte, für sich behalten müssen. Wenn sie das nicht konnte, gab es keine Chance auf eine funktionierende Beziehung. Seelenverwandtschaft hin oder her.

Und das war es, was Baker so nervös machte. Deshalb hatte er sein Bestes getan, um seine Anziehung zu ihr zu ignorieren. Aber das war keine Option mehr. Nach allem, was mit den Frauen seiner Freunde passiert war, hatte er es satt, auf Nummer sicher zu gehen. Er würde heute Abend alles aufs Spiel setzen, und entweder würde Jodelle ihn so akzeptieren, wie er war, oder nicht.

Baker war so in Gedanken, dass er nicht bemerkte, dass Jodelle den Raum wieder betreten hatte. Als sie sich räusperte, riss er den Kopf hoch – und starrte sie ungläubig an. »Du willst mich doch verarschen, oder?«, fragte er schroff.

Jodelle kicherte. »Du hast gesagt, ich soll es mir bequem machen. Ich soll das anziehen, was ich sonst abends trage.«

»Verdammte Scheiße«, murmelte Baker, der bereits auf sie zusteuerte.

Jodelle hatte gelächelt, aber als sie seinen intensiven Gesichtsausdruck sah, verblasste ihr Grinsen langsam und sie wich zurück.

Clever, aber es war zu spät. Er hatte sie bereits im Visier.

Sie stieß mit dem Rücken an die Wand, wo Baker sie sofort fixierte. Er stützte einen Unterarm über ihrem Kopf an der Wand ab und lehnte sich dicht an sie heran. Er senkte den Kopf und vergrub seine Nase in ihrer Halsbeuge. Sie neigte ihren Kopf zur Seite, um ihm Platz zu machen, während sie ihre Hände nach oben wandern ließ und das Hemd an seiner Taille packte.

»Baker?«, fragte sie.

»Du riechst köstlich«, murmelte er und sein warmer Atem auf ihrer Haut ließ sie erschaudern. »Süß und unwiderstehlich.«

»Danke«, flüsterte sie.

»Trägst du das wirklich im Bett?«, fragte er.

»Ja. Ich mag es nicht, wenn mir beim Schlafen zu warm ist.«

Bakers Selbstbeherrschung hing an einem seidenen Faden. Sie trug dünne Shorts, die nichts verbargen, und ein Trägerhemd, das sich wie eine zweite Haut an ihre Kurven schmiegte. Sie tat definitiv ihr Bestes, um ihn zu reizen.

Baker hob den Kopf und ließ den Blick an ihrem Körper hinunterwandern. Ihre Brüste waren wunderschön, das hatte er schon immer gedacht, aber ihm lief das Wasser im Mund zusammen, sie in diesem engen Hemd zu sehen. Er konnte erkennen, wie ihre Brustwarzen direkt vor seinen Augen hart wurden, während er sie anstarrte. Es kostete ihn jedes Quäntchen Selbstbeherrschung, das er als SEAL gelernt hatte, um dort zu bleiben, wo er war, und den Stoff nicht herunterzuziehen, damit er seine Lippen auf ihre nackte Haut pressen konnte.

Er zwang sich, den Blick von ihren Brustwarzen abzuwenden, und sah, dass sie ein kleines Bäuchlein hatte – aber anstatt sich davon abschrecken zu lassen, dachte er nur daran, wie weich sie sich an seiner Härte anfühlen würde.

Ihre Schenkel waren kräftig, und wieder drehten sich seine Gedanken um Sex, darum, wie ihre Beine sich um seinen Kopf und seine Schultern legen würden, wenn er sie oral befriedigte. Er konnte ihren Hintern nicht sehen, da er an der Wand war, aber Baker hatte ihn in der Vergangenheit oft genug angestarrt. Er wusste bereits, dass er genauso üppig war wie der Rest von ihr. Jodelles Füße waren winzig und ihre schlanken Knöchel sahen nicht so aus, als könnten sie die ganze Köstlichkeit ihres Körpers tragen.

»Du weißt, dass du mich umbringst, oder?«, sagte er, nachdem sein Blick wieder auf Höhe ihrer Augen war.

»Ich folge nur den Anweisungen«, antwortete sie mit einem Grinsen. »Aber falls es dich beruhigt, die Decken auf der Couch sind nicht zur Dekoration da. Ich verkrieche mich gern darunter, während ich fernsehe.«

»Gott sei Dank«, murmelte Baker mit dem Gedanken, dass er den Abend vielleicht überstehen würde, wenn er ihren Körper mit einer Decke bedecken könnte.

Jodelle lachte wieder. »Wenn du wirklich willst, kann ich auch eine Jogginghose anziehen oder so.«

»Nein.« Das Wort kam heraus, ohne dass Baker darüber nachdenken musste.

Sie lächelte träge.

»Du wirst mich immer auf Trab halten, oder?«, fragte er und beugte sich erneut hinunter, um ihren süßen Duft einzuatmen. Plumeria und Jodelle. Es gab nichts Vergleichbares auf der Welt.

»Ich möchte nicht langweilig sein«, sagte sie.

»Niemals. Komm, lass uns unter eine der Decken kriechen«, schlug Baker vor. Er verschränkte seine Finger mit ihren, zog sie von der Wand weg und ging auf ihre Couch zu.

»Ist alles in Ordnung mit dir? Du gehst so komisch«, sagte Jodelle, wobei die Verwirrung in ihrer Stimme deutlich zu hören war.

Baker schaute sie erneut ungläubig an. »Ernsthaft?«

»Ähm ... ja?«

»Tink, ich bin so hart, dass das Gehen verdammt wehtut«, antwortete er und deutete mit seinem Kopf auf seinen Schwanz.

Ihre Wangen wurden so rot, dass Baker sich ein Lachen nicht verkneifen konnte.

»Was hast du denn erwartet, wenn du hier praktisch nackt rumläufst?«

»Ich bin nicht nackt!«, protestierte sie sofort.

»Tink, das Trägerhemd sieht aus, als wäre es aufgemalt, und diese Shorts? Die verbergen gar nichts vor mir.«

»Ich ... na ja ...« Sie seufzte. »Okay, ich hatte gehofft, dass ich dich, nachdem du mir erzählt hast, was dich so nervös macht ... vielleicht dazu überreden kann, mehr zu tun, als nur einen Film zu schauen.«

Baker setzte sich auf die Couch und zog Jodelle mit sich herunter. Sie quietschte ein wenig überrascht, als er sie auf seinen Schoß hob. Er schnappte sich eine flauschige Decke von der Rückenlehne und wickelte sie um sie beide. Dann ließ er sich in der Ecke des äußerst bequemen Sofas nieder, wobei er einen Arm um Jodelles Rücken und den anderen über ihre mit der Decke bedeckten Oberschenkel legte.

»Ich schätze, ich sitze hier«, sagte sie trocken. »Tue ... ich dir weh?«, fragte sie, während sie auf seinem Schoß herumrutschte.

»Ich will dich in meiner Nähe haben, damit ich deine Reaktion lesen kann, wenn wir reden«, sagte Baker aufrichtig. »Und dass du auf meinem Schwanz sitzt, könnte mir nie wehtun. Stört es *dich*?«

»Ähm ... nein.«

»Gut. Ignoriere es.«

Sie kicherte. »Ich weiß nicht, ob das möglich ist, Baker.«

»Es wird nachlassen ... vielleicht«, sagte er. »Du solltest etwas über mich wissen.«

Als er nicht weitersprach, fragte sie: »Was?«

»Ich bin stur. Alt und in meinen Gewohnheiten festgefahren. Und ich bin altmodisch.«

Ein Ausdruck des Entsetzens trat in Jodelles Gesicht. »Oh mein Gott, du willst doch nicht etwa sagen, dass du keinen Sex haben willst, wenn du nicht verheiratet bist?«

Baker blinzelte überrascht, warf dann den Kopf zurück und lachte so sehr, dass ihm Tränen in die Augen traten. Als er sich wieder einigermaßen unter Kontrolle hatte, schaute er zu Jodelle hinunter, froh darüber, dass sie ihm nicht böse war, weil er gelacht hatte. »Scheiße, nein«, sagte er kopfschüttelnd. »Aber ich bin auch nicht der Typ Mann, der mit jemandem ins Bett springt, nur weil er es kann. In meinem Alter will ich, dass es etwas bedeutet. Und mit dir wird es mehr als *etwas* bedeuten, es wird alles bedeuten. Ich möchte, dass wir beide ohne Zweifel wissen, dass wir Liebe machen, weil wir uns tatsächlich *lieben*.«

»Oh, okay ... aber ...«

»Aber was?«, fragte er, als sie nicht weitersprach. »Sei ehrlich zu mir, Tink. Du warst heute Abend schon so weit, und ich mag es, dass du keine Spielchen spielst.«

»Was ist, wenn wir uns nicht ineinander verlieben? Was ist, wenn wir einander sehr mögen und uns wirklich wollen, uns aber mit der ganzen Liebessache nicht sicher sind?«

»Dann machen wir es nicht«, antwortete er.

Jodelle seufzte. »Das ist irgendwie verrückt, Baker.«

»Ist es nicht. Hör mal, ich bin zweiundfünfzig, du bist achtundvierzig. Wir werden nicht jünger, aber ich *muss* nicht mit jemandem zusammen sein, um glücklich zu sein. Ich bin jetzt schon eine Weile allein, so wie du. Ich kann mir selbst einen Orgasmus verschaffen, genau wie du. Ich werde mich nicht mit einer halbherzigen Beziehung zufriedengeben, und ich will auch nicht, dass du das tust. Ich mag dich verdammt gern und ja, ich kann mir vorstellen, mich in dich zu verlieben, aber ich mag den Gedanken nicht, Sex nur um des Sex willen zu haben. Ich will mehr. Ich will alles.«

Baker starrte Jodelle an und betete, dass dies nicht das Ende war, bevor sie überhaupt angefangen hatten.

»Ich ... Du hast recht.«

»Ich weiß.«

Jodelle rollte mit den Augen. »Und eine Nervensäge bist du auch.«

»Jup. Ich finde nur, dass es bei Sex um mehr gehen sollte als nur um den Höhepunkt. Und ich möchte es genießen, dich kennenzulernen, bevor wir unsere Anziehungskraft ausleben. Glaub mir, das macht die Sache auf lange Sicht wesentlich besser.«

»Wenn du das sagst.«

»Das tue ich. Aber das heißt nicht, dass wir nicht ... spielen können.«

Ihre Augen leuchteten auf.

»Das gefällt dir«, sagte Baker selbstbewusst.

»Warum sollte es das nicht?«, fragte sie. »Ich gehe mit dem heißesten SEAL-Surfer aus, den die Nordküste je gesehen hat.«

Baker lachte. »Lass uns nicht verrückt werden, Tink.«

»Wie auch immer. Also ... bringen wir es hinter uns, damit wir weitermachen können. Was wolltest du mir erzählen?«

Baker war sich nicht sicher, ob er bereit war. Aber Jodelle hatte recht. Er musste aufhören, um den heißen Brei herumzureden, und die Sache zu Ende bringen.

»Du weißt, dass ich ein SEAL war«, begann er. Als Jodelle nickte, fuhr er fort: »Als ich in den Ruhestand ging, langweilte ich mich zu Tode ... also sprach ich mit meinem ehemaligen Kommandanten und bot ihm meine Hilfe bei der Informationsbeschaffung vor Einsätzen an. Er nahm das Angebot an.«

»Und?«, drängte Jodelle, als er innehielt, um seine Gedanken zu sammeln.

»Und es stellte sich heraus, dass ich wirklich gut darin bin, Informationen zu finden. Im Laufe der Jahre habe ich eine Menge Kontakte gesammelt, sowohl in den Staaten als auch außerhalb. Ich habe Informationen über Leute, die definitiv nicht wollen, dass diese Dinge an die Öffentlichkeit gelangen, also sind sie bereit, mir im Gegenzug für mein Schweigen zu sagen, was ich wissen will. Und ich habe keine Angst, die Informationen, die ich habe, für diesen Zweck zu nutzen. Im Gegenzug tue ich ihnen auch einen Gefallen. Ich gebe alles weiter, was ich über Dinge erfahre, die sie interessieren könnten. Ich lebe in einer Welt des Gebens und Nehmens, einer dunklen Welt, die voll von schlechtem Mist ist.«

Baker hielt den Atem an, während Jodelle aufnahm, was er ihr erzählte.

»Du bist also ein Auftragnehmer der Regierung?«

Schnaubend zuckte Baker mit den Schultern. »Ja, so ähnlich.«

»Du sammelst Informationen über die bösen Jungs, damit die guten Jungs ihr Ding machen können.«

»So in etwa.«

»Okay.«

Baker runzelte die Stirn. »Okay? Okay was?«

»Okay. Du hast mir erzählt, womit du dein Geld verdienst. Ist das alles?«

»Ich glaube, du verstehst nicht, Tink. Ich habe nichts dagegen, Leute zu erpressen, um Informationen zu bekommen. Ich habe mit einigen ziemlich furchtbaren Männern und Frauen zu tun. Ich ignoriere den illegalen und unmoralischen Scheiß, den sie machen, um an Informationen über andere zu kommen, die noch schlimmer sind.«

»Wie der Mafiaboss, mit dem du dich getroffen hast, um Elodies Situation zu klären?«, fragte Jodelle.

»Ganz genau.«

Sie nickte, sagte aber nichts weiter.

»Ich glaube, du verstehst das nicht«, sagte Baker frustriert.

»Doch, das tue ich«, erwiderte Jodelle ruhig. »Es ist mir nur egal.«

Baker starrte sie fassungslos an.

»Ich bin keine Idiotin. Ich weiß, wie die Welt funktioniert. Und um deine Frage von vorhin zu beantworten ... anscheinend habe ich kein Problem mit Grautönen. Ich bin auch nicht naiv. Manchmal muss man sich schmutzig machen, um andere zu retten. Nimm zum Beispiel Kinderpornografie. Ich weiß, dass die Beamten, die sich damit befassen, oft die Leute auf den unteren Sprossen dieser ekelhaften Leiter ignorieren und sie entkommen lassen müssen, um den Kerl zu erwischen, der sich weiter oben in der Nahrungskette befindet. Das ist scheiße, aber auf lange Sicht ist es das Richtige. Um die Anführer auszuschalten, müssen sie die kleinen Jungs gehen lassen.«

Sie hob eine Hand und legte sie in Bakers Nacken, dann beugte sie sich vor. »Ich sag dir was, sollte ich jemals von einem verrückten Mafioso entführt und gegen Lösegeld festgehalten werden, hätte ich kein Problem damit, wenn du zu dem Bruder oder Cousin dieses Typen gehst und einen Deal aushandelst, um mich zu finden. Ich weiß, dass ein Unrecht das andere nicht aufhebt, aber wenn du dabei mein Leben rettest, ist das absolut in Ordnung.«

»Du wirst nicht entführt werden«, knurrte Baker. Er hatte seine Jodelle unterschätzt, und das würde er nicht noch einmal tun. Er hätte wissen müssen, dass sie nicht einmal mit der Wimper zucken würde, wenn sie von der Scheiße erfuhr, in die er verwickelt war. Auch wenn sie nicht genau wusste, was für eine Scheiße es war, wusste sie dennoch, dass es Scheiße war, und es war ihr egal.

»Ich weiß, ich meine ja nur«, sagte sie ein wenig gereizt.

»Ich meine es ernst. Die Scheiße, die ich mache, berührt dich nicht. Niemals. Ich werde dich nicht mit einbeziehen, ich werde nicht darüber reden, ich werde es nicht teilen.«

»Gut.«

»Wenn jemand auch nur daran denkt, dich zu benutzen, um an mich heranzukommen, werde ich ihn vernichten.«

»Ich sagte Okay, Baker.«

Er starrte sie an, da er noch immer versuchte, die Tatsache zu begreifen, dass sie seine Arbeit auf die eines »Auftragnehmers« reduziert hatte. Verdammte Scheiße. Sie war wie geschaffen für ihn – und er würde sich ein Bein ausreißen, um sie für sich zu gewinnen.

»Ich werde dich jetzt küssen«, warnte er.

»Das wird aber auch Zeit«, erwiderte Jodelle mit einem Glitzern in den Augen.

»Das ist deine einzige Chance, die Sache zu beenden«, sagte Baker. »Wenn du irgendwelche Bedenken oder Zweifel an dem hast, was wir tun, dann sag es jetzt. Sonst lasse ich dich nicht gehen.«

»Niemals?«

Er wollte Nein sagen, niemals, aber das wäre selbst für ihn ein wenig zu kontrollierend gewesen. Aber sie gab ihm keine Chance, auf ihre Frage zu antworten.

»Ich akzeptiere dich, Baker Rawlins, genau so, wie du bist. Du bist ein guter Mensch, auch wenn du gerade dein Bestes getan hast, um mich vom Gegenteil zu überzeugen. Bist du perfekt? Nein. Aber das ist in Ordnung, denn ich bin es auch nicht. Ich sage und tue die ganze Zeit dummes Zeug. Ich bereue vieles, aber ich versuche, mich davon nicht lähmen zu lassen. Ich will vorwärtskommen, ich will wieder glücklich sein. Und in der letzten Woche war ich so glücklich wie seit fünf Jahren nicht mehr. Ich bin eigentlich froh, dass du solche Beziehungen hast. Ja, sie können gefährlich sein, aber gleichzeitig ist es beruhigend zu wissen, dass du diese Beziehungen um Hilfe bitten kannst, wenn etwas passiert – mir, dir, deinen

Freunden, ihren Frauen, irgendeinem SEAL-Team in Übersee, das sein Bestes tut, um uns alle zu beschützen ...«

Und damit war Baker mit seinen Warnungen fertig. Er umfasste ihren Hinterkopf und packte mit der anderen Hand ihre Taille, als er sich zu ihr hinunterbeugte.

Jodelle kam ihm auf halbem Weg entgegen.

Ihre Lippen berührten sich, und ihr erster Kuss hatte nichts Zögerliches oder Zartes an sich. Baker schloss die Augen und atmete tief ein, während er sie verschlang. Auch Jodelle saß nicht passiv in seinen Armen. Sie umklammerte seinen Bizeps und grub ihre Fingernägel in seine Haut, während er sie küsste, als hinge sein Leben davon ab.

Ihre Zungen duellierten sich, während sie den Geschmack und das Gefühl des anderen kennenlernten. Baker hätte schwören können, dass seine Zehen sich krümmten. Es war lächerlich, aber er wusste ohne Zweifel, dass dies die letzte Frau sein würde, die er jemals küsste.

Er hob den Kopf und freute sich riesig, als Jodelle wimmerte und ihr Bestes tat, um die Verbindung zu halten. Er wartete, bis sie die Augen öffnete und ihn ansah, bevor er sagte: »Meine Seele wartet schon seit über fünf Jahrzehnten darauf, deine zu finden. Bis vor zwei Sekunden habe ich nicht ganz darauf vertraut, dass ich es geschafft habe.«

»Baker«, flüsterte sie, aber er gab ihr keine Chance, noch etwas zu sagen. Er ließ seinen Kopf wieder sinken und tat diesmal sein Bestes, um ihr sanfte anstelle von außer Kontrolle geratene Leidenschaft zu schenken.

Wie lange sie auf ihrer Couch saßen und sich küssten, konnte Baker nicht sagen. Es könnte eine Minute oder eine Stunde gewesen sein, denn die Zeit schien stillzustehen. Er wusste nur, dass er sich in ihren Berührungen und Gefühlen verlor. Er merkte sich die kleinen Geräusche, die sie in ihrer Kehle machte. Er merkte sich, wie sehr sie es mochte, wenn er ihr in die Unterlippe biss und dann mit seiner Zunge den leichten Schmerz stillte. Wie sie vor Lust zitterte, wenn er an ihrem Ohr knabberte und sich zu ihm krümmte, wenn er daran saugte.

Jodelle zu küssen war befriedigender, als der Sex mit

anderen Frauen es gewesen war. Er könnte die Frau in seinen Armen die ganze Nacht küssen und völlig zufrieden sein. Aber als Jodelle anfing, ihre Hände unter sein Hemd wandern zu lassen, wusste Baker, dass sie aufhören mussten.

Widerwillig löste er seine Lippen von ihren. Er starrte auf sie herab und prägte sich ein, wie ihre Lippen von seinen Küssen geschwollen waren, wie verträumt ihre Augen aussahen. Irgendwann hatte er sich bewegt, sodass sie auf der Couch lagen, mit Jodelle unter ihm. Selbst verloren in seiner Lust wusste er, wie viel kleiner sie war als er, und er hatte sie nicht mit seinem Körpergewicht erdrückt. Sein Schwanz war hart wie Stahl und ließ sich nicht verbergen, wie er gegen ihren Innenschenkel drückte. Das Einzige, was ihn davon abhielt, in ihren Körper einzudringen, waren der dünne Stoff ihrer Shorts sowie seine Jeans.

»Ähm ... wow«, sagte sie, während sie zu ihm hochstarrte.

»Ja.«

»Ich kann ehrlich sagen, dass ich kein Problem damit haben werde, die Mädchen wissen zu lassen, dass mein Mann *küssen* kann.«

Baker lachte schallend. Dann setzte er sich abrupt aufrecht hin, wobei er Jodelle mit sich zog. Er ließ sich zurück in die Ecke der Couch fallen, setzte Jodelle wieder auf seinen Schoß und wickelte die Decke um sie. Dann griff er nach der Fernbedienung, die auf dem Tisch neben der Couch lag.

»Willst du irgendetwas Bestimmtes sehen?«, fragte er.

Jodelle starrte ihn einen Moment lang an, dann schüttelte sie lächelnd den Kopf. »War ja klar, dass ich mit dem einzigen Mann zusammenkomme, der seinen Worten auch Taten folgen lässt. Wir werden wirklich hier sitzen und fernsehen?«

»Ja.«

Sie seufzte, kuschelte sich an ihn und rutschte nach unten, bis sie ihren Kopf an seine Schulter legen konnte. »Okay, aber gib mir nicht die Schuld, wenn dir die Beine einschlafen.«

Da das auf keinen Fall passieren würde, grunzte Baker nur.

»Und es ist mir egal, was wir uns ansehen. Solange ich es hier auf deinem Schoß tun kann, bin ich zufrieden.«

Baker hatte das Gefühl, dass diese Aussage völlig richtig war.

»Okay, Tink. Ich werde etwas finden.«

»Baker?«

»Ja?«

»Ich mag es, dich hier zu haben. Und so ungern ich es auch zugebe ... ich bin froh, dass der Druck des Sex erst einmal vom Tisch ist. Ob du es glaubst oder nicht, mein mutiger Schritt heute Abend, im Pyjama rauszukommen ... Ich bin mir nicht sicher, ob ich schon bereit bin, weiter zu gehen.«

»Ich weiß«, sagte Baker. Und das tat er. Seine Jodelle mochte zwar so tun, als sei sie selbstbewusst in ihrer Sexualität, aber die Tatsache, dass sie keine Ahnung hatte, wie hübsch sie war, strafte sie Lügen. Er hatte kein Problem damit, es langsam anzugehen. Sie war die Mühe und Zeit wert.

Jodelle schlief innerhalb von zwanzig Minuten nach dem Footballspiel ein, das er eingeschaltet hatte. Baker saß auf ihrer Couch, die Arme um sie gelegt, und hätte nicht sagen können, wer das Spiel gewonnen hatte, selbst wenn sein Leben davon abgehangen hätte. Seine ganze Konzentration galt Jodelle. Wie sie atmete, sich im Schlaf bewegte und mit der Nase zuckte, wenn die Menge im Fernsehen zu laut wurde. Er prägte sich jede Kleinigkeit ein, bis er wusste, dass sie in seinem Kopf und seinem Herzen fest verankert war.

Als das Spiel schließlich zu Ende war, stand Baker mit Jodelle in seinen Armen auf. Sie regte sich.

»Wie viel Uhr ist es?«

»Spät«, antwortete er, während er in Richtung ihres Schlafzimmers ging. Er beugte sich vor und legte sie sanft auf die Bettdecke. »Rutsch drunter«, befahl er.

Noch im Halbschlaf tat sie, was er von ihr verlangte, und ließ sich von Baker die Decke über den Körper ziehen. Dann ging er in das andere Zimmer, suchte ihr Handy und brachte es mit zurück. Er legte es auf den Nachttisch neben ihrem Bett.

»Musst du morgen früh für irgendetwas aufstehen?«

»Ich muss noch etwas arbeiten, aber normalerweise versuche ich, am Sonntag auszuschlafen.«

»Klingt gut. Ich habe das Gefühl, dass du zu viel arbeitest.«

»Am Montag wollte ich an den Strand gehen«, sagte sie. »Ich will sehen, ob Ben auftaucht und ich ihn dazu bringen kann, mit mir zu reden.«

»Hast du was dagegen, wenn ich dich begleite?«, fragte Baker.

»Nein, das fände ich schön.«

Wieder einmal wusste Baker es zu schätzen, dass sie keine Spielchen spielte. »Okay. Ich rufe dich an, um sicherzugehen, dass du wach bist. Ist das in Ordnung?«

»Perfekt«, sagte sie.

»Ich werde auch sehen, was ich über ihn herausfinden kann.«

Daraufhin öffnete Jodelle die Augen. »Ich bin mir nicht sicher, ob deine Beziehungen etwas über einen Oberstufenschüler der Highschool wissen, der wahrscheinlich noch nie in seinem Leben etwas verbrochen hat.«

»Ich auch nicht. Aber wenn es etwas zu finden gibt, werde ich es finden.« Er erwähnte weder die Partys in Bens Haus noch dass es seinen Freunden unangenehm gewesen war, darüber zu reden.

»Ich weiß, dass du das tun wirst«, seufzte Jodelle. »Aber ich hoffe, es ist nichts.«

»Ich auch, Tink. Ich auch. Versuche, dir keine Sorgen darum zu machen.«

Sie schnaubte. »Mir zu sagen, ich solle mir keine Sorgen um einen meiner Schützlinge machen, ist, als würdest du mir sagen, ich solle nicht atmen.«

»Ich weiß. Deshalb bin ich an der Sache dran.«

Sie hob eine Hand, um ihm über den Kopf zu fahren. »Deine Haare sind lang.«

»Ja. Ich bin zu faul, sie schneiden zu lassen.«

»Ich mag es. Ich kann meine Finger darin vergraben«, erwiderte sie.

»Das habe ich bemerkt«, sagte Baker mit einem Lächeln. Und das hatte er. Als sie vorhin geknutscht hatten, hatte sie beide Hände in sein Haar geschoben und es festgehalten, während er sie verschlang. Oder war sie es gewesen, die *ihn* verschlungen hatte?

»Fahr vorsichtig.«

»Es ist nicht so weit«, antwortete Baker lächelnd.

»Ich weiß. Trotzdem.«

»Das werde ich. Soll ich dir eine SMS schicken, wenn ich zu Hause bin?«

»Ja. Ich werde wahrscheinlich schon schlafen, aber wenn ich mitten in der Nacht aufwache, kann ich auf mein Handy schauen und weiß, dass du gut angekommen bist. Achtung, wenn ich keine SMS bekomme, rufe ich die Kavallerie.«

»*Wenn* du mitten in der Nacht aufwachst?«, fragte er.

»Ja. Ich wache immer mindestens einmal auf. Ich glaube, das kommt davon, dass ich aufstehe, um nachzusehen, ob Mana schon zu Hause ist.«

Das gefiel Baker nicht und er schwor sich, alles zu tun, um ihr das abzugewöhnen. Er konnte ihr ihren Sohn nicht zurückbringen, aber vielleicht konnte er dafür sorgen, dass sie sich mit ihren Erinnerungen und ihrem aktuellen Leben so wohlfühlte, dass sie nicht das Bedürfnis hatte aufzuwachen. »In Ordnung, ich schreibe dir.«

»Ich hatte viel Spaß bei unserer Nicht-Verabredung heute Abend, Baker.«

»Ich auch«, sagte er mit einem Lächeln. Dann beugte er sich zu ihr hinunter und küsste sie sanft auf die Stirn, wobei er ein letztes Mal tief einatmete, bevor er sich zurückzog.

»Mir gefällt, wie du immer wieder an mir riechst.«

»Gut. Denn damit werde ich so schnell nicht aufhören.«

»Geh«, befahl sie. »Ich bin sicher, dass du morgen den Präsidenten irgendeines Motorradklubs erpressen musst, und du brauchst deinen Schlaf, damit du in Topform bist.«

Baker lachte, obwohl er den Kopf schüttelte. »Schlaf gut, Tink.«

»Du auch, Baker.«

»Wir sehen uns bald wieder.«

»Gut.«

»Nacht.«

»Gute Nacht.«

Mit diesen Worten zwang Baker sich, sich zurückzuziehen und zur Tür zu gehen.

»Baker?«

Er widerstand dem Drang, wieder an die Seite ihres Bettes zu kommen. Er hatte es bis zur Tür geschafft, was ein kleines Wunder war, also würde er heute Abend nicht noch einmal seine Beherrschung testen. »Ja?«

»Unter dem fünften Blumentopf von der Haustür aus liegt ein Schlüssel. Der lilafarbene mit den gelben Blumen. Den mochte Mana am liebsten. Du kannst die Tür damit abschließen und ihn zurücklegen.«

Wärme breitete sich in ihm aus. Ihm war klar, dass sie ihm keinen Schlüssel zu ihrem Haus gab, aber es gefiel ihm, dass sie ihm das Wissen anvertraute, wo er war. »Okay. Danke, dass ich dich einschließen darf. Ich war nicht scharf darauf, nur den Riegel vorzuschieben.«

»Das hat Mana auch immer gesagt. Deshalb hat er darauf bestanden, den Schlüssel draußen zu verstecken. Er wollte ihn nicht am Schlüsselbund tragen, für den Fall, dass ihn jemand stiehlt. Er sagte immer, jemand könnte seinen Wagen nehmen und es wäre keine große Sache. Aber zu wissen, dass dieselbe Person ins Haus kommen könnte, ging gar nicht.«

Baker konnte kein einziges Wort sagen – weil seine Kehle sich zuschnürte. Er hasste es, dass er keine Gelegenheit gehabt hatte, Kaimana Spencer kennenzulernen. Er wäre ein großartiger Mann gewesen. Er *war* ein großartiger Mann.

»Gute Nacht, Baker.«

»Nacht«, sagte er, bevor er sich umdrehte und den Flur hinunterging. Er schnappte sich seinen Schlüssel aus der Schüssel auf dem Tresen – dieselbe Schüssel, in der auch Jodelles Schlüssel landeten, wenn sie nach Hause kam – und ging hinaus. Er fand den Blumentopf und nahm den Schlüssel. Nachdem er die Haustür abgeschlossen hatte, starrte er einen langen Moment auf den Schlüssel in seiner Hand. Dann schloss er die Augen, hob den Kopf und sprach ein stilles Gebet zu Kaimana. Er schwor, sich seiner Mutter gegenüber anständig zu verhalten und sich so um sie zu kümmern, wie der Junge es von ihm erwartet hätte.

Er schob den Schlüssel zurück unter den Topf und machte sich auf den Weg zu seinem Wagen. Er musste noch einige

Dinge erledigen – er war in der letzten Woche in Rückstand geraten, weil er viel Zeit damit verbracht hatte, über Jodelle nachzudenken und mit ihr zu reden –, aber er hatte auf jeden Fall Zeit, am Montagmorgen surfen zu gehen.

Bei dem Gedanken, Jodelle so bald wiederzusehen, lächelte Baker und fühlte sich so leicht wie seit Jahren nicht mehr. Und das hatte er einem kleinen Hitzkopf zu verdanken.

KAPITEL ACHT

»Du bist enttäuscht«, sagte Baker am Montagmorgen, nachdem er Jody begrüßt hatte.

»Nun, ja. Ich hatte gehofft, Ben würde hier sein und ich könnte mit ihm reden«, antwortete Jody.

»Es tut mir leid, Tink.«

»Mir auch.«

»Ich habe am Samstagabend angefangen, mich über ihn zu informieren«, erklärte Baker ihr.

Jody runzelte die Stirn. Sie saß an ihrem üblichen Platz auf dem Picknicktisch, die Füße auf der Sitzfläche, damit sie die Jugendlichen in der Brandung beobachten konnte. »Aber du bist ziemlich spät losgefahren.«

»Jup.«

»Baker, du musst darauf achten, dass du genügend Schlaf bekommst.«

Er lachte. »Machst du dir Sorgen um mich?«, fragte er.

Jody runzelte noch stärker die Stirn. »In der Tat, ja. Hast du ein Problem damit?«

»Scheiße, nein. Es ist schon lange her, dass es jemanden interessiert hat, ob ich genügend Schlaf bekomme oder nicht. Normalerweise interessiert es sie nur, ob ich ihnen die Informationen besorgen konnte, die sie brauchen.«

»Nun, ich bin nicht *sie*, wer auch immer sie sind. Und du

kannst keine Geschäfte mit ruchlosen Leuten machen, wenn du müde bist.«

Baker schmunzelte. »Stimmt. Jedenfalls hätte ich schon vor einer Woche recherchieren sollen, aber ich wurde abgelenkt. Ich habe beschlossen, es nicht länger aufzuschieben. Zum einen, weil ich mir nach allem, was du mir in der letzten Woche über Ben erzählt hast, auch um ihn Sorgen mache. Aber auch, weil ich weiß, dass du wahrscheinlich selbst auf eine Aufklärungsmission gehst, wenn ich nicht alles herausfinde, was ich kann.«

»Er ist ein Teenager«, sagte Jody leise zu ihm. »Ich weiß, es könnte viele Gründe geben, warum er seine Routine geändert hat und nicht mehr vor der Schule zum Strand kommt ... aber ich habe ein schlechtes Gefühl dabei.«

»Ja.«

»Und? Was hast du herausgefunden?«

»Ich habe jetzt keine Zeit zum Reden. Ich muss noch ein paar Wellen erwischen und ich will deine volle Aufmerksamkeit, wenn wir uns unterhalten. Und ich weiß, dass du es nicht magst, wenn man dich ablenkt, während du auf deine Schützlinge aufpasst. Ich rufe dich also später an. Dann hast du die Möglichkeit, etwas zu arbeiten.«

»Ist es schlimm?« Sie konnte sich die Frage nicht verkneifen.

Baker presste die Lippen zusammen. »Es ist nicht schlimm ... nicht wirklich. Aber das heißt auch nicht, dass es gut ist. Es ist ... ungewöhnlich. Und das ist auch mit der Grund, warum ich mich langsam für ein Gespräch mit Ben interessiere.«

»Verflixt«, murmelte Jody.

Baker grinste.

»Was?«

»Ist das deine Version eines Schimpfwortes?«

»Ich war Mutter«, protestierte sie. »Da konnte ich nicht gerade fluchen wie ein Bierkutscher.«

»Du bist Mutter«, erwiderte Baker.

»Was?«

»Du *bist* Mutter«, wiederholte er.

»Baker«, flüsterte Jody, fast überwältigt von ihren Gefühlen.

»Manas Tod nimmt dir diesen Titel nicht weg, Jodelle. Außerdem ... sieh dich an. Du bist in aller Herrgottsfrühe hier und kümmerst dich um einen Haufen Jugendliche, die du nicht selbst geboren hast. Du versorgst sie mit Essen und sorgst dafür, dass sie pünktlich zur Schule kommen. Du machst dir Sorgen um Ben. Ich habe noch nie jemanden getroffen, der eine bessere Mutter ist als du.«

Und nun weinte sie *doch*.

Baker legte ihr eine Hand in den Nacken und beugte sich zu ihr. »Nicht weinen, Tink.«

»Ich kann nicht anders«, sagte sie. »Du bist heute Morgen zu süß.«

»Gewöhn dich lieber daran«, erwiderte er, »denn ich glaube, du brauchst mehr Süßes in deinem Leben.«

»Du musst surfen gehen«, sagte sie.

»Das werde ich. Sobald ich weiß, dass du in Ordnung bist.«

»Mir geht es gut«, antwortete Jody, ohne zu zögern. Und erstaunlicherweise war es die Wahrheit.

»Okay. Wie viel Zeit haben alle?«

Da Baker seine Hand nicht weggenommen hatte und sie nichts tun wollte, was ihn dazu bringen könnte, die Berührung eine Sekunde früher als nötig zu beenden, hob Jody einen Arm und sah auf die Uhr. »Ungefähr eine Stunde.«

»Ich werde mein Bestes tun, um sie rauszutreiben, wenn es so weit ist.«

Jody lächelte ihn an. »Danke.« Es hatte Zeiten gegeben, in denen es unmöglich gewesen war, die Jugendlichen aus der Brandung zu holen, vor allem wenn die Wellen gut waren. Sie glaubte nicht, dass das heute Morgen ein Problem sein würde, denn sie schienen ziemlich choppy zu sein, was in der Surfersprache bedeutete, dass sie unregelmäßig und unberechenbar waren. Keine idealen Bedingungen zum Surfen.

Dann beugte Baker sich hinunter und küsste sie auf die Lippen. Es war kein langer, leidenschaftlicher Kuss wie die, die sie zuvor geteilt hatten, aber er war nicht weniger intensiv.

Er zog sich zurück, lange bevor Jody bereit war, und betrachtete sie für einen Moment. Sie hatte keine Ahnung, wonach er suchte oder was er sah, als er zufrieden nickte.

»Das verheißt nichts Gutes für mich«, sagte Baker geheimnisvoll.

»Was nicht?«, fragte Jody.

»Dass der Geruch von Plumeria mich hart werden lässt. Ich kann mir gut vorstellen, wie ich in Zukunft ganz entspannt an einer Plumeria-Pflanze vorbeigehe und bumm – Erektion.«

Jody kicherte.

Baker grinste sie an. »Das Lächeln gefällt mir besser als die Tränen«, sagte er und streichelte ihre Wange mit dem Daumen, bevor er seine Hand sinken ließ und zurücktrat.

»Sei vorsichtig da draußen.« Jody konnte sich die Bitte nicht verkneifen.

»Das werde ich. Wir sehen uns nachher.«

Jody sah zu, wie er sich sein Brett schnappte, das er in den Sand gesteckt hatte, und in Richtung Meer joggte. Sie seufzte. Baker war wirklich ein gut aussehender Mann. Sie konnte sich gut vorstellen, wie er in streng geheimer SEAL-Ausrüstung ins Meer glitt, um eine Bombe auf einem Boot zu platzieren oder in den Wellen herumzuschleichen, um Informationen über die bösen Jungs zu sammeln. Okay, sie hatte also keine Ahnung, was SEALs wirklich im Wasser taten. Sie konnte sich lediglich an Filmen wie *Alarmstufe: Rot* oder *The Rock – Fels der Entscheidung* orientieren.

Ein Ruf ertönte aus dem Bereich, in dem die Jugendlichen aufgereiht waren, um auf eine Welle zu warten, und Jody wurde nervös. Aber dann wurde ihr klar, dass sie nur Baker begrüßten. Es war ziemlich beeindruckend, dass die Highschool-Schüler es tatsächlich mochten, wenn er mit ihnen surfte. Sie hingen nicht mit anderen Erwachsenen im Wasser ab, und es war offensichtlich, dass Baker sich ihren Respekt verdient hatte. Das war nur ein weiterer Grund, warum Jody sich in ihn verliebte.

Eigentlich sollte sie sich Sorgen darüber machen, wie schnell die Dinge sich zwischen ihnen beiden entwickelten – zu Beginn hatten sie kaum miteinander gesprochen, nun klebten sie praktisch aneinander. Aber Jody kannte Baker nun schon eine ganze Weile. Sie wusste, was für ein Mann er war, wenn sie ihn im Umgang mit den Menschen um ihn herum beobachtete. Ein guter Mann. Die Art von Mann, für den jede Frau alles tun würde, um ihn an ihrer Seite zu haben. Und obwohl Jody lange allein gewesen war, konnte sie nicht leugnen, dass es ... wunderbar war, Baker um sich zu haben.

Während sie den Surfern zusah und die Sonne am Himmel langsam höher stieg, drehten sich ihre Gedanken um Ben. Erneut überkam sie die Sorge. Sie zerbrach sich den Kopf darüber, warum er mitten am Nachmittag in seinem Wagen geschlafen hatte und so müde gewesen war, dass er den beginnenden Hitzschlag ignoriert hatte. Vielleicht war er in der Nacht zuvor einfach zu lange aufgeblieben und völlig fertig gewesen. Ein weiterer Grund könnte sein, dass er sich mit den falschen Leuten eingelassen und mit Drogen oder Alkohol angefangen hatte.

Jody schüttelte den Kopf. Nein, Ben war nicht so. Sie hatte oft gedacht, dass er sie sehr an Mana erinnerte. Er war immer respektvoll und sie hatte wirklich nicht das Gefühl, dass er zu Drogen greifen würde, egal was in seinem Leben passierte.

Aber die Kleidung, das Kissen und die vielen Fast-Food-Verpackungen, die sie in seinem Wagen gesehen hatte, als er von einem Sanitäter untersucht wurde, machten ihr Sorgen. Sie war sich jetzt sogar noch sicherer, dass er in seinem Fahrzeug gelebt hatte, und das machte ihr eine Heidenangst.

Es machte keinen Sinn, dass Ben in seinem Wagen schlief. Er hatte eine Familie und ein Zuhause hier im Norden der Insel. Es gab absolut keinen Grund für ihn, obdachlos zu sein.

Es sei denn, seine Eltern waren umgezogen und er weigerte sich, auf eine andere Schule zu gehen. Oder vielleicht war seinen Eltern etwas passiert und er war auf sich allein gestellt. Oder er könnte einen Streit mit seinen Eltern gehabt haben.

Jodys Entschlossenheit wuchs. Sie musste ihn finden. Sie wusste nicht, warum er in seinem Wagen schlief, aber wenn sie und Mana sich gestritten hätten und er von zu Hause weggegangen wäre, wäre nicht einmal eine Nacht vergangen, bevor sie ihn aufgespürt hätte. Die Tatsache, dass seine Eltern nicht nach ihm zu suchen schienen, beunruhigte sie. Wenn sie es täten, wären sie sicher irgendwann zum Strand gekommen, da es einer seiner üblichen Aufenthaltsorte war.

Sie wusste zwar nicht, wie es in seiner Familie zuging, aber irgendetwas stimmte einfach nicht. Er brauchte jemanden, der sich dafür interessierte, was mit ihm los war – und das wäre sie.

Sie musste heute Morgen noch ein Projekt für einen Kunden abschließen, aber alles andere konnte warten. Sie würde sich auf den Weg machen und sehen, ob sie Ben finden könnte.

Er sollte in der Schule sein, aber wenn sie sein Fahrzeug dort nicht finden konnte, würde sie alle anderen Parkplätze an beliebten Surfspots und sogar die Touristenstrände abklappern. Er musste irgendwo sein, und je eher sie ihn fand und mit ihm sprach, desto besser würde es Jody gehen.

Jetzt, da sie einen Plan hatte, entspannte sich etwas in ihr. Sie würde Baker nichts davon erzählen, da sie wusste, dass er würde mitkommen wollen. Und obwohl sie nichts dagegen hätte, wusste sie auch, dass er seine eigene Arbeit zu erledigen hatte. Außerdem war es nicht so, als täte sie etwas Gefährliches. Sie war einfach auf der Suche nach einem Teenager, der vielleicht Hilfe brauchte, um wieder auf den richtigen Weg zu kommen.

Fünfzig Minuten später paddelten die Jugendlichen zurück zum Ufer. Jody war bereit für sie, als sie über den Sand zu ihr kamen. Sie stand auf, um ihre Kühlbox zu holen, und verteilte Sandwiches, während sie an ihr vorbeischlenderten. Dabei legte sie Wert darauf, jeden einzelnen ihrer Schützlinge zu begrüßen, um ihnen auf ihre eigene Art zu zeigen, dass sie sich um sie kümmerte.

»Hier, nimm zwei, Rome. Das Wasser sah heute Morgen ziemlich krass aus. Ist das ein neuer Neoprenanzug, Felipe? Er gefällt mir. Das hier habe ich extra für dich gemacht, Brent. Kein Fleisch, nur Eier und Käse. Viel Glück für deinen Mathetest heute, Lani! Bist du noch einen Zentimeter gewachsen, seit ich dich das letzte Mal gesehen habe, Kal? Ich könnte schwören, du wirst jeden Tag größer!«

Sie lächelten und scherzten mit ihr, während sie sich in den Außenduschen das Salzwasser abspülten. Sie aßen Jodys Frühstückssandwiches, während sie zu den Toiletten gingen, um sich aus ihren Neoprenanzügen zu befreien und ihre Schulkleidung anzuziehen.

Jemand legte einen Arm um ihre Taille und Jody zuckte zusammen, bis sie merkte, dass es Baker war.

»Du kannst gut mit ihnen umgehen«, bemerkte er.

Sie zuckte mit den Schultern. »Sie sind gute Menschen.«

»Nicht jeder würde das denken. Sie würden sie ansehen und denken, dass sie Strandgammler sind. Dass sie es nirgendwo auf der Welt zu etwas bringen werden, weil sie nur surfen wollen.«

»Nun, diese Leute würden sich irren. Lani ist im Mathe-Leistungskurs. Ich glaube, deshalb ist sie so eine tolle Surferin, weil sie irgendwie die Winkel und die Verlaufskurven der Wellen berechnen kann und weiß, welche gut sind und welche sie lieber meiden sollte. Rome will Ingenieur werden. Brent möchte mit Meeresschildkröten arbeiten. Und Kal ist ein Genie, wenn es um Autos geht. Es sind gute Menschen, Baker, und jeder, der sie nur als faule Strandgammler sieht, ist ein Idiot.«

»Da kommt die Bärenmama wieder raus«, sagte Baker in ihr Ohr.

Jody erschauderte. Sie liebte es, auf diese Weise in seinen Armen zu liegen. Von ihm gehalten zu werden. Sie hatte keine Chance zu antworten, da die Jugendlichen aus den Umkleideräumen kamen. Sie winkten ihr alle zu, als sie zum Parkplatz gingen.

»Fahrt vorsichtig!«, rief Jody.

»Das werden wir!«, riefen sie alle zurück.

Jody schaute auf zu dem Mann hinter ihr. »Willst du ein Frühstückssandwich?«

»Ja.«

Baker lockerte seinen Griff um sie und Jody griff in ihre Kühlbox. »Ich habe dir eins mit allem Drum und Dran gemacht. Die Jugendlichen mögen normalerweise nicht so viele Sachen, sie halten sich an das Wesentliche.« Sie holte das Sandwich heraus, das sie nur für ihn gemacht hatte. Es war zwar ein bisschen albern, aber wenn der Weg zum Herzen eines Mannes durch seinen Magen führte, würde sie sich diese Möglichkeit zunutze machen.

Sie reichte ihm ein Sandwich, das in einem wiederverwendbaren Silikonbeutel steckte. »Und ich will nichts über die wiederverwendbare Verpackung hören. Es gibt ohnehin schon viel zu viel Plastik in unseren Ozeanen und auf unseren Müllhalden. Ich will nicht noch zu dem Problem beitragen.«

»Ich wollte gar nichts sagen«, versprach Baker, während er das Sandwich herauszog. Jody nahm den Beutel und warf ihn zurück in ihre Kühlbox. Sie drehte sich um, als Baker das oberste Stück Brot anhob, um zu sehen, was er essen würde.

»Es ist eine Art Südwest-Omelett in einem Sandwich. Ei, Speck, Paprika, Tomate, Provolone- und Pepper-Jack-Käse, Salat und eine Scheibe Schinken als Zugabe. Außerdem ist noch etwas Salsa drin, um dem Ganzen einen besonderen Geschmack zu geben.«

Baker schaute zu ihr auf und Jody konnte seinen Gesichtsausdruck nicht deuten.

»Ist das dein Ernst?«, fragte er schließlich.

»Ähm ... ja?«

Dann nahm er einen großen Bissen von dem Sandwich, schloss die Augen und stöhnte beim Kauen.

Jody biss sich auf die Lippe, während sie ihn beobachtete. Selbst beim Essen war der Mann wahnsinnig sexy.

Kaum hatte er geschluckt, sagte Baker: »Heirate mich.«

Jody lachte. »Ich nehme an, das Sandwich ist nicht schlecht?«

»Nein, das ist es verdammt noch mal nicht«, versicherte Baker ihr. »Es ist fantastisch. Und genau das Richtige nach den Wellen heute Morgen.«

»Da bin ich aber froh.«

»Hast du gegessen?«, fragte Baker.

Jody zuckte mit den Schultern. »Ich mache mir etwas, wenn ich nach Hause komme.« Auf keinen Fall würde sie Baker, der in seinem hautengen Neoprenanzug so fit und fabelhaft aussah, sagen, dass sie jeden Morgen ein Pop-Tart aß.

Er trat einen Schritt näher und hielt ihr sein Sandwich hin. »Hier, nimm einen Bissen.«

»Ist schon okay«, sagte sie mit einem leichten Kopfschütteln.

»Tu mir den Gefallen«, bat Baker in einem Tonfall, den sie nicht verstand.

Also tat sie es. Sie ergriff sein Handgelenk, um seine Hand ruhig zu halten, beugte sich vor und nahm einen viel kleineren Bissen als er. Die Aromen der Zutaten trafen ihre Geschmacksknospen und sie lächelte, während sie kaute.

»Danke«, murmelte sie, nachdem sie geschluckt hatte.

Baker nahm noch einen Bissen und hielt ihr dann das Sandwich hin. Sie sprachen nicht, während sie die Mahlzeit teilten, aber es war dennoch der intimste Moment, den Jody seit Jahren mit einem anderen Menschen erlebt hatte.

Nachdem er sich das letzte Stück Sandwich in den Mund gesteckt und die Finger abgeleckt hatte, griff Baker nach ihr und zog sie an sich. Jody konnte jeden Zentimeter seines harten Körpers an ihrem spüren. Die Feuchtigkeit seines Neoprenanzugs sickerte in ihr T-Shirt, aber das war ihr egal. Sie war sowieso schon nass, nachdem er sie vorhin gehalten hatte.

»Es wird nie einen Zeitpunkt geben, an dem ich vor meiner Frau esse, ohne dass sie auch isst«, verkündete Baker.

»Baker, ich habe das Sandwich für *dich* gemacht.«

»Das ist mir egal. Ich meine, es ist mir nicht egal, dass du dir die Mühe gemacht hast, mir das beste verdammte Sandwich zu machen, das ich je gegessen habe, aber ich werde mich trotzdem nicht vollstopfen und dich hungrig zurücklassen. Niemals.«

»Ich war nicht hungrig«, sagte Jody leise.

»So läuft das nicht, Tink.«

Sie starrte ihn einen Moment lang an und sah, dass er in dieser Sache nicht nachgeben würde. »Nächstes Mal mache ich zwei«, versprach sie schließlich.

»Das weiß ich zu schätzen. Die Sache ist die ... du hattest in den letzten fünf Jahren vielleicht niemanden, der sich um dich gekümmert hat, aber jetzt schon.«

Das gefiel Jody. Sehr sogar. Nicht weil sie jemanden brauchte, der sich um sie kümmerte, das tat sie nicht, nicht wirklich. Aber weil Baker damit anerkannte, dass Mana alles getan hatte, um sich um seine Mutter zu kümmern.

»Hast du dieses Wochenende gut geschlafen?«, fragte er.

Jody nickte.

»Bist du zwischendurch aufgewacht?«

»Nein.«

»Gut. Nachdem ich noch ein paar Nachforschungen über Ben und seine Familie angestellt habe, muss ich zum Marine-stützpunkt fahren«, erklärte Baker.

»Okay«, sagte Jody, die nicht wusste, warum er ihr das mitteilte.

»Ich dachte, ich schaue auf dem Heimweg bei *Leonard's Bakery* vorbei und kaufe ein paar Malasadas. Hast du Interesse?«

»An Malasadas? Na klar«, antwortete Jody mit einem Lächeln.

Baker erwiderte es. »Ich habe es vorher nicht verstanden.«

Jody wartete darauf, dass er es näher ausführte, aber als er es nicht tat, fragte sie: »Was hast du nicht verstanden?«

»Warum Mustang und die anderen sich so viel Mühe geben, um für ihre Frauen etwas zu tun. Aber jetzt verstehe ich es. Ich würde alles tun, um dieses Lächeln auf deinem Gesicht zu sehen.«

Jody schmiegte sich an ihn. »Du musst mir keine Sachen kaufen, um mich zum Lächeln zu bringen, Baker. Das tust du schon, indem du einfach du selbst bist.«

»Freut mich zu hören, aber ich verwöhne dich gern. Wann hast du das letzte Mal Leonards Malasadas gegessen?«

»Gott ... vor Jahren?«

»Ist es in Ordnung, wenn ich später vorbeikomme?«, fragte er.

»Ja.«

Bakers Gesichtsausdruck wurde weicher. »Kein Zögern. Du hast nicht gefragt, wann ich ungefähr da sein werde oder so.«

»Baker, wenn du vorbeikommen willst, egal wann, bist du herzlich eingeladen. Wenn ich noch arbeiten muss, sage ich es dir. Ich nehme an, da du ein halbes Jahrhundert alt bist, kannst du dich selbst unterhalten, bis ich fertig bin. Dann können wir reden, essen, fernsehen oder was auch immer.«

»Das Gleiche gilt für dich, Tink. Du bist herzlich eingeladen, zu mir zu kommen.«

Jody lächelte. »Danke.«

»Obwohl dein Haus schöner ist.«

»Baker, es ist praktisch identisch mit deinem.«

»Nein. Deins riecht nach dir.«

Jody verdrehte die Augen.

»Und es hat deinen Computer, auf dem du sicher die Programme und den ganzen Scheiß hast, den du für deinen Grafikkram brauchst.«

Das stimmte.

»Außerdem ist Mana da, also ist es mehr wie ein Zuhause.«

Er hatte nicht unrecht. Mana *war* da. Nicht physisch, aber im Geiste. Seit ihrem Gespräch mit Baker über die Reinkarnation spürte sie das immer stärker. Ganz zu schweigen davon, dass Jody sein Gesicht auf allen Bildern, die sie hatte, sehen konnte, egal wohin sie sich drehte.

»Du wirst mich wieder zum Weinen bringen«, warnte sie.

»Das will ich nicht. Wie wäre es, wenn du mich küsst und wir uns auf den Weg machen? Ich muss Nachforschungen über Ben anstellen, zu einem Treffen gehen und Malasadas kaufen«, sagte Baker.

Jody stellte sich sofort auf die Zehenspitzen und neigte den Kopf nach hinten. Baker legte eine Hand auf ihren Rücken und stützte sie, als er den Kopf senkte.

Ihr Kuss war diesmal inniger als zuvor, aber nicht ganz so sinnlich wie vor ein paar Abenden auf ihrer Couch. Jody stellte fest, dass sie die verschiedenen Arten von Küssen mochte, die Baker ihr gab.

Sie zog sich zurück, bevor sie bereit war, aber sie glaubte nicht, dass ein öffentlicher Strand der richtige Ort war, um ihren neuen Freund in den Sand zu zerren und sich an ihm zu vergehen.

»Ich mag diesen Ausdruck in deinen Augen, Tink, aber wir haben beide was zu tun.«

»Verdammt«, flüsterte sie.

Baker lachte, dann wurde er nüchtern. »Ich werde mich um dich kümmern«, sagte er.

»Kann ich mich auch um dich kümmern?«, fragte sie.

»Auf jeden Fall.«

»Also gut.«

»Also gut«, wiederholte Baker.

Jody leckte sich über die Lippen und schmeckte Salz, Sandwich und Baker. »Fahr vorsichtig nach Honolulu.«

»Das werde ich. Ich schreibe dir, wenn ich losfahre, wenn ich ankomme und wenn ich auf dem Heimweg bin.«

»Das musst du nicht«, sagte sie, weil sie befürchtete, dass er es als lästig empfinden könnte und es möglicherweise nicht mochte, ihr ständig mitteilen zu müssen, wo er war.

»Ich weiß, dass ich das nicht muss. Wirst du dir Sorgen machen?«

Jody biss sich auf die Lippe. Das würde sie auf jeden Fall.

»Gut. Also werde ich dir schreiben«, sagte er, ohne dass sie die Worte aussprechen musste.

»Okay.«

Baker beugte sich zu ihr hinunter und küsste sie mit geschlossenen Lippen. Dann zog er sich zurück. »Komm, ich bringe dich zu deinem Bus.«

»Ich schaffe es allein.« Sie konnte nicht umhin, es anzumerken.

»Ich weiß.«

Sicher. Sie vermutete, dass dies eine weitere Art war, wie er sich »um sie kümmern« wollte. Das war für sie in Ordnung. Er schnappte sich ihre Kühlbox und legte einen Arm um ihre Taille, während sie zum Parkplatz gingen. Als sie auf den Fahrersitz kletterte und das Fenster herunterkurbelte, stellte er die Kühlbox auf den Rücksitz und zog die Schiebetür zu. »Wir sehen uns bald«, sagte er.

Jody nickte.

Baker streckte eine Hand aus und strich ihr sanft über den Hinterkopf. Er zog sie für einen weiteren kurzen Kuss zu sich heran und ließ sie dann los, wobei er seine Hand durch ihr Haar gleiten ließ. Dann hob er leicht sein Kinn und trat einen Schritt zurück.

Dieses Anheben des Kinns. Mein Gott, das war so typisch Mann. Sie spannte die Oberschenkel an. Es war albern, sich von einer Kleinigkeit so erregen zu lassen, aber es war so.

»Willst du losfahren oder den ganzen Tag dasitzen und mich anstarren?«, scherzte er.

»Ich fahre, ich fahre«, sagte Jody. »Baker?«

»Ja, Tink?«

»Danke.« Sie war sich nicht sicher, wofür sie sich bei ihm bedankte. Vielleicht dafür, dass er so gut mit den Jugendlichen umging. Vielleicht dafür, dass er ihr Sandwich zu schätzen gewusst hatte. Vielleicht dafür, dass er der Typ Mann war, der sich nichts dabei dachte, einer Frau zu sagen, dass er sich um sie kümmern würde. Vielleicht war es all das, verpackt in einem berauschenden Gesamtbild.

Aber typisch Baker, stellte er sie nicht infrage. Er antwortete nur: »Du bist es wert.«

Ja, man konnte wirklich sagen, dass Jody sich in diesen Mann verliebte.

Sie winkte ihm wie eine Idiotin zu, fuhr aus der Parklücke und machte sich auf den Heimweg. So gern sie auch mit Baker zusammen war, sie musste den dringenden Auftrag, an dem sie gerade arbeitete, zu Ende bringen und dann Ben suchen. Sie hatte den jungen Mann nicht vergessen. Sie betete, dass alles in Ordnung war. Dass sie seinen Wagen an der Schule finden würde und ihre Sorge damit besänftigt wäre.

Aber tief in ihrem Inneren ahnte sie, dass das nicht der Fall sein würde.

Als sie in den Rückspiegel schaute, sah sie Baker immer noch dort stehen, wo sie ihn zurückgelassen hatte. Er war nicht sofort zurückgegangen, um sein Surfbrett zu holen, sondern blieb, wo er war, und beobachtete sie, bis er sie nicht mehr sehen konnte.

Ein weiterer Schauder ging durch ihren Körper. Ja, Baker mochte vielleicht versucht haben, sie davon zu überzeugen, dass er nicht wirklich ein guter Kerl war, während er ihr erklärte, womit er seinen Lebensunterhalt verdiente – aber er irrte sich.

KAPITEL NEUN

Es war elf Uhr dreißig und Jody hatte Ben noch immer nicht gefunden. Sie war frustriert. Sie war zuerst zu seiner High-school gefahren und hatte seinen Wagen auf dem Parkplatz nicht gefunden. Sie wusste, dass sie wahrscheinlich verdächtig aussah, wie sie langsam auf dem Parkplatz herumfuhr, aber das war ihr egal.

Dann war sie die Küste entlanggefahren und hatte an allen Stränden angehalten. Sie betete, dass Ben einfach die Schule schwänzte, um zu surfen, aber sie hatte sein Fahr-zeug an keinem der guten Surfspots finden können. Ihr Magen hatte schon vor einer Weile angefangen zu knurren, also hatte sie einen Stopp eingelegt, um sich einen Shrimp-Taco von einem der vielen Imbisswagen entlang des Kame-hameha Highway zu holen. Sie hatte gerade aufgegessen und war dabei, den Müll zu entsorgen, als ihr Telefon klingelte.

Baker hatte ihr eine SMS geschrieben, dass er zum Marine-stützpunkt aufbrach. Dann hatte er sie wissen lassen, dass er angekommen war. Seine Besprechung konnte nicht allzu lange gedauert haben, wenn er sie jetzt anrief.

»Hi«, sagte Jody, als sie abnahm. »Ist deine Besprechung vorbei?«

»Nein. Aber wir machen eine Mittagspause und da ich

vorhin keine Gelegenheit hatte, dir zu sagen, was ich über Ben herausgefunden habe, wollte ich das jetzt nachholen.«

»Wirst du etwas essen können, wenn du mit mir redest?«

Baker lachte. »Ja, Tink. Ich habe mir schon etwas geholt. Es fühlt sich gut an, dass du auf mich aufpasst.«

»Irgendjemand muss es ja tun«, erwiderte Jody, gerührt von seinem Lob.

»Stimmt. Also, unser Junge hat gute Noten. Fast nur Einsen. Er war nie in Schwierigkeiten, kein Unterrichtsausschluss oder Nachsitzen. Allerdings nimmt er nicht an vielen außerschulischen Aktivitäten teil, was mir seltsam vorkommt. Die meisten Jugendlichen in seinem Alter arbeiten sozusagen an ihrem Lebenslauf, damit sie bessere Chancen in Sachen College haben. Aber Ben scheint das nicht so sehr zu interessieren.«

»Nicht alle Highschool-Schüler wollen aufs College gehen.« Jody fühlte sich verpflichtet, darauf hinzuweisen. »Vielleicht wollen sie zum Militär gehen oder ein Handwerk erlernen. Gott weiß, dass die Welt Mechaniker, Elektriker und Klempner braucht.«

»Da widerspreche ich dir nicht, Tink, aber wenn ich mir seine Eltern ansehe, scheint das nicht der Weg zu sein, den Ben einschlagen würde.«

»Was stimmt denn mit seinen Eltern nicht?«, fragte Jody besorgt.

»Mit ihnen ist alles in Ordnung. Sie sind einfach nur stinkreich. Na ja, sein Stiefvater ist es.«

»Sein Stiefvater?«

»Ja. Sein leiblicher Vater starb, als Ben noch ein Baby war. Seine Mutter hatte es schwer während seiner Kindheit. Sie lebte in einer beschissenen Wohnung in Honolulu und kämpfte mit ihrer psychischen Gesundheit. Sie war ein- oder zweimal in der psychiatrischen Abteilung des Krankenhauses und ein Nachbar hat während ihres Aufenthalts dort auf Ben aufgepasst. Es sieht allerdings so aus, als hätte sie für ihn getan, was sie konnte. Sie hatte zwei Jobs, damit sie ein Dach über dem Kopf und Essen auf dem Tisch hatten.«

»Oh, Baker, das ist ja furchtbar.«

»Aber nicht allzu ungewöhnlich«, entgegnete Baker.

Das mochte stimmen, aber Jody fühlte sich trotzdem nicht gut dabei.

»Jedenfalls änderte sich ihr Leben, als sie Al Rowden kennenlernte. Er hielt an der Tankstelle, an der Bens Mutter arbeitete, und anscheinend gefiel ihm, was er sah. Sie heirateten weniger als fünf Monate nach ihrer ersten Begegnung. Al holte Emma und Ben in sein Haus, verschaffte ihr einen Job als Empfangsdame in einer Arztpraxis und die Dinge besserten sich für Ben und seine Mutter.«

»Das ist doch gut, oder?«

»Ich glaube schon«, stimmte Baker zu. »Al Rowden ist Richter am Jugendgericht von Hawaii. Er verdient gutes Geld, hat angemessene Arbeitszeiten und ist sehr angesehen. Er ist dafür zuständig, Fälle von Straftätern unter achtzehn Jahren zu verhandeln und über die Strafe für ihre Taten zu entscheiden.«

»Warum habe ich das Gefühl, dass du mir etwas sagen wirst, das mir nicht gefallen wird?«, fragte Jody.

»Weil du klug bist«, erwiderte Baker. »Die Sache ist die. Oberflächlich betrachtet kann ich nichts finden, was darauf hindeutet, dass Rowden bestechlich oder ein schlechter Richter ist. Er scheint hart, aber fair zu sein. Viele ehemalige Jugendliche, mit denen er zu tun hatte, haben nur Gutes darüber zu sagen, dass er ihnen geholfen hat, das Licht zu sehen, und ihnen eine Chance gegeben hat, wieder auf den rechten Weg zu kommen.«

»Aber?«, drängte Jody.

»Ich kann kaum jemanden finden, der sich *gegen* ihn ausgesprochen hat, was seltsam ist. Man sollte meinen, dass es viele Leute gibt, die sauer sind, dass sie zu einer Haftstrafe, Bewährung oder gemeinnütziger Arbeit verurteilt wurden. Aber das ist nicht der Fall. Er wird praktisch nur gelobt.«

»Das ist nicht normal«, sagte Jody unnötigerweise. »Ich meine, sogar ich habe einige schlechte Kritiken über meine Arbeit bekommen. Ich bin nicht mit ihnen einverstanden, aber es gibt sie.«

»Jodelle, die schlechten Kritiken über dich sind Blödsinn. Die meisten deiner Kunden werden das wissen.«

»Du hast sie gelesen?«

»Ja. Und noch einmal, sie sind Blödsinn. Ich habe mir die Webseite angesehen, die du für diese eine Frau wegen ihrer verdammten Hühner entworfen hast, und sie war wunderschön. Sie war einfach zu navigieren und es gab keinen einzigen Link, der nicht funktioniert hat. Ihre Beschwerden waren lächerlich.«

»Danke«, sagte Jody. »Der Auftrag hat vier Monate länger gedauert, weil sie ständig ihre Meinung änderte und mir verschiedene Bilder schickte. Es war wirklich schwierig, mit ihr zu arbeiten, und noch schwieriger, sie zufriedenzustellen.«

»Eben. Du hättest sie bereits nach der Hälfte abweisen und dazu bringen sollen, sich jemand anderen zu suchen, der sich ihren Scheiß gefallen lässt.«

»Dann hätte sie *wirklich* Grund zur Beschwerde gehabt«, argumentierte Jody. »Wenn ich einen Job annehme, will ich ihn auch zu Ende bringen.«

»Weil du du bist«, sagte Baker. »Wie auch immer, du hast recht, die Tatsache, dass es nur eine Handvoll Beschwerden über Richter Rowden gibt, ist schon verdammt verdächtig.«

»Was ist mit Bens Mutter? Arbeitet sie noch?«

»Nein. Sie hat vor etwa anderthalb Jahren gekündigt. Und im letzten Jahr war sie zweimal im Krankenhaus. Sie hatte fast ein Jahrzehnt lang keine Probleme, und jetzt wird sie plötzlich rückfällig? Das macht keinen Sinn«, sagte Baker.

»War sie wegen psychischer Probleme im Krankenhaus?«, fragte Jody.

»Ja. Und unfreiwillig. Ihr Mann hat sie beide Male eingeliefert und behauptet, sie sei selbstmordgefährdet und sehe kleine grüne Männchen. Sie sei eine Gefahr für sich und ihren Sohn. Beim zweiten Mal blieb sie die maximal zulässigen zweiundsiebzig Stunden, dann bat sie um einen längeren Aufenthalt und blieb dreißig Tage im Krankenhaus.«

Jody war sich nicht sicher, was sie davon halten sollte. Schließlich fragte sie: »Was hat das mit Ben zu tun?«

»Ich weiß es nicht«, gestand Baker. »Aber mir stellen sich die Haare im Nacken auf.«

Jody wusste, dass das nichts Gutes bedeutete. Baker sprach weiter.

»Bens Noten haben sich in den letzten Monaten verschlechtert. Er war ein Einser-Schüler, aber in letzter Zeit schwänzt er die Schule und gibt seine Hausaufgaben nicht mehr ab. Im letzten Halbjahr hatte er vier Dreien, eine Vier und eine Zwei. Ich glaube, dass zu Hause nicht alles in Ordnung ist und sich das in seinen Noten niederschlägt.«

»Ich denke, du hast recht. Ich habe seinen Wagen heute Morgen nicht auf dem Parkplatz der Highschool gesehen«, sagte Jody.

»Du warst an der Highschool?«, fragte Baker.

Jody biss sich auf die Lippe. Sie hatte ihm nichts von ihrem Plan erzählt, Ben zu suchen – nicht weil sie es verheimlichen wollte, sondern weil er sich nicht um sie sorgen sollte, während er andere Dinge zu tun hatte. »Ja. Ich muss ihn finden, Baker.«

»Bist du immer noch auf der Suche?«

»Ja.«

»Ich wünschte, du hättest es mir gesagt, Tink.«

»Ich wollte dich nicht stören.«

»Du störst mich *nie*«, entgegnete Baker mit strenger Stimme. »Wenn du auch nur das leichteste Übelkeitsgefühl verspürst, will ich es wissen. Wenn dir danach ist, über die Insel zu fahren, will ich es wissen. Wenn du an den Stränden Schilder mit der Aufschrift *Schluss mit Plastik* und *Rettet die Schildkröten* aufstellen willst, will ich das wissen. Das heißt nicht, dass ich dich aufhalten werde, ich will nur wissen, wo du bist, damit ich tun kann, was ich tun muss, wenn irgendetwas aus dem Ruder läuft.«

»Baker –«

»Nein«, unterbrach er sie, bevor sie fortfahren konnte. »Ich bin ein paranoider Mistkerl. Nach all der Scheiße, die ich gesehen und getan habe, kann ich gar nicht anders sein. Ich kenne das Böse da draußen, Jodelle, und ich kann den Gedanken nicht ertragen, dass es dich berührt. Ich habe gesehen, wie die Frauen meiner Freunde entführt, verprügelt und mitten im Meer zum Sterben zurückgelassen wurden, und zu viel andere Scheiße. Ich werde alles tun, um zu verhindern, dass dir das passiert, und wenn es doch passiert, werde ich jeden fertigmachen, der es wagt, dich anzurühren. Aber ich kann dich nicht erreichen und beschützen, wenn du nicht mit mir *sprichst* und mir sagst, was deine Pläne sind.«

Das war viel, und Jody konnte nicht behaupten, dass es sie nicht vor Freude zum Kribbeln brachte, aber es gab ihr auch Anlass zur Sorge. »Ich bin schon lange auf mich allein gestellt, Baker. Ich kann auf mich selbst aufpassen.«

»Das hat Carly auch gesagt, bevor sie in den Kofferraum eines Wagens gestopft und hinaus auf den Ozean gebracht wurde«, gab Baker zurück.

Jody schloss die Augen. Da hatte er recht. »Ich habe nicht versucht, dich zu hintergehen«, sagte sie.

»Ich weiß, Tink. Ich könnte nur ... Scheiße, ich könnte nicht damit umgehen, wenn dir etwas zustößt.«

»Mir wird nichts zustoßen«, versicherte sie ihm. »Ich fahre nur herum und versuche, Ben zu finden. Er muss hier irgendwo sein. Sein Wagen war ein einziges Chaos. Ich bin mir immer sicherer, dass er darin gelebt hat.«

»Ja, wenn es zu Hause schlecht läuft, ist das keine schlechte Annahme«, sagte Baker.

Jody seufzte erleichtert, dass Baker ihr nicht weiter eine Predigt halten würde.

»Wo hast du bisher schon gesucht?«, fragte er.

Sie erzählte ihm von den Stränden und einigen der beliebten Treffpunkte, von denen sie die anderen Highschool-Schüler hatte sprechen hören.

»Versuche es mit Lebensmittelgeschäften und anderen bevölkerungsreicheren Orten. Er könnte denken, dass er an den Stränden zu sehr auffällt. Wenn er an einen Ort geht, an dem ständig Leute kommen und gehen, wird sich niemand Gedanken darüber machen, dass sein Wagen stundenlang dort steht, weil keiner so lange dort ist.«

»Gutes Argument«, sagte Jody.

»Er ist vermutlich clever genug, nicht zu den üblichen Orten zu gehen. Es ist zwar wahrscheinlich, dass er sich an einem überfüllten Ort aufhält, aber es ist auch möglich, dass er einen Ort zum Nachdenken sucht, an dem nicht viele Menschen sind. Vielleicht ist er wandern und versteckt sich tagsüber, damit niemand fragt, was ein Teenager draußen und nicht in der Schule macht.«

»Okay.«

»Ruf mich an, wenn du ihn findest«, befahl Baker.

»Mache ich.«

»Es ist mir egal, was ich mache, ich nehme deinen Anruf entgegen«, fuhr er fort. »Sein Stiefvater hat viel Macht auf dieser Insel und wenn Ben das Gefühl hat, dass er mit dem Rücken zur Wand steht und niemand ihm helfen kann, wird er nicht gefunden werden wollen.«

»Ich weiß«, flüsterte Jody.

»Soweit ich das beurteilen kann, steht er seiner Mutter nahe. Seinem Stiefvater nicht so sehr. Er hat nie seinen Namen angenommen, sondern den Mädchennamen seiner Mutter behalten. Wenn du ihn findest, kommst du so an ihn ran. Frag nach seiner Mutter.«

Jody mochte das Gefühl nicht, das sie bekam, wenn sie daran dachte, dass sie einen Weg zu Ben finden musste, aber Baker hatte recht. Und er wusste offensichtlich viel mehr darüber, wie man jemanden zum Reden brachte, als sie. Sie wollte nicht darüber spekulieren, woher er dieses Wissen hatte. »In Ordnung.«

»Jodelle?«

»Ja?«

»Du wirst ihn finden. Und er wird dir vertrauen, weil du *du* bist. Sei nur vorsichtig.«

Sein Vertrauen in sie fühlte sich gut an. »Das werde ich.«

»Ich sollte gegen fünfzehn Uhr zu Hause sein.«

»Ist da die Zeit mit eingerechnet, die du brauchst, um Malasadas zu besorgen? Denn bei *Leonard's* ist immer viel los«, entgegnete Jody.

»Die Zeit, die ich brauche, um Malasadas zu besorgen, ist mit eingerechnet, denn ich werde nicht warten müssen. Wenn ich dir sage, dass ich Beziehungen habe, Tink, dann meine ich damit, dass ich Beziehungen habe – und das sind nicht nur ruchlose Mafiosi. Einige von ihnen sind Besitzer fantastischer Restaurants, die immer einen Platz für mich haben, wenn ich einen will ... oder kochend heiße, frisch zubereitete Malasadas, wenn ich vorbeikomme.«

»Will ich wissen, was du getan hast, um bei *Leonard's* nicht anstehen zu müssen?«, fragte Jody.

»Ja, du willst es wissen, aber nein, ich werde es dir nicht sagen. Meine Arbeit und dein Alltag existieren nicht zusammen, das habe ich dir gesagt.«

»Ich will mich nicht mit einem Terroristen hinsetzen und plaudern, den du am Leben lässt, weil er dich mit Informationen über einen anderen Terroristen versorgt, der noch schlimmer ist, aber ich denke, ein örtlicher Restaurantbesitzer ist eine andere Geschichte«, erwiderte Jody.

»Und deshalb bist du so, wie du bist, und ich bin so, wie ich bin. Niemand ist immun gegen die Scheiße, die in der Welt passiert. Niemand.«

»Gut. Aber ist es falsch, mich nicht darüber aufzuregen, dass du so bist, wie du bist, weil es bedeutet, dass ich heiße, frische Malasadas bekomme, ohne eine zusätzliche Stunde länger auf sie warten zu müssen?«

»Nein.«

»Okay. Dann freue ich mich schon darauf, dich später mit meinen Leckereien zu sehen.«

Baker lachte und Jody entspannte sich. Sie wollte ihn nicht verärgern und wusste, dass sie genau das getan hatte, indem sie ihn nicht darüber informierte, dass sie nach Ben suchte. Sie hätte es tun sollen. Es war nicht so, als hätte er sie für ihr Verhalten getadelt, nur dafür, dass sie ihm nicht gesagt hatte, was sie tat. Und seine Gründe waren mehr als stichhaltig. Er wollte sie nicht kontrollieren. Er wollte kein Arschloch sein. Er war einfach nur besorgt um sie. Damit konnte sie leben. Vor allem nachdem seit Manas Tod niemand mehr an ihre Sicherheit gedacht hatte.

»Ich hoffe, ich finde ihn«, sagte Jody leise.

»Das wirst du«, erwiderte Baker. »Halt mich auf dem Laufenden.«

»Okay. Ich wünsche dir einen schönen Rest deines Treffens.«

Baker lachte. »Es ist nicht die Art von Treffen, die schön sind, Tink.«

»Also ist es schlecht?«

»Nein. Es ist nur ein Treffen, bei dem es um Informationen geht, die ich gesammelt habe, um die Männer und Frauen zu schützen, die unser Land beschützen.«

»Gut. Dann geh und gib all das Wissen weiter, damit das geschehen kann.«

Nach einer Weile antwortete er: »Ich habe zu lange gewartet.«

»Wie bitte?«, fragte Jody.

»Ich hätte schon viel früher in die Gänge kommen sollen. Ich habe mir zu lange deine Großartigkeit entgehen lassen, Tink.«

»Ich hätte meinen Mut zusammennehmen können, *dich* um eine Verabredung zu bitten«, sagte sie.

»Wahrscheinlich ist es gut, dass du es nicht getan hast, denn ich hätte vermutlich Nein gesagt, deine Gefühle verletzt und dann würdest du mich jetzt nicht mal mehr mit dem Arsch anschauen. Ich muss los. Sei vorsichtig da draußen, Tink. Wenn du auch nur für eine Sekunde denkst, dass etwas nicht stimmt oder du nicht sicher bist, dann ziehst du dich zurück, okay?«

»Er ist ein Teenager, Baker.«

»Er ist außerdem fast einen Kopf größer als du und vierzig Kilo schwerer. Er mag ein Teenager sein, aber das heißt nicht, dass er nicht mit einer Menge Scheiße zu kämpfen hat und wahrscheinlich wütend über alles ist. Ich verlange nicht, dass du ihm nicht hilfst, sondern nur, dass du dich notfalls zurückhältst, bis ich dir helfen kann herauszufinden, wie du das angehen kannst.«

»Verstanden. Ich verspreche es«, sagte Jody.

»Das weiß ich zu schätzen. Es war mein Ernst, als ich sagte, dass ich jeden fertigmachen werde, der dir wehtut. Das gilt auch für siebzehnjährige Jungen.«

Jody runzelte die Stirn. »Du würdest Ben wehtun?«

Baker hielt inne, dann antwortete er: »Ich weiß, ich sollte Nein sagen, weil es das ist, was du hören willst, aber ich kann nicht. Ich *werde* die Situation jedoch sorgfältig abwägen. Wenn sie rechtfertigt, Hand an jemanden zu legen, um dich zu schützen, werde ich es tun. Aber es gibt auch andere Möglichkeiten, jemanden fertigzumachen, ohne dabei körperlich zu werden.«

Jody war sich nicht sicher, was Baker ihr damit sagen wollte, aber sie schätzte seine Ehrlichkeit. »Mithilfe deiner Beziehungen?«, fragte sie.

»Mithilfe meiner Beziehungen«, bestätigte er. »Ich laufe nicht rum und verprügle die Leute, Jodelle.«

»Das habe ich auch nicht gedacht«, erwiderte sie ehrlich.

»Scheiße, wir sollten dieses Gespräch von Angesicht zu Angesicht führen«, murmelte Baker. »Ich bin kein Arschloch. Ich mag keine Gewalt und ziehe es vor, meine Meinung auf subtilere und nachhaltigere Weise kundzutun. Indem ich die Leute dort treffe, wo es am meisten wehtut – auf ihrem Bankkonto. Geld regiert die Welt, Tink, und ich bin sehr gut darin, Dinge verschwinden zu lassen, die den Leuten wichtig sind. Nichtsdestotrotz bin ich mit Gewalt einverstanden, wenn sie gerechtfertigt ist.«

»Wie bei Monica und der Lava-Sache?«

Er seufzte. »Hat sie dir davon erzählt?«

»Ja.«

»Dann ja, so wie bei dieser Sache. Ich will damit nur sagen, dass mir der Gedanke nicht gefällt, dass jemand Hand an dich legt. Egal welches Alter oder Geschlecht derjenige hat. Und ich werde tun, was ich tun muss, um klarzumachen, dass ich einen solchen Scheiß nicht dulde.«

»Okay, Baker.«

»Stimmst du mir zu, weil du schockiert bist und einfach nur auflegen willst, um unsere Beziehung zu überdenken, oder stimmst du mir zu, weil du weißt, dass ein Mann so etwas tut, wenn er sich um seine Frau sorgt?«

»Letzteres.«

»Gut. Denn ich sorge mich um dich, Jodelle. Und ich werde tun, was nötig ist, um dich glücklich zu machen *und* dich zu beschützen.«

»Kann ich dasselbe auch für dich tun?«

»Ja. Solange es nicht bedeutet, dass du dich mit jemandem anlegst oder dich in Gefahr begibst.«

»Das scheint nicht fair zu sein«, scherzte Jody.

»Nein«, stimmte Baker zu.

Sie seufzte. »Du bist *wirklich* eine ziemliche Nervensäge.«

»Jup. Aber ich bin eine Nervensäge, die sich um dich sorgt und will, dass du genau so bleibst, wie du bist. Und wenn dir jemand wehtut, würde dich das verändern und mich wütend machen. Also wird das nicht passieren.«

Jody konnte sich ein Kichern nicht verkneifen. »Ein Höhlenmensch bist du auch.«

»Ich wurde schon Schlimmeres genannt«, sagte Baker. »Und jetzt muss ich wirklich Schluss machen. Hast du etwas zu Mittag gegessen?«

»Ich hatte gerade einen Shrimp-Taco von einem Imbisswagen.«

»Gut. Sei vorsichtig, Tink. Sag mir Bescheid, wenn du Ben findest.«

»Mach ich.«

»Bis später.«

»Tschüss, Baker.«

Jody legte auf und saß für eine lange Minute in ihrem Wagen in der kleinen Haltebucht am Straßenrand. Das Gespräch war sowohl gut als auch etwas beunruhigend gewesen. Sie hatte keine Angst vor Baker, sondern machte sich eher Gedanken um das Schicksal von jemandem, der es wagte, ihr etwas anzutun, was Baker nicht gefiel. Es gab überall Idioten und sie war gut darin geworden, ignorantes und arschlochhaftes Verhalten zu ignorieren und sich von anderen nicht unterkriegen zu lassen. Aber sie glaubte, dass sie sich keine Sorgen würde machen müssen, dass jemand mehr als einmal gemein zu ihr war, wenn Baker in der Nähe war.

Sie beschloss, sich erst mit seinen überfürsorglichen Tendenzen zu befassen, wenn sie sich tatsächlich zeigten, und schaute auf ihr Handy mit der Karte der Nordseite der Insel. Bakers Vorschläge waren gut. Wenn sie ein Teenager wäre, der sich verstecken wollte, würde sie auch versuchen, sich einzufügen. Es war falsch gewesen, ihn an all den normalen Orten zu suchen, von denen sie dachte, dass Jugendliche dort abhingen. Sie musste an abgelegenen Orten oder auf überfüllten Parkplätzen nach ihm suchen, wo er glaubte, unauffällig bleiben zu können.

Jody hatte keine Ahnung, was in Bens Privatleben nicht stimmte, aber sie war entschlossen, es herauszufinden. Er sollte wissen, dass er in ihr eine Freundin hatte und auf ihre Hilfe zählen konnte.

Entschlossener denn je fuhr sie auf die Schnellstraße. Ben war irgendwo da draußen, und sie würde ihn finden.

KAPITEL ZEHN

Es dauerte eine weitere Stunde, aber als Jody auf den Parkplatz des Ka'ena Point Trail fuhr, erkannte sie Bens älteren Kia sofort. Es gab dort etwa ein Dutzend Fahrzeuge, aber Bens war das einzige, für das sie sich interessierte. Jody parkte direkt dahinter und holte tief Luft, bevor sie ausstieg.

Sie warf einen Blick in seinen Wagen und sah, dass er nicht da war. Ihre Schultern sackten in sich zusammen. Was nun? Es gab nicht allzu viele Orte, an denen er sein konnte. Entweder unten am Mokule'ia Rock Beach oder er war den Weg zur nordwestlichen Landzunge von Oahu, dem Ka'ena Point, gegangen. Mit einem Blick auf ihre Flipflops seufzte Jody. Sie hatte nicht die richtigen Schuhe für eine Wanderung angezogen, aber jetzt, da sie Ben fast gefunden hatte, würde sie nicht aufgeben.

Jody schloss ihren Bus ab und betete, dass er während ihrer Abwesenheit nicht aufgebrochen wurde. Bei zu vielen Fahrzeugen wurden die Scheiben eingeschlagen und Habseligkeiten gestohlen, während sie an touristischen Plätzen geparkt waren.

Sie machte sich in Richtung der vier Kilometer langen, relativ ebenen Schotterstraße auf und lächelte den wenigen Menschen zu, die sie auf ihrem Weg sah. Der tosende Ozean zu ihrer Rechten brachte sie zum Seufzen. Sie liebte es, in Hawaii zu leben. Einige Leute hatten vorgeschlagen, dass sie vielleicht schneller heilen würde, wenn sie zurück aufs Festland zog, weg von den Erinnerungen an Mana, aber die Erinnerungen waren der Hauptgrund, warum Jody bleiben wollte.

Ja, es tat weh, an ihren Sohn zu denken, aber sie *wollte* ihn nicht vergessen. Und um ihm am nächsten zu sein, musste sie in der Nähe der Dinge sein, die er am meisten geliebt hatte ... vor allem das Meer.

Die Sonne war warm und Jody wünschte sich, sie hätte einen Hut mitgenommen, als sie heute Morgen das Haus verließ. Die Brise, die vom Meer herüberwehte, half ihr, nicht zu überhitzen, aber sie wusste, dass sie wahrscheinlich trotzdem einen Sonnenbrand hätte, wenn sie nach Hause kam. Sie betete, dass sie Ben nach all dem hier finden würde.

Schließlich erreichte sie das Ende der Landzunge – und seufzte erleichtert, als sie einen einsamen Menschen sah, der auf einem großen Lavafelsen an der Seite saß.

Ben.

»Das ist einer der besten Plätze auf der Insel, um Wale zu beobachten«, sagte Jody leise, als sie etwa drei Meter hinter ihm stehen blieb.

Er drehte den Kopf, um sie anzusehen, und Jody konnte den Ausdruck auf seinem Gesicht nicht lesen.

»Lange nicht gesehen«, murmelte sie, als er sich wieder umdrehte und auf die Wellen starrte, die an die Küste schlugen.

Sie wagte es, nach vorn zu treten und sich neben ihn zu setzen. »Du bist wirklich schwer zu finden.«

»Willst du mich nicht dafür schelten, dass ich nicht in der Schule bin?«, fragte er.

»Nein«, antwortete Jody, zog die Beine hoch, stellte ihre Füße flach auf den Stein vor ihr und schlang die Arme um ihre Knie.

Er sah sie aus dem Augenwinkel an. »Warum nicht?«

»Weil ich nicht weiß, warum du hier bist und nicht dort. Es wäre anmaßend von mir, dich für etwas zu schelten, von dem ich nichts weiß.«

Ben sah überrascht aus und schnaubte.

»Ich glaube, du hättest dir einen schattigeren Ort zum Abhängen suchen können«, fuhr Jody fort. »Du weißt schon, damit du nicht wieder einen Rückfall bekommst und einen Hitzschlag erleidest.«

»Mir geht es gut«, sagte Ben.

»*Dir* vielleicht, aber ich bin alt«, neckte Jody ihn.

»Nichts für ungut, aber ich habe dich nicht gerade eingeladen hierherzukommen.«

»Nein, das hast du nicht«, stimmte sie zu. »Aber wenn man sich Sorgen um einen Freund macht, lässt man sich nicht von Dingen wie ungeeigneten Schuhen oder einem fehlenden Hut abhalten.«

Ben sagte mindestens drei volle Minuten lang nichts. Jody ließ ihm Zeit, um zu verarbeiten, dass sie hier war und sich tatsächlich um ihn sorgte, bevor sie sagte: »Ich mache mir Sorgen um dich, Ben. Das sieht dir nicht ähnlich. Du bist ein guter Schüler. Verantwortungsbewusst. Wenn du die Schule schwänzt und in deinem Wagen schläfst, anstatt mit den Surfern abzuhängen, dann stimmt irgendetwas nicht ... und ich will dir helfen.«

»Ich werde nicht nach Hause gehen«, erwiderte er entschieden.

»Okay«, sagte Jody entspannt.

Er sah sie stirnrunzelnd an.

»Was? Wenn du nicht nach Hause willst, muss es einen guten Grund geben. Also werden wir uns etwas anderes überlegen.«

»Warum nimmst du die Sache so gelassen? Es ist seltsam. Die meisten Leute würden mir sagen, dass ich noch nicht alt genug bin, um nicht mehr zu Hause wohnen zu wollen.«

»Ich bin nicht wie die meisten Leute«, entgegnete Jody schlicht. »Sprich mit mir, Ben.«

Er schüttelte den Kopf und schaute wieder auf das Wasser hinaus.

Jody hatte nicht erwartet, dass es einfach sein würde, ihm zu entlocken, was los war, aber das hieß nicht, dass sie es nicht versuchen würde. Ihr Hauptziel bestand in diesem Moment darin, dafür zu sorgen, dass der Junge sicher und gesund war. Und so wie er aussah, hatte er es definitiv nicht leicht. Sie hatte die Essensverpackungen und den Müll in seinem Wagen gesehen, als sie vor ihrer Wanderung hineingespäht hatte. Seine Kleidung war schmutzig und er roch nicht besonders gut. Sie vermutete, das lag daran, dass er seine Kleidung seit mehreren Tagen nicht mehr gewaschen hatte, wenn nicht sogar seit einer Woche oder länger. Er konnte zwar an einem der vielen öffentlichen Strände duschen, aber das Waschen seiner Kleidung wäre schwieriger.

»Ich bin nicht hier, um dir die Hölle heißzumachen«, sagte Jody leise. »Ich habe mir Sorgen um dich gemacht. Ich habe dich morgens nicht gesehen und nach dem, was bei dem Surfwettbewerb passiert ist …« Ihre Stimme wurde leiser. »Ich weiß nicht, was los ist, aber ich will dir helfen«, wiederholte sie.

»Das kannst du nicht«, murmelte Ben mit hängenden Schultern.

»Wetten, dass?«

Der Teenager seufzte.

Jody nahm es ihm nicht übel. Jugendliche in seinem Alter waren von Natur aus übermäßig dramatisch. Die kleinste Sache konnte sie deprimieren, aber auch tagelang aufputschen. Daran erinnerte sie sich aus der Zeit, als Mana noch lebte. Aber Jody wusste auch, dass es eine hormonelle Sache war. Eine Phase. Sie wuchsen da raus. Sie musste nur geduldig sein.

»Warst du schon mal in einer Zwickmühle, Miss Jody?«

Wenigstens benutzte er jetzt ihren Namen. »Ja.«

»Dann weißt du, dass das kein schöner Ort ist.«

»Das weiß ich«, sagte sie. »Ich weiß auch, dass sich die Dinge mit der Zeit oft zum Guten wenden.«

Ben schaute auf seine Hände. »Mein Wagen hat so gut wie kein Benzin mehr und ich habe kein Geld, um ihn aufzutanken. Ich habe seit einem Tag nichts mehr gegessen. Ich rieche furchtbar, also weigere ich mich, das Mädchen zu sehen, das ich mag. Was deprimierend ist, weil sie wirklich toll ist. In der Schule läuft es nicht gut und zu Hause ist es noch schlimmer. Ich stecke fest. Ich kann nicht vorwärtsgehen, aber ich kann auch nicht zurückgehen und einige der Dinge ändern, die ich getan habe. Ich wünschte, ich könnte es.«

»Du hast recht, du kannst nicht zurückgehen. Ich glaube, du weißt, dass ich mir mehr als die meisten Menschen wünsche, dass das möglich wäre«, sagte Jody.

»Ich kannte ihn, weißt du«, erwiderte Ben leise. »Deinen Sohn. Mana.«

Jody war überrascht, tat jedoch ihr Bestes, um es zu verbergen. »Du kanntest ihn?«

»Ja. Er war Lehrer in einer Surfschule, die ich in der fünften Klasse besucht habe.«

»Daran erinnere ich mich. Er hat es geliebt«, sagte Jody mit einem kleinen Lächeln.

»Er war ein wirklich guter Lehrer«, fuhr Ben fort. »Und nicht nur das, wenn ich ihn außerhalb des Kurses sah, war er nett zu mir, im Gegensatz zu den anderen Kindern, die so taten, als würde ich nicht existieren. Er half mir mit meiner Haltung auf dem Brett und brachte mir bei, worauf ich achten muss, wenn ich eine Welle reiten will. Er war geduldig und witzig, und es war ihm egal, ob seine Freunde ihn für die Arbeit mit einem Frischling auslachten.«

Jody lächelte noch breiter. Diesen Begriff für einen jungen und unerfahrenen Surfer hatte sie schon seit Jahren nicht mehr gehört. »Das war Mana«, sagte sie schlicht.

»Es tut mir leid, dass er gestorben ist«, murmelte Ben.

»Mir auch, Ben. Mir auch«, entgegnete Jody. »Wie wäre es damit ... du kommst mit mir nach Hause. Wir machen dich sauber, waschen deine Klamotten, besorgen dir eine gesunde Mahlzeit ... und dann kannst du dir überlegen, wie es weitergehen soll. Du kannst so lange bei mir bleiben, wie du willst. Das ist mir viel lieber, als wenn du in deinem Wagen schläfst. Das ist nicht sicher, Ben.«

Er lachte, aber es klang nicht fröhlich. »Nicht sicher. Ja, ich weiß. Warum machst du dir die Mühe, mir zu helfen?«, fragte er.

»Weil du es brauchst. Und weil ich dich mag.«

»Rufst du meine Mutter an, wenn ich mit dir gehe?«

»*Willst* du, dass ich sie anrufe?«

»Nein.«

»Dann werde ich es nicht tun. Aber ich habe das Gefühl, dass ich das sagen muss ... sie ist deine Mutter. Sie macht sich wahrscheinlich große Sorgen um dich. Ich weiß, wenn Mana in seinem Wagen leben würde und ich nicht wüsste, wo er ist, wäre ich ein Nervenbündel. Ich weiß nicht, was los ist, und ich hoffe, dass du dich irgendwann wohl genug fühlst, um es mir zu sagen, aber mein Angebot, dir zu helfen, ist nicht an Bedingungen geknüpft.«

»Es gibt für alles eine Bedingung, Miss Jody. Jeder hat Hintergedanken.«

»Ich nicht«, erwiderte sie nachdrücklich.

Ben antwortete nicht und Jody ließ ihm etwas Zeit, um über ihr Angebot nachzudenken. Während sie wartete, klingelte ihr Handy. Sie zog es aus ihrer Tasche. Es war Baker.

»Baker ruft mich an. Ist es okay, wenn ich rangehe? Er weiß, dass ich dich gesucht habe, und ist wahrscheinlich besorgt.«

Ben zuckte mit den Schultern.

Jody verstand es als ein Ja und tippte auf Bakers Namen. »Hey.«

»Hast du ihn schon gefunden?«

»Ja, das habe ich.«

»Das sind gute Nachrichten, Tink.«

»Jawohl.«

»Wo war er?«

»Am Ka'ena Point.«

Baker sagte einen Moment lang nichts. Dann fragte er: »Wie hast du ihn da draußen gefunden? Oder war er auf dem Parkplatz?«

»Sein Wagen stand auf dem Parkplatz, aber er sitzt draußen am Ende des Weges.«

»Bist du den ganzen Weg bis dorthin gegangen?«

»Es ist nicht so weit, Baker.«

»Es sind vier Kilometer, Jodelle. Das ist nicht gerade ein kurzer Spaziergang.«

»Der Weg ist ziemlich eben. Es war gar nicht so schlimm.«

»Wo bist du jetzt?«, fragte Baker.

»Ich bin immer noch mit Ben hier an der Landzunge. Er

denkt über mein Angebot nach, mit zu mir nach Hause zu kommen.«

Als er nicht antwortete, fragte Jody: »Baker? Bist du noch da?«

»Ich bin hier. Du hast ihn eingeladen, mit zu dir nach Hause zu kommen?«

»Ja.« Sie ließ den Blick zu Ben wandern und sah, dass er sie anstarrte. »Er braucht einen Freund, und das bin ich. Er hat seit wer weiß wie langer Zeit nichts Anständiges mehr gegessen und braucht einen sicheren Ort zum Schlafen und Sammeln.«

»Hat er dir erzählt, was los ist?«

»Nein.«

»Warte – du sagst, du bist immer noch an der Landzunge? Trägst du einen Hut oder hast du Sonnencreme aufgetragen?«

Jody konnte sich ein Lächeln nicht verkneifen. »Nein. Aber es geht mir gut.«

»Scheiße. Du trägst wahrscheinlich auch Flipflops, oder?«

»Woher weißt du das?«

»Tink, die trägst du immer. Mist. Ich bin zu weit weg, um dich zu holen.«

»Du brauchst mich nicht zu holen. Mir geht's gut, Baker.«

»Du hast keinen Hut auf, sitzt in der Sonne und bist bereits vier Kilometer praktisch barfuß gegangen. Dir geht es *nicht* gut.«

»Doch«, beharrte sie, obwohl seine Besorgnis sich gut anfühlte.

»Und du musst immer noch zurück zu deinem Wagen gehen.«

»Baker, hör auf. Es ist alles gut.«

»Ist es nicht. Ich hätte den Stützpunkt nach unserem Gespräch vorhin verlassen und mit dir nach Ben suchen sollen. Es tut mir leid.«

»Sag ihm, ich sorge dafür, dass du gut zurückkommst«, warf Ben ein.

Jody schaute zu Ben auf.

»Ich habe ihn gehört«, erklärte Baker. »Sag ihm, dass ich das zu schätzen weiß.«

»Ähm ... Baker kann dich hören und sagt, dass er das zu schätzen weiß«, vermittelte Jody.

Ben nickte. »Ich kann ihn auch hören. Ich hoffe, das ist in Ordnung. Dein Lautsprecher ist ziemlich laut«, sagte er.

»Dann kannst du hören, dass er übermäßig beschützend ist«, entgegnete Jody trocken.

»Seid ihr zusammen?«, fragte Ben.

»Ja«, antwortete Jody.

»Cool.«

»Stell das Telefon auf Lautsprecher, Tink«, befahl Baker.

»Warum? Er kann dich doch schon hören.«

»Mach es einfach, bitte.«

»Also gut«, seufzte Jody. Sie tippte auf die entsprechende Taste. »So. Erledigt.«

»Ben?«

»Ja, Sir?«

»Ich weiß nicht, was mit dir los ist, aber ich rate dir, Jodelles Hilfe anzunehmen.«

»Das sollte ich nicht«, sagte Ben.

»Das solltest du. Hast du Probleme mit deinem Stiefvater?«

»Woher kennst du Al?«, fragte Ben, der sich ruckartig aufsetzte.

»Das tue ich nicht. Aber nach dem zu urteilen, was ich herausgefunden habe, scheint er keine leichte Ader zu haben«, sagte Baker.

»Er ist ein angesehener Richter. Alle lieben ihn«, murmelte Ben leise.

»Ich respektiere Menschen nicht wegen ihrer Berufsbezeichnung«, erwiderte Baker ruhig. »Ich respektiere sie aufgrund ihrer Taten. Ich habe einen Freund, der früher obdachlos war und den ich eher um Hilfe bitten würde als die meisten anderen sogenannten angesehenen Menschen auf dieser Insel. Ich habe eine Frage ... nein, zwei. Erstens ... wird es Jody in Gefahr bringen, wenn du mit ihr nach Hause gehst?«

Ben schluckte schwer, und Jodys Herz pochte noch stärker in ihrer Brust.

»Ich ... ich weiß es nicht.«

»Danke, dass du ehrlich bist. Zweite Frage ... gibt es an der Landzunge Schatten?«

Er hatte den Jungen mit seiner Frage eindeutig aufgerüttelt. »Ähm ... nicht wirklich.«

»In Ordnung. Dann wäre ich dir dankbar, wenn du dich auf den Rückweg zum Parkplatz machen würdest, damit Jodelle aus der Sonne kommt. Jodelle?«

»Ich bin hier«, sagte sie.

»Ich bin mit meiner Besprechung fertig und Leonard bereitet gerade eine Schachtel Malasadas für mich vor. Wenn du nach Hause kommst, sollte ich schon da sein. Wenn nicht, warte auf mich, bevor du reingehst.«

»Bevor ich in mein Haus gehe?«, fragte Jody verwirrt.

»Ja.«

»Warum?«

»Weil du nicht allein bist. Nichts für ungut, Ben.«

»Baker! Ben wird mir nicht wehtun.«

»Wir hatten dieses Gespräch bereits, Tink«, beharrte er.

»Er hat recht«, unterbrach Ben ihn. »Wir werden draußen warten, Baker.«

»Das weiß ich zu schätzen. Lasst euch Zeit, wenn ihr zu euren Fahrzeugen zurückgeht. Übertreibt es nicht.«

Jody hätte mit den Augen gerollt, aber Baker hatte etwas geschafft, was ihr nicht gelungen war. Ben hatte praktisch zugestimmt, mit zu ihrem Haus zu kommen. *Wir* werden draußen warten, hatte er gesagt.

»Ich habe nicht genug Benzin, um zurück zu Miss Jody zu fahren«, sagte Ben.

Baker schwieg einen Moment lang, dann entgegnete er: »Ich kümmere mich darum. Lass den Schlüssel unter der Matte auf der Beifahrerseite liegen.«

»In Ordnung.«

Mein Gott, Ben hatte nicht einmal gezögert. Jody war erstaunt. Baker besaß verdammt viel Überredungskunst. Das würde sie sich für die Zukunft merken müssen. Immer auf der Hut sein. Sonst würde sie allem, was er sagte, zustimmen, *egal* was es war.

Doch sobald sie diesen Gedanken hatte, verwarf sie ihn als

belanglos. Baker würde sie nie um etwas bitten, das sie seelisch oder körperlich verletzen würde.

»Wie wäre es, wenn du dich auf den Weg zurück zum Parkplatz machst, damit ihr beide aus der Sonne kommt und Jodelle sich um dich kümmern kann«, schlug Baker vor.

»Ich bin siebzehn. Ich brauche niemanden, der sich um mich kümmert«, erwiderte Ben.

»Falsch. Du wirst es mit der Zeit lernen, aber wir alle brauchen jemanden, der sich um uns kümmert«, sagte Baker. »Und wenn du diesen Menschen gefunden hast, tust du alles, was in deiner Macht steht, um sein gutes Herz zu nähren und zu schützen. Hast du verstanden?«

»Ja, Sir.«

»Gut. Jodelle?«

Sie wollte eine bissige Bemerkung darüber abgeben, dass er sich endlich daran erinnert hatte, dass sie auch noch da war, aber sie war zu emotional wegen dem, was er gerade gesagt hatte. »Ja?«

»Das hast du gut gemacht.«

Bei seinem Lob wurde ihr warm ums Herz.

»Jetzt schaff deinen Hintern aus der Sonne und trink viel Wasser, wenn du zu deinem Bus zurückkommst. Ich weiß, dass du eine Kühlbox mit kaltem Wasser da drin hast, oder?«

Jody lächelte. »Natürlich habe ich das.«

»Gut. Schick mir eine SMS, wenn du wieder am Wagen bist.«

»Mache ich.«

»Bis dann.«

»Tschüss.«

Jody legte auf, und um die etwas unangenehme Stille zwischen ihr und Ben zu überbrücken, sagte sie: »Er ist irgendwie überfürsorglich.«

»Wie er es auch sein sollte«, entgegnete Ben, stand auf und reichte ihr die Hand. »Komm, wir müssen raus aus der Sonne und zurück zu deinem Bus, damit du das Wasser trinken kannst.«

Jody wollte mit den Augen rollen, aber ihr gefiel, dass er Bakers Worte wiederholte. Er wollte sichergehen, dass sie in

Sicherheit war. Er wollte beweisen, dass er der anständige Junge war, für den sie ihn hielt. Sie hatte immer noch keine Ahnung, was Ben verbarg oder wovor er davonlief, aber zumindest hatte er zugestimmt, mit ihr nach Hause zu kommen.

Als Ben sie auf die Füße zog und sich vergewisserte, dass sie sicher stand, bevor er ihre Hand losließ, drehten Jodys Gedanken sich darum, was sie würde tun müssen, wenn sie einen Hausgast hätte. Sie hatte zwar etwas zu essen im Haus, aber wenn Ben länger als einen Tag blieb, sollte sie zum Supermarkt fahren und sich eindecken. Er war ein heranwachsender Junge, und wenn er so war wie Mana, würde er eine Menge essen. Er würde auch Seife und Shampoo brauchen; ihre Mädchensachen würden nicht ausreichen. Sie musste Manas Bett neu beziehen ...

Nein, es war nicht mehr sein Bett.

»Miss Jody?«, fragte Ben, als sie langsam den Weg zurückgingen.

»Ja?«

»Danke, dass du versucht hast, mich zu finden.«

»Gern geschehen.«

»Ich hätte nicht gedacht, dass jemand merkt, dass ich weg bin. Na ja ... außer vielleicht Tressa.«

»Ich habe es bemerkt«, sagte Jody unnötigerweise. »Und ich bin sicher, Tressa hat es auch getan.«

Dann stolperte sie prompt über einen Stein mitten auf dem Weg.

»Vorsicht«, warnte Ben, während er sie am Arm festhielt, um sie zu stützen.

Man konnte mit Sicherheit sagen, dass Ben Miller definitiv ein guter Junge war. Jody schwor sich, der Sache auf den Grund zu gehen, die ihn quälte. Sie hatte keinen Zweifel daran, dass sie es gemeinsam mit Baker herausfinden und Ben wieder in seinen normalen Alltag zurückbringen würde.

KAPITEL ELF

Baker fuhr vor Jodelles kleinem Haus vor, weniger als zehn Minuten nachdem sie ihm per SMS mitgeteilt hatte, dass sie und Ben zu Hause angekommen waren.

Er parkte hinter ihrem Bus, stellte den Motor ab und stieg sofort aus. Er machte sich auf den Weg zu Jodelle, die neben Ben stand. Er begrüßte den Jungen mit einem Nicken, aber seine ganze Aufmerksamkeit galt der Frau an seiner Seite.

Ihre Wangen waren rosa, offensichtlich von der Sonne, die sie heute abbekommen hatte. Ihre Füße waren schmutzig vom Dreck des Weges zum Ka'ena Point. Ihr Haar an den Schläfen und hinter den Ohren war schweißnass, aber trotzdem hatte er noch nie eine schönere Frau gesehen. Er legte einen Finger unter ihr Kinn und fragte: »Geht es dir gut?«

»Natürlich geht es mir gut«, sagte sie mit einem Lächeln, »aber es ginge mir noch besser, wenn du mir die Malasadas geben würdest, die du geholt hast.«

Ihre neckenden Worte sorgten dafür, dass Baker sich zum ersten Mal seit ihrem Anruf entspannte, dass sie Ben gefunden hatte. Er beugte sich vor und gab ihr einen kurzen Kuss, um sie ohne Worte wissen zu lassen, wie erleichtert er war, dass es ihr gut ging. Dann drehte er sich um, wobei er einen Arm um Jodelle legte, und reichte Ben die Hand. »Schön, dich zu sehen.«

Ben nickte und schüttelte Bakers Hand.

Der Junge sah schlecht aus. Baker war nicht begeistert gewesen, dass Jodelle ihn in ihr Haus eingeladen hatte, aber jetzt, da er ihn sah, wusste er, dass sie das Richtige getan hatte. Ben kam offensichtlich nicht gut allein zurecht. So sehr er das auch bestritten hätte, der Teenager litt. Und in seinem Wagen zu leben war offensichtlich schwieriger, als er gedacht hatte.

»Ich habe einen Freund angerufen. Er wird deinen Wagen auftanken und ihn heute Abend vorbeibringen«, erklärte Baker.

Ben schluckte schwer. »Danke.«

»Kein Problem. Aber ich helfe dir nicht aus reiner Herzensgüte«, fuhr Baker fort.

Jodelle spannte sich an und versuchte, sich von ihm zu lösen, aber Baker ließ es nicht zu.

»Was willst du dann?«

»Ich will, dass du deinen Abschluss machst. Ich will, dass du dich an diesen Moment erinnerst und tust, was du kannst, um anderen zu helfen, so wie dir heute geholfen wird. Das Leben ist nicht einfach. Es ist verdammt hart. Aber ich will, dass du die Kraft findest, die ganze Scheiße zu überwinden, die an dir nagt, und dadurch noch stärker wirst.«

»Baker, nicht fluchen«, schimpfte Jodelle.

»Tink, ich fluche ständig«, erwiderte Baker.

»Ich weiß. Und normalerweise ist es mir auch egal, aber Ben ist ein Kind, er muss so etwas nicht hören.«

Baker begegnete Bens Blick und sah, dass der Teenager über Jodelles Worte genauso amüsiert war wie er selbst. »Er ist kein Kind mehr und ich schätze, dass ihn nichts, was ich sage, aus der Ruhe bringen wird.«

»Vielleicht, aber trotzdem«, murmelte Jodelle.

Weil sie so verdammt liebenswert war, sagte Baker: »Ich werde mein Bestes tun, um es zu zügeln.«

»Danke.«

»Das kann ich alles tun«, sagte Ben leise zu Baker, »aber ich habe nicht aus einem Trotzanfall heraus in meinem Wagen gelebt«, warnte er.

»Das habe ich auch nicht gedacht«, sagte Baker. »Du bist

ein guter Mensch. Du bist vernünftig. Aber Probleme lassen sich leichter lösen, wenn man sich jemandem anvertraut.«

Ben schaute skeptisch, aber Baker beschloss, ihn nicht zu drängen. Der Junge würde sich besser fühlen, wenn er sauber war, etwas gegessen und gut geschlafen hatte – nicht auf der Rückbank seines Wagens, wo er sich Sorgen machen musste, gefunden und eventuell verletzt zu werden.

»Willst du die Schachtel von *Leonard's Bakery* von meinem Vordersitz holen?«, fragte Baker Jodelle.

Ihre Augen leuchteten auf. »Ja!«

Baker ließ seinen Arm sinken, woraufhin sie sofort zur Beifahrerseite seines Wagens ging. Er wusste, dass er nur etwa dreißig Sekunden Zeit hatte, bis Jodelle zurück war, also sprach er schnell. Er schaute Ben in die Augen und sagte: »Tu ihr *nicht* weh. Ich kann eine Menge Scheiße tolerieren, aber nicht, dass sie verletzt wird, verstanden?«

»Ja, Sir«, antwortete Ben sofort. »Ich werde gehen, sobald mein Wagen hier ist.«

Scheiße, das war nicht das, was Baker meinte. »Wenn du gehst, wird ihr das *definitiv* wehtun«, erklärte er. »Sie wird sich Sorgen machen.«

»Ich ...« Ben sah verwirrt und verängstigt aus. »Mein Stiefvater ist kein guter Mensch.«

»Das habe ich mir schon gedacht. Wir werden uns darum kümmern. Du musst mir nur die nötigen Informationen geben, damit sie in Sicherheit ist.«

»Die riechen so gut!«, schwärmte Jodelle, als sie sich mit der Schachtel von *Leonard's Bakery* in der Hand näherte, den Deckel einen Zentimeter geöffnet und ihre Nase darin vergraben.

»Du bist albern«, sagte Baker mit einem Lächeln.

»Das sind Malasadas«, entgegnete Jodelle. »Bei Malasadas wird jeder albern. Komm, Ben, wir bringen dich rein, damit du duschen und mir helfen kannst, die hier zu essen.« Sie lächelte den Teenager an und ging dann zur Haustür.

»Ich versuche auch, andere Leute zu schützen«, sagte Ben so leise, dass Jodelle ihn nicht hören konnte.

Baker nickte. Er verstand das, und seine Bewunderung für

den Teenager stieg noch eine Stufe höher. »Ich weiß, das ist neu und du kennst mich außerhalb des Surfens nicht wirklich, aber du wirst sehen, dass ich sehr wohl in der Lage bin, dir den Rücken freizuhalten und dafür zu sorgen, dass sich die Scheiße nicht ausbreitet. Während du das lernst, würde ich es begrüßen, wenn du geheim hältst, wo du schläfst.«

»Ja, klar«, sagte Ben.

»Gut. Wann immer du bereit bist, höre ich dir zu. Ich hoffe nur, dass das eher früher als später der Fall sein wird.«

»Kommt ihr auch?«, rief Jodelle durch die offene Haustür.

Baker drehte sich um und ging auf seine Frau zu. Die Dinge hatten sich geändert. Sein Zeitplan, um Jodelle zu werben, war vorverlegt worden. Er konnte nicht behaupten, dass er darüber verärgert war; je mehr er mit der Frau zusammen war, desto mehr wollte er sie. Und das nicht nur im Schlafzimmer. In seinem Leben. Unter seiner Haut. So sehr mit seiner Psyche verwoben, dass er sie nicht mehr loswurde.

Baker betrat Jodelles Haus und grinste, als er hörte, wie sie sich über die Malasadas freute. Er warf seinen Schlüssel in die Schüssel auf ihrem Tresen und spürte, wie Zufriedenheit in ihm aufblühte, als er sah, dass ihre Schlüssel bereits dort lagen.

»Es tut mir leid, aber ich konnte nicht warten«, sagte Jodelle, wobei ihre Worte gedämpft klangen, da sie mit dem Mund voller Teig sprach. »Die sind so gut!«

Baker lachte. »Meine Güte, Frau, ich bin mir nicht sicher, ob du gleich mehrere Esslöffel Zucker essen solltest, nachdem du den ganzen Tag in der Sonne warst.«

Jodelle verdrehte die Augen. »Wie auch immer.« Dann wandte sie sich an Ben. »Erst duschen oder erst Malasadas?«

Er sah unbehaglich aus. »Ich sollte duschen, aber ich habe nichts zum Anziehen.«

Jodelle legte das Gebäck weg und wischte sich die Hand an ihren Shorts ab, was Baker zum Grinsen brachte. »Ich habe ein paar Sachen von Mana, die du anziehen kannst, bis wir deine Sachen gewaschen und getrocknet haben.«

»Oh, das kann ich nicht, Miss Jody.«

»Du kannst«, erwiderte sie nachdrücklich. Ihr Tonfall wurde sanfter, als sie sagte: »Nachdem Mana gestorben war, habe ich die meisten seiner Sachen der Wohlfahrt gespendet. Aber es gab einen Karton, von dem ich mich nicht trennen konnte. Sie enthält alle seine Lieblingshemden, Sweatshirts und Jeans. Jetzt denke ich, es gab einen Grund, warum ich sie nicht weggeben konnte. Sie könnten etwas muffig sein und passen vielleicht nicht perfekt, obwohl du ungefähr die gleiche Größe hast wie er. Du wirst dich viel wohler fühlen, wenn du dich umziehst, Ben.«

»Ich will dir keine Schmerzen bereiten«, gab der Teenager zu. »Wenn es dir wehtut, mich in seinen Klamotten zu sehen, werde ich warten.«

Baker sah, wie Jodelles Lippen bebten, aber sie bekam ihre Gefühle unter Kontrolle und sagte: »Ich glaube, es wird schmerzhafter sein, hier zu sitzen und dich in diesen Klamotten zu riechen, Kumpel.« Sie zwinkerte. »Der Karton steht im Schrank im ... Gästezimmer. Bedien dich. Ganz im Ernst. Es wird mich glücklich machen, dass seine Klamotten einen so guten Nutzen haben.«

»Wenn du dir sicher bist«, sagte Ben zögernd.

»Ich bin sicher«, bestätigte Jodelle. »Im Badezimmer gibt es Handseife. Es ist zwar kein Shampoo oder Duschgel, aber es reicht, bis wir etwas Besseres besorgen können. Ich glaube, in einer Schublade liegen auch eine neue Zahnbürste und Zahnpasta. Lass dir Zeit.«

»Wenn ich mir zu viel Zeit lasse, gibt es vielleicht keine Malasadas mehr für mich«, scherzte Ben.

Sie strahlte. »Stimmt. Dann solltest du dich besser beeilen.«

Ben und Jodelle lächelten einander an.

»Danke, Miss Jody«, sagte er.

»Gern geschehen«, erwiderte sie.

Dann drehte Ben sich um und ging den Flur hinunter, als wäre er schon sein ganzes Leben lang dort gewesen.

Baker wartete nicht einmal, bis der Junge außer Sichtweite war, bevor er Jodelle wieder in seine Arme zog. Sie kam, ohne zu zögern, schmiegte sich an ihn und drückte ihr Gesicht an seine Brust. Eine ganze Minute lang sagten sie kein Wort. Erst als sich die Badezimmertür hinter Ben schloss, schaute Jodelle zu ihm auf.

»Irgendetwas stimmt wirklich nicht«, flüsterte sie, die Stirn vor Sorgen in Falten gelegt.

Erst jetzt wurde Baker klar, dass ihr enthusiastisches und fröhliches Auftreten, seit sie nach Hause gekommen waren, nur eine clevere Fassade gewesen war. Sie machte sich große Sorgen um Ben, und jetzt, da er nicht mehr da war, ließ sie ihre Mauern fallen. Bei ihm.

»Wir werden herausfinden, was es ist, und es in Ordnung bringen.«

Und einfach so fiel ein Teil des Stresses von ihr ab. Sie schmiegte sich noch mehr an ihn. »Ja. Mr. Ich-habe-Beziehungen kann es in Ordnung bringen.«

»Verdammt richtig«, sagte er mit einem kleinen Lächeln. Dann wurde er nüchtern und fuhr mit einem Finger über ihre rosa Wange. »Tut das weh?«

»Nein.«

»Deine Füße?«

»Schmutzig, aber keine Blasen.«

»Gut. Warum gehst du nicht auch duschen?«

»Willst du sagen, dass ich stinke?«, neckte sie ihn.

»Niemals. Aber ich *muss* sagen, dass ich dein Plumeria-Parfüm lieber mag.«

Jodelle lachte. »Du bist besessen von dem Zeug.«

»Nein. Ich bin besessen von *dir*«, erwiderte Baker ehrlich.

»Du wirst doch nicht alle guten Malasadas essen, während ich weg bin, oder?«, fragte sie mit schief gelegtem Kopf.

Baker lachte. »Nein.«

»Okay. Baker?«

»Ja, Tink?«

»Ich bin froh, dass du hier bist.«

Er nickte. »Nirgendwo sonst würde ich lieber sein. Geh. Mach es dir bequem. Und ich rede von Jogginghose und T-Shirt, nicht von deinem Pyjama.«

Sie verdrehte die Augen. »Das würde ich auf keinen Fall vor Ben anziehen«, sagte sie kopfschüttelnd. »Nur vor dem Mann, auf den ich scharf bin und den ich zu verführen versuche.«

»Das hat nichts mit versuchen zu tun, Tink«, murmelte Baker.

Sie lächelte. »Küsst du mich, bevor ich gehe?«

Er zögerte nicht. Er beugte sich zu ihr hinunter und presste seine Lippen auf ihre. Es war kein keuscher Kuss wie zuvor. Es war ein inniger, besitzergreifender Kuss, mit dem er ihr zu zeigen versuchte, wie wichtig sie ihm war und welche Sorgen er sich heute um sie gemacht hatte.

Als er sich zurückzog, flüsterte sie: »Wow.«

Baker grinste. »Geh duschen, Jodelle. Gönn deinem Mann eine Pause. Ich will auf keinen Fall mit Ben plaudern, während ich einen verdammten Ständer habe.«

Sie drückte ihre Hüften gegen seine, als wollte sie sich vergewissern, dass das, was er sagte, keine Lüge war. Als sie seine Erektion an ihrem Bauch spürte, lächelte sie. »Das fühlt sich schmerzhaft an.«

»Es gibt Schmerzen und es gibt Schmerzen.«

»Du sprichst wie ein echter Soldat.«

»Matrose – und ja«, sagte Baker.

Sie lächelte wieder, dann trat sie zurück. Sie griff nach dem Malasada, von dem sie vorhin einen Bissen genommen hatte, und hielt ihn grinsend hoch. »Eine Stärkung für meine Dusche.«

Baker schüttelte nur den Kopf. Seine Frau hatte eine Schwäche für Süßes. Es war verdammt bezaubernd.

Sie nahm noch einen großen Bissen, dann drehte sie sich um und ging den Flur hinunter.

Kaum war sie außer Sichtweite, spannten sich Bakers Schultern an. Scheiße. Er war hin- und hergerissen zwischen der Freude darüber, mehr Zeit mit Jodelle zu verbringen, und dem Stress über die unbekannte Bedrohung, die über Ben zu schweben schien. Baker war ein Mann, der es nicht mochte, wenn er die Informationen nicht hatte, die er brauchte, um kluge Entscheidungen zu treffen. Solange Ben sich nicht wohl dabei fühlte, mit ihm zu sprechen, war er im Blindflug unterwegs. Und so wurden Menschen verletzt.

Aber Ben war weder ein Terrorist noch ein Mörder, und obwohl Baker sich Sorgen darüber machte, was ihn dazu gebracht hatte, in seinem Wagen zu leben, glaubte er nicht, dass es um Leben und Tod ging. Zumindest hoffte er das. Er war nicht so naiv zu glauben, dass das Böse nicht in sein kleines Paradies eindringen könnte – er hatte genügend gegenteilige Erfahrungen gemacht –, aber er betete, dass es nicht so sein würde wie das, was den Frauen seiner Freunde passiert war. Der Gedanke daran, dass Jodelle so etwas zustoßen könnte, nach allem, was sie in ihrem Leben durchgemacht hatte, löste in ihm den Wunsch aus, sie im Haus einzusperren und den Schlüssel wegzuwerfen.

Aber das würde sie nicht glücklich machen. Es würde das Licht auslöschen, das so hell in ihr brannte, selbst nach dem Schmerz über den Verlust ihres Sohnes. Das Nächstbeste war also, der Scheiße auf den Grund zu gehen, mit der Ben gerade zu kämpfen hatte, und ihm zu helfen, sie zu lösen, damit Jodelle sich wieder entspannen konnte.

Stunden später war Ben sauber, satt von den drei Hamburgern, die er gegessen hatte, sein Wagen stand auf der Straße vor dem Haus, seine Klamotten waren im Trockner und er lag im Halbschlaf auf der einen Seite der Couch, während Baker und Jodelle auf der anderen Seite aneinandergekuschelt waren.

Jodelle sah zu Baker auf und sagte: »Es ist schon spät. Du bist wahrscheinlich müde von deinen Besprechungen und dem ganzen Kram heute. Du solltest nach Hause fahren.«

»Ich fahre nicht nach Hause. Ich bleibe hier«, entgegnete Baker.

Jodelle runzelte die Stirn und setzte sich auf. »Was?«

»Ich bleibe hier.«

»Aber ... ähm ... wir sind nicht ... Mist. Baker, wir sind erst seit einer Woche zusammen.«

»Ich schlafe auf der Couch, Tink. Entspann dich.«

»Oh, aber –«

»Ich bleibe«, sagte er entschlossen. Baker spürte, dass Ben ihn ansah, aber er hielt den Blick auf Jodelle gerichtet. »Ich denke, ich kann Ben vertrauen, aber ich wäre nicht der Mann, der ich bin, wenn ich dich mit einem Kerl, der doppelt so groß und schwer ist wie du, allein in deinem Haus lassen würde.«

»Baker, er wird mir nicht wehtun.«

Er zuckte ungerührt mit den Schultern. »Ich glaube nicht, dass er das tut, nein.«

»Also musst du nicht bleiben.«

Er antwortete nicht, sondern sah ihr nur in die Augen, während sie sich einen stillen geistigen Wettstreit lieferten. Sie würde verlieren, aber Baker respektierte sie dafür, dass sie sich dennoch darauf einließ.

»Er hat recht«, sagte Ben vom anderen Ende der Couch aus. »Erneut.«

Jodelle drehte sich zu ihm um. »Willst du mir wehtun?«, fragte sie ein wenig energisch.

»Nein.«

»Siehst du?«, sagte sie an Baker gewandt.

»Er beschützt dich, wie er es auch tun sollte«, fügte Ben hinzu. »Ich kann die Worte wiederholen, bis ich blau anlaufe, aber Taten sagen mehr aus. Die Menschen lügen ständig, Miss Jody. Sie sagen Dinge, von denen sie wissen, dass die andere Person sie hören will, und dann machen sie trotzdem, was sie wollen. Es ist klug, wenn Baker hierbleibt.«

Jodelle seufzte. »Nun, ich vertraue dir, Ben.«

»Danke. Aber er hat trotzdem recht«, sagte der Teenager.

Jodelle schaute wieder zu Baker auf. »Die Couch ist nicht sehr bequem. Sie lässt sich nicht einmal ausziehen.«

»Ich komme klar. Glaub mir, ich habe schon an schlimmeren Orten geschlafen.«

Sie legte erneut die Stirn in Falten. »Ich weiß nicht, ob ich mich damit besser fühle«, murmelte sie. »Jetzt kann ich mir nur noch vorstellen, wie du auf dem kalten, nassen Boden liegst und zitterst, während über deinem Kopf Schüsse fallen.«

Baker konnte sich ein Lachen nicht verkneifen. Er wünschte, er könnte ihr versichern, dass das nie passiert war, aber das konnte er nicht.

»Ich kann hier draußen schlafen«, bot Ben an.

»Nein«, antworteten Baker und Jodelle gleichzeitig. Sie grinste ihn an.

»Du musst deinen Schlaf nachholen«, sagte Baker zu dem

Jungen. »Du hast morgen Zeit, dich zu orientieren, aber dann musst du wieder zur Schule gehen.«

Ben runzelte die Stirn und schaute in seinen Schoß hinunter.

»Wir können surfen gehen, wenn du willst«, bot Baker an. »Vielleicht am Vormittag. Nichts macht den Kopf besser frei, als eine gute Welle zu erwischen.«

»Ich habe mein Brett nicht dabei«, sagte Ben, der noch immer zu seinen Händen sprach.

»Ich habe ein zweites bei mir zu Hause«, erklärte Baker. »Ich weiß, dass es nicht dasselbe ist wie dein eigenes, aber es ist besser als nichts.«

Baker hielt den Atem an und entspannte sich dann ein wenig, als Ben schließlich nickte.

»Gut. Es ist schon spät, und du hast wahrscheinlich einen Haufen Scheiß – äh, Arbeit, die du morgen nachholen musst, Tink«, sagte Baker. »Du hast in meinen Armen praktisch geschnarcht, also sag nicht, dass du nicht müde bist.«

»Ich habe nicht geschnarcht«, protestierte Jodelle.

»Wenn du das sagst«, neckte er.

»Ich … Bist du sicher, dass du hier draußen zurechtkommst? Warte, hast du dein Nachtzeug dabei?«

Baker lachte. »Mein Nachtzeug?«

»Ja, Schlafanzug, Kleidung für morgen, Zahnbürste und so weiter?«

»Tink, ich schlafe in meinen Boxershorts und ich denke, ich kann das, was ich heute anhatte, lange genug anziehen, um morgen früh zu mir zu fahren und mir etwas Sauberes zu holen.«

»Aber was ist mit einer Zahnbürste?«, drängte sie.

»Hast du noch eine übrig?«

Sie biss sich auf die Lippe. »Ja.« Dann sagte sie schnell: »Das liegt daran, dass ich immer eine gratis bekomme, wenn ich zum Zahnarzt gehe, aber ich mag die nicht, die dort ausgegeben werden. Ich kaufe lieber meine eigenen. Also lege ich die kostenlosen in eine Schublade … nur für den Fall.«

»Ich habe nicht gefragt, warum du zusätzliche Zahnbürsten hast, Tink, aber ich bin erleichtert zu hören, dass du sie nicht sammelst, weil du regelmäßig spontan Leute einlädst, bei dir zu übernachten«, entgegnete Baker.

Ben lachte neben ihnen und Baker freute sich, dass der Junge sich genug entspannt hatte, um etwas lustig zu finden, aber er hielt den Blick auf Jodelle gerichtet.

»Das tue ich nicht. Ich glaube, das ist das erste Mal seit Manas Tod, dass jemand über Nacht bleibt. Ich ... will nur nicht, dass du dich unwohl fühlst.«

»Das werde ich nicht, versprochen.«

»Okay. Aber ich behaupte immer noch, dass es keinen Grund gibt.«

»Und ich behaupte, es gibt einen«, erwiderte Baker.

»Und ich stimme zu«, mischte Ben sich ein.

»Na gut, na gut. Ich bin in der Unterzahl, ich hab's kapiert. Meine Güte!«, sagte Jodelle, wobei sie ausatmete.

Ben stand von seinem Platz auf der Couch auf und stand etwas unbeholfen in der Mitte des Raumes. »Ich werde dann mal ins Bett gehen. Nochmals vielen Dank für alles, Miss Jody.«

»Natürlich, Schatz. Ich bin froh, dich hier zu haben, und du kannst so lange bleiben, wie du willst. Auch wenn es Monate sind. Ich meine es ernst, Ben.«

Baker sah Tränen in den Augen des Teenagers glitzern, bevor er den Kopf senkte. »Danke«, wiederholte er leise.

»Wir sehen uns morgen früh«, sagte Jodelle, und Baker war klar, dass sie die Tränen ebenfalls gesehen hatte und ihm noch ein paar Worte sagte, damit er sich nicht für seine Gefühle schämte.

Ben nickte und verließ das Wohnzimmer.

Baker wartete, bis die Tür zum Gästezimmer wieder geschlossen war, bevor er Jodelle fragte: »Geht es dir gut?«

Sie sah ihn mit gerunzelter Stirn an. »Warum sollte es mir nicht gut gehen?«

»Weil Manas Zimmer zum ersten Mal seit seinem Tod von jemand anderem bewohnt wird.«

Jodelle schloss kurz die Augen, bevor sie sie wieder öffnete. »Ja. Ich dachte, es würde schwer werden, und ich hatte einen kleinen Moment, als ich vorhin das Bett gemacht habe, aber ich habe es überwunden. Es ist richtig, das zu tun, und ich weiß, Mana würde sich freuen, dass Ben hier ist. Er kannte ihn.«

Baker brauchte eine Sekunde, um zu verstehen, was sie meinte. »Mana kannte Ben?«

»Ja. Ben hat es mir vorhin erzählt. Er sagte, dass Mana sein Ausbilder in einem Surfkurs war. Und während ich das Bett bezogen habe, kam mir etwas ins Gedächtnis, das ich einmal gehört habe. Jemand versuchte, mich zu trösten, und sagte, dass alles aus einem bestimmten Grund passiert. Und als ich das hörte, war ich so wütend. Ich konnte mir nicht vorstellen, was zum Teufel der Grund dafür sein könnte, dass mein Kind *gestorben* ist. Es machte keinen Sinn und fühlte sich an wie abgedroschener Scheiß, den Leute von sich geben, wenn sie nicht wissen, was sie sonst sagen sollen.

Aber ... ich beginne zu verstehen, wie wahr das Sprichwort ist. Ich meine, ich wünschte, ich hätte meinen Sohn noch, aber wenn Mana nicht gestorben wäre, hätte das Kind, das er gerettet hat, vielleicht nicht überlebt, da wäre also das. Und auch andere kleine Dinge. Ich hätte nicht angefangen, morgens am Strand abzuhängen, hätte dich nicht getroffen und wäre jetzt nicht hier mit dir. Ich hätte auch Ben nicht getroffen und gemerkt, dass etwas mit ihm los ist. Ich wäre nicht auf die Suche nach ihm gegangen und er wäre da draußen am Kaʻena Point ohne Benzin gestrandet, hungrig und wahrscheinlich verängstigt. Dann wäre er jetzt bestimmt nicht hier und ich hätte nie erfahren, dass er Mana kannte oder welchen Einfluss mein Sohn auf sein Leben hatte.

Obwohl ich mir also immer noch wünsche, dass mein Sohn hier wäre, fange ich endlich an, die Augen für einige der guten Dinge zu öffnen, die durch seinen Tod geschehen sind. Macht mich das zu einem schlechten Menschen?«

»Nein«, sagte Baker, der in diesem Moment stolzer auf sie war, als er es in Worte fassen konnte. »Ich denke, es ist eine gesunde Art, das Leben zu betrachten.«

»Mana würde wollen, dass ich mich um Ben kümmere. Ihm sein Bett, seine Kleidung und einen sicheren Ort gebe, an dem er sich erholen kann, bis er sich gefangen hat.«

»Der Meinung bin ich auch«, stimmte Baker zu. »Ist es okay, wenn ich bleibe?«

»Ja. Aber wäre es zu dreist, wenn ich sage, dass ich mir wünsche, du würdest nicht auf der Couch schlafen?«

Bakers Muskeln spannten sich an. »Scheiße, Frau.«

»Zu früh?«

»Ja ... und nein. Ich fühle das Gleiche, aber ich versuche, ein Argument vorzubringen. Eines, von dem ich mir ziemlich sicher bin, dass Ben kein Problem damit hat.«

»Ich glaube, du könntest mich besser beschützen, wenn du direkt neben mir wärst«, neckte Jodelle ihn.

»Verdammt ...«

Jodelle leckte sich über die Lippen und grinste zu ihm hoch. »Okay, okay. Es tut mir leid, ich werde aufhören. Aber ich sage es nur, Baker. Ich bin eine erwachsene Frau. Kein Kind. Und es ist offensichtlich, dass ich dich mag ... zumindest glaube ich, dass es das ist. Ich weiß, dass wir noch nicht so lange zusammen sind, aber es fühlt sich an, als würde ich dich schon ewig kennen. Ich weiß, dass du ein vertrauenswürdiger Mann bist. Du wirst mich nicht vögeln und am nächsten Tag abservieren. Wenn du also irgendeine vorgefasste Meinung hast, dass du ein oder zwei Monate oder wie lange auch immer warten musst, bevor wir diese Beziehung vollziehen ... dann solltest du das vielleicht noch einmal überdenken.«

Baker bewegte sich so, dass Jodelle auf dem Rücken lag, ihre dunkelbraunen Haare auf dem Kissen unter ihr ausgebreitet und er zwischen ihren Beinen. »Vollziehen?«, fragte er grinsend.

Sie verdrehte die Augen. »Ja.«

»Nein, Tink, ich habe keinen Zeitplan für unsere *Vollziehung* im Kopf, aber ich wollte dir wirklich die Zeit geben, mich kennenzulernen – das Mich, das die meisten Leute nicht zu sehen bekommen –, bevor wir es tun. Ich bin kein einfacher Mann und ich möchte, dass du das verstehst, bevor du mir deinen Körper gibst.«

»Ich will einfach nicht. Einfach ist langweilig.«

»Das sagst du jetzt, aber denke nicht, dass mir entgangen ist, wie du mit mir über etwas so Einfaches diskutiert hast, wie dass ich dich beschützen will, indem ich die Nacht hierbleibe«, erwiderte er.

»Ich glaube, dir ist entgangen, wie gut ich mich dabei gefühlt habe. Dass es dir wichtig genug war, mich zu beschützen.«

Baker hielt inne und starrte auf sie hinab. Sie hatte recht – das *war* ihm entgangen.

»Und nicht nur das, du hast mich auch so sehr respektiert, dass du nicht eine Sekunde lang gedacht hast, du würdest heute Nacht in meinem Bett schlafen. Ja, du bist dickköpfig, stur und überfürsorglich, aber ich war jahrelang auf mich allein gestellt, Baker. Ich musste einen Sohn allein großziehen; das ist nicht einfach, bei Weitem nicht. Ich war fast mein ganzes Erwachsenenleben lang nicht nur für ihn, sondern auch für mich selbst verantwortlich. Ich kann damit umgehen, dass du kein einfacher Mann bist, wenn ich dir gleichzeitig wichtig genug bin, dass du mich nicht mit jemand anderem allein in meinem Haus zurücklässt, selbst wenn dieser andere mich genauso wenig verletzen oder bestehlen würde wie mein eigener Sohn.«

»Ich habe in meinem Leben schon viel Scheiß gemacht«, warnte Baker.

Jodelle verdrehte die Augen. »Natürlich hast du das, du warst ein SEAL.«

Er hatte diese Dinge nicht nur als SEAL getan. Er tat weiterhin Dinge, auf die er nicht gerade stolz war, aber diese Taten dienten dem Allgemeinwohl. »Ich versuche, dir einen letzten Ausweg zu geben«, erklärte er.

»Ich will keinen«, erwiderte Jodelle entschieden. »Baker, von dem Tag an, an dem ich dich das erste Mal traf, wollte ich dich. Du hast eine ziemlich intensive Ausstrahlung, aber irgendwie wusste ich, dass du mir nicht wehtun würdest. Oder den Jugendlichen, mit denen du jeden Tag surfst. Und je öfter ich dich sah, desto mehr wurde mir das immer wieder bestätigt. Selbst als du Monica gegenüber an dem Tag, an dem du sie kennengelernt hast, ein Arschloch sein wolltest, hast du das nur getan, um deinen Freund zu schützen.«

»Sieht so aus, als hättest du ein paar Dinge ausgelassen, als du mir von deinem Mittagessen mit den Mädchen erzählt hast«, bemerkte Baker trocken.

Jodelle lächelte ihn an. »Ich war an dem Tag dabei, weißt du noch? Und als Monica ausgeflippt ist, nachdem sie dein Tattoo gesehen hatte, hast du alles getan, damit sie nicht verletzt wird. Du hast mit ihr geredet und sie beruhigt. Von meinem Platz aus konnte ich nicht hören, was du gesagt hast, aber ich konnte sehen, dass du es hasst, dass sie Angst vor dir hat.

Das ist der Mann, den ich will. Der Mann, von dem ich träume, wenn ich nachts allein in meinem Bett liege. Der Mann, mit dem ich kein Problem habe, wenn er auf meiner Couch schläft und seine Beziehungen nutzt, um mir frische Malasadas zu kaufen. Aber ... die Hälfte meines Lebens ist vorbei. Ich bin nicht bereit, herumzusitzen und ein dummes Beziehungsspiel zu spielen, bis eine willkürliche Zeitspanne verstrichen ist, die irgendjemand, irgendwo, für angemessen hält, bevor es zum Sex kommt.«

Baker musterte sie einen Moment lang. »In Ordnung. Heute Nacht nehme ich die Couch. Morgen liege ich in deinem Bett. Von da an nehmen wir die Dinge, wie sie kommen.«

Jodelle strahlte ihn an. »Klingt gut.«

»Gut, dass du es nicht einfach magst, Tink, denn ich habe das Gefühl, dass du dich noch oft über mich ärgern wirst«, warnte er.

»Vermutlich«, sagte sie, immer noch lächelnd. Dann ließ sie ihre Hände unter sein T-Shirt gleiten und fuhr mit warmen Handflächen seinen Rücken hinauf. »Aber ich habe das Gefühl, dass der Versöhnungssex unvergesslich sein wird.«

»Scheiße«, fluchte Baker, als er spürte, wie sein Schwanz zum Leben erwachte. Sie musste es auch spüren, denn sie bewegte sich unter ihm und krümmte leicht den Rücken, sodass er sich noch tiefer zwischen ihren Beinen befand.

Sie drückte gegen seinen Rücken in dem Versuch, seinen Körper sinken zu lassen. Als er über ihr verharrte, schmollte sie. »Baker.«

»Ja?«

»Küss mich«, flehte sie.

Er konnte nicht widerstehen.

Sie knutschten mehrere Minuten lang auf ihrer Couch, bis Baker wusste, dass er aufhören musste, da er sonst die Kontrolle verlor. Seine Hand war unter ihrem Hemd, er hatte ihre BH-Körbchen heruntergezogen und hielt eine Brust fest. Ihre Brustwarze war steinhart und presste in seine Handfläche, während er an der Haut direkt unter ihrem Ohr saugte und leckte. Ihr Kopf war gedreht, sodass er besseren Zugang hatte, und mit einer Hand umklammerte sie seinen Hintern, während sie sich langsam an ihm rieb.

Mit der anderen fummelte sie an dem Verschluss seines Gürtels herum.

Baker nahm einen tiefen Atemzug, schob ihren BH wieder an seinen Platz und zog seine Hand unter ihrem Hemd heraus. Er ergriff die Hand, mit der sie versuchte, seinen Gürtel zu öffnen, und führte sie zu seinem Mund. Er küsste ihre Handfläche und wartete darauf, dass Jodelle ihn ansah.

Sie atmete schwer und er konnte sehen, dass ihr Dekolleté vor Erregung gerötet war. Baker wollte unbedingt sehen, ob auch der Rest von ihr rot wurde.

»Ich kann es kaum erwarten, alles mit dir zu erleben«, sagte Baker.

»Das geht mir ebenso«, antwortete sie atemlos.

»Aber noch mehr freue ich mich darauf, dich einfach im Arm zu halten, während ich schlafe. Mit deinem Plumeria-Duft in der Nase einzuschlafen und zu wissen, dass ich nach allem, was ich getan habe, doch noch meine Seelenverwandte gefunden habe.«

Jodelles Augen füllten sich sofort mit Tränen.

»Nicht weinen, Frau«, schimpfte Baker. »Dies ist ein glücklicher Moment.«

Sie holte tief Luft. »Es ist auch ein frustrierender Moment«, antwortete sie, als sie ihre Gefühle wieder unter Kontrolle hatte.

»Ja. Aber wir sind alt und weise, wir kommen da schon durch«, sagte Baker.

Sie grinste kurz, dann gestand sie: »Ich habe noch nie in jemandes Armen geschlafen.«

»Ernsthaft? Du warst verheiratet«, erwiderte Baker.

»Er hat nicht gern gekuschelt. Er meinte, er fühle sich dann klaustrophobisch.«

»Er war ein verdammter Idiot«, knurrte Baker.

»Ich glaube, ich werde gern mit dir kuscheln«, sagte sie.

Baker bereute es, gesagt zu haben, er würde auf der Couch schlafen. Er wollte ihr zeigen, wie fantastisch es sein konnte, mit jemandem zu schlafen. Einfach nur zu schlafen. »Und ich denke, du solltest deine letzte Nacht, in der du allein schläfst, vermutlich genießen.«

»Es wird eine lange Nacht werden.«

»Die längste Nacht aller Zeiten«, stimmte Baker zu. »Aber wie sagt man so schön? Vorfreude macht alles besser?«

»Wer auch immer *man* ist, ist auch ein Idiot«, beschwerte Jodelle sich.

Baker lachte. »Ich glaube, du hast recht.« Dann tat er das Schwierigste, was er seit langer Zeit hatte tun müssen, und löste sich von Jodelles weichem, einladendem Körper. Er zog sie in eine aufrechte Position, bevor er sie vor sich stellte. »Geh schlafen, Tink.«

»Du glaubst, ich kann *jetzt* schlafen?«

»Das solltest du. Ich will nicht, dass du morgen Abend praktisch komatös bist.«

Sie grinste, dann rümpfte sie die Nase. »Jetzt frage ich mich, wie cool es ist, mit dir zu schlafen, wenn Ben sich in der Nähe aufhält.«

»So sehr ich auch zwischen deine Beine will, ich freue mich darauf, dich einfach nur zu halten, Tink. Außerdem ist Ben kein Idiot. Und fünf ist er auch nicht.«

»Ich weiß, aber trotzdem.«

»Wir werden es nach Gefühl machen. Wenn es sein muss, fahren wir zu mir nach Hause.«

»Wirklich? Du würdest ihn allein in meinem Haus lassen?«

»Nicht heute Abend. Und morgen auch nicht. Aber in einer gewissen Zeit, wenn er bewiesen hat, dass wir ihm vertrauen können? Ja. Wenn es dir lieber ist, mit mir zu schlafen, wenn er nicht da ist, und ich weiß, dass du ihn nicht so bald rausschmeißen wirst, dann werden wir das tun. Aber damit das klar ist, ich habe es nicht nötig, dich jede Nacht zu bespringen wie ein Zwanzigjähriger. Ich bin zu alt für diesen Scheiß. Manchmal ist es intimer, in jemandes Armen zu liegen, als zu vögeln.«

Jodelle drückte ihn. »Damit bin ich hundertprozentig einverstanden«, flüsterte sie.

Baker konnte nicht anders, als sie erneut zu küssen. Dann drückte er seine Lippen auf ihre Stirn und hielt sie einfach fest.

»Ich hole ein zusätzliches Kissen und eine Decke«, sagte sie.

»Ich will deins.«

»Mein was?«

»Kissen«, erklärte Baker.

Jodelle wurde wieder rot, nickte aber.

»Ich will dich riechen, wenn ich schlafe«, fügte Baker hinzu, obwohl sie nicht nach einer Erklärung gefragt hatte.

Es war ein verdammtes Wunder, dass er sie noch nicht verschreckt hatte. Er überstürzte die Sache praktisch mit Lichtgeschwindigkeit, aber sie hatte nicht einmal mit der Wimper gezuckt. Noch etwas, das bewies, dass sie perfekt für ihn war. Andererseits hatte sie auch zugegeben, dass sie vom ersten Moment an an ihm interessiert gewesen war. Das Gleiche galt für ihn, obwohl er wie ein Idiot gezögert hatte, einen Schritt zu machen. Baker hatte das Gefühl, dass er sich dafür in den Hintern treten würde, nicht schon vor langer Zeit erkannt zu haben, wohin das führen könnte. Er hatte mindestens ein paar Jahre verpasst, in denen er Jodelle an seiner Seite, in seinem Bett und unter seiner Haut gehabt hätte.

Jetzt mochte er es schnell angehen, aber er hatte viel Zeit aufzuholen und er war nicht bereit, einen weiteren Tag zu verschwenden, um dorthin zu kommen, wo sie beide sein wollten.

Baker ließ Jodelle los, damit sie ihm ein Kissen aus ihrem Bett holen konnte. Er blieb, wo er war, aus Angst, dass er nicht auf der Couch schlafen würde, wenn er ihr folgte. Außerdem tat er sein Bestes, um nicht so auszusehen, als würde er sich auf sie stürzen, wenn sie zurückkam.

»Gute Nacht«, sagte sie leise.

»Nacht, Tink.«

»Wir sehen uns morgen früh.«

Baker nickte und biss die Zähne zusammen, um die Kontrolle zu behalten. Jodelle starrte ihn einen Moment lang an, dann drehte sie sich um und ging zurück in ihr Schlafzimmer.

Es dauerte fünf Minuten, in denen er dort stand, wo sie ihn zurückgelassen hatte, und zuhörte, wie sie in ihrem Schlafzimmer herumhantierte, bis Baker sich genug entspannt hatte, um sich zu bewegen. Dann ging er zur Haustür, vergewisserte sich, dass sie abgeschlossen war, und kontrollierte auch die Fenster. Sobald er davon überzeugt war, dass das Haus so sicher wie möglich war, setzte er sich wieder auf die Couch. Er hob das Kissen, das Jodelle ihm gegeben hatte, an sein Gesicht und atmete tief ein.

Baker seufzte, als er merkte, wie sein Schwanz angesichts des Plumeria-Dufts sofort zum Leben erwachte. Es würde eine lange Nacht werden, aber seltsamerweise war er so zufrieden wie schon lange nicht mehr. Es fühlte sich richtig an, unter demselben Dach wie Jodelle zu sein, auch wenn er nicht an ihrer Seite war. Er war da, wo er hingehörte, daran hatte er keinen Zweifel.

Er hatte zweiundfünfzig Jahre gebraucht, um hierherzukommen, aber jetzt, da er hier war, würde Baker nirgendwo mehr hingehen.

KAPITEL ZWÖLF

Jody hatte nicht gut geschlafen. Sie träumte immer wieder von Baker. Sie wachte mehrmals auf, wohl wissend, dass er nur wenige Schritte von ihrer Schlafzimmertür entfernt war. Sie brauchte ihm nur zu sagen, dass sie schlecht geträumt hatte, und er wäre in ihrem Bett. Sie wusste es, aber sie weigerte sich, diese Spielchen mit ihm zu spielen. Baker war ... anders. Ganz anders als ihr Ex, der sich um niemanden außer sich selbst kümmerte. Anders als die wenigen Männer, mit denen sie im Laufe der Jahre ausgegangen war. Er schien sie auf einer Ebene zu verstehen wie kein anderer zuvor. Sie konnte mit ihm über Mana reden, ohne dass Baker sich unwohl fühlte oder darüber ärgerte, dass sie nicht einfach den Tod ihres Sohnes akzeptieren konnte.

Kaimana würde immer ein Teil von ihr sein. Sie weigerte sich, ihn zu vergessen oder seine Fotos wegzuräumen.

Ein Geräusch aus dem Zimmer ihres Sohnes ließ Jody aufrecht im Bett sitzen. War das ...

Für den Bruchteil einer Sekunde, als sie die Bodendiele in seinem Zimmer knarren hörte, durchfuhr sie Freude. Aber das Gefühl war nur von kurzer Dauer. Mana war tot, und was sie hörte, war nicht ihr Sohn, sondern Ben.

Jody ließ sich zurück ins Bett fallen, starrte an die Decke und analysierte die Gefühle, die in ihr vorgingen. War sie aufgebracht? Sie glaubte es nicht. Der Schlafmangel ließ sie für eine Sekunde denken, dass sie Mana hörte, aber das Wissen, dass Ben da war, tröstete sie. Sie wusste bis ins Mark, dass Mana sich freuen würde, dass sie ihm half. Auch wenn Jody nicht wusste, was in Bens Leben so schiefgelaufen war, reichte es im Moment aus, ihm einen sicheren Platz zum Schlafen, etwas zu essen und bedingungslose Freundschaft zu bieten.

Sie hörte, wie das Wasser im Bad angestellt wurde, setzte sich wieder auf und eilte in ihr eigenes Badezimmer, um sich für den Tag fertig zu machen. Sie wollte ein großes Frühstück für Ben und Baker zubereiten. Es kam nicht oft vor, dass sie das Frühstück am Strand mit ihren Surf-Schützlingen verpasste, aber an diesem Morgen konnte sie eine seltene Ausnahme machen.

Als Jody in den Spiegel schaute, stellte sie fest, dass sie ein Lächeln im Gesicht hatte. Es war ein tolles Gefühl, nicht allein aufzuwachen. Sie hatte sich daran gewöhnt, aber das hieß nicht, dass sie es mochte. Sie band ihr Haar zu einem unordentlichen Dutt hoch und zog sich Leggings sowie ein übergroßes T-Shirt an. Dann eilte sie aus ihrem Zimmer in der Hoffnung, dass sie mit dem Frühstück beginnen konnte, bevor Ben mit seiner Dusche fertig war.

Sie konzentrierte sich so sehr darauf, in die Küche zu kommen und zu überlegen, welche Lebensmittel sie im Haus hatte, dass sie nicht aufpasste, als sie aus dem Flur in den Wohnbereich trat.

Die Luft wurde ihr aus der Lunge gepresst, als sie buchstäblich von Baker abprallte. Sie wäre auf den Hintern gefallen, wenn er sie nicht an der Taille festgehalten hätte.

Er zog sie dicht an sich heran, bis sie an seinen Körper gepresst war, und lachte tief aus der Kehle heraus. Das Geräusch ließ eine Gänsehaut auf Jodys Armen entstehen. Als sie in seine jadegrünen Augen sah, blieb ihr eine Sekunde lang die Luft weg. Verdammt, selbst am frühen Morgen war Baker heiß. Sein Haar war zerzaust und stand fast senkrecht nach oben. Auf einer Wange hatte er einen Abdruck von dem Kissen, das er benutzt hatte, und die Jeans, die er trug, hing tief an den Hüften, da er sie noch nicht zugeknöpft hatte.

Jody hatte ihn schon oft in einem Neoprenanzug gesehen, der nichts der Fantasie überließ, aber ihn so zu sehen ... offensichtlich gerade aufgewacht, die Hose kaum angezogen, die Brust unter ihren Händen nackt ... war etwas ganz anderes. Viel intimer.

»Guten Morgen, Tink«, sagte er mit tiefer, heiserer Stimme, die sofort für Feuchtigkeit zwischen ihren Beinen sorgte. Großer Gott, der Mann war tödlich.

»Hi«, brachte sie heraus.

Er ließ den Blick gemächlich an ihrem Körper hinunterwandern, und der Erektion an ihrem Bauch nach zu urteilen gefiel ihm, was er sah.

»Gut geschlafen?«

Sie zuckte mit den Schultern.

Baker runzelte die Stirn. »Nicht? Was ist los?«

»Nichts ist los«, sagte sie, während sie gedankenverloren mit einem Daumen seine Brust streichelte. »Ich war so lange allein in diesem Haus, ich glaube, mein Unterbewusstsein wusste, dass hier wieder Menschen sind. Daran muss ich mich erst einmal gewöhnen, das ist alles.«

Baker entspannte sich ein wenig und nickte. »Das verstehe ich. Ich bin auch einige Male aufgewacht. Ich bin aufgestanden, um nach dem Rechten zu sehen und mich zu vergewissern, dass alles in Ordnung ist. Gewohnheit. Es tut mir leid, wenn du mich gehört hast und dadurch wach wurdest.«

»Machst du das oft?«, fragte sie.

»Ja. Ein Nebenprodukt meiner Vergangenheit«, sagte er achselzuckend, als machte es nichts aus, dass er nicht durchschlafen konnte, ohne das Gefühl zu haben, dass er aufstehen und nach Monstern suchen musste. Sich der Tatsache bewusst, dass sie nicht sehr glücklich über seine Worte war, hob Baker eine Hand und vergrub seine Finger in ihrem Haar, um den Dutt zu lockern. »Es ist in Ordnung. Normalerweise schlafe ich danach sofort wieder ein. Gott, ich liebe dein Haar.«

Jody blinzelte über den abrupten Themenwechsel, beschwerte sich jedoch nicht, als Baker sich hinunterbeugte und tief einatmete.

»Du bist so seltsam«, sagte sie, auch wenn sie sich insgeheim freute, dass er ihren Geruch mochte.

»Wahrscheinlich«, murmelte er, ohne den Kopf zu heben.

Dann schockierte er sie zu Tode, indem er sie langsam hin und her wiegte.

»Was machst du da?«

»Tanzen«, antwortete Baker.

Jodys Herz schmolz dahin. Sie verwandelte sich in einen großen Haufen Glibber, direkt in ihrem Wohnzimmer. Sie schluckte schwer, schloss die Augen und ließ sich von Baker in einem langsamen Tanz führen.

Es vergingen einige Minuten, in denen sie sich gegenseitig in den Armen lagen – bis Bens verwirrte Stimme den Bann brach, in dem sie sich offensichtlich befanden.

»Was ist hier los?«

Jody riss den Kopf zur Seite und sah Ben, der sie verwirrt anstarrte.

»Wir tanzen«, wiederholte Baker, der nicht im Geringsten verlegen oder besorgt wirkte.

»Es ist«, Ben schaute auf die Uhr an seinem Handgelenk, »halb acht morgens.«

»Ja«, sagte Baker.

»Okay ... wie auch immer«, murmelte er. »Ich dachte, ich mache mich auf den Weg.«

Als Jody das hörte, löste sie sich aus Bakers Armen. »Was? Wohin? Ich habe noch kein Frühstück gemacht.«

Ben wandte den Blick ab. »Ich habe genug genommen, Miss Jody. Ich will kein Schnorrer sein.«

»Benjamin Miller, du bist kein Schnorrer«, sagte sie hitzig. Sie wandte sich Ben zu, stemmte die Hände in die Hüften und sah ihren Gast stirnrunzelnd an. »Wenn du heute mit Baker surfen willst, brauchst du etwas zu essen. Ich nehme an, du hast schon lange nicht mehr gut gefrühstückt. Wenn du kein *Schnorrer* sein willst, kannst du mir helfen, aber du gehst erst, wenn ich dir etwas zu essen gegeben habe.«

Bens Lippen zuckten leicht. Er schaute Baker an. »Sie ist irgendwie herrisch.«

»Ja«, sagte Baker mit einem Lächeln, während er von hinten die Arme um Jody legte.

»Ich *bin* herrisch«, fügte Jody hinzu. »Du kannst den Waffelteig rühren, während ich den Speck brate.«

»Ich schätze, ich bleibe hier«, seufzte Ben.

»Hast du deinen Neoprenanzug?«, fragte Baker.

»Ja, ich habe ihn gestern Abend mitgebracht«, antwortete Ben.

»Gut.«

»Ich muss meinen Wagen ausmisten ... den Müll wegwerfen und so«, sagte er zögernd, als wäre es ihm peinlich.

»Das kannst du nach dem Essen machen«, entgegnete Jody. »Hast du gut geschlafen?«

»Ja.«

»Gut.«

»Miss Jody?«

»Ja, Ben?«

»Ich ... ich bin dankbar, dass du mich gestern hier hast übernachten lassen.«

Jody löste sich aus Bakers Umarmung und ging zu dem Teenager hinüber. Er war nicht ganz so groß wie Baker, aber er war nahe dran. Sie hob eine Hand und legte sie sanft auf Bens Wange. »Wie ich dir gestern Abend schon gesagt habe, kannst du hierbleiben, solange du willst.«

»Danke«, flüsterte er.

Jody holte tief Luft und ließ ihre Hand sinken. »In Ordnung, bevor ich allzu rührselig werde, müssen wir noch Frühstück machen, während Baker duscht.«

»Ich gehe an den Strand zum Surfen«, erinnerte Baker sie.

»Und?«, fragte Jody und drehte sich zu ihm um. »Willst du, dass dein Gestank das Meer verseucht und die Schildkröten tötet?«

Baker unterdrückte ein Lachen. Jody wusste, dass sie besonders herrisch und albern war, aber sie wollte etwas Zeit mit Ben allein verbringen. Baker schien ihn nervös zu machen, und sie wollte, dass ihr Hausgast sich so weit wie möglich entspannte.

Als hätte er es verstanden, nickte Baker. »In Ordnung, aber ich benutze dein angeschlossenes Badezimmer.«

Ein Schauder durchlief Jody bei dem Gedanken, dass Baker nackt in ihrer Dusche stand. »Okay, aber wenn du nach meinem Parfüm riechst, wenn du rauskommst, werde ich mich wirklich über dich wundern.«

Baker lachte. »Ich rieche es gern an *dir*, Tink, ich will nicht darin baden.« Dann nickte er Ben zu und drehte sich um, um in ihr Schlafzimmer zu gehen.

Als sie hörte, wie die Tür ins Schloss fiel, drehte sie sich zu Ben um. »Jetzt, da er weg ist ... Sag es ihm nicht, aber ich glaube, wir brauchen einen Malasada als Frühstücksvorspeise.«

Ben schmunzelte. »Du bist verrückt.«

»Ja«, sagte Jody mit einem Lächeln, erfreut über das Grinsen in Bens Gesicht.

Als Baker aus der Dusche kam – Jody hatte das Gefühl, dass er sich absichtlich besonders viel Zeit gelassen hatte –, war das Frühstück fertig. Bevor sie sich setzte, griff sie in den Vorratsschrank, holte ein Erdbeer-Pop-Tart heraus und legte es neben ihren Teller.

»Sind Waffeln, Speck und Malasadas nicht genug?«, fragte Baker, wobei die Belustigung in seinem Tonfall deutlich zu hören war.

Jody war fest entschlossen, sich für ihr Ritual nicht zu schämen. »Mana hat immer ein Pop-Tart zum Frühstück gegessen. Und damit meine ich jeden Tag. Mit Erdbeergeschmack. Außer ... außer an *diesem* Morgen.« Sie holte tief Luft. »Ich weiß, es ist albern, aber ...« Ihre Stimme wurde leiser.

Baker beugte sich vor, legte sanft eine Hand in ihren Nacken und zog sie näher zu sich. »Wenn du jeden Morgen ein Pop-Tart essen willst, isst du auch jeden Morgen ein Pop-Tart. Daran ist nichts Albernes«, sagte er sanft und legte seine Stirn an ihre. Sie saßen einen Moment lang so da, bevor Jody nickte.

Sie glaubte nicht, dass Baker sich über sie lustig machen oder ihr mit einem Augenrollen sagen würde, dass Mana nicht gestorben war, weil er an diesem Morgen vor fünf Jahren kein Pop-Tart gegessen hatte. Tief in ihrem Inneren wusste sie das.

Aber das hielt sie nicht davon ab, sich jeden Morgen den Lieblingssnack ihres Sohnes zu gönnen, da sie sich ihm dadurch näher fühlte.

Die Waffeln waren köstlich und Jody freute sich, dass Ben mehrere davon aß. Auch Baker verspeiste eine großzügige Portion. Sie würde definitiv bald einen Ausflug in den Supermarkt machen müssen.

Ben schien sich noch mehr zu entspannen, während sie aßen. Baker unterhielt sich locker und leicht und drängte den Teenager nicht, von seinen Problemen zu erzählen. Als sie zum Surfen aufbrechen wollten, schien er fast wie der Junge zu sein, den Jody vor ein paar Jahren am Strand getroffen hatte.

»Möchtet ihr beide etwas Bestimmtes essen? Ich werde einkaufen gehen, während ihr heute Morgen im Meer herumtollt«, sagte Jody.

»Was immer du holst, ist in Ordnung«, sagte Ben leise, sichtlich unwohl bei der Erinnerung daran, dass sie ihn durchfütterte. Er machte sich auf den Weg zur Tür.

Baker griff nach seiner Brieftasche, zog eine Kreditkarte heraus und hielt sie ihr hin.

»Ähm ... wofür ist das?«, fragte sie ihn.

»Für Lebensmittel.«

»Oh, schon in Ordnung. Trotzdem danke.«

Baker ließ seine Hand nicht sinken. Er deutete mit dem Kinn auf die Karte. »Nimm sie, Jodelle.«

»Wirklich, das ist nicht nötig.«

Als Antwort trat Baker auf sie zu. Er berührte sie nicht, aber er hatte definitiv ihre Aufmerksamkeit. »Du zahlst nicht für die Speisen, die du für mich kochen wirst«, beharrte er.

Jody presste ihre Lippen aufeinander und versuchte, sich nicht zu ärgern. Das war die Art von Mann, der Baker war. Sie wusste es, und es gefiel ihr sogar, wie sehr er sich um sie kümmern wollte. Zum Teufel, erst gestern Abend hatte er ihr gesagt, dass eine Beziehung mit ihm nicht einfach sein würde. Aber er sollte nicht denken, sie wolle sich einen Sugardaddy angeln oder so. »Ich weiß, dass wir noch nicht darüber gesprochen haben, aber ich verdiene gutes Geld mit dem, was ich tue, Baker. Ich brauche – oder *will* – nicht, dass du für jede

Kleinigkeit zahlst, als bräuchte ich dein Geld. Das tue ich nicht.«

»Das weiß ich«, sagte er, wobei er nicht im Geringsten gereizt klang. »Ich bin froh, dass es dir in Sachen Geld nicht schlecht geht, aber was du gerade gesagt hast, gilt auch für mich. Ich bin nicht darauf aus, von dir zu leben.«

»Befinden wir uns also in einer Sackgasse?« Sie konnte sich die Frage nicht verkneifen.

»Nein. Wir stehen am Anfang, wir diskutieren das aus«, entgegnete Baker.

Okay, das war nett. Sie nahm sich einen Moment Zeit, um sich zu beruhigen, bevor sie sprach. »Normalerweise gehe ich einmal in der Woche in den Supermarkt, aber ich war schon lange nicht mehr dort. Und jetzt ist Ben hier. Er ist ein Teenager und er isst viel. Zumindest nehme ich das an, wenn ich an meine Erfahrungen mit Mana denke. Er hatte es in letzter Zeit nicht leicht und ich möchte, dass dies ein sicherer Ort für ihn ist, und das bedeutet, dass er gute Mahlzeiten bekommt, solange er bleibt. Ganz zu schweigen davon, dass ich meinen neuen Freund beeindrucken will, indem ich für ihn koche. Es ist schon lange her, dass ich die Gelegenheit hatte, etwas zu kochen, das nicht nur aus einer Portion besteht. Ich koche *gern*. Ich möchte für euch beide kochen, und dafür brauche ich Lebensmittel. Lebensmittel, die ich mit dem Geld, das ich verdient habe, kaufen kann.«

»Ich verstehe das alles und es bedeutet mir sehr viel, denn ich kann nicht so gut kochen und ich esse gern«, sagte Baker. »Ich freue mich darauf, dich glücklich in deiner Küche zu sehen, wenn du eine Mahlzeit für uns zubereitest. Vor allem weil es dir Spaß macht. Allerdings kochst du nicht nur für dich selbst, und auch die Lebensmittel sind nicht nur für dich. Du tust es für drei Menschen. Ich möchte meinen Beitrag leisten. Und Ben ist ein Kind, er sollte nicht für seine Mahlzeiten bezahlen müssen. In Sachen Geld stehe ich auch nicht schlecht da, Tink, und ich möchte, dass es eine Beziehung des Gebens und Nehmens ist, nicht einseitig.«

»Wie kann es einseitig sein, wenn ich Lebensmittel kaufe, die ich auch essen werde?«, fragte Jody.

»Weil ich bei der Zubereitung der Mahlzeiten keine große Hilfe sein werde«, erwiderte Baker vernünftig.

Jody konnte sein Argument verstehen. Aber sie war noch nicht bereit, ihm nachzugeben. »Ich will nicht, dass es in unserer Beziehung darum geht, Dinge auf einem Blatt Papier abzuhaken, zu notieren, wer was bezahlt, und sicherzustellen, dass alles halbe-halbe ist.«

»Ich auch nicht. Wenn du uns zum Abendessen Tacos von einem Imbisswagen holen willst, bin ich einverstanden. Wenn du etwas vergessen hast und schnell zum Laden fährst, um es zu holen, werde ich nicht lange überlegen. Wenn wir irgendwann den Punkt erreichen, an dem wir wollen, dass diese Sache zwischen uns dauerhaft ist, hoffe ich, dass du bereit bist, unsere Bankkonten zusammenzulegen. Dann ist es egal, wer was bezahlt, weil es *unser* Geld ist und nicht deins oder meins. Dann müssen wir diese Art von Gespräch gar nicht mehr führen. Bei unseren Gesprächen über Geld wird es darum gehen, ob wir fünftausend Dollar ausgeben wollen, um in den Urlaub aufs Festland zu fliegen, oder welche Hypothek wir uns leisten können, wenn wir uns entscheiden, eines unserer Häuser auszubauen.«

Jody schluckte schwer. Das gefiel ihr. Sehr sogar. »Okay.«

»Okay?«, fragte Baker.

Jody nickte.

Er hielt seine Kreditkarte hoch und Jody nahm sie ohne ein weiteres Wort.

»Ich habe eine Frage.«

Baker verdrehte grinsend die Augen, sagte aber: »Schieß los.«

»Ich habe noch nie die Karte eines anderen benutzt. Werde ich nach meiner Unterschrift gefragt? Oder meinem Ausweis? Wenn ich am Ende im Hinterzimmer des Supermarkts sitze, weil ich wegen Betrugs verhaftet wurde, werde ich nicht glücklich sein.«

Baker brach in Gelächter aus und Jody war wieder einmal wie hypnotisiert von dem Geräusch. Dann zog er sie an sich, wie er es sonst immer tat. »Vier-fünf-drei-zwei. Das ist meine PIN. Du gibst sie ein, wenn du die Karte durchziehst, und alles ist in Ordnung. Die Kassiererin fasst die Karte gar nicht mehr an, Tink. Wenn sie dir dennoch Schwierigkeiten macht, rufst du mich an und ich kümmere mich darum.«

»Du schickst doch nicht eine deiner *Beziehungen*, um die Kassiererin zu verprügeln, wenn ich anrufe, oder?«, fragte sie mit einem kleinen Lächeln.

»Klugscheißerin. Nein. Ich werde ihr einfach sagen, dass du die Erlaubnis hast, meine Karte zu benutzen. Also, sind wir fertig? Ich habe das Gefühl, wir verpassen die guten Wellen.«

»Wie auch immer, Baker.«

Er grinste sie an und sagte: »Das gefällt mir, Tink. Und zwar sehr.«

Sie wusste, was er meinte. »Mir auch.«

Er küsste sie kurz und drehte sich dann um, um sie zur Tür zu scheuchen.

Beide hielten abrupt inne, als sie Ben dort stehen sahen.

Jody war es peinlich, nicht bemerkt zu haben, dass er noch drinnen war. Sie war so in ihr Gespräch mit Baker vertieft gewesen, dass es ihr gar nicht in den Sinn gekommen war, dass der Teenager ihren ganzen Pseudostreit hören könnte.

»Ähm ...«, begann sie.

Aber Baker unterbrach jede Entschuldigung, die sie hätte aussprechen können.

»Wenn deine Frau ein Problem mit etwas hat, dann sprecht ihr euch aus. Und hör nicht auf, bis ihr einander versteht und euch geeinigt habt.«

Ben nickte.

Gott. Baker war unglaublich.

»Du bist großartig«, sagte Jody, die ihre Worte nicht länger zurückhalten konnte.

»Wenn du etwas Gutes hast, tust du alles, was nötig ist, damit es so *bleibt*«, entgegnete Baker. »Das hatte ich vorher noch nie, also kannst du darauf wetten, dass ich mir den Arsch aufreißen werde, um dich glücklich zu machen, Tink.«

Auch das gefiel ihr.

Aber da Bens Blick auf sie gerichtet und es offensichtlich war, dass Baker noch surfen wollte, bevor er tat, was auch immer er heute zu tun hatte, nickte sie einfach. »Gut. In diesem

Sinne, ich habe Bakers Kreditkarte und muss in den Laden gehen. Also ... ich frage noch einmal, wollt ihr etwas Bestimmtes?«

»Wenn du es kaufst, esse ich es auch. Bis auf Brokkoli. Den esse ich nicht«, sagte Baker.

Jody schaute ihn überrascht an. »Aber Brokkoli ist doch gut für dich.«

»Und eklig ist er auch. Die kleinen grünen Stücke geraten zwischen meine Zähne und es ist, als würde man ein aus dem Boden gepflücktes Unkraut essen.«

Jody konnte nicht anders, als über die Bilder zu kichern, die Baker mit seinen Worten hervorrief.

»Magst du Brokkoli?«, fragte Baker Ben.

Er grinste und zuckte mit den Schultern. »Ja.«

»Scheiße. Ich bin in der Unterzahl«, murmelte Baker.

»Wenn du ihn nicht magst, werde ich dich nicht zwingen, ihn zu essen. Du bist erwachsen«, beruhigte Jody ihn.

»Ich mag keine grünen Bohnen. Heißt das, dass du mich nicht zwingen wirst, sie zu essen?«, fragte Ben.

»Sie sind gut für dich. Und du bist ein Kind. Du musst Gemüse essen, damit dein Gehirn wachsen kann«, gab Jody zurück.

»Verdammt. Es war einen Versuch wert«, sagte Ben, aber Jody sah sein Lächeln, bevor er zur Tür ging.

Sie wusste nicht, ob er einen Scherz machte oder nicht, aber sie würde ihn auf keinen Fall zwingen, grüne Bohnen zu essen, wenn er sie wirklich nicht mochte.

Nachdem Ben gegangen war, nahm Baker Jodys Wangen in die Hände und neigte ihr Gesicht zu seinem. »Sei vorsichtig, wenn du einkaufen fährst.«

»Das werde ich. Fährst du nach Hause, um die Bretter zu holen, bevor du an den Strand gehst?«

Baker grinste. »Ohne sie können wir nicht surfen.«

»Stimmt. Glaubst du, er wird sich dir gegenüber öffnen?«

»Ich weiß es nicht, aber ich schätze, es wird Zeit brauchen. Er muss erst lernen, uns zu vertrauen. Das wird er schon schaffen, Tink. Ich weiß es.«

»Ich hoffe es.«

»Ist es okay, wenn wir nach dem Surfen zurückkommen, oder musst du etwas in Ruhe erledigen?«

»Wenn ich sage, dass ich etwas Zeit brauche?«

»Dann nehme ich Ben mit zu mir, bis du fertig bist.«

Baker war *so* ein guter Kerl.

»Was glaubst du, wie lange ihr surfen werdet?«

»Wie lange brauchst du, um deinen Scheiß zu erledigen?«

Jody dachte an die Aufträge, die auf sie warteten, und antwortete stirnrunzelnd: »Vielleicht bis um drei? Ist das zu lange?«

»Ganz und gar nicht. Es wird schön sein, eine Weile im Wasser bleiben zu können.«

»Was ist mit deiner Arbeit? Musst du etwas erledigen? Gibt es Bösewichte, die du fangen musst?«

Baker schüttelte lächelnd den Kopf. »Heute nicht.«

»Okay.«

»Okay.«

Dann beugte Baker sich zu ihr hinunter und küsste sie. Es war ein langer, langsamer, leichter Kuss, und als er sich zurückzog, wollte Jody sofort mehr. »Ich liebe dein großes Herz, Jodelle. Ich habe es schon geliebt, als ich dich noch nicht kannte. Ich wusste nur, dass du eine gute Frau bist, die sich um Teenager kümmert, die nicht einmal ihre eigenen sind. Wir sehen uns heute Nachmittag.«

Dreißig Minuten später, als sie durch den Supermarkt ging, dachte sie immer noch an Bakers Worte. Und als sie die eingekauften Lebensmittel einräumte, nachdem sie nach Hause gekommen war. Und sie hörte sie immer noch, als sie sich auf den Weg in ihr Schlafzimmer und zu ihrem Computer machte, um etwas zu arbeiten, damit sie später Zeit hatte, mit Baker und Ben abzuhängen.

Ihr Leben hatte sich innerhalb kurzer Zeit sehr verändert, aber sie war bereit. Sie war sich nicht sicher, ob sie vor ein paar Jahren – oder auch nur vor ein paar Monaten – so offen für eine Beziehung mit Baker gewesen wäre wie jetzt.

Sie blieb vor dem zweiten Schlafzimmer in ihrem Haus stehen und starrte hinein. Zum ersten Mal seit fünf Jahren sah es bewohnt aus. Das Bett war gemacht. Bens gewaschene Kleidung lag fein säuberlich auf einem kleinen Stapel neben einer offenen Reisetasche auf dem Boden. Jody sah ein Deo und einen Kamm auf der Kommode liegen.

Erstaunlicherweise machte es sie nicht traurig. Es fühlte sich richtig an.

»Ich vermisse dich, Kaimana«, flüsterte Jody. Sie bekam keine Antwort, aber sie spürte die Zustimmung ihres Sohnes in ihrem Herzen. Dann drehte Jody sich um und machte sich auf den Weg in ihr Zimmer, wobei sie sich so leicht fühlte wie seit Jahren nicht mehr. Sie hatte Arbeit zu erledigen.

KAPITEL DREIZEHN

Jody, Ben und Baker waren in den letzten anderthalb Wochen in eine einfache Routine verfallen. Ben war wieder in der Schule und die drei gingen morgens zum Surfen an den Strand. Wenn Ben dann in den Unterricht ging, fuhr Jody nach Hause, um zu arbeiten, und Baker kehrte entweder zu sich nach Hause zurück oder fuhr nach Honolulu zum Marinestützpunkt.

Nachmittags kam er dann zu ihr und die drei aßen ein großes Abendessen, das Jody zubereitet hatte. Ben machte entweder Hausaufgaben oder sie sahen gemeinsam fern, bis es Zeit fürs Bett war.

Baker hatte jede Nacht in Jodys Bett geschlafen. Sie hatten nicht mehr getan, als zu knutschen und zu schlafen, aber Jody verspürte nicht das Bedürfnis, die Dinge zu überstürzen. Es beunruhigte sie auch nicht, dass er nach all ihren Sexgesprächen keine Anstalten machte, die Art ihrer Beziehung zu ändern. Sie fühlte sich ... wohl.

Das bedeutete nicht, dass sie nicht erregt wurde und sich nicht manchmal tagsüber selbst berührte, wenn sie allein war. Das tat sie durchaus. Aber sie mochte die Intimität, die sie mit Baker hatte, ohne dass ihr der Druck des Sex in die Quere kam.

Sie liebte es auch, mit ihm zu schlafen. Sie liebte es, in seinen Armen einzuschlafen und genauso aufzuwachen.

Außerhalb des Bettes berührte er sie ständig, aber nicht auf eine aggressive oder übermäßig anzügliche Weise. Er legte eine Hand auf ihren Bauch oder schob sie unter den Saum ihres Hemdes, seine offene Handfläche auf ihrem Rücken. Er legte eine Hand in ihren Nacken und hielt sie bei sich. Und seine Küsse gaben ihr das Gefühl, als wäre sie das Wertvollste auf der Welt.

Ja, sie konnte mit Sicherheit sagen, dass sie es genoss, Baker in ihrem Leben zu haben. Er war überfürsorglich, manchmal sogar paranoid, aber wenn er es zu sehr übertrieb, dachte sie an all das, was er in seinem Leben gesehen und getan hatte, und ließ es dann los. Es gab einen Grund, warum er so war, wie er war, und ehrlich gesagt gefiel es Jody, dass sie ihm wichtig genug war, um seine Wachsamkeit zu rechtfertigen.

Sie arbeiteten langsam daran, Ben zu ermutigen, sich ihnen gegenüber zu öffnen und zu erklären, warum er aus dem Haus seiner Eltern ausgezogen war, um stattdessen in seinem Wagen zu leben, aber bis jetzt hatte er noch nicht viel gesagt. Baker hatte weitere Nachforschungen über Al Rowden angestellt, aber oberflächlich betrachtet war er genau das, was er zu sein schien – ein angesehener und beliebter Jugendrichter.

Emma, Bens Mutter, war eher ein Rätsel, und selbst Baker war nicht in der Lage gewesen, Zugang zu den Akten über ihre Krankenhausaufenthalte zu bekommen. Er hatte einen Freund namens Tex, der sie wahrscheinlich besorgen könnte, aber der Mann half gerade einem anderen Freund bei einem Problem, weshalb Baker zögerte, ihn zu belästigen.

Sie hatten mehr als einmal darüber geredet und sich darauf geeinigt, sich zurückzuhalten, bis Ben bereit war zu erzählen. Er war in Sicherheit, ging zur Schule und schien sich zu entspannen. Das war für sie das Wichtigste.

»Worüber denkst du so angestrengt nach?«, fragte Baker.

Sie lagen im Bett und wollten nicht aufstehen, um den Tag zu beginnen. Sie lag in seinen Armen, den Kopf an seiner Brust. Sie waren einander so nahe, wie zwei Menschen es nur sein konnten. Jody konnte seine morgendliche Erektion an ihrem Oberschenkel spüren, aber er drängte sie nicht, etwas zu tun. Er hatte ihr mehr als einmal gesagt, dass eine Erektion sein normaler Zustand war, wenn er sich in ihrer Nähe aufhielt, vor allem wenn er mit Jody in seinen Armen aufwachte und ihr Duft auf seiner Haut lag.

»Ehrliche Antwort?«, fragte sie.

»Immer«, sagte Baker.

»Ich habe darüber nachgedacht, wie schön das ist. Dich hier zu haben.«

»Ja«, stimmte Baker zu und zog sie noch näher zu sich.

»Und Vertrauen«, platzte Jody heraus.

»Was?«

»Vertrauen. Ich glaube, das ist es, was ich in diesem Leben lernen soll. Weißt du noch, wie du sagtest, dass wir in jedem Leben, das wir führen, etwas lernen sollen? Nun, ich glaube, das ist es, was ich lernen muss.«

»Fällt es dir schwer zu vertrauen?«, fragte Baker.

Jody zuckte mit den Schultern. »Das dachte ich nicht, aber ich habe darüber nachgedacht, seit wir diese Diskussion hatten. Ich gehe morgens an den Strand, um den Jugendlichen beim Surfen zuzusehen, weil ich nicht darauf vertraue, dass sie dort sicher sind. Ich glaube, meine Beziehung zu meinem Ex hat nicht nur darunter gelitten, dass er ein Idiot war, sondern auch, weil ich ihm nicht vertraut habe – und ich lag nicht falsch mit diesem Gefühl. Er war nicht im Geringsten vertrauenswürdig. Seitdem war ich in keiner anderen Beziehung mehr, weil ich glaube, dass ich tief im Inneren bei niemandem darauf vertraut habe, dass er mir den Rücken freihält. Dass er sich nicht gegen mich wendet und mir sagt, dass ich über Manas Tod hinwegkommen muss. Ich habe nicht einmal Freundinnen, weil ich nicht darauf vertraue, dass sie meine Trauer verstehen würden.

Dann wurde mir klar, dass es … heuchlerisch ist, von Ben zu verlangen, dass er mir vertraut, *uns* vertraut, egal was passiert. Warum sollte er *mir* vertrauen, wenn ich anderen nicht vertraue? Es ist schwer, sich so zu entblößen. Es ist schwer, sich dem Schmerz auszusetzen, wenn der Mensch, dem du vertraust, dich betrügt. Mana vertraute jedem und allem. Er war offen und ehrlich zu fast allen Menschen, die er traf. Ich möchte mehr wie er sein, aber ich weiß nicht wie. Ich meine, mit manchen Dingen habe ich kein Problem. Zum Beispiel darauf zu vertrauen, dass Ben mir nicht wehtut oder mich bestiehlt, solange er hier wohnt. Aber bei anderen Dingen, wie zum Beispiel emotionalen Dingen, fällt es mir schwerer. Glaubst du, es ist jemals zu spät, um zu lernen, was man im Leben lernen sollte?«

»Nein«, sagte Baker sofort. »Es ist nie zu spät.«

»Das hoffe ich auch. Und vielleicht muss ich mir keine Sorgen machen ... denn ich fange an zu glauben, dass ich *dir* vertrauen kann, Baker.«

Er spannte seine Arme an. »Das kannst du. Und ich weiß, dass es allein durch Worte nicht so wird, aber egal wie lange es dauert, ich werde dir beweisen, dass du mir hundertprozentig vertrauen kannst. Mit deinem Herzen, deinen innersten Gedanken, deinen Erinnerungen an Mana, deinen Überzeugungen ... und natürlich auch körperlich.«

»Dein Job macht mir ein bisschen Angst«, gab Jody leise zu.

Er verkrampfte sich an ihr.

Sie fuhr fort: »Ich meine, ich bin stolz auf das, was du tust, und ich habe keinen Zweifel daran, dass du in der Welt etwas bewirkst. Ich weiß, du hast gesagt, dass du wirklich gut darin bist und dass es mich nie berühren wird, aber was ist, wenn es doch passiert? Was ist, wenn mich jemand benutzt, um an dich heranzukommen? Aber am meisten macht mir Angst, dass es dich mir nehmen könnte. Dass du verhaftet oder getötet wirst. Ich weiß, dass das nicht fair ist und man nicht jede Kleinigkeit verhindern kann ... aber ich kann es nicht ertragen, noch jemanden zu verlieren, der mir wichtig ist. Das würde mich brechen. Vor allem wenn man bedenkt, wie sehr ich mich in dich verliebt habe.«

Baker rollte herum, bis Jody auf dem Rücken lag und er über ihr abgestützt war. Sie hatte keine andere Wahl, als seinen Blick zu erwidern. »Ich denke, du weißt besser als die meisten anderen, dass es im Leben keine Garantien gibt.«

Jody nickte. »Deshalb habe ich auch Angst, darauf zu vertrauen, dass das, was wir haben, Bestand hat. Oder dass du nicht verletzt wirst oder im Knast landest.«

»Was kann ich sagen, damit du dich besser fühlst?«, fragte Baker.

»Ich weiß es nicht.«

Baker sah frustriert aus, was sehr selten vorkam – und es tat Jody im Herzen weh. »Ich habe dieses Gespräch nicht begonnen, um dich zu verärgern.«

»Ich weiß, dass du das nicht getan hast. Und ich will nicht, dass du dich zurückhältst, wenn du ein Anliegen hast. Ich bin kein Pfadfinder. Das weißt du inzwischen.«

Jody nickte.

»Ich schwöre dir, dass ich gut bin in dem, was ich tue. Ich verwische meine Spuren und es gibt keine Möglichkeit, mich anzuklagen. Für nichts. Nicht nur, weil ich ein verdammter Geist bin, wenn es darum geht, Informationen zu finden, sondern weil ich Leute habe, die ganz oben in der Nahrungskette stehen und mir den Rücken freihalten, wenn die Kacke am Dampfen ist.«

Jody wollte fragen, wer diese Leute waren, aber sie wusste, dass Baker es ihr nicht sagen würde. Es war wahrscheinlich besser, wenn sie es nicht wusste. »Aber du wirst wütend«, sagte sie leise.

»Was?«

»Wenn du denkst, dass jemand mir wehtun könnte. Dann wirst du wütend«, wiederholte sie. »Ich habe Angst, dass du jemandem etwas antust, das du nicht zurücknehmen kannst. Ich will nicht der Grund dafür sein, dass du in Schwierigkeiten gerätst.«

»Du weißt, dass ich dir nie wehtun würde, egal wie wütend ich bin, oder?«

»Ja. Aber das ist nicht das, wovon ich rede. Ich mache mir eher Sorgen darüber, dass du *andere* Menschen angreifst.«

»Du vertraust also darauf, dass ich dir nicht wehtue, aber du kannst nicht darauf vertrauen, dass ich anderen Menschen, die dir unrecht getan haben, nicht wehtue?«

Jody biss sich auf die Lippe. Sie wusste, dass es lächerlich war, aber sie konnte es nicht verhindern. »Mein Vertrauensknopf ist kaputt.«

»Er ist nicht kaputt«, beharrte Baker. »Und es ist nicht so, dass du mir nicht vertraust, du machst dir Sorgen um mich. Du machst dir Sorgen um dein eigenes Herz und darum, was mit dir geschehen wird, wenn ich etwas Dummes tue, wenn du es öffnest.«

Jody antwortete nicht, sondern starrte nur zu ihm hoch.

»Gut. Ich gebe dir mein Wort, Jodelle, dass ich, egal wie wütend ich auf jemanden bin, *nichts* tun werde, was mich dir wegnimmt. Das heißt nicht, dass ich denjenigen nicht auf meine Art und Weise dafür bezahlen lassen werde ... aber ich werde nichts tun, was die Polizei nicht ignorieren kann. Zum Beispiel jemanden verprügeln oder umbringen. Fühlst du dich damit besser?«

Überraschenderweise ja. Jody hatte das Gefühl, wenn Baker Rawlins sein Wort gab, würde er es nicht brechen. Sie war ein wenig besorgt über die ganze »Denjenigen auf meine Art und Weise bezahlen lassen«-Sache, aber vielleicht war das eine Sorge, über die sie ein anderes Mal reden konnten.

»Ja«, sagte sie leise.

»Gut. Und was die Sache mit dem Vertrauen angeht ... das wirst du schon schaffen.«

»Du klingst so sicher.«

»Das bin ich. Weil du du bist. Ich vertraue auch nicht leicht, aber ich glaube nicht, dass das meine Lektion für dieses Leben ist.«

Jody starrte ihn neugierig an. »Nein? Was denkst du denn, was du lernen musst?«

»Liebe.«

Ihr Herz begann, schneller zu schlagen.

Baker fuhr fort: »Meine Eltern waren schon älter, als sie mich bekamen. Ich war eine Art Überraschungsbaby, und ich bin mir nicht sicher, ob sie überhaupt Kinder wollten. Sie haben mich nicht misshandelt, aber sie waren mehr mit ihrem eigenen Leben beschäftigt als mit der Erziehung eines Kindes. Sie waren schon über sechzig, als ich die Highschool abschloss, und ich glaube, sie waren erleichtert, als ich mit achtzehn zur Marine ging und das Haus verließ.«

»Waren sie stolz auf dich?«

»Ja.«

Seine Antwort kam ohne Zögern, was Jody gefiel. »Gut.«

»Sie leben beide nicht mehr, aber ich habe als Kind so viel Zeit damit verbracht, mich allein zu fühlen, dass ich mich einfach daran gewöhnt habe. *Zu sehr* daran gewöhnt habe. Ich ließ niemanden an mich heran, war fest entschlossen, ein SEAL zu werden, und konzentrierte mich dann auf Missionen. Ich hatte ein paar Freundinnen, aber ich war nie sonderlich traurig, wenn sie mit mir Schluss machten. Ich hatte eine schlechte Erfahrung mit einer Frau, von der ich *dachte*, dass ich sie liebe. Es stellte sich heraus, dass sie nur wegen des Geldes mit mir zusammen war. Sie hatte sogar geplant, mich zu töten, um meine Lebensversicherung von der Marine zu bekommen. Ich muss wohl nicht erwähnen, dass mich das völlig von der Liebe abbrachte.

Erst als ich die Frauen meiner Freunde kennenlernte und sah, wie ihre Männer reagierten, wenn sie in Gefahr waren, begann ich, die Liebe zu verstehen. Mustang, Midas, Aleck, Pid, Jag und Slate würden buchstäblich alles für ihre Frauen tun. Wirklich *alles*.

Dann traf ich *dich* und versuchte, meine Bewunderung für dich von tieferen Gefühlen zu trennen, aber ich merkte, dass ich dabei spektakulär scheiterte. Der Gedanke an dich in einer der Situationen, in denen sich Elodie, Lexie und die anderen befanden, hat mir buchstäblich einen Hautausschlag beschert. Und wenn ich die Liebe sehe, die du für deinen Sohn hattest – *hast* –, verstehe ich das Gefühl umso mehr.«

Jody wusste nicht, was sie sagen sollte, vor allem nicht über die Frau, die so verrückt war, Baker des Geldes wegen zu töten, also drückte sie ihn einfach an der Seite, wo sie ihn bereits festhielt.

Baker lächelte. »Ich sage noch nicht, dass ich dich liebe. Dafür ist es noch zu früh, und du würdest ausflippen. Aber wenn ich jemanden lieben kann, dann bist du es, Jodelle.«

»Baker«, flüsterte sie.

Er beugte sich hinunter und küsste sie sanft. »Wir sind beide ganz schön verkorkst«, sagte er.

Jody musste darüber lachen. Er hatte nicht unrecht. »Ja.«

»Aber zusammen können wir uns vielleicht entkorksen.«

»Ich hoffe es.«

»Du kannst mir vertrauen«, fuhr er ernst fort. »Ich weiß, dass das im Moment nur Worte für dich sind, aber ich sage dir hundertprozentig ehrlich, dass du das kannst. Ich werde dich behutsam behandeln, immer für dich da sein, wenn du mich brauchst, und du kannst deine geheimsten Gedanken mit mir teilen. Ich werde dich nicht betrügen und wenn du mir dein Vertrauen schenkst, werde ich dir für den Rest meines Lebens jeden Tag beweisen, dass du damit keinen Fehler gemacht hast.«

Er ließ ihr keine Gelegenheit zu antworten, bevor er sagte: »Ich möchte heute Abend mit dir ausgehen. Eine Verabredung.«

»Okay. Aber findest du es nicht ein bisschen komisch, dass wir unsere erste Verabredung haben, obwohl wir schon seit über einer Woche miteinander schlafen?«

»Ich musste dich mit Ben teilen. Nicht dass ich den Jungen nicht mag. Das tue ich. Aber ich möchte dich für mich haben, zumindest für ein paar Stunden.«

»Das fände ich auch schön.«

»Gut. Bist du mit deiner Arbeit fertig, wenn Ben von der Schule nach Hause kommt?«

»Ja.« Sie hatte keine Ahnung, was sie heute noch alles erledigen musste, aber sie würde dafür sorgen, dass sie bis sechzehn Uhr fertig war. Dann fiel ihr etwas anderes ein. »Findest du es in Ordnung, wenn Ben jetzt allein im Haus ist?«

»Ich dachte schon am ersten Tag, dass es in Ordnung ist«, antwortete Baker.

Jody runzelte die Stirn. »Aber du hast gesagt −«

»Ich weiß, was ich gesagt habe, aber ich wollte etwas klarstellen, das er laut und deutlich verstanden hat. Du bist nicht allein, und du hast einen Beschützer. Und nicht nur das, er wird auf keinen Fall etwas tun, um die Situation zu versauen, in der er sich gerade befindet. Einen sicheren Platz zum Schlafen, etwas zu essen im Bauch … er weiß jetzt, was diese Art von Sicherheit bedeutet, und er ist dankbar dafür.«

Das gab Jody ein gutes Gefühl. Sie nickte.

»Es ist schon spät. Wir müssen aufstehen, wenn Ben und

ich noch an den Strand wollen, um ein paar Wellen zu erwischen.«

»Okay.«

»Geht es dir gut?«

»So gut wie es nach unserem intensiven Gespräch möglich ist, ja.«

»Wenn es dir nicht gut geht, können wir so lange hier liegen, *bis* es dir wieder gut geht«, entgegnete er.

Jodys Herz schmolz ein weiteres Mal dahin. »Es geht mir gut, Baker, wirklich.«

»Okay. Wenn du mehr darüber reden musst, sag mir Bescheid.«

Ja, es war offiziell – Baker war der beste Mann, den sie kannte.

»Also gut. Ist die Verabredung heute Abend eine schicke oder eher eine Shorts-und-Flipflops-Sache?«, fragte sie.

»Gibt es hier an der Nordküste irgendwelche Fünf-Sterne-Restaurants?«, fragte Baker.

»Ähm, nein, aber wir könnten nach Honolulu fahren.«

»Nein. Ich fahre heute nicht zweimal den ganzen Weg dorthin. Außerdem bin ich nicht der Typ Mann, der so einen Scheiß mag. Ist das ein Problem?«

»Nein. Ich mag es lieber zwanglos.«

»Perfekt. Okay, jetzt stehe ich wirklich auf.«

»Während du dich umziehst, mache ich Frühstückssandwiches für die Surfer.«

»Okay. Ich mache sie fertig, wenn ich so weit bin, dann kannst du ins Bad.«

Baker war einfach großartig. »Klingt gut.«

Er starrte sie an, machte aber keine Anstalten aufzustehen.

»Baker?«

»Ich habe verdammtes Glück«, sagte er leise. »Ich weiß es. Ich verdiene dich zwar nicht, aber ich werde alles tun, um der Mann zu sein, dem du vertrauen kannst, Tink.« Dann küsste er sie innig, bevor er aus dem Bett stieg und ins Bad ging.

Jody lag auf dem Bett und starrte einen Moment lang an die Decke. Dann stand sie mit einem Lächeln aus dem Bett auf.

KAPITEL VIERZEHN

Es war sechzehn Uhr dreißig und Baker war noch nicht zu Hause. Er hatte angerufen, um ihr mitzuteilen, dass sich die Besprechung mit einem Admiral leider verzögert hatte und er es nicht bis sechzehn Uhr schaffen würde. Jody hatte ihm versichert, dass es in Ordnung sei und er auf dem Weg nach Hause nicht zu schnell fahren solle.

Sie hatte für Ben einen Auflauf zum Abendessen zubereitet und ihm gerade Anweisungen gegeben, wann er ihn aus dem Ofen nehmen sollte. Er lehnte am Küchentresen und Jody stand ihm gegenüber an die Spüle gelehnt.

»Kann ich dich etwas fragen?«, fragte Ben.

»Natürlich. Du kannst mich alles fragen«, erwiderte Jody.

»Woher wusstet du und Baker, dass ihr ausgehen wollt?«

Jody blinzelte überrascht, gab sich jedoch Mühe, ihren Gesichtsausdruck neutral zu halten. »Nun, ich denke, es war eine allmähliche Sache. Ich kenne ihn schon eine Weile und habe gesehen, wie gut er mit euch allen umgeht. Er war respektvoll zu mir, und natürlich fühlte ich mich auch körperlich zu ihm hingezogen.«

Ben nickte, als wäre keines ihrer Worte eine Überraschung. Als er nichts weiter sagte, fragte Jody: »Wie läuft es mit dem Mädchen, das du magst?«

»Tressa?«

»Ja. Hübscher Name.«

»Mh-hm. Sie ist auch so hübsch wie ihr Name. Sie ist allerdings neu in der Gegend und schüchtern. Sie hat lange schwarze Haare, hübsche braune Augen und ist zierlich wie du. Ich sehe sie nicht oft, da wir in verschiedenen Klassen sind, aber wir haben uns beim Mittagessen ein bisschen unterhalten. Es gibt da diesen Typen ... er ist ein Arschloch und er hat sie genervt.«

»Wie nervt er sie?«, fragte Jody.

»Indem er ihr ständig auf die Pelle rückt. Er macht ihr Komplimente und will mit ihr ausgehen. Er ist aufdringlich. Sie hat ihm gesagt, dass sie kein Interesse hat, aber Alex will nicht aufgeben.«

»Du willst sie beschützen.«

»Ja«, gab Ben zu, »aber ich sollte keine Aufmerksamkeit auf sie lenken. Alex mag mich nicht. Er mag mich *wirklich* nicht und wenn ich mich für sie ins Zeug lege, könnte er ihr gegenüber ein noch größeres Arschloch werden, als er ohnehin schon ist.«

»Das scheint eine heikle Situation zu sein. Glaubst du, dieser Alex würde dir zuhören, wenn du versuchst, vernünftig und ruhig mit ihm zu reden?«

»Nein.«

Die Antwort kam schnell und ohne Umschweife.

»Warum nicht?«

»Alex und ich haben eine Vergangenheit. Wir standen uns mal nahe, aber wir sind in verschiedene Richtungen gegangen. Er denkt, ich bin ein Weichei, und ich denke, er ist ein Mistkerl. Also nein, er wird nicht auf mich hören.«

»Das tut mir leid.«

Ben zuckte mit den Schultern. »Aber er kapiert nicht, dass Tressa kein Interesse an ihm hat, und ich mache mir Sorgen um sie.«

»Ist das alles?«

»Ist was alles?«

»Du machst dir nur Sorgen um sie?«, fragte Jody.

»Nein. Ich mag sie. Sie ist süß. Die Schüchternheit, die sie an den Tag legt, ist verdammt süß. Und nicht nur das, sie ist auch *nett*. Ich möchte sie fragen, ob sie mit mir ausgeht, aber ich möchte ihr nicht noch mehr Ärger machen, als sie ohnehin schon hat.«

»Die Sache ist die«, sagte Jody, »du bist nicht gerade ein Troll, Ben. Du bist groß und gut aussehend und ich schätze, du bist für sie auch nicht unbemerkt geblieben. Und ich denke, dass sie wahrscheinlich wirklich gern einen Beschützer hätte. Sie ist auf einer neuen Schule und versucht wahrscheinlich immer noch, Freunde zu finden, und wenn dieser Alex sie wirklich so sehr belästigt, wie du sagst, ist sie in seiner Nähe wahrscheinlich sehr nervös.«

»Er hasst mich, und das beruht auf Gegenseitigkeit«, sagte Ben. »Wenn ich anfange, mit ihr zu reden, könnte das vielleicht nicht gut sein.«

»Wie wäre es, wenn du dir ihre Nummer besorgst und ihr eine SMS schreibst? Fang mit kleinen Schritten an«, schlug Jody vor.

Ben nickte weder, noch antwortete er.

»Es tut mir leid«, fuhr Jody fort. »Ich bin in solchen Situationen nicht so gut mit Ratschlägen. Mana war nicht allzu sehr an Mädchen interessiert, also habe ich keine Erfahrung darin, Teenagern Beziehungsratschläge zu geben. Aber wenn ich Tressa wäre, hätte ich kein Problem damit, Alex' Zorn zu riskieren, wenn ich dafür jemanden wie dich in meiner Ecke hätte. Wenn du sie um eine Verabredung bittest und die Sache mit ihm eskaliert, lässt du sie dann hängen?«

»Nein«, erwiderte Ben etwas abwehrend.

»Gut. Dann rate ich dir, es zu tun. Das Leben ist kurz, Ben. Das habe ich auf die harte Tour gelernt. Du weißt nicht, was Alex tun wird, aber was immer er tut, ist *seine* Sache. Der einzige Mensch, den du kontrollieren kannst, bist du selbst.«

»Das ist sehr wahr. Und es ist scheiße«, murmelte Ben.

»Kann ich dich etwas fragen?«, fragte Jody.

»Klar.«

»Hast du deinen Eltern gesagt, wo du bist?«

Bens Miene verfinsterte sich.

Jody fügte schnell hinzu: »Du hast nicht gesagt, was passiert ist, dass du dein Zuhause verlassen hast, aber offensichtlich war es etwas Großes. Und egal, was gesagt wurde oder was passiert ist, du kannst bei mir bleiben. Ich denke nur, dass deine Eltern sich inzwischen große Sorgen um dich machen müssen.«

»Das tun sie nicht«, sagte Ben knapp.

»Ben«, entgegnete Jody sanft, »wenn Mana und ich uns gestritten hätten, er gegangen und nicht mehr zurückgekommen wäre, egal was passiert ist, wäre ich durchgedreht.«

»Du bist nicht wie meine Mutter«, sagte Ben. »Und Al ist es definitiv egal, was ich mache, solange ich ihn in Ruhe lasse.«

»Deine Mutter ... sie ist ...« Jody suchte nach einem Wort, das nicht zu hart klang, aber dennoch ihren Standpunkt verdeutlichte. »Sie ist gebrechlich?«

»Ja, das ist sie«, stimmte Ben zu.

Jody wartete darauf, dass er es näher ausführte, aber als er es nicht tat, seufzte sie. »Du solltest sie wenigstens anrufen«, schlug sie schließlich vor.

»Sie geht nicht ans Telefon«, antwortete Ben. »Sie hat nicht einmal ein eigenes Handy. Sie macht alles, was Al ihr sagt, ohne zu fragen. Ich kann nicht zu Hause anrufen und *nicht* mit Al sprechen. Und glaub mir, er will nichts von mir hören und schon gar nicht, dass ich mit meiner Mutter spreche.«

Das gefiel Jody nicht. Ganz und gar nicht. »Er arbeitet doch tagsüber, oder? Vielleicht könntest du zu Hause vorbeischauen, um deine Mutter zu sehen, wenn er nicht da ist?«

»Ich weiß deine Sorge zu schätzen, Miss Jody, aber letzten Endes war es nicht meine Entscheidung, das Haus zu verlassen. Al hat mich rausgeschmissen. Meine Mutter war dabei und hat ihm mit keinem Wort widersprochen, als er mir sagte, ich solle mich verpissen.«

Jodies Herz brach für den Jungen vor ihr. »Die Zeit ändert die Meinung der Menschen«, sagte sie sanft.

Ben schnaubte. »Nicht die von Al. Aber es ist in Ordnung«, erwiderte er nachdrücklich, richtete sich auf und begegnete ihrem Blick. »Ich will sowieso nicht dort sein. Es ist kein ... guter Ort.«

Jody hatte gefühlte hundert Fragen, aber anstatt sie zu stellen, sagte sie: »Wenn du jemals darüber reden willst, bin ich da.

Ich weiß, dass du mich nicht so gut kennst, aber wie ich schon sagte, kann ich gut zuhören.«

»Danke«, murmelte Ben. »Ich weiß es zu schätzen, dass du mich hier wohnen lässt. Ich versuche, einen Job zu finden, um Geld zu verdienen und mir eine eigene Wohnung zu suchen, damit du mich los bist.«

Jody schüttelte den Kopf. »Nein.«

»Nein?«, fragte Ben verwirrt.

»Such dir keinen Job. Du bist nur einmal jung. Und es macht nicht immer Spaß, erwachsen zu sein. Du kannst so lange hierbleiben, wie du willst. Das meine ich ernst, Ben. Ohne Bedingungen. Du wirst *immer* einen sicheren Platz in meinem Haus haben.«

Es war offensichtlich, dass Ben alles in seiner Macht Stehende tat, um seine Fassung zu bewahren. Schließlich nickte er. »Danke. Ich möchte trotzdem einen Job finden, damit ich etwas Geld habe. Ich möchte bei Dingen wie den Lebensmitteln helfen. Es ist nicht cool, dass ich hier wohne und nichts beitrage.«

Jody wollte ihm widersprechen. Sie wollte darauf bestehen, dass Baker recht hatte – als so junger Mensch sollte er für nichts bezahlen müssen. Aber er hatte offensichtlich etwas von Bakers Alphaverhalten in sich aufgesogen, und das wollte sie nicht herabsetzen, indem sie ihm widersprach. »Na gut, aber es wird ein Teilzeitjob sein müssen. Du hast die Schule, und ich will nicht, dass du zu spät aus bist. Du hast Hausaufgaben und musst darauf achten, dass du genügend Schlaf bekommst. Ganz zu schweigen davon, dass du auch Zeit für Verabredungen mit Tressa brauchst, wenn es mit ihr funktioniert.«

Bens Lippen zuckten. »Du willst also, dass ich mir einen Job suche, bei dem ich von achtzehn bis zwanzig Uhr arbeiten kann?«

»Das würde funktionieren«, erwiderte Jody grinsend.

Er verdrehte die Augen. »Ich weiß nicht, ob es so einen Job gibt.«

»Ich bin wirklich froh, dass du hier bist, Ben«, sagte sie, erfüllt von ihren Emotionen.

»Ich auch, Miss Jody.«

»Und es war mein Ernst, dass ich dir zuhören werde, wenn du mal reden willst.«

»Ich weiß.«

Jody wollte ihn anflehen, ihr zu erzählen, was passiert war, dass sein Stiefvater ihn aus dem Haus geworfen hatte, aber sie wusste, dass sie Ben diese Entscheidung überlassen musste. Sie konnte ihn nicht zwingen, mit ihr zu reden.

Als sich die Haustür öffnete, drehten beide sich in diese Richtung und als sie Baker sah, tat Jody ihr Bestes, um ihre besorgten Gedanken zu verdrängen.

Er warf einen Blick auf die beiden und runzelte die Stirn. »Was ist los?«

»Nichts«, betonte Jody strahlend.

Baker wandte den Blick zu Ben und hob fragend eine Augenbraue. »Ben?«

»Uns geht es gut. Ich habe Miss Jody nur nach ihrem Rat gefragt.«

Baker starrte ihn einen Moment lang an, bevor er nickte. »Okay, aber wenn du reden willst, bin ich auch da. Bist du bereit, Tink?«

Jody blinzelte über seinen abrupten Themenwechsel. »Ja. Wozu die Eile?«

»Die Eile besteht darin, dass ich länger, als mir lieb war, in einer verdammt – Entschuldigung – verflixt nervigen Besprechung war, während meine Freundin darauf gewartet hat, dass ich nach Hause komme, damit ich sie zu unserer ersten Verabredung ausführen kann. Da will ich jetzt hin und meine Zeit mit dir genießen.«

Jody lächelte sanft. »Okay, Baker.«

»Um zehn Uhr seid ihr wieder zu Hause«, sagte Ben.

Jody drehte den Kopf herum und starrte ihn an, wobei sie schallend lachte. »Ähm, was?«

»Ich will nicht, dass ihr Kinder zu lange aus bleibt und wilde, verrückte Sachen macht«, scherzte er.

»Zwölf«, entgegnete Baker.

Jody drehte sich, um *ihn* anzusehen. »Was genau ist hier los?«, fragte sie.

»Wir verhandeln«, erklärte Baker grinsend.

»Elf«, gab Ben zurück.

»Elf Uhr dreißig, und wir sitzen noch zwanzig Minuten in der Einfahrt und knutschen, bevor wir reinkommen.«

»Abgemacht«, sagte Ben mit einem Lachen.

»Oh mein Gott, das kann doch nicht wahr sein«, beschwerte Jody sich im Scherz, da sie das Geplänkel zwischen den beiden genoss. Baker ging auf sie zu, fasste sie um die Taille und zog sie an sich. »Warum ziehst du mich immer an dich?«, schimpfte sie, ohne ein Wort davon ernst zu meinen.

»Weil du zu langsam darin bist, mich zu begrüßen«, erklärte Baker. »Küss mich, Frau.«

Jody verdrehte die Augen und sah Ben an. »Ich hoffe, du machst dir keine Notizen. Das ist *nicht* die Art, auf die du eine Frau behandeln solltest, mit der du ausgehst.«

»Doch, das ist es. Ihr zu zeigen, dass du dich für sie interessierst, ist nie eine schlechte Sache. Jetzt küss mich, Tink, damit wir von hier verschwinden und zu unserer Verabredung gehen können.«

»Du hast mir nicht gesagt, wohin wir gehen«, entgegnete sie, um die Vorfreude in die Länge zu ziehen. Sie wollte seine Lippen auf den ihren mehr, als sie atmen wollte, aber es machte Spaß, ihn zu necken.

»Du hast recht, das habe ich nicht. Das liegt daran, dass es eine Überraschung ist«, sagte Baker.

»Ich weiß nicht, ob ich Überraschungen mag«, antwortete sie.

»Die hier wird dir gefallen.« Dann hatte Baker anscheinend genug davon, darauf zu warten, dass sie ihn küsste, denn er schob eine Hand unter ihr Haar, griff in ihren Nacken und zog sie noch näher zu sich heran.

Der Kuss, den er ihr gab, war nicht gerade das, was sie wollte, aber Ben stand da und sah amüsiert zu. Als Baker schließlich den Kopf hob, sagte er, ohne den Blick von ihr zu nehmen: »So wird's gemacht, Ben.«

»Notiert, Baker«, erwiderte er mit einem weiteren lauten Lachen.

Jody verdrehte die Augen, versuchte jedoch nicht, sich aus Bakers Griff zu befreien.

»Ich ... danke, dass ihr mir vertraut, allein hier zu sein«, sagte Ben ein wenig zögerlich.

Baker ließ Jodies Nacken los, drehte sie und legte einen Arm um ihre Schultern, sodass sie ihm beide zugewandt waren. »Gern geschehen. Du bist ein guter Junge, Ben. Ich weiß nicht, was mit dir los ist, und ich hoffe, du wirst es uns irgendwann erzählen. Aber wenn du so weit bist, bist du so weit. Für den Augenblick hast du Jodelle und mir bewiesen, dass du vertrauenswürdig bist.«

Jody nickte zustimmend.

»Danke«, sagte er leise.

»Okay, wir gehen«, verkündete Baker.

»Achte darauf, dass die Tür hinter uns abgeschlossen ist. Und wenn du Rauch riechst, verlasse das Haus und wähle den Notruf. Der Auflauf sollte in etwa zwanzig Minuten fertig sein, lass ihn nicht anbrennen. Heute Abend bist du mit dem Abwasch dran, aber achte darauf, dass du das Geschirr abspülst, bevor du es in die Spülmaschine stellst. Und ich weiß, dass morgen kein Schultag ist, aber bleib nicht zu lange auf.«

»Tink, er kommt klar«, sagte Baker und drängte sie mit seiner Hand auf ihrem Rücken in Richtung Tür.

»Ich will nur sichergehen, dass er −«

»Viel Spaß«, unterbrach Ben sie mit einem Lächeln und einem Winken. »Ich werde brav sein. Ich werde nur essen, den Abwasch machen und dann eine Weile fernsehen. Wahrscheinlich schlafe ich schon, wenn ihr nach Hause kommt, also müsst ihr nicht im Wagen rummachen, das könnt ihr auch hier auf der Couch tun.«

»Oh, du meine Güte«, murmelte Jody kopfschüttelnd.

»Das weiß ich zu schätzen«, sagte Baker zu ihm. »Bis später.«

»Ruf an, wenn du etwas brauchst«, fügte Jody hinzu, als Baker sie zur Tür hinausführte.

Anstatt den Wagen zu starten, nachdem sie eingestiegen waren, drehte Baker sich zu ihr um und legte ihr eine Hand auf die Wange. »Eure Situation sah recht intensiv aus. Ist alles in Ordnung?«

»Ben ist an einem Mädchen interessiert und wollte meinen

Rat. Ich habe ihm auch vorgeschlagen, seine Mutter anzurufen und ihr mitzuteilen, dass es ihm gut geht, und er hat erzählt, dass er nicht freiwillig von zu Hause weggegangen ist. Sein Stiefvater hat ihn rausgeschmissen, und seine Mutter hat nichts gesagt oder getan, um das zu verhindern. Er sagte auch, dass sein Stiefvater ihn nicht mit ihr reden lässt. Aber Ben ist im Moment nicht sehr wohlwollend gegenüber den beiden, also bezweifle ich, dass er in nächster Zeit versuchen wird, ihr zu versichern, dass es ihm gut geht.« Sie hielt einen Moment inne. »Warum sollte seine Mutter das zulassen, Baker?«

»Ich weiß es nicht, Tink.«

»Wie kann eine Mutter zulassen, dass ihr einziger Sohn rausgeschmissen wird, wenn sie weiß, dass er nirgendwo hinkann und kein Geld hat, um etwas zu essen oder sonst etwas zu kaufen?«

Baker antwortete nicht, aber er strich mit dem Daumen sanft über ihre Wange.

»Er will sich einen Job suchen. Er hat das Gefühl, dass er mithelfen sollte, Lebensmittel und andere Dinge zu bezahlen, aber das ist nicht nötig. Und um Miete, Nahrungsmittel und Rechnungen wird er sich noch früh genug Sorgen machen müssen.«

»Bist du tatsächlich aufgebracht, dass er kein Schnorrer ist?«, fragte Baker.

»Nein!«, entgegnete Jody energisch. Dann seufzte sie. »Ich hasse es nur, dass er es nicht noch etwas länger genießen kann, ein Kind zu sein.«

»Vielleicht kann ich etwas für ihn finden.«

Jody blickte abrupt zu ihm auf. »Ähm, nichts für ungut, aber ich bin mir nicht sicher, ob ich damit einverstanden bin, wenn er tut, was du tust.«

Anstatt sich aufzuregen, lächelte Baker nur. »Du kannst mir vertrauen, Jodelle.«

Sie schloss für einen Moment die Augen, nickte dann und öffnete sie wieder. »Tut mir leid.«

»Das muss es nicht. Ich kenne einen Typen, der ein paar Imbisswagen betreibt. Die Arbeitszeiten sind vernünftig und ich denke, er könnte einen Platz für Ben finden. Er müsste nicht in die Stadt fahren, um zu arbeiten, und sein Zeitplan wäre wahrscheinlich flexibel. Arbeit an den Wochenenden und nach der Schule, aber nicht zu spät, so etwas in der Art.«

Jody griff nach oben und legte ihre Finger um das Handgelenk der Hand, die an ihrer Wange lag. »Das wäre großartig.«

Er nickte. »Gibt es sonst noch etwas, das dir Sorgen macht?«

»Ich mache mir über alles Sorgen«, sagte sie mit einem kleinen Lächeln. »Aber die aktuellen Dinge hast du gelindert.«

»Gut.« Dann beugte er sich zu ihr, küsste sie sanft und lehnte sich zurück. »Weil ich eine Verabredung mit meinem Mädchen habe.«

Vier Stunden später, lange vor der mit Ben vereinbarten Zeit, fuhr Baker wieder in Jodys Einfahrt.

»Sieht aus, als stünde das Haus noch«, scherzte er.

Jody konnte nur lächeln. Der Abend war fantastisch gewesen. Baker hatte sie mit einem Picknick am Strand überrascht. Inklusive Tischtuch, echtem Geschirr und Kerzen. Offensichtlich hatte Baker sich mit Kenna und Carly verschworen und eine ganze Mahlzeit vom Duke's in Waikiki besorgt. Das Essen war zwar nicht mehr heiß gewesen, aber trotzdem lecker. Sie hatten gelacht, über alles und nichts geredet und den wunderschönen Sonnenuntergang und die Gesellschaft des anderen genossen.

Nachdem sie aufgeräumt und die Picknickutensilien weggepackt hatten, machten sie einen langen Strandspaziergang, bei dem sie immer wieder zum Knutschen stehen blieben. Es war ein entspannter Abend und Jody hatte noch nie eine so schöne Verabredung gehabt wie diese.

»Ich hatte heute Abend wirklich Spaß«, sagte Jody. Baker sollte wissen, dass das, was er geplant hatte, perfekt gewesen war.

»Ich auch«, erwiderte er mit einem kleinen Lächeln. »Es tut mir leid, dass wir nicht in einem richtigen Restaurant gegessen haben, ich –«

»Nein!«, rief Jody, womit sie ihn unterbrach. »Du darfst dich nicht für die beste Verabredung entschuldigen, die ich je hatte. Ich brauche nichts Schickes, Baker. Ich brauche nur dich.«

»Du hast mich«, sagte er mit tiefer, vibrierender Stimme.

Jody hatte sich noch nie so sehr mit jemandem verbunden gefühlt wie in diesem Moment.

Baker beugte sich vor und küsste sie. Sie hatten sich im Laufe des Abends oft geküsst, aber dieser Kuss wirkte irgendwie noch intimer.

»Weißt du, es wäre einfacher, in deinem Bus rumzumachen als hier«, sagte Baker lachend, nachdem er sich zurückgezogen hatte.

Jody kicherte. »Hinten drin ist sogar ein Bett«, sagte sie.

Bakers Augen weiteten sich und Jody konnte sich ein Kichern nicht verkneifen.

»Du verarschst mich«, warf er ihr vor.

Jody nickte. »Ja. Es gibt kein Bett. Der Wagen ist voll mit Kartons und anderem Zeug. Wir haben auf der anderen Seite der Tür ein perfektes Bett, in dem wir beide die letzte Woche geschlafen haben«, erklärte sie, wobei sie auf ihr Haus deutete.

»Ich habe noch nie so gut geschlafen wie in letzter Zeit«, gestand Baker. »Wenn ich dich im Arm halte, schlafe ich wie ein Baby.«

Jody lächelte. »Ach ja?«

»Ja. Und obwohl ich mich darauf freue, in dich zu kommen, habe ich keinen Grund zur Eile«, sagte Baker.

»Ich auch nicht, aber ...«

»Aber was?«

»Irgendwann werden wir es doch tun, oder?«

»Ja, verdammt, das werden wir«, erwiderte Baker mit solcher Inbrunst, dass Jody vor Freude zitterte.

»Okay.«

»Okay«, stimmte er mit einem Nicken zu. »Aber ich habe dir schon einmal gesagt, dass ich mit dem Sex warten will, bis wir beide sicher sind, wohin sich die Dinge zwischen uns entwickeln. Daran hat sich nichts geändert. Wie wär's, wenn wir jetzt reingehen, bevor Ben wirklich denkt, dass wir hier rummachen?«

Jody lachte. »Ja, wir wollen ja nicht, dass er auf dumme Gedanken kommt.«

Baker schmunzelte. »Ich glaube, diese Gedanken hat er schon, Tink.«

Sie rümpfte die Nase.

Baker lachte immer noch, als er aus dem Wagen stieg. Jody traf ihn am Eingang, wo er sofort nach ihrer Hand griff. Er hatte sie den ganzen Abend ununterbrochen berührt. Er hielt ihre Hand, legte eine Hand auf ihren Rücken, als sie spazierten, und legte eine warme Handfläche auf ihren Oberschenkel, während sie aßen. Es war schön. Wirklich schön.

Ben war nirgendwo zu sehen, als sie das Haus betraten. Jody konnte sich ein Lächeln nicht verkneifen, als Baker seinen Schlüssel in die Schüssel auf dem Tresen warf, wo auch ihr Schlüsselbund lag. Die Küche war sauber, es gab kein Geschirr in der Spüle und der leichte Duft des Auflaufs, den sie zubereitet hatte, lag noch in der Luft. Ben hatte auch die Decken auf der Couch zusammengefaltet und ordentlich auf einen Stapel am Ende der Kissen gelegt.

»Wow«, sagte sie leise. »Ich bin beeindruckt.«

»Willst du fernsehen?«, fragte Baker.

Jody schüttelte den Kopf.

Ohne ihre Hand loszulassen, führte Baker sie zu ihrem Zimmer. »Zieh dich um und leg dich hin. Ich schaue nach, ob alles gesichert ist.«

Jody nickte. Als Baker das erste Mal darauf bestanden hatte nachzusehen, ob alles verschlossen war, hatte Jody ihm versichert, dass sie kein Fenster geöffnet und das Schloss an der Haustür bereits zweimal überprüft hatte. Er hatte ihr erklärt, dass er nicht schlafen könne, wenn er sich nicht mit eigenen Augen davon überzeugte, dass alles sicher sei. Sie hatte nicht weiter protestiert. Das war einfach ein Teil von Baker.

Nachdem er gegangen war, konnte sie nicht anders und ging zu Bens Tür, wo sie leicht anklopfte. Wenn er schlief, wollte sie ihn nicht wecken, aber so wie Baker nicht schlafen konnte, wenn er das Haus nicht kontrolliert hatte, konnte sie nicht ins Bett gehen, ohne sich zu vergewissern, dass Ben sicher in seinem Zimmer war.

»Ich bin wach«, sagte Ben von drinnen.

Jody öffnete die Tür und steckte den Kopf hinein. Ben saß auf dem Bett, ein aufgeschlagenes Buch im Schoß, die Lampe auf dem Nachttisch als einzige Lichtquelle. Einen Moment lang sah sie Mana statt Ben. Er hatte liebend gern gelesen und sie hatte ihm oft sagen müssen, er solle das Buch weglegen und schlafen gehen, damit er am nächsten Morgen nicht wie ein Zombie aussah.

»Ist heute Abend alles gut gelaufen?«, fragte sie.

»Ja. Der Auflauf war fantastisch. Ich habe die Reste in den Kühlschrank gestellt. Ich überlege, ob ich sie zum Frühstück esse.«

Jody lächelte. »Das freut mich.«

»Hast du dich amüsiert?«, fragte er.

»Mh-hm. Baker hat seine Freunde gebeten, uns etwas vom Duke's zu holen, und ein Picknick am Strand vorbereitet. Wir haben gegessen, geredet, sind spazieren gegangen und es war perfekt.«

»Hula-Kuchen?«, fragte Ben.

»Kann man im Duke's essen und *keinen* Hula-Kuchen verspeisen?«, erwiderte Jody.

Er lächelte.

»Ich wollte nur sichergehen, dass es dir gut geht. Wir sehen uns morgen früh, Ben«, sagte Jody zu ihm. »Bleib nicht zu lange zum Lesen auf.«

»Das werde ich nicht. Miss Jody?«, fragte er, als sie begann, die Tür zu schließen.

»Ja?«

»Ich habe Tressa heute Abend eine SMS geschickt.«

»Ach ja? Woher hast du ihre Nummer?«

»Ich habe einen Kumpel von mir gebeten, einen Freund, der mit ihr in der Band ist, zu fragen, ob er sie für mich besorgen kann.«

»Und?«, fragte sie.

Ben grinste. »Es war gut«, antwortete er.

»Das freut mich.«

»Ich habe sie eingeladen, mir mal beim Surfen zuzusehen«, fuhr Ben fort.

»Cool. Ich würde sie gern kennenlernen.«

»Deshalb habe ich es getan. Ich habe ihr gesagt, dass sie nicht allein am Ufer sitzen wird, dass du cool bist und ihr Gesellschaft leisten wirst. Und wenn sie Fragen zum Surfen hat, kann sie sich an dich wenden.«

Jody spürte, wie ihr das Herz aufging. Sie war sich nicht sicher, ob sie wirklich cool war, aber es war nett von Ben, das zu sagen. »Ich freue mich schon darauf, etwas Zeit mit ihr zu verbringen.«

»Ich habe sie auch eingeladen, am Montag mit mir zu Mittag zu essen«, erklärte Ben weiter.

Jody nickte voller Stolz.

»Ich habe sie gewarnt, dass das Alex wahrscheinlich verärgern würde. Sie sagte, dass er ihr egal sei. Sie meinte, er sei ein Idiot und sie würde essen, mit wem sie will.«

»Sie klingt mutig.«

»Ja«, stimmte Ben zu. »Trotzdem will ich nicht, dass Alex sich ihr aufdrängt.«

»Das kann ich mir vorstellen.«

»Wir haben unsere Stundenpläne verglichen, und obwohl wir nicht zusammen in einer Klasse sind, weil sie in der elften Klasse ist und ich in der zwölften, denke ich, dass ich es einrichten kann, sie von und zu ihren Kursen zu begleiten, damit Alex sie nicht belästigt.«

»Das ist großartig.«

»Ja. Ich wollte dir nur dafür danken, dass du mich ermutigt hast, mit ihr zu reden. Ich bin mir nicht sicher, ob es das Beste ist bei all dem, was mich sonst so plagt, aber du hast recht. Das Leben ist kurz und ich würde mir in den Arsch treten, wenn ich die Chance verpasse, Tressa kennenzulernen.«

Jody gefiel seine Bemerkung über »all das, was mich sonst so plagt« nicht, aber sie ließ es vorerst dabei bewenden. Sie hoffte einfach, dass er mit ihr reden würde, wenn er sich wohl genug fühlte. »Das freut mich für dich, Ben.«

»Ohne dich würde ich gar nichts tun können, Miss Jody.«

»Doch, das könntest du. Ich weiß, dass du die Dinge in deinem eigenen Tempo herausgefunden hättest. Aber ich bin froh, dass du dir von mir helfen lässt.«

Ben nickte und Jody wusste, dass er für heute Abend mit dem Reden fertig war. »Schlaf gut, Ben.«

»Das werde ich. Du auch. Sag Baker, wenn er morgen den neuen Surfspot ausprobieren will, bin ich dabei.«

»Natürlich. Gute Nacht.«

»Gute Nacht, Miss Jody.«

Jody machte leise die Tür zu und schloss für einen Moment die Augen. Sie wurde von Gefühlen überwältigt. Kummer, dass sie nicht die Chance gehabt hatte, diese Art von Nähe mit ihrem eigenen Sohn zu teilen. Freude darüber, dass sie sie jetzt mit Ben teilen konnte. Sorge darüber, was wirklich mit seiner Mutter und seinem Stiefvater los war. Aufregung darüber, dass es so aussah, als würde diese Tressa Ben auch mögen.

Unbehagen darüber, dass in ihrem Leben alles glatt zu laufen schien.

Sie hatte die Erfahrung gemacht, dass das Leben ihr gerade dann, wenn sie es sich bequem gemacht hatte, einen harten Schlag versetzte. Und auf gar keinen Fall wollte sie, dass etwas schiefging, gerade wenn es so aussah, als bewegte sich ihr Leben aufwärts.

Ein Arm landete an ihrer Taille und Jody lehnte sich sofort gegen Baker.

»Geht es ihm gut?«, flüsterte Baker.

Jody nickte.

Baker lenkte sie von Bens Tür weg in das große Schlafzimmer. Er schloss die Tür und drehte sie so, dass sie ihn ansah. Er betrachtete ihr Gesicht einen Moment lang, bevor er zufrieden nickte. Dann zuckten seine Lippen, als er sagte: »Du hast dich nicht umgezogen.«

»Ich musste nach Ben sehen. Er hat gesagt, dass er dem Mädchen, das er mag, eine SMS geschrieben hat und dass sie zusammen zu Mittag essen wollen, dass er sie zu ihren Kursen begleitet und dass er sie sogar eingeladen hat, ihm beim Surfen zuzusehen.«

»Klingt ernst«, neckte Baker.

»Für einen Teenager ist es das auch«, versicherte Jody ihm. Dann legte sie ihre Wange an seine Brust und schlang die

Arme fest um ihn. »Ich habe Angst, dass etwas passiert, das meine Glücksblase platzen lässt«, gestand sie.

»Das wird es«, sagte Baker ruhig.

Stirnrunzelnd schaute Jody zu ihm auf. »Das war nicht nett.«

Er zuckte mit den Schultern. »Manchmal passieren blöde Dinge, Jodelle. Und das sage ich nicht leichtfertig. Es kommt nur darauf an, wie du damit umgehst.«

Sie legte ihre Wange wieder an seine Brust. Jody konnte sein Herz unter ihrem Ohr klopfen hören. »Ich will nicht, dass mir noch mehr blöde Dinge widerfahren.«

»Wenn doch, werden wir gemeinsam damit fertig«, erwiderte er schlicht.

Gott, das gefiel Jody. Nichts hätte den Tod ihres Sohnes leichter gemacht, aber wenn sie jemanden wie Baker an ihrer Seite gehabt hätte, der ihr half, damit umzugehen, wäre es mit Sicherheit nicht ganz so qualvoll gewesen.

»Los, zieh dich um. Ich würde lieber in der Horizontalen kuscheln«, sagte er.

Jody lächelte. Sie sah noch einmal zu ihm auf, ohne ihre Arme von ihm zu lösen. »Baker?«

»Ja, Tink?«

»Ich bin so froh, dass du hier bist.«

»Nirgendwo wäre ich lieber«, erwiderte er. Dann küsste er sie auf die Stirn, drehte sie in Richtung Badezimmer und gab ihr einen spielerischen Schubs. »Beeil dich, Frau.«

»Was bin ich? Acht?«

»Beschwerst du dich darüber, dass ich will, dass du dich beeilst, damit wir in deinem Bett rummachen können?«, fragte er.

Auf keinen Fall würde sie sich jemals darüber beschweren. Also lächelte sie ihn an und beeilte sich, wie gewünscht.

Nachdem sie sich umgezogen und bettfertig gemacht hatte, kam Jody zurück ins Schlafzimmer und lächelte, als sie Baker in ihrem Bett sitzen sah. Die Decke war bis zur Hüfte hochgezogen und er war ohne Hemd. Die Haare auf seiner Brust waren verdammt sexy. Genauso wie die Tattoos, die praktisch jeden Zentimeter seiner Haut bedeckten. Angefangen bei den

Tattoos auf seinen Armen bis hin zu denen auf seinem Rücken und seiner Brust, er hatte sie ihr alle erklärt. Und jedes einzelne hatte irgendeine Bedeutung. Manche waren süß, wie das Herz mit den Initialen seiner Eltern, und andere waren etwas düster, wie der Totenkopf mit der Zahl zweiundzwanzig, eine Erinnerung an einen schlechten Tag in seiner Zeit als SEAL. Aber sie waren alle ein Teil von Baker und Jody würde nichts an ihm ändern wollen.

Er lächelte sie an, und Jody wurden fast die Knie weich. Sie könnte für den Rest ihres Lebens jeden Abend in ihr Schlafzimmer gehen und dort Baker sehen, der sie anlächelte, und als glückliche Frau sterben.

Sie ging auf die andere Seite des Bettes und kroch unter die Decke. Baker hielt seinen Arm hoch und Jody kuschelte sich an ihn. Er stöhnte aus Protest, als sie ihre kalten Füße auf seine Waden legte, aber er zog sich nicht zurück, was Jody zum Lächeln brachte.

»Willst du fernsehen?«, fragte er.

Sie zuckte mit den Schultern. »Ich will das tun, was *du* tun willst«, antwortete sie.

»Hast du was dagegen, wenn ich mir die Nachrichten ansehe, bevor wir rummachen?«

»Nein.«

»Bist du sicher? Denn wenn ja, ist es keine große Sache.«

Jody sah zu Baker auf. Sie legte eine Hand auf seine Wange und spürte seinen kurzen schwarzen Bart unter ihrer Handfläche, der reichlich mit Grau gesprenkelt war. Er war weich, etwas, das sie nicht erwartet hatte, bevor er sie zum ersten Mal geküsst hatte. »Wenn es mir wichtig wäre, würde ich es dir sagen«, entgegnete sie ernst.

Als Antwort darauf legte er eine Hand auf ihre und beugte sich hinunter. Jody streckte sich nach oben, damit er ihre Lippen erreichen konnte.

»Es gibt keinen Ort, an dem ich lieber wäre als hier bei dir«, sagte er leise, nachdem er sie geküsst hatte.

Jody schmolz dahin und nickte an seiner Schulter, als er sie fester an sich zog. Er drückte auf die Fernbedienung ihres kleinen Fernsehers und sie schloss die Augen. Sie nahm an, dass er durch seinen Job auf dem Laufenden bleiben musste, was in der Welt geschah, aber ihr waren die Nachrichten völlig egal.

Sie versuchte, wach zu bleiben, um noch mehr seiner wunderbaren Küsse genießen zu können, aber sie schlief mit dem Geräusch von Bakers Herzschlag unter ihrer Wange und dem Gefühl seines Arms um ihre Schultern ein, mit dem er sie festhielt.

KAPITEL FÜNFZEHN

»Ich muss für eine Weile weg«, verkündete Baker eine Woche später beim Frühstück mit Jodelle. Er und Ben hatten Jodelle davon überzeugt, dass keiner der Jugendlichen an einem so trüben, regnerischen Morgen surfen würde, also hatte sie für alle drei riesige Omeletts gemacht. Bakers war mit Fleisch, und Ben hatte sich für Südwestern-Art entschieden. Jodelles Omelett war deutlich kleiner als diese beiden, aber sie hatte ihr übliches Pop-Tart, um satt zu werden.

Sie legte ihre Gabel weg und starrte ihn mit großen Augen an. Baker konnte die Fragen in ihrem Blick sehen, aber er wusste auch, dass sie sie nicht in Worte fassen würde. Sie wusste, dass er ihr keine Details darüber verraten konnte, wohin er ging oder was er dort tun würde.

»Wann?«, fragte sie leise.

»Heute. Ich habe es gestern Abend erfahren. Ich wollte uns den Abend nicht verderben. Ich sollte nicht länger als eine Woche weg sein«, antwortete er. »Vielleicht bin ich auch früher zurück.«

»Okay«, murmelte Jodelle mit etwas zittriger Stimme.

Baker hasste es, ihren Kummer zu hören, aber er hatte immer gewusst, dass das früher oder später passieren würde. Wenn sie eine Chance auf eine funktionierende Beziehung haben wollten, mussten sie diese erste Reise überstehen. Er wandte sich an Ben. »Du musst für mich ein Auge auf Jodelle haben.«

Ben setzte sich aufrechter hin. »Natürlich.«

»Ich freue mich, dass es mit deinem Mädchen gut läuft, aber ich wäre dir dankbar, wenn du vor Einbruch der Dunkelheit zu Hause wärst. Jodelle neigt auch dazu, zu vergessen, sich um sich selbst zu kümmern, während sie sich um andere kümmert, also wäre es toll, wenn du auch darauf achten könntest.«

»Ich sitze genau hier«, beschwerte sie sich, aber Baker wandte den Blick nicht von Ben ab.

»Das ist mir aufgefallen. Ich werde mein Bestes tun, um dafür zu sorgen, dass sie morgens etwas anderes als ihr Pop-Tart isst. Wenn es für dich in Ordnung ist, kann ich Tressa vielleicht fragen, ob sie zum Abendessen vorbeikommen möchte. Sie kann ihren Eltern versichern, dass Miss Jody hier sein wird und dass wir nicht allein sein werden oder so.«

Baker nickte zustimmend. »Ich bin mir sicher, dass Tressa und Jodelle sich darüber freuen würden.«

Jodelle stieß einen lauten, genervten Seufzer aus. »Im Ernst, ich bin genau hier. Ich kann hören, wie ihr über mich redet, als wäre ich es nicht.«

Baker richtete den Blick auf sie und legte eine Hand auf ihren Oberschenkel. Sein Plan war es gewesen, mit dem Sex zu warten, bis sie beide hundertprozentig sicher waren, dass ihre Beziehung weiterging. Aber nachdem *er* bereits zwei Sekunden, nachdem er durch ihre Tür getreten war, davon überzeugt gewesen war, wurde es immer schwieriger zu widerstehen.

Neben ihr zu schlafen war besser als alles, was er sich hätte vorstellen können. Und obwohl er kein Mann war, der Sex brauchte – die zehn Jahre, die er nicht mit einer Frau zusammen gewesen war, waren der Beweis dafür –, war es in letzter Zeit fast unmöglich geworden, sich davon abzuhalten, die Dinge voranzutreiben. Er wollte sie nicht verlassen, aber vielleicht wäre es gut, wenn er eine Weile Abstand von ihrem wunderbaren Duft hätte, davon, sie in den Armen zu halten und zu spüren, wie sie ihn selbst im Schlaf streichelte.

Baker streichelte mit einem Daumen über die Innenseite

ihres Oberschenkels, um sie zu beruhigen, während er sich wieder Ben zuwandte. »Wir haben nicht darauf gedrängt, mehr darüber zu erfahren, was mit deinen Eltern passiert ist, aber du musst mir versprechen, dass es Jodelle nicht um die Ohren fliegen wird, während ich weg bin – was auch immer es ist.«

Baker war nicht begeistert, als Ben den Blick senkte und seinem nicht begegnete.

»Wie du weißt, war ich nicht mehr zu Hause. Ich habe nicht einmal mit meiner Mutter gesprochen. Ich bezweifle, dass sich einer von ihnen dafür interessiert, wo ich bin oder was ich tue. Aber für den unwahrscheinlichen Fall, dass sie es doch tun, verspreche ich, dass ich alles tun werde, um Miss Jody da raus-zuhalten.«

Baker presste die Lippen aufeinander. Diese Antwort gefiel ihm nicht. »Versteh mich nicht falsch, ich will Jodelle beschüt-zen, aber nicht auf deine Kosten«, erklärte er dem Jungen.

»Ich bin daran gewöhnt.« Ben setzte sich aufrechter hin und sah Baker in die Augen. »Es fühlt sich an, als hätte ich mein ganzes Leben lang meine Mutter beschützt. Hier zu sein und zu erfahren, dass Miss Jody mich wie ihren Sohn behan-delt, obwohl ich weiß, dass ihr das manchmal wehtut, und zu sehen, wie du mit ihr umgehst, hat mir gezeigt, dass beschüt-zendes Verhalten gut sein kann ... aber die Person, die du beschützt, muss es sich verdienen.«

»Ben«, sagte Jodelle traurig.

Baker drückte ihren Oberschenkel und nickte dem Teen-ager zu. »Das ist sehr wahr. Wenn die Person, die du beschützt, deine Bemühungen nicht zu schätzen weiß, ist es doppelt so schwer, die Motivation zu finden weiterzumachen.«

Ben nickte. »Ich werde Miss Jody beschützen, denn sie hat in den letzten Wochen mehr für mich getan als mein eigen Fleisch und Blut in den letzten Jahren.«

»Wir haben dir Raum und Zeit gegeben«, fuhr Baker fort, »aber ich glaube, es ist die Zeit gekommen, dass wir wissen müssen, was los ist.«

»Ich will keinen von euch da mit reinziehen«, erwiderte er aufrichtig.

»Vielleicht hast du es noch nicht begriffen, aber ich kann

auf mich selbst aufpassen. Und auf Jodelle. *Und* auf dich, Ben.«
Als er nicht antwortete, fuhr Baker fort: »Was auch immer es
ist, von dem du denkst, es sei so groß, dass du es nicht teilen
kannst, du liegst falsch. Ich glaube, was auch immer an dir
nagt, hat mit deinem Stiefvater zu tun.«

Ben stockte der Atem, aber er antwortete noch immer
nicht.

Baker wusste, dass er richtig vermutet hatte. »Seine Beziehungen sind ein Witz im Vergleich zu meinen«, versicherte er
ihm. »Ich mag für dich wie ein einfacher Surfer aussehen, aber
glaub mir, ich bin alles andere als das. Wenn ich dir sage, dass
ich Leute kenne, dann *kenne* ich Leute.«

»Er ist Richter«, sagte Ben leise.

»Und ich bin ein ehemaliger Navy SEAL mit Freunden in
niedrigen *und* hohen Positionen. Menschen, die alles tun
würden, worum ich sie bitte, weil ich etwas für sie getan habe.
Und eine Sache, die ich nicht mag, sind Leute, die Frauen und
Kinder schlecht behandeln. Vor allem Frauen, die in einer
verletzlichen Lage sind, während sie versuchen, ihren Sohn
großzuziehen, und sich den Arsch abarbeiten, um Essen auf
den Tisch zu bringen. Verstehst du, was ich damit sagen will?«

»Sie sind schon seit Jahren verheiratet, Baker. An dem Tag,
an dem sie Al geheiratet hat, hat meine Mutter aufgehört, sich
um Essen und alles andere Sorgen zu machen«, sagte Ben.

»Das ist mir klar, aber das heißt nicht, dass sie nicht
gekämpft hat.« Baker wusste, dass er hartnäckig war, aber er
fühlte sich in dieser Situation nicht wohl und der Gedanke,
jetzt wegzugehen, gefiel ihm überhaupt nicht. »Wir reden,
wenn ich zurückkomme«, sagte er zu Ben.

»Okay«, flüsterte der Teenager.

Baker würde damit zufrieden sein müssen, dass er zugestimmt hatte, auch wenn er eine Woche warten musste, um zu
erfahren, was los war. »In der Zwischenzeit vertraue ich darauf,
dass du auf Jodelle aufpasst.«

»Ich werde dich nicht enttäuschen«, versprach Ben ihm.

Dann wandte Baker sich an Jodelle. »Ich weiß, dass du
lange Zeit auf dich allein gestellt warst, Tink, aber ich werde
mich um dich sorgen, während ich weg bin, also bitte ich dich,

keine anderen obdachlosen Männer oder Frauen zu finden, die du nach Hause einladen kannst, und stattdessen vielleicht für eine Woche oder so deine Neigung zu zügeln, die Welt retten zu wollen.«

Jodelle rollte mit den Augen. »*Jetzt* bin ich also ein Teil dieser Unterhaltung?«

Baker grinste. »Du warst schon immer ein Teil davon. Wenn ich mit Ben reden wollte, ohne dass du es hörst, hätte ich das auch getan.«

Sie starrte ihn an. »Du bist nervig.«

»Ich weiß.«

Jodelle atmete aus. »Ich werde niemanden einladen, bei uns zu übernachten«, sagte sie.

»Danke.«

»Aber ... und ich weiß, dass dir das nicht gefallen wird ... ich werde nicht händeringend herumsitzen und die hilflose Jungfrau in Nöten spielen, wenn jemand hinter Ben her ist. Er ist ein Kind und ich bin die Erwachsene. Derjenige wird an mir vorbeikommen müssen, um ihn zu kriegen.«

Ben tat sein Bestes, um sein Lachen zu unterdrücken.

Baker grinste sie an.

»Ihr Jungs seid so frustrierend. Ich werde auf jeden Fall Tressa hier brauchen, um das Übermaß an Testosteron in diesem Haus auszugleichen.«

»Ich werde heute Abend mit ihr reden und sehen, ob wir etwas aushandeln können«, erklärte Ben lächelnd.

»Frag sie, was sie am liebsten isst, und ich werde mir etwas einfallen lassen, das sie begeistert«, antwortete Jodelle.

Baker drückte noch einmal ihr Bein, um ihr zu zeigen, wie sehr er ihre Bereitschaft schätzte, mit dem Strom zu schwimmen.

Sie sah ihn an und nickte, als hätte sie seine nonverbale Kommunikation vollkommen verstanden.

Sie beendeten ihr Frühstück und als Ben gerade zur Tür hinauswollte, um zur Schule zu gehen, hielt Baker ihn auf. Jodelle hatte sich bereits von ihm verabschiedet, bevor sie unter die Dusche sprang.

»Ich habe das vorhin ernst gemeint«, sagte Baker zu Ben.

»Ich will nicht, dass du verletzt wirst, indem du Jodelle beschützt. Wenn die Kacke am Dampfen ist, wählst du den Notruf. Hol Hilfe, verstanden?«

Ben schluckte schwer. Dann nickte er.

Erneut fühlte Baker sich dadurch nicht besser. Wenn es schon so schlimm war, dass der Junge nicht dagegen protestierte, die Polizei um Hilfe zu bitten, dann war es noch schlimmer, als Baker dachte. Er bereute, nicht früher mehr Druck gemacht zu haben. Nicht genauer über Richter Rowden recherchiert zu haben. Er war sich hundertprozentig sicher, dass er die Bedrohung war. Nicht Bens Mutter.

»Du wirst vorsichtig sein?«, fragte Ben zögerlich.

Seine Besorgnis fühlte sich gut an. »Das bin ich immer«, erwiderte Baker.

Ben nickte. »Wir sehen uns dann, wenn du zurückkommst.«

»Ja. Pass auf dich und Jodelle auf.«

»Das werde ich. Bis dann, Baker.«

»Bis dann.« Baker stand in der Tür und sah zu, wie Ben vom Haus wegfuhr, dann schloss er die Tür ab und ging in die Küche. Er nippte gerade an einer Tasse Kaffee, als Jodelle wieder auftauchte.

»Ist er gut weggekommen?«

»Ja.«

»Er muss mit uns reden. Uns sagen, was los ist.«

»Das wird er.« Baker stellte seine Kaffeetasse auf dem Tresen ab und sagte: »Komm her.«

Jodelle kam sofort auf ihn zu. Sie blieb nicht stehen, bis sie an ihn gepresst war. Baker liebte es, wie sie sich an ihm anfühlte. Sie passten perfekt zusammen. Er legte eine Hand auf ihren Rücken, die andere in ihren Nacken. Er ließ seine Stirn auf ihre sinken und murmelte: »Ich werde dich vermissen.«

»Ich dich auch«, flüsterte sie. »Bitte sei vorsichtig. Was auch immer du tust, ich weiß, dass es gefährlich sein wird. Ich kann dich nicht auch noch verlieren.«

»Das wirst du nicht. Vertrau mir, Jodelle. Ich komme zurück.«

»Ich versuche es ja, aber ich habe Angst.«

Baker hasste das, aber es zeigte, dass seine Frau nicht dumm war. Er brach nicht zu einem Angelausflug mit Kumpeln auf. Er war auf dem Weg in die Tiefen des Bösen, in der Hoffnung, Informationen zu bekommen, die er an die Menschen weitergeben konnte, die sie verwerten würden.

»Das weiß ich. Es tut mir leid.« Er war sich nicht sicher, was er noch sagen sollte.

Jodelle nahm einen tiefen Atemzug und richtete sich auf. »Das muss es nicht. Es ist gut. Mir geht es gut. Geh und mach dein Ding und ich werde hier sein, wenn du fertig bist.«

»Zum ersten Mal in meinem Leben habe ich etwas, auf das ich mich freuen kann, wenn ich nach Hause komme.«

Sie lächelte. »Ich könnte es noch besser machen.«

Baker legte den Kopf schief und hob eine Augenbraue.

»Wir haben lange genug gewartet, Baker. Ich will dich. Und du willst mich. Wenn du zurückkommst, werde ich mich nicht damit zufriedengeben, jede Nacht in deinen Armen einzuschlafen. Ich will mehr.«

Bakers Schwanz schwoll an. »Du willst meinen Schwanz?«, fragte er unverblümt.

»Ja«, antwortete Jodelle mit einem Hauch von Rosa in den Wangen.

»Er gehört dir«, sagte er, ohne zu zögern.

Sie lächelte. »Gut. Vielleicht ist das ein Anreiz für dich, schnell nach Hause zu kommen.«

Nach Hause. Verdammt, das gefiel ihm. Baker war seit Wochen nicht mehr in seinem Haus gewesen, außer um gelegentlich Klamotten zu holen. Er war praktisch in Jodelles Haus eingezogen und sie hatte sich nicht im Geringsten beschwert. Sie hatte sogar einige ihrer Sachen umgeräumt, um ihm Platz in einer Kommode und in ihrem Schrank zu geben. Seine Toilettenartikel standen auf ihrem Waschtisch, sein Shampoo in ihrer Dusche. Sie hatte ihn ohne Weiteres in ihrem Haus willkommen geheißen, und das sagte mehr als alles andere, dass sie ihre Beziehung bereits akzeptiert hatte. Wenn sie ihn nicht gewollt hätte, wäre sie auf keinen Fall so entgegenkommend gewesen.

»Ja, Tink, das ist es wirklich. Du solltest wissen, dass ich gestern Abend beim Packen deinen Kopfkissenbezug gestohlen habe.«

Sie blinzelte überrascht. »Ich habe mich schon gewundert, warum du meinen Kissenbezug gewechselt hast, aber nicht den Rest der Bettwäsche.«

»Ich will, dass du mich während meiner Abwesenheit riechst, genauso wie ich deinen Duft haben will, während ich weg bin.« Es war albern, aber wenn er knietief im Dreck steckte, brauchte er etwas Sauberes und Gutes, das ihn daran erinnerte, warum er tat, was er tat. Und der Kopfkissenbezug, auf den Jodelle jeden Abend ihren Kopf legte, würde genau das tun.

Aus heiterem Himmel füllten sich ihre Augen mit Tränen, und Baker fluchte innerlich. Er zog sie an sich und hielt sie fest.

»Bitte, bitte komm zurück zu mir«, flüsterte sie an seiner Brust.

»Das werde ich.« Es gab nicht viel mehr, was Baker sagen konnte.

So standen sie mehrere Minuten lang, bis Jodelle sich schließlich von ihm löste. Sie wischte sich über die Wangen und schenkte ihm ein zittriges Lächeln. »Du musst jetzt sicher gehen. Die Welt muss gerettet werden.«

Baker umfasste ihre Wangen und neigte ihr Gesicht zu seinem. Dann küsste er sie mit all den Gefühlen, die er in seinem Herzen für sie hatte. Er liebte diese Frau so sehr, dass es fast beängstigend war. In der Theorie wusste er, dass es ihr wahrscheinlich gut gehen würde, während er weg war, aber es bestand immer die Möglichkeit, dass etwas passieren könnte, wenn er nicht hier war, um sie zu beschützen.

Jodelle schmiegte sich an ihn und es dauerte eine ganze Minute, bis er sich dazu zwang, seine Lippen von ihren zu lösen.

»Ich werde mit den Jungs reden. Sie darum bitten, dich im Auge zu behalten.«

»Das ist nicht nötig«, protestierte sie.

»Für mich schon. Mustang wird wollen, dass du dich jeden Tag meldest, also halte dich daran, sonst hast du ein SEAL-

Team hier, das bereit ist, das Haus zu stürmen und dich vor bösen Jungs zu retten.«

Sie kicherte. »Danke für die Vorwarnung. Ich werde ihm eine SMS schicken.«

»Das weiß ich zu schätzen.«

Sie starrten sich eine Sekunde lang an, dann sagte sie: »Du musst jetzt gehen, Baker. Es bringt mich um, die Sache in die Länge zu ziehen.«

Er nickte. Sie hatte recht. Er atmete tief durch und trat einen Schritt zurück, wobei der Kontaktverlust geradezu körperliche Schmerzen verursachte.

»Sei vorsichtig«, flüsterte sie.

»Immer. Ich werde im Handumdrehen wieder da sein.«

»Das hoffe ich.«

Baker wollte ihr so gern sagen, dass er sie liebte, aber er hielt sich zurück. Er brauchte ihr Vertrauen. Sie musste die Mauer durchbrechen, die sie aufgebaut hatte, wenn es darum ging, ihm wirklich zu vertrauen. Es war gut, dass sie ihre Probleme in diesem Bereich erkannte, und es machte ihn umso entschlossener, dieses Vertrauen zu gewinnen.

Er nickte ihr zu, dann zwang er sich, zur Haustür zu gehen. Auf dem Weg dorthin schnappte er sich seinen Schlüssel und dann seine Tasche, die er neben der Tür abgestellt hatte, nachdem Jodelle unter die Dusche gegangen war. Er drehte sich um und prägte sich ihren Anblick ein, wie sie ihn tapfer anlächelte, bevor er zur Tür hinausging.

Er hatte schon immer gewusst, dass Jodelle etwas Besonderes war, aber jetzt wurde ihm erst richtig bewusst, wie wichtig sie für ihn war. Zum ersten Mal, seit er aus der Marine ausgeschieden war, dachte Baker darüber nach, sich zur Ruhe zu setzen. Zumindest die persönlichen »Besuche« bei seinen Kontakten einzustellen. Er könnte weiterhin Informationen recherchieren und Geschäfte aus der Ferne abschließen. Das würde den Stress für Jodelle verringern. Wenn es um ihre Beziehung ging, dachte er langfristig, ohne Skrupel.

Sie war die Richtige für ihn.

Punkt.

Wenn es zwischen ihnen nicht funktionierte, wäre er für

den Rest seines Lebens allein. So sicher war er sich, dass sie für ihn bestimmt war. Er hatte Jahrzehnte gebraucht, um die andere Hälfte seiner Seele zu finden, und er würde alles tun, um das zu schützen. *Sie* zu schützen.

Mit einem guten Gefühl in Bezug auf seine Entscheidung wandte Baker seine Gedanken der bevorstehenden Reise zu. Es würde kein Zuckerschlecken werden, er musste in Bestform sein. Er vertraute nie den Leuten, mit denen er Geschäfte machte, und mit einem Terroristen zusammenzuarbeiten, um Informationen über einen anderen, noch gefährlicheren Mann zu erhalten, stand nicht gerade ganz oben auf seiner Liste der Dinge, mit denen er sich gern beschäftigte. Aber auf lange Sicht würde jede Vereinbarung, die er diese Woche traf, Leben retten, und das war sein Ziel.

Nachdem er auf einem Parkplatz auf dem Marinestützpunkt geparkt hatte, nahm Baker sich die Zeit, sein Handy zu zücken und Mustang eine Nachricht zu schicken. Wie erwartet hatte sein Freund kein Problem damit, ein Auge auf Jodelle zu werfen. Er sagte sogar, dass er Elodie dazu bringen würde, sie anzurufen und vielleicht ein weiteres gemeinsames Mittagessen zu planen.

Seine Zeit wurde knapp und Baker musste seinen Flieger erwischen, aber er nahm sich die Zeit, um Jodelle eine kurze SMS zu schicken.

Baker: Bevor ich abreise, wollte ich dich nur wissen lassen, wie stolz ich auf dich bin. Du bist eine großartige Frau, und ich muss mich immer noch kneifen, dass du mit mir zusammen bist.

Sofort begannen drei Punkte, am unteren Ende des Displays zu tanzen. Sie ließ ihn nie warten. Hatte sich nie geziert. Das war eines der tausend Dinge, die er an ihr liebte.

· · ·

Jodelle: Weißt du, du irrst dich total. Ich bin die Glückliche. Pass auf, während du die Welt rettest, Baker. Ich werde den Atem anhalten, bis ich höre, dass du zurück bist.

Der Drang, ihr zu sagen, dass er sie liebte, war fast überwältigend, aber Baker widerstand. Das würde er beim ersten Mal nicht per SMS tun.

Baker: Dann haben wir beide Glück.

Jodelle: Damit kann ich leben.

Baker: Bleib stark, Tink. Pass auf dich auf. Versuche, bei deinen Aufträgen vorzuarbeiten, denn ich habe das Gefühl, wenn ich nach Hause komme, werde ich dich nicht mehr lange genug aus dem Bett lassen, um zu arbeiten.

Jodelle: Ich werde sehen, was ich tun kann. :) Ich habe dir schließlich etwas Besonderes versprochen, falls du in einem Stück zurückkehrst.

Baker: Wenn ich in einem Stück zurückkehre, werden wir beide etwas Besonderes bekommen. Bis bald.

Jodelle: Ich werde jede Minute, in der du weg bist, an dich denken.

Baker: Dito.

Als die drei Punkte nicht erschienen, holte Baker tief Luft und schaltete sein Handy aus. Er stieg aus seinem Wagen und machte sich auf den Weg zu dem großen Verwaltungsgebäude. Er würde sich mit dem für den Stützpunkt zuständigen Konteradmiral besprechen, bevor er ein Militärflugzeug bestieg. Die kommende Woche würde lang und hart werden, aber seine Belohnung würde warten, wenn er nach Hause kam. Eine Belohnung, die er zwar nicht verdient hatte, an die er sich aber dennoch mit aller Kraft klammern würde.

KAPITEL SECHZEHN

Jody dachte nicht, dass sie sich würde konzentrieren können, nachdem Baker weg war, aber überraschenderweise stellte sie fest, dass sie jeden Morgen, wenn sie sich vor ihren Computer setzte, einen Fokus hatte, den sie nie für möglich gehalten hätte. Das lag daran, dass sie genau das tun wollte, was Baker vorgeschlagen hatte ... mit ihren Projekten vorankommen, damit sie sich bei seiner Rückkehr ein paar Tage lang nur auf ihn konzentrieren konnte.

Sie schrieb Mustang jeden Tag eine SMS, um ihm mitzuteilen, dass es ihr und Ben gut ginge, und auch von Elodie und den anderen Frauen hörte sie täglich. Elodie hatte einen Gruppenchat eröffnet und es machte Spaß, das Geplänkel zwischen den Frauen zu lesen.

Jody bedankte sich bei Kenna und Carly für das Essen vom Duke's, was eine tagelange Diskussion über Hula-Kuchen ausgelöst hatte und darüber, ob er frisch oder ein paar Tage alt besser sei. Sie hatten sich darauf geeinigt, dass es keine Rolle spielte. Der Hula-Kuchen des Duke's war so oder so fantastisch.

Sie hatten ein weiteres Mittagessen vereinbaren wollen, aber mit all der Arbeit, die Jody zu erledigen versuchte, hatte sie ihnen geschrieben, dass sie es vermutlich nicht schaffen würde. Alle hatten Verständnis dafür, aber Kenna hatte sie vorgewarnt, dass sie eine Übernachtungsparty veranstalten wollte, und zwar bald, und kein Nein als Antwort akzeptieren würde.

Bens Beziehung zu Tressa entwickelte sich langsam, wie er ihr erzählte, und Jody ermutigte ihn, das zu tun, was Baker vorgeschlagen hatte, nämlich sie zum Abendessen einzuladen. Das tat er – und heute Abend war es so weit.

Jody hatte einen Schmorbraten im Schongarer angesetzt und einen Brokkoliauflauf mit Käse zubereitet. Da Ben gesagt hatte, dass er ihn mochte, dachte Jody sich, dass es jetzt an der Zeit war, ein Gericht mit dem Gemüse zu machen, das Baker hasste.

Ben war nervös, was Jody ziemlich süß fand. Er war schon vor einer Weile losgefahren, um Tressa abzuholen, und sie erwartete, dass sie bald zurückkommen würden.

Zehn Minuten später hörte sie, wie Bens Wagen in ihre Einfahrt fuhr, und lächelte in Richtung der Haustür.

Sie traten ein – und trotz Bens Beschreibung war Jody dennoch überrascht, wie hübsch Tressa war. Sie hatte langes, glattes schwarzes Haar und dunkle Augen. Ihre Haut war makellos, und sie war nur ein paar Zentimeter größer als Jody. Sie trug eine dunkle Jeans und eine weiße kurzärmelige Bluse. Sie sah leger aus, aber auch so, als hätte sie sich Mühe gegeben, für ihre Verabredung gut auszusehen.

»Hi«, sagte Jody und ging auf sie zu. »Ich bin Jody. Ich freue mich, dass du vorbeikommen konntest.«

»Miss Jody, das ist Tressa. Tressa, das ist die Frau, von der ich dir schon so viel erzählt habe. Du weißt schon, diejenige, die tolle Frühstückssandwiches macht und dafür sorgt, dass wir alle pünktlich aus dem Meer und in die Schule kommen.«

Tressa lächelte schüchtern und sagte: »Schön, Sie kennen-zulernen, Miss Jody.«

»Ich hoffe, du bist hungrig«, erwiderte sie herzlich. »Da Baker, mein Partner, nicht hier ist, um uns zu helfen, haben wir eine Menge zu essen.«

»Es riecht köstlich. Kann ich bei irgendetwas helfen?«

Jody nickte innerlich zustimmend. Tressa war hübsch und höflich, und es war leicht zu erkennen, dass Ben völlig vernarrt war. »Ich komme schon klar. Warum geht ihr nicht auf die Terrasse, während ich alles fertig mache?« Sie wollte den Teenagern etwas Privatsphäre geben, denn in dem kleinen Haus gab es keinen Ort, an dem sie sich unterhalten konnten, ohne dass sie etwas mitbekam, und Bens Zimmer kam absolut nicht infrage. Er mochte nicht ihr leiblicher Sohn sein, aber sie würde ihm keinen Freibrief dafür geben, Tressa unter ihrem Dach zu verführen.

Während sie einen Salat zubereitete, behielt Jody ein Auge auf die Teenager auf der anderen Seite der Glasschiebetür, die in ihren kleinen Garten führte. Die Terrasse war nicht wirklich eine Terrasse, nur ein paar zusammengenagelte Bretter und zwei Liegestühle. Aber sie fand es bezaubernd, wie Ben Tressas Hand hielt, während sie sich leise unterhielten.

Als der Auflauf fertig war, rief Jody die beiden zurück nach drinnen, wo sie alle ihre Teller füllten und zum Tisch brachten.

»Und ... wie bist du in Hawaii gelandet?«, fragte Jody Tressa, sobald sie zu essen begonnen hatten.

»Mein Vater ist Japaner und meine Mutter ist Amerikanerin. Meine Mutter hat in Tokio gearbeitet, als sie meinen Vater kennenlernte, und sie verliebten sich ineinander. Wir sind jahrelang zwischen Japan und Kalifornien gependelt, aber mein Vater bekam die Möglichkeit, hier in Honolulu zu arbeiten, und so ... sind wir hier.«

»Und du wohnst hier oben an der Nordküste?«, fragte Jody.

Tressa nickte. »Meine Mutter ist kein großer Fan von Städten. Ich glaube, das Leben in Tokio hat sie davon geheilt, jemals dauerhaft in einer Stadt leben zu wollen. Mein Vater wollte sie glücklich machen und hat hier oben ein Haus zur Miete gefunden. Er fährt jeden Tag in die Stadt.«

»Das ist hart«, bemerkte Jody.

Tressa zuckte mit den Schultern. »Er sagt, es mache ihm nichts aus. Er fährt sehr früh los, so um vier Uhr morgens, um dem schlimmsten Verkehr aus dem Weg zu gehen, und das bedeutet auch, dass er meistens schon zu Hause ist, wenn ich aus der Schule komme.«

»Wenigstens das ist schön.«

»Ja.«

»Und du bist in der Band?«, fragte Jody. Sie war sich bewusst, dass sie das Gespräch führte, aber Tressa schien sich mit ihren Fragen nicht unwohl zu fühlen und Ben war zufrieden, sie zu beobachten.

Das Mädchen nickte. »Ich spiele die Posaune.«

»Cool!«

Tressa lächelte. »Ja, in der sechsten Klasse, als wir uns für ein Instrument entscheiden mussten, wollte ich nicht wie die anderen Mädchen sein und Klarinette oder Flöte wählen. Die Posaune schien mir einzigartig.« Sie zuckte mit den Schultern.

»Sie ist auch wirklich gut«, mischte Ben sich ein. »Sie hat es auf den zweiten Stuhl geschafft, vor fast allen anderen Jungs.«

»Hast du ein Lieblingsfach in der Schule?«, fragte Jody.

Der Rest des Abendessens verlief reibungslos. Tressa beantwortete alle Fragen von Jody und Ben klinkte sich hier und da ein, um etwas zu loben, das Tressa gesagt oder getan hatte. Es war mehr als offensichtlich, dass er bis über beide Ohren in das Mädchen verliebt war, und Jody könnte sich nicht mehr für ihn freuen.

Nachdem sie gegessen hatten, meldete Ben sich freiwillig, um den Abwasch zu machen, und während Jody im Wohnbereich Platz nahm, beobachtete sie, wie die Teenager lachten und flirteten, während sie die Spülmaschine füllten.

Sie sahen sich zwei Folgen einer Serie über wahre Verbrechen im Fernsehen an und diskutierten angeregt darüber, wie dumm manche Leute waren und wie man am besten mit einem Verbrechen davonkam. Als Ben Tressa nach Hause bringen musste, um die mit ihren Eltern vereinbarte Zeit einzuhalten, stand Jody hundertprozentig hinter der Beziehung.

Tressa war schüchtern, wie Ben gesagt hatte, aber je länger sie dort war, desto lockerer wurde sie. Sie war lustig und konnte den Blick nicht von Ben lassen. Sie waren süß zusammen, was Jody für ihn freute.

»Ich bin bald wieder da«, sagte Ben, als er Tressa zur Tür führte. Er hatte eine Hand auf ihrem Rücken, wie Baker es immer bei Jody tat, wenn sie irgendwo hingingen.

»Fahr vorsichtig«, mahnte sie ihn.

»Das werde ich.«

Jody saß auf der Couch, als Ben dreißig Minuten später zurückkehrte. Sie legte den Kopf zurück und beobachtete, wie er die Haustür abschloss, nachdem er reingekommen war. Er trat ins Wohnzimmer und ließ sich neben ihr auf die Couch plumpsen.

Jody lächelte. »Sie ist süß.«

»Ich weiß.«

»Und wirklich nett.«

»Jup.«

»Du magst sie sehr.«

Ben nickte. »Sie ist anders als die meisten Mädchen in der Schule. Sie scheint sich nicht dafür zu interessieren, ob sie beliebt ist. Sie hat ihren eigenen Stil und sie ist witzig, wenn man sie kennenlernt.«

»Du musst sie mit Vorsicht behandeln«, riet Jody.

Ben sah sie stirnrunzelnd an. »Was meinst du damit?«

»Genau das. Hör zu, es geht mich zwar nichts an, aber ich kann es nicht *nicht* sagen. Das Mädchen hält große Stücke auf dich. Sie konnte den ganzen Abend über den Blick nicht von dir abwenden. Ich habe das Gefühl, dass sie alles tun würde, was du verlangst. Du musst also vorsichtig damit sein. Sie ist schüchtern und ich habe das Gefühl, dass sie noch nicht viele feste Freunde hatte.« Jody wusste, dass sie um den heißen Brei herumredete, aber es war ihr unangenehm zu sagen, was sie eigentlich sagen wollte.

»Ich weiß das alles, Miss Jody«, erwiderte Ben.

»Ich will damit nur sagen, dass du nichts überstürzen solltest ... körperlich, meine ich. Sie scheint ein wenig naiv zu sein und nicht bereit für Sex.«

Ben setzte sich aufrechter hin und Jody merkte, dass sie ihn verärgert hatte. »Das weiß ich.«

Jody nickte. »Dafür hast du noch genügend Zeit, Ben. Ich schlage nur vor, dass ihr beide das Zusammensein ohne Druck genießt.«

»Ich bin keine Jungfrau«, erklärte er, wobei er fast ... wütend wirkte.

Jody schluckte schwer. Ja, sie hätte dieses Gespräch wahrscheinlich nicht beginnen sollen. »Okay.«

»An meinem vierzehnten Geburtstag brachte Al ein Mädchen mit nach Hause, ließ uns allein und ehe ich michs versah, hatte sie eine Hand an meinem Schwanz und machte meine Hose auf.«

»Ben ...«, begann Jody, da sie eigentlich nicht hören wollte, wie er seine Jungfräulichkeit verloren hatte, aber er ignorierte ihren Protest.

»Sie drückte mich auf den Rücken, zog mir ein Kondom über und wir trieben es direkt auf der verdammten Couch. Danach zeigte sie mir, wie man das Gummi abnimmt, küsste mich auf die Wange und ging. Ich war immer noch irgendwie benommen und war fast stolz auf mich, wie ein Idiot.« Er schüttelte den Kopf. »Ich beschloss, dass ich ein Hammertyp war, und wollte mir ihre Nummer besorgen, damit ich sie wiedersehen konnte. Ich dachte dummerweise, dass Sex bedeutet, wir wären zusammen oder so ein Quatsch, also bin ich ihr gefolgt. Ich sah, wie Al ihr an der Tür Geld gab, bevor sie ging.«

»Oh mein Gott«, hauchte Jody, die Bens Stiefvater in diesem Moment überhaupt nicht mochte.

»Ja. Er hatte eine Prostituierte angeheuert, um aus mir einen Mann zu machen – seine Worte, nicht meine. Ich war zu jung, um zu verstehen, was da passierte. Er hat mir das *gestohlen*, und das werde ich ihm nie verzeihen«, sagte Ben mit leiser, gequälter Stimme. »Ich würde Tressa niemals zu etwas drängen, für das sie noch nicht bereit ist. Und ich weiß, Miss Jody, dass sie nicht bereit für Sex ist. Ich bin gern mit ihr zusammen. Ich habe sie heute Abend zum Abschied geküsst, und ich schwöre, das war ihr erster Kuss. Und ... ich will es langsam angehen. Sie soll wissen, dass ich sie genug respektiere, um sie nicht unter Druck zu setzen.«

Jody konnte in Bens Worten und Tonfall Nuancen von Baker heraushören. Sie lebten noch nicht lange unter demselben Dach, aber sein positiver Einfluss färbte dennoch ab.

»Ich versuche, nicht beleidigt zu sein, dass du auch nur

gedacht hast, ich könnte so ein Typ sein«, sagte Ben.

»Das tue ich nicht. Du ... du bist mir einfach wichtig und ich wollte nicht, dass du etwas tust, was ihr beide bereuen würdet. Ich wollte deine Gefühle nicht verletzen.«

Ben schwieg eine Weile, dann murmelte er: »Das weiß ich zu schätzen. In den letzten Wochen warst du für mich mehr eine Mutter als meine eigene in den letzten Jahren.«

Das gab Jody ein gutes und trauriges Gefühl zugleich. Sie wollte etwas erwidern, doch ein lautes Klopfen an der Haustür ließ sie aufschrecken. Ein Blick auf die Uhr zeigte ihr, dass es bereits nach einundzwanzig Uhr war. Viel zu spät, als dass noch jemand vorbeikommen könnte, um sie zu sehen.

»Erwartest du jemanden?«, fragte sie Ben.

Er schüttelte den Kopf.

Jody stand auf und ging zur Tür. Sie schaute durch den Spion und runzelte die Stirn. Ein Mann stand auf der anderen Seite und sie konnte eine Frau sehen, die etwa drei Meter hinter ihm auf dem Weg zur kleinen Veranda wartete.

»Benjamin! Es ist Zeit, nach Hause zu kommen!«, rief der Mann.

Jody schaute Ben überrascht an. Der Gesichtsausdruck des Teenagers ließ Jodys Herz schmerzen. Er war verängstigt.

Nein. Er hatte schreckliche Angst.

»Es ist Al«, flüsterte Ben.

Nun ja. Jody hatte Bens Stiefvater einiges zu sagen. Mit der Geschichte im Kopf, wie er eine Frau angeheuert hatte, um seinen Stiefsohn zu entjungfern, entriegelte sie die Tür und riss sie ruckartig auf. Sie blieb im Türrahmen stehen, damit der Mann wusste, dass er nicht hereingebeten wurde. Sie mochte klein sein, aber Ben würde auf keinen Fall mit diesem Kerl gehen. Auf gar keinen Fall.

»Kann ich Ihnen helfen?«, fragte sie ein wenig streitlustig.

Al Rowden sah sie von oben herab an. »Ja. Mein Sohn hat seinen Spaß gehabt und seinen Standpunkt klar gemacht, und jetzt ist es Zeit, dass er nach Hause kommt.«

»Erstens ist er nicht Ihr Sohn«, erwiderte Jody. »Zweitens, glauben Sie, es hat ihm *Spaß* gemacht, in seinem Wagen zu schlafen und um Essen betteln zu müssen?«

Al grinste, als würden Bens Schwierigkeiten ihn amüsieren. »Er musste eine Lektion lernen.«

»Welche Lektion war das?«

»Dass er nicht so schlau ist, wie er denkt, und dass er auf seine Eltern hören muss.«

Jody schüttelte den Kopf über das Verhalten dieses Idioten. »Er wird nirgendwo hingehen.«

»Pack deinen Kram, Ben. Du kommst nach Hause«, sagte Al, der über Jodys Kopf hinwegschaute.

»Haben Sie mich verstanden? Er wird nicht mit Ihnen gehen. Ihm geht es hier gut. Es geht ihm sogar besser.« Jody warf einen Blick auf Bens Mutter. Emma. Sie schaute auf den Beton unter ihren Füßen, als wäre er das Interessanteste, was sie je gesehen hatte. Sie versuchte nicht einmal, ihren Sohn zu sehen, um sich zu vergewissern, dass es ihm gut ging. Ihr Mangel an Gefühlen beunruhigte Jody mehr, als sie zugeben wollte.

Al machte einen Schritt nach vorn und Jody breitete die Arme aus, um ihm den Weg zu versperren. »Sie sind hier nicht willkommen. Und wenn Sie noch einen Schritt weitergehen, rufe ich die Polizei.«

Al grinste. »Glauben Sie, Sie können mich aufhalten?«

»Wahrscheinlich nicht. Sie sind größer und schwerer als ich«, sagte Jody mit einer Stimme, die ruhiger klang, als sie sich innerlich fühlte. »Aber es überrascht mich nicht, dass Sie versuchen, Ihre Größe zu nutzen, um mich einzuschüchtern. Das scheint etwas zu sein, was Sie tun würden.«

Er funkelte sie an. »Sie wissen nichts über mich«, zischte er.

»Ich weiß genug«, beharrte Jody.

»Ben hat geredet, wie ich sehe«, sagte Al. Dann sah er Ben über ihre Schulter hinweg an. »Niemand mag Petzen.«

Jody wagte es nicht, den Blick von dem Mann vor ihr abzuwenden, aber sie hatte das Gefühl, dass Al Ben auf irgendeine Weise drohte. »Es ist schon spät. Sie müssen gehen«, drängte sie. Ihr Herz schlug mit einer Million Kilometer pro Stunde. Sie hatte keine Ahnung, was sie tun sollte, wenn er sich in ihr Haus drängte und versuchte, Ben mit Gewalt herauszuholen. Aber sie würde Ben auf keinen Fall kampflos gehen lassen. Sie mochte klein sein, aber sie war eine Kämpferin. Und sie hatte eine laute Stimme. Wenn sie laut und lange genug schrie, würde einer ihrer Nachbarn bestimmt die Polizei rufen.

Doch zu ihrer Überraschung machte Al einen Schritt zurück. Seine Hände waren zu Fäusten geballt, aber er bewegte sich nicht auf sie zu. »Gut. Aber glauben Sie nicht, dass die Polizei nicht erfahren wird, dass Sie meinen Sohn entführt haben.«

»Es ist keine Entführung, wenn er hier sein *will*, nachdem Sie ihn zu Hause rausgeworfen haben«, gab Jody zurück, ohne sich die Mühe zu machen, den Mann in seiner Aussage zu korrigieren, Ben sei sein Sohn.

»Meinen Sie, das wird er der Polizei erzählen?«, fragte Al mit einem kleinen Lachen. »Er weiß es besser.«

Jody gefiel es nicht, dass Al so sicher klang. Sie richtete die Aufmerksamkeit auf Bens Mutter. »Warum haben Sie drei Wochen gebraucht, um ihn zu holen?«, fragte sie. »Er hat in seinem *Wagen* gelebt. Er hatte einen Hitzschlag, weil er darin schlief, während die Sonne auf ihn herunterbrannte. Er war nicht in der Schule. Er hat nicht richtig gegessen. Soweit ich weiß haben Sie sich den Hintern abgearbeitet, um dafür zu sorgen, dass Ihr kleiner Junge etwas zu essen hatte, als er noch klein war. Was hat sich geändert?«

Die Frau schaute auf, und für einen Moment sah Jody Schmerz in ihrem Gesicht. Doch dann verschwand er und der leere Blick kehrte zurück. Sie sprach nicht.

»Der kleine Scheißer wurde viel zu lange verhätschelt und verwöhnt. Es ist gut für ihn zu lernen, wie die echte Welt aussieht. Man hätte ihn diese Lektion lernen lassen sollen, und ihn nicht aufnehmen, damit er sich bei anderen durchschnorren kann«, sagte Al und trat zur Seite, um Jody den Blick auf Bens Mutter zu versperren.

»Er ist Ihr Sohn«, fuhr Jody fort, die Worte immer noch an die andere Frau gerichtet. »Ich würde alles dafür geben, noch einen Tag, eine Stunde, eine *Minute* mit meinem Sohn zu bekommen. Aber Sie werfen Ihre Zeit mit ihm weg ... Wozu? Warum?«

»Wir gehen«, verkündete Al abrupt, drehte sich um und

stieg von der Veranda herunter. Er ergriff Emmas Arm und drehte sie mit einem Ruck herum. Er blickte zu Jody zurück. »Aber dies ist noch nicht vorbei. Er kann sich nicht vierundzwanzig Stunden am Tag hinter Ihnen verstecken.«

»Ist das eine Drohung?«, zischte Jody aufrichtig schockiert.

»Natürlich nicht«, entgegnete Al mit einem Grinsen, dann zerrte er seine Frau näher an sich heran und führte sie zu einem Mercedes, der am Straßenrand geparkt war.

Jody spürte, wie Ben neben ihr auftauchte, und sie sahen beide zu, wie seine Mutter und sein Stiefvater davonfuhren. Dann schloss sie die Tür, verriegelte sie und holte tief Luft.

»Es tut mir leid«, murmelte Ben, aber Jody hielt eine Hand hoch, um ihn daran zu hindern fortzufahren.

»Du brauchst dich für nichts zu entschuldigen«, sagte sie entschieden. Sie umfasste sanft seine Wange. »Du bist ein fantastischer Mann, Ben. Ich kann nicht so tun, als wüsste ich, wie dein Leben in dem Haus aussah, aber nach diesem kleinen Gespräch zu urteilen war es offensichtlich nicht lustig.«

»Du hast ihn wütend gemacht«, sagte Ben mit zitternder Stimme.

»Das ist mir egal«, erwiderte Jody.

»Das sollte es nicht sein.«

»Ich habe keine Angst vor ihm.«

»Er kann dir das Leben zur Hölle machen«, warnte er.

Jody musterte den Jungen vor ihr. Er hörte sich völlig verängstigt an. »Was hat er gegen dich in der Hand?«, fragte sie leise.

Ben schloss die Augen, und für eine Sekunde dachte Jody, er würde endlich mit der Wahrheit herausrücken. Aber als er die Augen öffnete und ihren Blick erwiderte, wusste sie, dass er seine Gefühle unter Kontrolle hatte und der Moment vorbei war. »Das ist nicht wichtig. Ich sollte gehen.«

Jody legte eine Hand auf seine Schulter, drückte sie fest und sagte: »Nein.«

»Ich will dir das Leben auf keinen Fall schwieriger machen.«

»Ich werde mit dem Dämlack schon fertig«, versicherte

Jody ihm. »Und wenn Baker zurückkommt, wird er dafür sorgen, dass dein Stiefvater dich nicht mehr belästigt.«

Es dauerte einen Moment, aber schließlich entspannten sich Bens Schultern ein wenig. »Dämlack?«, wiederholte er mit einem kleinen gezwungenen Lächeln.

»Ja, ich hätte ein schlimmes Wort benutzt, aber da ich Baker wegen Fluchens in deiner Gegenwart ausgeschimpft habe, hielt ich das nicht für angemessen.«

»Ich denke, wenn man über Al Rowden spricht, ist es absolut angemessen«, sagte Ben.

»Da hast du wahrscheinlich recht.«

»Wegen dem, was du zu meiner Mutter gesagt hast«, fügte Ben hinzu. »Ich habe die Veränderung in ihr erst bemerkt, als es zu spät war. Sie hat sich selbst verloren ... und damit hat sie auch mich verloren.«

»Es tut mir so leid, Ben«, flüsterte Jody, trat näher an ihn heran und legte die Arme um ihn. Sie umarmte ihn heftig und freute sich, als er es erwiderte. Dann machte sie einen Schritt zurück.

»Das mit deinem Sohn tut mir leid«, entgegnete Ben.

»Mir auch. Aber es hat mir sehr gut getan, dich hier zu haben. Und nur damit das klar ist, ich habe dich *gern* hier, Ben. Du bist keine Last und du hast noch genügend Zeit, um zu lernen, wie man erwachsen ist. Im Moment solltest du dir nur Sorgen um deine Noten machen und darum, Tressa gut zu behandeln.«

»Ich wünschte, das wäre alles, worüber ich mir Sorgen mache«, sagte Ben leise.

»Ich auch«, flüsterte Jody.

Er nahm einen tiefen Atemzug. »Wann kommt Baker wieder nach Hause?«

»Ich bin mir nicht sicher. Er hat gesagt, dass er ungefähr eine Woche weg sein wird. Also hoffentlich nur noch ein paar Tage.«

»Was macht er denn?«

Sie standen immer noch im Eingangsbereich, aber da Ben tatsächlich mit ihr sprach, wollte Jody nicht riskieren, dass er dichtmachte, indem sie ihn bat, sich wieder auf die Couch zu setzen. »Er arbeitet für die Regierung. Er ist eine Art Informationsbeschaffer.«

Jody wusste nicht genau, *was* Baker tat, aber sie hielt es nicht für klug, Ben zu erzählen, dass er mit extrem gefährlichen Leuten zusammenarbeitete. Doch als Ben sie anstarrte, schien es, als würde er ihre vagen Worte durchschauen.

»Vielleicht spreche ich mit ihm, wenn er zurückkommt.«

»Das ist eine wunderbare Idee«, stimmte Jody zu. Sie wäre nicht verärgert, wenn Ben sich Baker gegenüber öffnete und nicht ihr. Der Teenager schien den Mann wirklich zu bewundern, und wer würde das nicht? Er war ein bewundernswerter Mann, das stand fest.

»Ich glaube, ich werde noch ein bisschen aufbleiben und fernsehen, aber du kannst ruhig ins Bett gehen, wenn du willst«, sagte Ben.

Jody kniff die Augen zusammen. »Wenn du auch nur einen Fuß vors Haus setzt, Ben Miller, werde ich verrückt.«

Seine Mundwinkel zuckten nach oben. »Ich werde nicht gehen«, versicherte er ihr.

Jody hob eine Augenbraue.

»Werde ich nicht. Versprochen. Ich habe keine Lust, wieder in dieses Haus zu gehen. Niemals. Und wenn ich für den Rest meines Lebens dieselben zehn Kleidungsstücke tragen muss, die ich mitgenommen habe, als ich ging, dann werde ich das tun. Wenn meine Mutter jemals die Kurve kriegt, muss sie *mich* besuchen. Ich ... der Abend war so gut, perfekt. Ich habe mein Mädchen zum ersten Mal geküsst und dann musste *er* es ruinieren.«

»Niemand kann Erinnerungen ruinieren, Ben«, sagte Jody. »Die gehören ganz dir.«

Er nickte. »Ich muss nachdenken. Er wird etwas versuchen, Miss Jody, und ich muss bereit sein, wenn er es tut«, sagte Ben.

Das gefiel ihr gar nicht. »Baker wird helfen, wenn er zurückkommt«, versicherte sie ihm.

»Ja«, murmelte Ben.

Jody hatte das Gefühl, dass sie für heute Abend alles gesagt hatte, was sie sagen konnte. Morgen früh würde sie alles tun, um ihn erneut zu beruhigen. »In Ordnung. Ich werde schlafen gehen. Aber wenn du etwas brauchst, ich bin gleich den Flur runter.«

»Danke, Miss Jody.« Dann schüttelte er den Kopf. »Ich kann nicht glauben, dass du dich mit ausgestreckten Armen vor ihn gestellt hast ... als würde ihn das davon abhalten, an dir vorbeizukommen.«

»Du magst vielleicht größer und kräftiger sein, Ben, aber du bist immer noch ein Kind. Nur über meine Leiche wäre er an dich herangekommen«, erklärte sie.

Ben schluckte schwer und sah auf seine Füße hinunter, während er tief durchatmete.

Jody gab ihm Zeit, sich wieder zu fassen. »Du bist nicht Mana. Das weiß ich, aber das bedeutet nicht, dass ich dich nicht mit allem, was ich habe, beschützen werde. Ich weiß, dass er sich an mir hätte vorbeidrängen können, aber ich war bereit, das Risiko einzugehen, verletzt zu werden, um mich für dich einzusetzen, Ben.«

»Ich wünschte, *du* wärst meine Mutter«, flüsterte Ben.

Diesmal musste Jody schwer schlucken, um nicht in Tränen auszubrechen. Als sie das Gefühl hatte, sich unter Kontrolle zu haben, antwortete sie: »Ich bin zwar nicht deine leibliche Mutter, aber was mich betrifft, bist du von diesem Moment an mein Adoptivsohn. Wenn du etwas brauchst, egal was, kommst du zu mir. Wasser, Essen, ein Dach über dem Kopf, eine Schulter zum Anlehnen, Ratschläge in Sachen Mädchen oder einfach nur einen Ort zum Entspannen, an dem du nicht nachdenken musst ... meine Tür wird dir immer offen stehen.«

»Danke«, sagte Ben. Er trat auf sie zu, um sie noch einmal fest zu umarmen, dann drehte er sich um und ging zurück in den Wohnbereich.

Jody nahm einen tiefen Atemzug und ging dann auf den Flur zu, der zu ihrem Schlafzimmer führte. »Gute Nacht, Ben. Bleib nicht zu lange auf.«

»Das werde ich nicht«, versprach er, während er sich setzte und die Fernbedienung in die Hand nahm. »Ich kontrolliere die Türen und Fenster, bevor ich ins Bett gehe, also mach dir keine Sorgen.«

Ja, man konnte mit Sicherheit behaupten, dass Ben alles Gute von Baker in sich aufsog. »Okay. Danke.«

»Gute Nacht, Miss Jody.«

»Gute Nacht, Ben.«

Jody machte sich bettfertig, kroch unter die Decke und zog das Kissen, das Baker benutzt hatte, in die Arme. Sie vergrub das Gesicht darin und ließ schließlich den Tränen freien Lauf, die sie bis dahin zurückgehalten hatte. Sie weinte, weil sie tatsächlich Angst vor dem gehabt hatte, was Al tun könnte. Sie weinte um Ben. Um Emma Rowden, die keine Ahnung hatte, was sie weggeworfen hatte ... oder vielleicht doch. Sie weinte, weil sie sich Sorgen um Baker machte.

Als ihre Tränen versiegten, fühlte Jody sich, als wäre sie durch die Mangel gedreht worden. Sie hatte keine Ahnung, was mit Bens Stiefvater los war, aber es war nichts Gutes. Ben hatte schreckliche Angst vor dem Mann. Er hatte seinen Stiefsohn irgendwie in der Hand, das war klar, und Jody wünschte sich verzweifelt, sie wüsste, was es sein könnte.

Sie hoffte, dass Baker in der Lage sein würde, es herauszufinden. Vielleicht konnte er mit seinen Beziehungen den Einfluss, den Al auf Ben hatte, brechen und der Teenager konnte sein Leben ohne die schwarze Wolke der Sorge leben, die seit Monaten über ihm zu schweben schien. Sie war heute Abend für eine Weile verschwunden, als er mit Tressa zusammen gewesen war, aber jetzt war sie wieder da.

Jody schoss der Gedanke durch den Kopf, dass Ben seine Bemühungen um Tressa aufgeben könnte, um sie zu schützen. Je mehr sie darüber nachdachte, desto mehr vermutete sie, dass er genau das tun würde. Sie machte sich die geistige Notiz, am nächsten Morgen mit ihm zu reden. Es würde Tressa zerstören, wenn Ben jetzt versuchte, mit ihr Schluss zu machen. Sie würde denken, dass es an etwas lag, was sie heute Abend getan hatte, oder daran, dass sie nicht gut küssen konnte, oder an irgendeinem anderen Unsinn, und nicht daran, dass Ben versuchte, vorsichtig zu sein.

Es überwältige Jody, schlaflos dazuliegen, über Ben und darüber nachzudenken, wie sie ihm helfen konnte, und sie vermisste Baker noch mehr. Er wüsste genau, was in so einer

Situation zu tun war. Wenn er heute Abend dabei gewesen wäre, hätte Al auf keinen Fall all diese schrecklichen Dinge gesagt. Jody war stolz darauf, wie sie mit dem Typen umgegangen war, aber sie wünschte sich dennoch, Baker wäre hier gewesen.

Es war beängstigend, wie sie sich in den letzten fünf Jahren durch ihr Leben gekämpft und fast von allem abgetrennt gefühlt hatte, und jetzt schien ihr Leben im letzten Monat plötzlich innerhalb einer Nanosekunde von Grau zu Technicolor umgesprungen zu sein. Es war unangenehm und irgendwie erschreckend, aber Jody konnte nicht leugnen, dass sie viel lieber dieses Leben hätte ... mit Ben und Baker und all der Ungewissheit, die mit beiden einherging ... als in Trauer zu ertrinken und Mana mit jedem Atemzug zu vermissen.

Als würde der Gedanke an ihren Sohn ihn irgendwie heraufbeschwören, ertönte das dumpfe Klirren von Schlüsseln, die auf einer Kommode landeten, fast laut in ihrem Zimmer. Jody setzte sich auf und legte den Kopf schief. Träumte sie schon wieder?

Dann hörte sie Schritte auf dem Hartholzboden im anderen Zimmer. Ben.

Jody legte sich wieder hin und lächelte. Ben war zwar nicht Kaimana, aber es fühlte sich richtig an, ihn hier zu haben. »Ich vermisse dich, Mana«, flüsterte sie.

Jody hätte schwören können, dass sie eine Berührung an ihrer Wange spürte, nachdem sie die Worte gesagt hatte.

Die Seele ihres Sohnes *war* hier. Sie wachte über sie. Zum ersten Mal seit Langem empfand sie Trost, wenn sie an ihren Sohn dachte, und nicht nur eine überwältigende Trauer.

Sie drehte sich wieder auf die Seite und kuschelte Bakers Kissen an ihre Brust. Er würde bald nach Hause kommen, aber bis dahin käme sie schon klar. Sie und Ben würden die Dinge so gut wie möglich handhaben, und wenn Baker wieder da war, würde Ben mit ihm reden und Baker würde tun, was nötig war, um sich um Al Rowden zu kümmern.

Jody schlief mit Bakers Duft in der Nase und der Hoffnung ein, dass er bald nach Hause kommen würde.

KAPITEL SIEBZEHN

Jody riss die Tür auf und beobachtete, wie Baker hinter ihrem Bus in die Einfahrt fuhr. Er hatte vor etwa anderthalb Stunden angerufen und ihr mitgeteilt, dass er zu Hause sei, noch ein paar Dinge auf dem Stützpunkt zu erledigen habe und dann direkt zu ihrem Haus fahren würde.

Seitdem hatte sie ungeduldig auf ihn gewartet. Vorhin war Ben losgefahren, um beim Aji Limo Truck etwas zu essen zu holen, einem Imbisswagen, der dauerhaft in der Nähe von Shark's Cove geparkt war, einem beliebten Schnorchelplatz an der Nordküste. Er hatte überlegt, dort einen Job anzunehmen, jedoch entschieden, sich stattdessen auf die Schule und Tressa zu konzentrieren, was Jody befürwortete.

Sie war fast zu aufgeregt gewesen, um etwas herunterzubekommen, hatte es jedoch geschafft, einen leckeren Fischsalat zu essen. Ben hatte auch etwas für Baker mitgebracht, falls er hungrig nach Hause kommen sollte.

Jody konnte es nicht erwarten, dass Baker zu ihr kam. Sie kam ihm auf der Fahrerseite seines Wagens entgegen und kaum war er ausgestiegen, schlang sie die Arme um ihn.

»Hey, Tink.«

»Ich bin so froh, dass du zu Hause bist«, murmelte sie gegen seine Brust.

Baker hielt sie noch fester, als er ihr ins Ohr flüsterte: »Die beste Heimkehr, die ich je hatte.«

Ein wohliger Schauder lief Jody den Rücken hinunter. Sie konnte gut allein sein, das war sie sehr lange gewesen, aber in dieser Sekunde in Bakers Armen zu liegen war eines der besten Gefühle, die sie je erlebt hatte.

Als sie sich zurückzog, behielt sie ihre Hände auf seinem Bizeps, während sie den Blick von seinem Kopf hinunter zu seinen Zehen und dann wieder nach oben wandern ließ, um sich zu vergewissern, dass er auch wirklich in einem Stück war.

»Mir geht's gut«, versicherte er ihr, da er offensichtlich wusste, was sie tat.

»Bist du müde? Hungrig? Konntest du im Flugzeug schlafen? Ich weiß nicht, wie lange dein Flug gedauert hat, aber du siehst erschöpft aus. Was brauchst du von mir?«

»Du tust es schon«, sagte Baker mit einem zufriedenen Lächeln.

Jody schüttelte den Kopf. »Ich tue gar nichts«, protestierte sie.

»Du konntest die fünf Sekunden, die ich gebraucht hätte, um zu dir zu kommen, nicht abwarten«, entgegnete Baker. »Du starrst mich an, als könntest du durch meine Kleidung hindurchsehen, um herauszufinden, ob ich ein Wehwehchen habe. Und du hast gleich versucht, dich um mich zu kümmern, indem du mir Essen und Ruhe anbietest. Du tust alles, Jodelle.«

Seine Worte ließen ihr die Tränen in die Augen steigen. »Mist«, sagte sie und drückte sich wieder an ihn. »Ich habe mir selbst versprochen, dass ich nicht weinen werde.«

Baker lachte, und sie spürte die Vibration unter ihrer Wange. »Solange es Freudentränen sind, soll es mir recht sein«, sagte er.

»Willkommen zurück«, rief Ben an der Tür.

Jody spürte, wie Baker das Kinn hob – dann spannte sich sein ganzer Körper an. Er sagte gerade laut genug für ihre Ohren: »Gibt es einen Grund, warum Ben völlig verängstigt aussieht?«

Jody seufzte. Sie hatte nicht sofort nach Bakers Rückkehr

damit anfangen wollen, aber vielleicht war es besser so. »Vorgestern Abend ist etwas passiert«, gestand sie.

Bakers Muskeln spannten sich noch fester an. »Was?«

»Sein Stiefvater und seine Mutter kamen vorbei. Sie wollten ihn nach Hause holen.«

Baker runzelte die Stirn. »Was zum Teufel? Woher wussten sie, wo er ist? Besser noch, wenn ihm jemand gesagt hat, dass er bei Miss Jody wohnt, woher wusste er dann, wo *du* wohnst?«

»Ich weiß es nicht. Ich habe die Sache übernommen, aber Ben hat schreckliche Angst vor seinem Stiefvater. Ich glaube, er hat etwas gegen ihn in der Hand.«

»Erpressung?«, stieß Baker hervor.

»Ich weiß nicht, ob ich so weit gehen würde, aber es wurden definitiv einige Dinge gesagt, die nicht gut waren.«

»Hat er dich angerührt?«, fragte Baker.

Jody schüttelte sofort den Kopf. »Nein.«

»Hat er Ben angerührt?«

»Nein. Ich habe ihn nicht ins Haus gelassen.«

Ihre Antwort schien Baker nicht zu besänftigen. »Hat er mit dir gesprochen? Ben, meine ich.«

»Bevor sein Stiefvater aufgetaucht ist, hat er mir ein paar Dinge erzählt, die mir den Mann nicht sympathisch gemacht haben. Ich glaube, er versucht, mich vor dem zu schützen, was es ist. Er wollte gehen, nachdem sein Stiefvater verschwunden war. Um mich zu schützen.«

»Ich werde mit ihm reden«, sagte Baker.

»Okay. Es tut mir leid.«

»Was denn?«

»Dass du dich gleich zwei Sekunden, nachdem du nach Hause gekommen bist, damit beschäftigen musst.«

»Es ist mir egal, ob es zwei Sekunden oder drei Tage sind, Jodelle. Etwas, das nicht nur ein Kind in Gefahr bringt, das ich respektiere und mag, sondern auch meine Frau? Je schneller diese Scheiße erledigt wird, desto besser. Danke, dass du mir nicht verheimlicht hast, dass dieses Arschloch vorbeigekommen ist.«

»Warum sollte ich das tun?«, fragte Jody mit schief gelegtem Kopf.

Er starrte sie einen Moment lang an, dann antwortete er: »Ich habe dich noch nicht geküsst.«

»Nein, das hast du nicht, aber im Ernst, Baker, warum sollte ich dir so etwas verheimlichen? Ich weiß, was für ein Mann du bist. Und du hast versprochen, dass du nicht den Verstand verlierst und etwas Dummes tust, das dich mir wegnimmt – in diesem Fall, zu seinem Haus zu stürmen und Al zu einem Duell herauszufordern. Außerdem braucht Ben jemanden, mit dem er reden kann, und wenn das nicht ich bin, weil er mich vor der Scheiße in seinem Leben schützen will, dann solltest du es sein. Ich weiß, dass du stark genug bist, um nicht nur alles zu ertragen, was er dir erzählen will, sondern dass du auch die Weisheit hast, ihn zu beraten, was er als Nächstes tun sollte.«

Jody senkte ihre Stimme noch mehr. »Und mit den Beziehungen, die du angeblich hast, hoffe ich, dass du einige davon nutzen kannst, um Al eine Lektion zu erteilen … nämlich, dass es nicht cool ist, seinen Stiefsohn aus dem Haus zu werfen, um ihm ›eine Lektion zu erteilen‹, wenn er weiß, dass er in seinem Wagen wohnt und wahrscheinlich hungern muss.«

Daraufhin schaute Baker zu Ben auf und verkündete laut: »Ich werde Jodelle jetzt küssen. Und zwar mit Zunge, lange, innig und hart. Ich schlage vor, du gehst zurück ins Haus. Wir sind gleich drinnen.«

Ben grinste. »Ich gehe ja schon«, rief er. »Aber ich bin mir nicht sicher, ob Miss Jodys Nachbarn eine nicht jugendfreie Vorstellung in ihrer Einfahrt mögen.«

»Es wird jugendfrei sein, aber vielleicht nicht für Kinder«, gab Baker zurück. »Und sie begrüßt ihren Freund, der gerade von einer gefährlichen Reise zurückkommt … Ich bin sicher, sie werden es verstehen.«

Das Lächeln auf Bens Gesicht verblasste nicht. Er hob das Kinn an, womit er erneut Baker imitierte, dann drehte er sich um und ging ins Haus.

»Baker«, sagte Jody, als er wieder zu ihr hinunterblickte, mit einem so intensiven Gesichtsausdruck, dass sie ihn nicht einmal ansatzweise deuten konnte.

»Mein ganzes Leben lang hatte ich mit Leuten zu tun, die

alles in ihrer Macht Stehende tun, um mich zu täuschen«, entgegnete er mit tiefer, vibrierender Stimme, fast wie ein Knurren. »Sie lügen über jede noch so kleine Sache, angefangen bei dem, was sie gefrühstückt haben, bis hin zu wichtigeren Dingen, wie zum Beispiel, mit wem sie zusammenarbeiten, um mich und meine Landsleute zu töten. Du? Ich habe noch keine zwei Schritte von meinem Wagen weg gemacht und schon erzählst du mir, dass Al Rowden dir einen Besuch abgestattet hat, und warnst mich vor, dass Ben etwas Wichtiges zu erzählen hat. Das bedeutet mir sehr viel, Jodelle. Es bedeutet mir die Welt.«

»Baker«, flüsterte sie.

»Ich werde diese Scheiße in Ordnung bringen«, schwor er. »Vielleicht nicht heute Abend. Vielleicht auch nicht morgen. Aber ich werde dafür sorgen, dass Rowden weiß, dass du tabu bist. Er redet nicht mit dir. Er taucht nicht bei dir zu Hause auf. Er *schaut* dich nicht einmal an. Es ist Bens Entscheidung, ob er das auch will, aber wenn er es will, werde ich auch das deutlich machen. Und es ist gut, dass du dich nicht von der Tatsache abschrecken lässt, dass ich vielleicht ein paar Beziehungen spielen lasse, um das zu regeln.«

»Das tue ich nicht«, sagte Jody. »Wenn Al ein so großes Arschloch ist, wie ich vermute, dann hat er alles verdient, was er bekommt.«

Baker legte einen Finger unter Jodys Kinn und neigte ihren Kopf zurück, während er gleichzeitig seinen eigenen senkte. Jody kam ihm auf halbem Weg entgegen, stellte sich auf die Zehenspitzen und legte eine Hand an seinen Hinterkopf. Sie vergrub ihre Finger in seinem Haar und öffnete sich ihm sofort, als ihre Lippen sich trafen.

Sein Bart war ein wenig länger als vor einer Woche, als er aufgebrochen war, aber das störte Jody nicht im Geringsten. Sie verzehrte sich nach diesem Mann. Innerhalb weniger Sekunden war sie von null auf fünfhundert. Ihre Zungen duellierten sich, als sie den Geschmack und das Gefühl des anderen neu kennenlernten. Jody spürte Bakers harte Erektion an ihrem Bauch und rieb sich schamlos an ihm. Sie wollte mehr. Sie musste ihm näher sein.

Als Baker sich schließlich zurückzog, war Jodies Bein an der Außenseite seines Oberschenkels hochgezogen und sie grub die Fingernägel in seine Kopfhaut. Eine seiner Hände lag unter ihrem Hemd auf ihrem Rücken und hielt sie fest an sich gedrückt, während er die andere in ihren Nacken gelegt hatte, um sie während seines Kusses festzuhalten. Ein Kuss, von dem sie mehr wollte. Ein leises Wimmern entwich ihr, als er auf sie herabblickte.

»Heute Nacht wirst du mir gehören«, sagte er.

»Ich gehöre bereits dir«, antwortete Jody, ohne nachzudenken. »Aber wenn du von Sex sprichst, ja. Bitte, ja.«

Baker nahm einen tiefen Atemzug, dann lächelte er.

»Was?«, fragte sie.

»Plumeria. Das habe ich verdammt vermisst.«

Jody schmiegte sich an ihn. Sie ließ ihr Bein sinken und zwang sich, ihre Hand aus seinem Haar zu lösen. »Ich habe dich so sehr vermisst, Baker.«

»Ist sonst noch etwas passiert, während ich weg war, außer dass Rowden ein Arschloch war?«

»Ich habe einen Haufen neuer Aufträge bekommen, unter anderem einen Vertrag über die komplette Neugestaltung der Webseite eines großen Sportbekleidungsunternehmens. Das wird viel Zeit in Anspruch nehmen, aber sie zahlen mir eine Menge Geld, also ist es das auf jeden Fall wert. Tressa und Ben sind jetzt ein Paar. Sie kam am selben Abend, an dem Al hier war, zum Abendessen, aber Ben hatte sie schon nach Hause gefahren, als er auftauchte, was gut ist. Meinen Surf-Schützlingen geht es allen gut. Anscheinend plant Kenna schon bald eine Pyjamaparty, und wenn ich mich an dem Gruppenchat orientiere, zu dem ich hinzugefügt wurde, könnte das sogar schon in der nächsten Woche oder so sein. Ehrlich gesagt bin ich sehr nervös, aber auch aufgeregt, was verrückt ist, ich weiß. Wie auch immer ... Ben hat ein paar Gerichte zum Abendessen geholt. Ich habe schon gegessen, aber für dich sind noch zwei da.«

Baker lächelte. »Klingt gut, Tink. Ich bin am Verhungern.«

»Warum stehen wir dann noch hier draußen?«, fragte sie.

»Weil ich es genieße, von meiner Frau willkommen

geheißen zu werden. Dich in meinen Armen zu haben ist mir allemal lieber, als etwas zu essen.«

Jody schüttelte den Kopf. »Wie wäre es, wenn wir reingehen und du dich von mir füttern lässt, dann kannst du dich mit Ben unterhalten und wir gehen ins Bett.«

»Klingt nach einem Plan. Ich habe dich vermisst, Tink.«

»Ich habe dich auch vermisst«, flüsterte Jody.

»Danke, dass du keine Spielchen spielst. Oder etwas vor mir versteckst. Und es tut mir leid, dass ich nicht hier war, um dir bei Rowden den Rücken zu stärken.«

»Gern geschehen. Und es gibt nichts, was dir leidtun müsste. Ich bin nicht hilflos und auch wenn die Begegnung nicht lustig war, war ich darauf vorbereitet, mir die Lunge aus dem Hals zu schreien, wenn er etwas versucht hätte. Meine Nachbarn hätten sofort die Polizei gerufen.«

»Gut zu wissen. Komm, lass uns reingehen, damit ich essen und mich mit Ben unterhalten kann. Ich kann es kaum erwarten, wieder mit dir in meinen Armen einzuschlafen.«

»Mir geht es genauso«, stimmte Jody zu.

Baker ließ sie lange genug los, um die Hintertür seines Wagens zu öffnen und seine Reisetasche zu holen, dann legte er seinen Arm wieder um ihre Taille und führte sie zur Tür.

Jody brachte seine Tasche in ihr Schlafzimmer, während Baker Ben mit einer Männerumarmung begrüßte. Während Baker aß, erzählte er nicht viel darüber, wo er gewesen war oder was er gemacht hatte, aber er sagte, dass es fast die ganze Zeit geregnet habe und er froh sei, wieder nach Oahu und in den Sonnenschein zurückzukommen.

Nachdem Baker gegessen und die Behältnisse in den Mülleimer geworfen hatte, verkündete Jody: »Ich gehe jetzt und fange mit meinem Webseiten-Projekt an. Ihr könnt hier abhängen. Und ich werde meine Kopfhörer aufsetzen, also wenn ihr böse Worte sagen wollt, braucht ihr kein schlechtes Gewissen zu haben, denn mit meiner Musik in den Ohren kann ich nichts hören.«

Bakers Züge wurden sanft. »Danke, Tink.«

»Klar doch. Ben, brauchst du etwas?«

»Nein, ich habe alles, Miss Jody.«

»In Ordnung. Wenn ich dich nicht mehr sehe, bevor du ins Bett gehst, schlaf gut. Gehst du morgen früh surfen?«

Jody war nicht überrascht, als der junge Mann Baker ansah.

»Ich war schon seit einer Woche nicht mehr in den Wellen. Ich gehe morgen mit Sicherheit surfen.«

Ben nickte. »Ich auch.«

»Gut. Sieh zu, dass du deine Hausaufgaben erledigst«, mahnte Jody.

»Das werde ich.«

»Okay. Gute Nacht.« Dann holte sie tief Luft und fügte hinzu: »Ich bin so froh, dass du hier bist, Ben. Durch dich ist die letzte Woche viel weniger einsam gewesen. Und du warst eine große Hilfe bei der Gartenarbeit und den anderen Aufgaben, die du erledigst.«

Ben presste die Lippen aufeinander und nickte. »Es ist schön, geschätzt zu werden. Gute Nacht, Miss Jody.«

Damit drehte Jody sich um und ging in Richtung ihres Schlafzimmers. Sie wollte unbedingt lauschen und ein für alle Mal herausfinden, was für ein Idiot Bens Stiefvater war, aber sie wollte weder Bens noch Bakers Vertrauen verlieren, wenn sie herausfanden, dass sie zugehört hatte. Also setzte sie sich vor ihren Computer, nahm ihre Kopfhörer, tippte auf die App, um ihre Lieblingsplaylist aufzurufen, und drückte auf *Abspielen*. Dann machte sie sich an die Arbeit.

KAPITEL ACHTZEHN

»Wie schlimm war es?«, fragte Baker Ben, als er hörte, wie die Tür sich hinter Jodelle schloss.

Ben seufzte und antwortete: »Schlimm.«

Baker nickte. Das hatte er befürchtet. Er hatte das Gefühl, dass Jodelle das, was mit Rowden passiert war, heruntergespielt hatte. »Komm, setzen wir uns. Du kannst es mir erzählen.«

Sie setzten sich auf die Couch und während der nächsten zehn Minuten tat Baker sein Bestes, um nicht durchzudrehen, als Ben beschrieb, was Rowden gesagt hatte und wie Jodelle ihre verdammten Arme ausgebreitet hatte, als würde das das Arschgesicht davon abhalten, ins Haus zu kommen. Es überraschte ihn nicht, dass Jodelle sich für Ben eingesetzt hatte. Auf keinen Fall würde ihn jemand aus ihrem Haus holen, wenn sie es verhindern konnte.

»Was dachte sie denn, was sie tun würde, wenn er sie wegstößt?«, fragte Baker kopfschüttelnd.

»Das habe ich sie auch gefragt. Sie meinte, dass sie wie ein verdammter Affe auf seinen Rücken gesprungen wäre und sich die Seele aus dem Leib geschrien hätte.«

»Großer Gott«, murmelte Baker, aber dennoch konnte er sich ein kurzes Lachen nicht verkneifen. Das war nicht lustig. Ganz und gar nicht. Aber die Vorstellung, wie sie genau das tat, war irgendwie amüsant, auch wenn die Situation es nicht war.

Er wurde nüchtern. »Sprich mit mir, Ben«, bat Baker. »Ich habe ein paar Nachforschungen über Rowden angestellt und obwohl ich bei diesem Mann kein gutes Gefühl habe, habe ich nichts Konkretes gefunden. Ich brauche Informationen, wenn ich dir helfen soll.«

Ben blickte auf seine Hände, die er in seinem Schoß knetete. »Ich glaube nicht, dass du helfen kannst«, gestand er. »Al ist sehr gut darin, Spuren zu verwischen. Er sorgt dafür, dass niemand etwas Schlechtes über ihn sagt.«

»Mir ist aufgefallen, dass er nichts als Lob bekommt, wenn es um seinen Job geht«, sagte Baker.

Ben nickte. »Ja ... weil er die Jugendlichen, die mit ihm arbeiten, laufen lässt und die, die nicht mit ihm arbeiten, die schlimmsten Strafen bekommen.«

»Wie bringt er die Leute zum Schweigen? Ich vermute durch Erpressung?«, fragte Baker, der sich über die Bemerkung wunderte. *Mit ihm arbeiten.*

Ben seufzte. »Um das zu erklären, muss ich zurückgehen.«

Baker nickte und versteifte sich, als Ben zu sprechen begann.

»Als meine Mutter Al geheiratet hat, war anfangs alles gut. Wir hatten keine Probleme mehr. Wir zogen in das große Haus hier oben an der Nordküste. Ich war froh, aus der Stadt raus- und von den Kindern wegzukommen, die auf mir herumhackten, weil meine Kleidung abgetragen war. Ich musste nicht mehr hungern und auch meine Mutter war glücklich. Aber nachdem Al ihr den Job als Empfangsdame in der Arztpraxis besorgt hatte, fing er an, gemein zu werden. Er schrie sie an, und sie weinte viel. Dann stürzte sie eines Tages und verletzte sich am Rücken. Ich habe nie erfahren, *wie* sie gestürzt ist ... aber ich glaube, Al hat sie geschubst. Jedenfalls bekam sie ein Rezept für Codein. Als das ihre Schmerzen nicht zu lindern schien, tauschte ihr Arzt es gegen Oxycodon aus.«

»Scheiße«, murmelte Baker.

Ben nickte. »Ja. Damals fand ich Al noch ziemlich nett, auch wenn er viel geschrien hat. Ich war zwölf und sehnte mich nach seiner Anerkennung und Aufmerksamkeit. Ich mochte es natürlich mehr, wenn er nett zu mir war, als wenn er mich anbrüllte. Während meine Mutter in ihrem Zimmer saß und sich mit Schmerzmitteln zudröhnte ... brachte Al mir bei, wie man Autos aufbricht. Ich war noch ein dummes Kind, also fand ich es aufregend und lustig, und es erschien mir damals ziemlich harmlos. Wir fuhren zu den überfüllten Stränden und anderen touristischen Attraktionen, er setzte mich an einem Ende des Parkplatzes ab und wartete am anderen Ende auf mich. Manche Fahrzeuge waren immer unverschlossen, die waren einfach, aber bei anderen musste ich je nach Modell verschiedene Werkzeuge benutzen oder sogar eine Heck-scheibe einschlagen. Ich brachte Kameras, Geldbörsen und andere Sachen zurück. Al brachte alles zu einem Typen, den er kannte, und bekam dafür Bargeld. Er gab mir etwas, und ich fand das so cool.

Dann fing er an, meine Freunde zu rekrutieren ... darunter auch meinen besten Freund Alex. Am Anfang war es aufre-gend. Wie ein Spiel. Wir verteilten uns auf dem Parkplatz, schnappten uns so viele Sachen wie möglich und traten gegen-einander an. Al brachte uns bei, welche Sachen das meiste Geld einbringen würden. Aber mit der Zeit ... machte es immer weniger Spaß. Mehrmals wurde ich fast erwischt, und das machte es nicht aufregender, sondern mir eine Heidenangst. Ein paarmal *wurden* meine Freunde erwischt und kamen vor Gericht. Al ließ sie mit einer Verwarnung und ein paar bescheuerten Sozialstunden davonkommen, die er immer überwachte.

Kurz nachdem ich vierzehn geworden war, weigerte ich mich, es weiter zu tun. Al war nicht glücklich darüber, aber da Alex und meine Freunde immer noch bereit waren weiterzu-machen, hat er mir nicht allzu viel Ärger gemacht.«

»Was hat er mit dem ganzen Geld gemacht?«, fragte Baker. Damit hatte er nicht gerechnet – und es war noch schlimmer, da es um Kinder und Jugendliche ging. Aber er hatte das Gefühl, dass Ben noch nicht fertig war.

»Er hat das meiste davon benutzt, um Drogen zu kaufen. Er hat Ecstasy für meine Freunde gekauft. Er fing an, Partys in unserem Haus zu veranstalten, bei denen er Ecstasy wie Süßigkeiten verteilte. Die Jugendlichen bleiben die ganze Nacht auf, tanzen und trinken Alkohol, den Al praktischerweise herumstehen lässt. Er gibt es den Leuten nie direkt, aber jeder, der es will, kann es bekommen. Jeder geht hin. Er hat auch ein Mietshaus, wo er noch mehr Partys veranstaltet, damit die Nachbarn nicht misstrauisch werden.

Auf den Partys rekrutiert er noch mehr Jugendliche für sein Geschäft. Und wenn er die Leute einmal angelockt hat, sorgt er dafür, dass sie bleiben, indem er sie beim Aufbrechen von Fahrzeugen und beim Betrinken und Drogennehmen im Mietshaus auf Video aufnimmt, wo es überall versteckte Kameras gibt – die Partys in unserem Haus filmt er *nie*. Dafür ist er zu vorsichtig. Wenn jemand aussteigen will, erpresst er ihn mit den Videos und droht ihm, die Beweise an die Polizei zu übergeben, damit er vor Gericht landet. Das hat er schon ein paarmal gemacht und dafür gesorgt, dass die Teenager in den Jugendknast kommen. Die Leute kommen da nur raus, wenn sie ihren Abschluss machen und weggehen.«

»Mein Gott, Ben.«

»Ich weiß. Er hat eine Menge Videos von mir, Baker. Ich war sein kleiner Schützling«, sagte er verbittert. »Ich habe alles gemacht, was er von mir verlangt hat, und es war mir egal, dass er mich aufgenommen hat. Am Anfang war ich sogar stolz darauf, dass ich gut darin war, in Fahrzeuge ein- und auszusteigen, ohne erwischt zu werden. Nachdem ich damit aufgehört hatte, dachte ich daran, jemandem zu erzählen, was er tut, ungeachtet der Videos.« Er seufzte schwer. »Aber ich konnte es nicht. Wegen meiner Mutter.

Zu der Zeit war sie schon süchtig nach Oxy. Sie wurde gefeuert, weil ihr Chef herausgefunden hatte, dass sie ein paar Rezeptblöcke gestohlen hatte. Sie war verzweifelt auf der Suche nach Drogen und Als kleines Nebengeschäft versorgte sie damit. Er versorgt sie seit Jahren mit Drogen, Baker.« Ben schüttelte den Kopf. »Sie ist so verwirrt, dass sie meistens gar nicht weiß, was los ist. Sie hat keine Freundinnen und ist wegen der Schmerzmittel so abhängig von Al, dass sie klaglos tut, was er ihr sagt.

Er braucht das Geld aus den Überfällen auch, um seine Spielsucht zu finanzieren«, fuhr Ben fort. »Er steckt so tief drin, dass er ohne das Geld, das er von den stehlenden Jugendlichen bekommt, schon längst unser Haus verloren hätte. Sie denken, es ist alles gewagt und aufregend. Sie bekommen Drogen und die Möglichkeit, ohne Angst vor Konsequenzen zu feiern, und Al bekommt Geld, um weiter zu spielen.«

»Und du sitzt in der Klemme«, sagte Baker, dem übel geworden war. »Wenn du deinen Stiefvater verrätst, bleibt deine Mutter auf der Strecke. Sie hat keinen Job, kann dank Rowden nicht für ihren Lebensunterhalt aufkommen und hat ein Drogenproblem, das sie nur schwer in den Griff bekommen würde, selbst wenn sie stark wäre – nichts für ungut, aber das scheint sie nicht zu sein. Und nicht nur das, wenn sich das herumspricht, wären viele deiner Freunde und andere Teenager in Schwierigkeiten und müssten möglicherweise in den Jugendknast oder sogar in den normalen Knast, wenn sie alt genug sind.«

Ben nickte. Sein Kopf war immer noch gesenkt und es sah aus, als würde das Gewicht der Welt auf seinen Schultern lasten. »Ich habe den Scheiß auch gemacht«, sagte er. »Fast jede Woche, zwei Jahre lang. Er hat mich auf Video. Ich würde sofort mit ihm untergehen. Das hat er mir versprochen. Er meinte, er würde allen erzählen, dass es meine Idee war.«

»Sag mal, Ben – du bist jetzt ein ziemlich großer Kerl. Gut gebaut. Wie warst du als Zwölfjähriger?«, fragte Baker.

»Dünn«, antwortete Ben, ohne zu zögern. »Erst als ich anfing, regelmäßig zu trainieren und zu surfen, und als ich in die Pubertät kam, fing ich an, in meinen Körper hineinzuwachsen.«

»In Ordnung. Und die Videos, die Rowden hat? Ich nehme an, sie stammen aus der Zeit, als du zwölf bis vierzehn warst?«

»Ja.«

»Ich verstehe, dass du versuchst, alle zu beschützen. Deine Mutter, die Leute in der Schule, dich selbst. Aber glaub mir, wenn Rowden diese Videos hervorholt, um die Polizei oder einen Richter davon zu überzeugen, dass du der Drahtzieher hinter allem warst, wird ihm *niemand* glauben.«

Ben sah zu Baker auf. »Warum nicht?«

»Weil du ein Kind warst«, erklärte er. »Und Al war ein Mann, der dich und deine Mutter vor einem Leben in extremer Armut gerettet hat. Du hast zu ihm aufgesehen und ihn respektiert, und das hat er ausgenutzt. Jeder wird sofort erkennen, dass du ein leichtes Ziel warst.«

Ben schüttelte den Kopf. »Ich will nur, dass es aufhört.«

»Ich weiß, dass du das willst, und du machst gerade den ersten Schritt, um das zu erreichen. Warum wurdest du aus dem Haus geworfen?« Baker konnte sehen, dass Ben ihm glauben wollte. Er wollte Hoffnung haben, aber so weit war er noch nicht.

»Es ist schwieriger geworden, Jugendliche zu rekrutieren«, sagte Ben. »Es gibt jetzt überall Kameras, besonders nachdem die Einbrüche so häufig geworden sind. Es ist fast unmöglich, auf einen Parkplatz an einem Touristenort zu gehen und in Fahrzeuge einzubrechen, ohne von den Überwachungskameras erwischt zu werden. Er will, dass ich für ihn rekrutiere. Er wollte, dass ich mit einigen der Jüngeren, die mit uns surfen, spreche und sie überrede, an der nächsten Party teilzunehmen. Ich habe abgelehnt. Er wurde wütend. Er sagte mir, wenn ich nicht kooperieren würde, wäre ich in seinem Haus nicht willkommen.

Meine Mutter saß einfach nur da, mit dem gleichen ausdruckslosen Blick, den sie schon seit Jahren im Gesicht hat. Sie hat sich nicht für mich eingesetzt oder so. Also bin ich gegangen. Auf dem Weg nach draußen trieb er mich in die Enge und sagte, wenn ich es jemandem erzähle, würde er meine Mutter auch rauswerfen. Er würde sie ohne alles an einer Straßenecke in Honolulu absetzen. Er sagte, sie würde sich innerhalb eines Tages prostituieren, um die Drogen zu bekommen, die sie braucht. Und ich ... ich habe ihm geglaubt.«

Bakers Herz brach für Ben. Aber gleichzeitig loderte ein Feuer in seinem Bauch. Al Rowden war eine Bedrohung für die Gesellschaft. Er hatte seinen eigenen Stiefsohn erpresst und wer wusste schon, wie viele andere junge Leben er auch ruiniert hatte. Er hätte noch intensiver nach Informationen

suchen sollen, als ihm etwas an dem Kerl komisch vorge-
kommen war.

»Zunächst einmal nehme ich es dir nicht übel, dass du über
all das geschwiegen hast«, sagte Baker.

Ben schaute ihn überrascht an. Er konnte die Angst in den
Augen des Jungen sehen. »Nicht?«

»Nein. Rowden ist ein Stück Scheiße. Aber er ist ein
cleveres Stück Scheiße. Du hast versucht, alle um dich herum
ganz allein zu beschützen. Das ist eine verdammt schlimme
Situation und ehrlich gesagt bewundere ich es, wie du dich
ihm gegenüber behauptet hast und aus dieser toxischen Situation herausgekommen bist.«

»Aber ich habe meine Mutter dort gelassen«, erwiderte Ben
mit leiser Stimme.

»Es wird wehtun, das zu hören ... aber sie ist erwachsen«,
sagte Baker sanft. »Es war ihre Entscheidung, zu bleiben. Es
war ihre Entscheidung, ihn tun zu lassen, was er getan hat.«

»Er hat sie wahrscheinlich auch erpresst«, gab Ben zu
bedenken.

Baker nickte. »Ja, ich glaube, du hast recht. Vielleicht hat er
ihr sogar die Videos gezeigt, in denen du Fahrzeuge aufbrichst,
und ihr gedroht, dich anzuzeigen, wenn sie nicht mitspielt.
Wahrscheinlich hat er sie auch ermutigt, die Rezeptblöcke zu
stehlen.«

Ben erschauderte bei diesen Worten.

»Trotzdem ... ich bin kein Vater, aber ich schätze, wenn du
Jodelle fragst, was *sie* in dieser Situation tun würde, wenn sie
herausfände, dass ein Mann ihrem Sohn beibringt, wie man
ein Dieb ist, würde sie dir sagen, dass sie durchdrehen und
dich und sich selbst schneller aus dieser Situation herausholen
würde, als du blinzeln kannst. Sie würde wahrscheinlich selbst
zu den Bullen gehen und ihm keine Chance geben, seinen
Dreck zu verbreiten. Und selbst wenn er es täte, würde sie wie
wild dafür kämpfen, dass ihr Sohn ein sauberes und sicheres
Leben führen kann.«

Ben lachte, aber es war kein fröhlicher Laut. »Das würde sie
auf jeden Fall tun. Aber meine Mutter ist nicht so stark wie
Miss Jody.«

»Nein, das ist sie nicht. Aber sie hätte es sein sollen. Für dich. Soweit ich herausgefunden habe, hat sie hart gearbeitet, damit ihr ein Dach über dem Kopf hattet, als du noch jünger warst. Sie hätte es tun können. Sie hätte für dich kämpfen können – aber sie hat es nicht getan«, sagte Baker leise.

»Nein, das hat sie nicht«, stimmte Ben zu. Dann schaute er Baker in die Augen und fuhr fort: »Jetzt, da du es weißt, kann ich gehen. Al wird es nicht gut finden, dass ich hier bin. Er wird Miss Jody bedrohen und ich will auf keinen Fall, dass ihr etwas zustößt. Ich bin so lange geblieben, bis du zurückkamst, damit ich versuchen konnte, sie zu beschützen, und jetzt, da du hier bist, werde ich gehen.«

»Du gehst nirgendwo hin«, erwiderte er.

Ben blinzelte überrascht.

»Wenn du glaubst, dass Jodelle dich gehen lässt, hast du Wahnvorstellungen. Die Frau im anderen Zimmer hat dich inoffiziell adoptiert. Und nicht nur das, du warst auch gut für sie. Fünf Jahre lang hat sie getrauert und ihren Sohn schrecklich vermisst. Dass du hier bist, hat einen Teil dieser Traurigkeit verblassen lassen. Du bist kein Ersatz für Kaimana, aber sie braucht dich genauso wie du sie.«

»Ich will nicht, dass Al ihr Ärger macht. Du hast ihn nicht gesehen, Baker. Er war *so* wütend. Er hat sich zurückgezogen, um sich neu zu formieren, aber ich weiß, dass er etwas plant, und ich habe große Angst, dass Miss Jody darin verwickelt wird.«

»Das wird nicht passieren«, versprach Baker. »Jetzt, da ich genau weiß, wonach ich suchen muss, werde ich tief graben und ihn als das entlarven, was er ist – ein gewalttätiger Ehemann, ein Drogendealer, ein Kindesmisshandler, ein Spielsüchtiger und ein verdammter Richter, der sich schmieren lässt. Er ist *erledigt*, Ben. Vielleicht nicht morgen, aber bald. Darauf gebe ich dir mein Wort.«

»Wie?«

Baker lächelte eiskalt. »Ich lasse ein paar Beziehungen spielen. Und ich werde die Jugendlichen finden, die er rekrutiert hat. Ich werde sie an ihren Universitäten, beim Militär und an ihren Arbeitsplätzen ausfindig machen. Wenn ich mich mit ihnen unterhalten habe, werden sie bereit sein, gegen Rowden auszusagen. Das garantiere ich dir, verdammt noch mal.«

»Aber –«

»Kein Aber«, unterbrach Baker ihn. »Es wird keine Konsequenzen für dich oder deine Mutter geben. Wir werden sie in eine Entzugsklinik einweisen. Ich bin ehrlich, Ben, das wird nicht leicht für sie sein. Sie hat nicht viel innere Stärke, deshalb bin ich mir nicht sicher, ob sie es schaffen wird, sich von ihrer Sucht zu befreien. Aber ich werde sie von Rowden wegbringen, damit sie wenigstens eine Chance hat. Und ja, du hast seinen Scheiß mitgemacht, aber du warst noch ein Kind. Als du alt genug warst, hast du aufgehört. Hast du für ihn rekrutiert?«

»Scheiße, nein«, antwortete Ben. »Ich bin gegangen, schon vergessen?«

»Da du mir das vor weniger als einer Minute erzählt hast, habe ich es nicht vergessen, nein. Ich will nur etwas klarstellen. Du hast aufgehört, hast dich geweigert, mit ihm zu kooperieren, hast das Haus verlassen und in deinem Wagen gelebt, um dich von ihm fernzuhalten. Das wird einen Eindruck hinterlassen. Einen guten, Ben.«

»Und Miss Jody? Er war *wirklich* nicht glücklich mit ihr, Baker.«

»Ihr wird es gut gehen.«

Ben starrte ihn einen Moment lang an, dann sagte er: »Irgendwie bist du gerade Furcht einflößend geworden.«

»Damit liegst du nicht falsch. Aber nicht für die Menschen, die mir wichtig sind. Und zu diesen Menschen gehörst du, Ben. Du bist ein guter Junge. Du hast getan, was richtig war, obwohl die Chancen gegen dich standen. Du wirst es zu etwas Großem bringen. Ich weiß nicht, was dieses Große ist, aber ich werde stolz sein, in ein paar Jahren aufstehen und sagen zu können, dass ich dich kenne.«

Ben schluckte schwer und es war deutlich zu sehen, dass er versuchte, seine Gefühle zurückzuhalten. Dann fragte er: »Du wirst Beziehungen spielen lassen? Ähm … ich bin mir nicht sicher, ob ich meinen Stiefvater davon abhalten will, Jugendliche dazu zu zwingen, illegale Dinge zu tun, indem ich *andere* illegale Dinge tue, um das zu erreichen.«

»Ich sage dir, was ich Jodelle gesagt habe. Ich war ein Navy SEAL. In meinem Beruf habe ich viele Leute getroffen. Sowohl gute als auch schlechte. Ich mag auf der Grenze zwischen Gut und Böse balancieren, aber ich tue es immer für anständige Menschen wie meine Jodelle. Damit sie ein glückliches Leben führen kann. Und für Jugendliche wie dich und deine Freunde. Für deine Tressa ... die ich irgendwann mal kennenlernen will. Die Welt ist wegen dem, was ich tue, ein sichererer Ort, Ben. Wegen der Leute, die ich kenne, und wegen der Dinge, die ich über sie weiß. Manche würden behaupten, dass ich nicht anders bin als dein Stiefvater, aber damit irren sie sich. Ich verwende den Scheiß, den ich weiß, nur gegen die Leute, die andere terrorisieren wollen.«

Ben starrte ihn lange an, dann nickte er. »Damit kann ich leben.«

»Gut. Danke, dass du ehrlich zu mir bist. Ich werde dich und deine Mutter nicht im Stich lassen.«

»Ich liebe sie, weil sie meine Mutter ist ... aber ich *liebe* sie nicht mehr, wenn das Sinn ergibt«, gestand Ben leise. »Das hat sie verloren, als sie sich für Drogen statt für mich entschieden hat.«

»Das ist deine Entscheidung, Ben«, sagte Baker.

»Ich will, dass sie Hilfe bekommt, aber für sich selbst. Nicht für mich oder für unsere Beziehung. Ich hoffe, sie kann die Sucht überwinden. Aber wie du schon sagtest, mache ich mir da nicht viel Hoffnung.«

»Ich schätze, Jodelle wird wollen, dass du bleibst, egal was mit deiner Mutter passiert, sofern du das auch willst. Und wenn du aufs College gehst oder ausziehst, wird sie erwarten, dass du zu Thanksgiving und Weihnachten und an allen anderen Feiertagen wieder hierherkommst. Wenn du eines Tages Kinder hast, wird ihr hoffentlich die Ehre zuteil, eine Art Großmutterrolle in deren Leben zu spielen.«

»Das wird sie«, entgegnete Ben, ohne zu zögern.

»Gut. Also, hast du Hausaufgaben?«

Bens Lippen zuckten. »Spielst du jetzt den Vater?«

»Auf keinen Fall«, sagte Baker. »Ich sorge nur dafür, dass du deinen Abschluss schaffst, weil es Jodelle wehtun würde, wenn nicht.«

»Ich muss noch ein bisschen Mathe machen.«

»Dann machst du dich am besten ran.«

»Ja.« Ben schwieg einen Moment lang, dann murmelte er: »Er macht mir Angst.«

»Das verstehe ich, und ich denke, du wärst dumm, wenn du *keine* Angst vor diesem Arschloch hättest. Er hat dir über die Jahre eine Menge Kummer bereitet. Du hast die Last deiner Mutter, deiner Freunde und deiner eigenen Zukunft lange Zeit auf deinen Schultern getragen. Ich werde dir helfen, dich davon zu befreien. Deine Aufgabe ist es, dich von Rowden fernzuhalten. Sprich nicht mit ihm. Lass dich nicht mit ihm ein. Wenn du ihn siehst, gehst du in die andere Richtung. Wenn er hierher zurückkommt, wenn ich nicht da bin, öffne nicht die Tür. Lass *Jodelle* nicht die Tür öffnen. Ruf die Polizei und dann mich an. Wir werden uns um ihn kümmern. Hast du verstanden?«

»Ja, Sir.«

Baker freute sich, dass Ben etwas weniger gestresst aussah als zu Beginn ihres Gesprächs.

»Danke, Baker.«

»Gern geschehen. Danke, dass du mir alles erzählt hast, damit ich dich und Jodelle beschützen kann. Das ist schwer, wenn ich nicht weiß, womit ich es zu tun habe.«

Ben nickte, dann stand er auf. Er ging in die Küche, holte sich eine Dose Limonade, nahm seinen Rucksack, der im Eingangsbereich stand, wo er ihn nach seiner Heimkehr aus der Schule wahrscheinlich fallen gelassen hatte, und ging den Flur entlang zu seinem Zimmer.

Baker blieb noch fünf Minuten lang sitzen. In seinem Kopf drehte sich alles, was er erfahren hatte. Er hatte zwar gewusst, dass Rowden ein Arsch war, aber das Ausmaß seiner Arschlochhaftigkeit war fast schon überwältigend. Baker würde mit seinen nächsten Schritten vorsichtig sein müssen. Rowden mochte ein Mistkerl sein, aber er war nicht dumm. Sonst hätte er es nicht geschafft, sich all die Jahre als guter Kerl zu tarnen.

Ganz zu schweigen davon, dass Baker bei seiner ersten Recherche über das Leben des Mannes keine Beweise für seine Spielsucht oder seinen Drogenkonsum gefunden hatte. Ecstasy und Oxycodon waren zwar nicht gerade Meth und Kokain, aber sie waren schlimm genug.

Als Baker aufstand, überprüfte er die Eingangstür, um sicherzugehen, dass sie verriegelt war. Dann ging er zu allen Fenstern und tat das Gleiche. Es war ein großartiges Gefühl, zu Hause zu sein, aber jetzt war es noch wichtiger, dass das Haus fest verschlossen war.

Er stand in der Tür zum Schlafzimmer und beobachtete, wie Jodelles Körper sich zu der Musik in ihren Ohren hin und her bewegte, während sie mit ihrer Maus klickte und den Computerbildschirm studierte. *Das* war der Grund, warum er als SEAL das getan hatte, was er getan hatte. Deshalb tat er *immer* noch, was er tat. Deshalb begab er sich tief unter die Erde, um sich mit Terroristen, Drogendealern und Mafiosi zu treffen. Um Menschen wie Jodelle davor zu bewahren, dass ihre Art des Bösen sie jemals berührte.

Baker betrat den Raum und schloss die Tür hinter sich. Dann machte er sich auf den Weg ins Bad. Er schaltete das Licht an in dem Wissen, dass es Jodelles Aufmerksamkeit auf eine Weise erregen würde, die sie nicht erschreckte. Sie drehte sich sofort um und nahm die Kopfhörer ab.

»Hey«, sagte sie leise. »Ist euer Gespräch zu Ende?«

Baker nickte. »Ich werde schnell duschen gehen. Willst du dich währenddessen fürs Bett fertig machen?«

»Ja, klar.«

Froh darüber, dass sie ihn nicht gleich nach seinem Gespräch mit Ben fragte, ging Baker ins Bad. Er sah, dass Jodelle seine Tasche für ihn ausgepackt hatte. Seine Toilettenartikel standen wieder neben ihren auf dem Waschtisch und dieser Anblick brachte ihn zum Lächeln.

Er duschte schnell, angetrieben von dem Verlangen, Jodelle zu umarmen. Als er fertig war und nichts als saubere Boxershorts trug, ging er zurück ins Schlafzimmer. Jodelle lag im Bett, die Decke bis zur Taille hochgezogen und an ein Kissen gelehnt, während sie auf ihn wartete. Er knipste das

Licht aus, was den Raum in Dunkelheit tauchte, und zog sie an sich.

»Ich nehme an, dass alle Pläne, die wir hatten, um unsere körperliche Beziehung voranzutreiben, jetzt auf Eis liegen?«, fragte sie leise, da sie offensichtlich seine aufgewühlte Laune spürte.

»Ja, Tink. Ist das okay?«

»Natürlich. War es wirklich so schlimm?«

Baker sollte nicht überrascht sein, dass sie die Planänderung so einfach hinnahm. Er seufzte. »Ja.« Dann nahm er sich die nächsten fünfzehn Minuten Zeit, um ihr zu erzählen, was Ben ihm anvertraut hatte. Auf keinen Fall würde er es ihr vorenthalten. Sie musste genau wissen, wie schlimm Rowden war, damit sie ihm beim nächsten Mal nicht die Tür öffnete. Wissen war Macht, und es wäre dumm, sie im Dunkeln zu lassen. Also teilte er ihr alles mit.

Als er fertig war, lag Jodelle steif wie ein Brett in seinen Armen.

»Was für ein verdammtes *Arschloch*!«, zischte sie inbrünstig.

Baker war von der Heftigkeit ihrer Worte überrascht. Wenn sie fluchte, war sie definitiv nicht glücklich. Er drückte sie noch fester an sich. »Ja.«

»Hat er dir von der Sache mit der Jungfräulichkeit erzählt?«, fragte sie.

»Welche Sache mit der Jungfräulichkeit?«

In den nächsten Minuten war sie an der Reihe zu erzählen, und als sie fertig war, hasste Baker Rowden noch mehr als zuvor ... und das wollte etwas heißen, denn er hasste den Wichser wirklich.

»Er wird vernichtet«, verkündete Baker.

»Gut. Bald, hoffe ich.«

Er konnte sich ein Lächeln nicht verkneifen. »Sobald ich es einrichten kann. In der Zwischenzeit musst du dich, wie ich es auch Ben gesagt habe, von ihm fernhalten. Mach nie wieder die verdammte Tür auf, wenn er auf der anderen Seite ist.«

»Das werde ich nicht. Aber zu meiner Verteidigung, ich wusste all das nicht, was du mir gerade erzählt hast. Ich hielt ihn für einen Idioten, aber nicht für einen so großen Idioten, wie er anscheinend ist.«

»Jetzt weißt du es«, sagte Baker.

»Ja. Jetzt weiß ich es.«

Sie lagen noch ein paar Minuten lang still in den Armen des anderen, bevor Jodelle erneut sprach. »Es tut mir leid.«

»Was?«, fragte Baker.

»Dass deine Heimkehr nach einer wahrscheinlich schon intensiven Woche so deprimierend sein musste.«

»Es ist nicht deprimierend. Ich bin zu Hause. Ich habe meine Frau in meinen Armen. Ich habe die Informationen, die ich brauche, um die Scheiße in Bens Leben zu beenden ... Mir geht es gut.«

Jodelle schmiegte sich an ihn, legte ein Bein über seinen Oberschenkel und vergrub ihre Nase an seinem Hals. Sie fühlte sich in seinen Armen verdammt fantastisch an, und Baker war im Moment mehr als zufrieden.

»Sie ist eine Idiotin.«

»Wer?«, fragte Baker.

»Bens Mutter. Sie hat zugelassen, dass das direkt vor ihrer Nase passiert, und hat ihren Sohn nicht beschützt.«

»Ja.«

»Wenn Mana noch leben würde, wenn wir verheiratet wären und wenn du mich und ihn so behandeln würdest, wäre ich auf keinen Fall geblieben. Egal wie sehr ich dich geliebt hätte. Um meines Sohnes willen hätte ich mir das alles nicht gefallen lassen.«

»Das sind viele Wenns, Tink, aber ich verstehe das. Das habe ich Ben auch gesagt.«

»Das hast du?«, fragte sie.

»Ja.«

»Er ist verletzt«, sagte Jodelle.

»Ja.«

»Ich werde alles tun, was ich kann, damit er weniger leidet«, erklärte sie.

»Das hast du schon.«

Baker spürte ihr Lächeln an seiner Schulter. »Gott, bin ich froh, dass du zu Hause bist«, murmelte sie nach einer Weile.

»Ich auch, Tink. Bist du sicher, dass ich die Heute-Nacht-gehörst-du-mir-Sache verschieben kann?«, fragte er.

»Ich gehöre bereits dir«, sagte sie leise.

Wärme breitete sich in Bakers Körper aus. »Da hast du verdammt recht«, erwiderte er.

»Ich will mit dir schlafen, aber es gibt keinen Zeitplan, wie du mir schon gesagt hast. Der heutige Abend war hart. Du bist müde. Du bist nicht hier in meinem Bett, weil ich Angst habe, dass Ben mich angreift. Du bist nicht hier, weil ich Mitleid mit dir habe. Du bist hier, weil ich dich hier haben will. Wenn ich das nicht wollte, würdest du immer noch auf der Couch oder in deinem eigenen Haus schlafen. Du wirst hoffentlich morgen und übermorgen und in der Nacht *danach* in meinem Bett liegen. Ich brauche oder will nicht jede Nacht Sex. Ich glaube, der Zug der Leidenschaft ist abgefahren. Was ich *will*, ist Intimität. Dass du dich von mir halten lässt, wenn du einen beschissenen Tag hattest, und dass du mir offen sagst, was dich bedrückt. Und ich möchte, dass du dasselbe für mich tust.

Letzten Endes will ich Sex nicht einfach des Sex wegen. Ich will, dass es etwas bedeutet. Wenn du die Tatsache ignoriert hättest, dass du keine Lust hast, und trotzdem versucht hättest, heute Abend Sex zu haben, wäre das für mich eine Enttäuschung gewesen. Lass mich dich einfach halten, Baker. Ich weiß, du bist ein Mann, aber manchmal brauchen Männer Umarmungen genauso sehr wie Frauen.«

Baker zog sie noch dichter an sich. Sie hatte recht. Natürlich hatte sie das. »Wenn wir miteinander schlafen, wird das alles bedeuten.«

»Ich weiß. Du hast mir gesagt, dass du keinen Sex mit mir haben willst, wenn wir uns nicht beide lieben.« Sie sah zu ihm auf. »Ich glaube, wir wissen beide, woran wir sind, auch ohne es auszusprechen. Jetzt schließe die Augen, denke an etwas anderes als an gewalttätige Arschlöcher und schleimige Trolle, die unter Brücken leben und Informationen wollen, damit du passieren kannst, und schlaf.«

Ihre Worte beruhigten seine Seele auf eine Weise, wie er es noch nie erlebt hatte. Er hatte noch nie eine Frau getroffen, die so großzügig war wie seine Jodelle. Aber Baker konnte sich ein Lachen nicht verkneifen. »Ähm ... was? Trolle?«

»So stelle ich mir die Leute vor, mit denen du in deinem Job zu tun hast.«

Sie hatte nicht ganz unrecht. »Ich werde das nicht ewig machen«, sagte er.

»Gut.«

Das war es. Ein Wort.

Verdammt, er liebte diese Frau.

»Kannst du schlafen?«, fragte er.

»Du bist zu Hause. Du hältst mich im Arm. Ben ist hier und in Sicherheit. Ich habe eine ganze Gruppe von potenziellen Freundinnen und einen gut bezahlten Job. Ja, Baker, ich werde sehr gut schlafen können.«

Er lächelte.

Sie hob den Kopf, und Baker senkte seinen. Es war dunkel, aber irgendwie schaffte er es dennoch, ihre Lippen beim ersten Versuch zu finden. Er küsste sie lange, langsam und innig. Es war träge und intim und vielleicht der beste Kuss, den er je bekommen hatte.

»Gute Nacht, Tink.«

»Nacht, Baker«, antwortete sie und schmiegte sich an ihn, bis sie es bequem hatte.

Keine zwei Minuten später hörte er ihre tiefen Atemzüge und spürte sie auf seiner Haut.

Wäre er woanders gewesen, wäre Baker vielleicht bis tief in die Nacht wach geblieben und hätte über alles nachgedacht, was er von Ben gehört hatte. Hätte Pläne geschmiedet. Aber mit Jodelle an seiner Seite konnte er den ganzen Scheiß, der in seinem Kopf herumschwirrte, ausblenden und für das dankbar sein, was er hatte. Morgen war noch früh genug, um die Operation *Al Rowden ausschalten* zu planen. Für den Moment genoss er es, in einem weichen Bett zu liegen, mit dem Duft von Plumeria in der Nase und der Frau, die er liebte, in seinen Armen.

KAPITEL NEUNZEHN

Jody war ein wenig besorgt um Baker. Wenn sie dachte, dass er vorher fokussiert gewesen war, war das nichts im Vergleich dazu, wie er jetzt war. Vier Tage waren vergangen, seit Ben von seinem Stiefvater erzählt hatte. Baker verbrachte die meiste Zeit des Tages in seinem eigenen Haus. Am ersten Morgen hatte er sie noch einmal eindringlich gebeten, nicht die Tür zu öffnen und ihn sofort anzurufen, falls Al auftauchen sollte.

Ehrlich gesagt hatte Jody nicht gewollt, dass er ging, aber er hatte erklärt, dass er seinen Computer bräuchte. Den Computer in seinem Haus. Er murmelte etwas davon, dass sein System sicherer sei als ihres und er ihre Internetverbindung aufrüsten müsse.

Als sie ihn fragte, ob er zur Einsatznachbesprechung, oder wie auch immer man es nannte, zum Marinestützpunkt musste, hatte er nur gelächelt und gescherzt, dass es diese raffinierten Dinger namens Telefon gab. Und Videochats. In der Annahme, dass Baker wusste, was er tat, und es unwahrscheinlich war, dass er gefeuert werden würde, ließ sie es auf sich beruhen.

Das Thema Sex war seit dieser einen Nacht nicht mehr aufgetaucht. Er ging mit ihr an den Strand, wenn sie ihren Schützlingen beim Surfen zusah, aber er wirkte angespannt. Übermäßig wachsam. Er war am ersten Morgen nach seiner

Rückkehr von der Mission surfen gegangen, aber seitdem saß er mit ihr auf dem Picknicktisch, hielt ihre Hand und hielt Wache.

Er war angespannt. Sehr angespannt. Nicht dass Jody es ihm verübeln könnte. Sie wollte unbedingt etwas tun, um ihm zu helfen, sich zu entspannen, ihm etwas von der Last abzunehmen, die er offensichtlich auf seinen Schultern trug, aber sie wusste nicht was. Sie war kein Computerguru, wie er es offensichtlich war. Und sie hatte definitiv keine nützlichen Beziehungen. Sie konnte ihn lediglich mit Mahlzeiten versorgen und ihn halten, während sie schliefen.

Als er an diesem Abend in ihr Haus zurückkehrte, war Jody fest entschlossen, ihm dabei zu helfen, über etwas anderes nachzudenken als darüber, was für ein Arschloch Al Rowden war.

»Wo ist Ben?«, fragte er, sobald er zur Tür hereinkam.

Baker hatte es an diesem Morgen ausgelassen, mit ihr am Strand zu sitzen, da es seiner Aussage nach kein Ort sei, an dem er entspannen konnte, und dass er sie zu Hause sehen würde. Zu hören, dass er ihr Haus als *zu Hause* bezeichnete, fühlte sich wirklich gut an. Und wenn Baker dachte, dass sie in Gefahr war, würde er sie tagsüber nie allein oder ohne ihn am Strand sitzen lassen, also konnte sie ihrer normalen Routine nachgehen ... auch wenn sie sich Sorgen wegen des Stresses machte, den Baker hatte, und natürlich auch um Ben.

»Er ist bei Tressa zu Hause. Ihre Eltern haben ihn zum Abendessen eingeladen. Ich habe ihm gesagt, dass er um zehn zurück sein müsse.«

Baker nickte abwesend und beugte sich vor, um sie zu küssen.

Jody klammerte sich an sein T-Shirt und ließ ihn nicht los, als er sich aufrichtete und ins Wohnzimmer gehen wollte.

Er hob eine Augenbraue, legte aber sofort einen Arm um sie.

»Wie ist es heute gelaufen?«, fragte sie.

»Die Tage dieses Arschlochs sind gezählt«, stieß er hervor.

»Was soll das heißen?«, fragte sie. »Du schmiedest doch

nicht etwa heimlich mit einem deiner Kontakte einen Plan, um dafür zu sorgen, dass Al eine Art *Unfall* hat, oder?«

Baker runzelte die Stirn. »So sehr mich das auch freuen würde, nein. Ich habe versprochen, dass ich nichts tue, was mich dir wegnimmt, und dazu gehört auch, mich nicht zu einem Mord zu verschwören. Es besteht nur eine einprozentige Chance, dass jemand so etwas mit mir in Verbindung bringen könnte, aber selbst ein Prozent ist ein zu hohes Risiko, weil es dich verletzen würde, und ich habe dir ein Versprechen gegeben.«

»Baker«, flüsterte Jody.

»*Seine Tage sind gezählt* bedeutet, dass ich Leute finde, die mehr als bereit sind, gegen ihn auszusagen. Leute, die er beschissen hat. Einige, die wissen, dass sie etwas Falsches getan haben, sich schlecht fühlen und ihr Gewissen reinwaschen wollen. Andere, die in Rowdens Machenschaften verwickelt waren, sich nicht an die Regeln gehalten haben und von diesem Arschloch im Stich gelassen wurden. Auch in juristischen Kreisen gibt es Gerüchte, dass mit dem guten Richter etwas nicht stimmt. Ich habe ein paar Samen gesät, hier und da ein Wort gestreut, und setze eine umfassende Untersuchung gegen Rowden in Gang. Und natürlich habe ich mich auch bei einigen Leuten erkundigt, die hier auf der Insel im Drogenhandel tätig sind. Ich habe ihnen klargemacht, dass es eine gute Idee wäre, Rowden abzuweisen, wenn er das nächste Mal mit seinem schmutzigen Geld auftaucht.«

»Heilige Scheiße«, hauchte Jody. »Er macht das, was er macht, schon seit langer Zeit. Kannst du wirklich sein ganzes Imperium des Bösen in vier Tagen auslöschen?«

»Nein.« Baker grinste. »Es könnte eine Woche dauern.«

Jody drückte sich an ihn und legte die Arme um seinen Hals. »Wow.«

»Ich gehe die Sache schnell an, weil es mir nicht gefällt, dass er seinen Zug gemacht hat, als ich nicht da war. Er hat dich unterschätzt, und ich bezweifle, dass er das noch einmal tun wird. Er formiert sich neu und plant etwas, da sind Ben und ich uns einig, und ich will, dass er sich auf andere Dinge konzentriert – lieber früher als später.«

»Klug«, bemerkte Jody.

»Außerdem soll Ben dieses Arschgesicht nicht im Nacken sitzen haben. Er muss ihn ein für alle Mal loswerden.«

»Und seine Mutter?«, fragte Jody.

Baker seufzte. »Sie hat sich die Suppe eingebrockt, also wird sie sie auslöffeln müssen. Wenn sie klug ist, wird sie die Chance nutzen, ihn loszuwerden. Wenn nicht ...« Baker zuckte mit den Schultern.

»Das ist scheiße für Ben.«

»Ja. Aber mir scheint, er hat sich damit abgefunden, wie seine Mutter ist. Das ist schade für ihn, aber er ist ein kluger junger Mann. Er wird schon klarkommen. Vor allem weil er dich hat.«

Jody starrte zu Baker auf. Nach ihrer Scheidung hatte sie sich frei gefühlt. Sie war erleichtert gewesen, mit Kaimana allein zu sein. Sie konnte ihre Ehe nicht bereuen, weil sie ihr Mana gegeben hatte, aber sie hatte nicht die Absicht gehabt, jemals wieder zu heiraten. Und als ihr Sohn starb, war es, als hätte sich eine Tür um ihr Herz geschlossen. Sie war nicht bereit gewesen, jemals wieder das Risiko einzugehen, jemandem nahezukommen. Es tat zu sehr weh. Aber irgendwie hatte Baker dieses Schloss geknackt. Sie hatte immer noch Angst, ihn zu verlieren, aber noch mehr Angst hatte sie davor, dass er beschließen könnte, sie sei die Mühe nicht wert.

Sie liebte ihn. Punkt. Von ganzem Herzen.

»Wir haben das Haus für die nächsten«, Jody schaute auf die Uhr an ihrem Handgelenk, »vier Stunden ganz für uns allein.«

Bakers Körper spannte sich an. »Ach ja?«, fragte er.

»Mh-hm. Ich habe Rindereintopf im Schmortopf, aber der könnte noch mindestens eine Stunde brauchen.«

»Also ... willst du fernsehen?«, fragte Baker.

Sie konnte das Glitzern in seinen Augen erkennen. Trotzdem wollte sie so deutlich wie möglich sein. »Nein. Ich will dich. In meinem Bett. Nackt. In mir.«

Bakers Pupillen weiteten sich und er atmete tief ein.

»Das heißt ... wenn du bereit bist«, fügte Jody hinzu, da sie plötzlich ein wenig schüchtern war. Es war lächerlich. Nach all dieser Zeit, nachdem sie jede Nacht in seinen Armen geschlafen hatte. Nach all den Küssen, dem Knutschen und dem Gerede über Sex sollte sie selbstbewusster sein. Sie sollte die Kontrolle darüber haben, was sie wollte.

Ohne ein Wort griff Baker nach ihrer Hand, drehte sich um und ging auf den Flur zu, während Jody hinter ihm herstolperte.

Aber er ließ sie nicht stürzen, er stützte sie und ging weiter.

Jody konnte sich ein Lächeln nicht verkneifen. Es war kaum zu glauben, dass dies geschah. Dass sie und Baker endlich miteinander schlafen würden.

Er zog sie an den Rand des Bettes, senkte wortlos den Kopf und begann, sie zu küssen. Das war kein langsamer, verführerischer Kuss. Er war hart und innig. Und während er mit der Zunge in ihren Mund eindrang, um sich mit ihrer zu duellieren, ließ er seine Hände zum Verschluss der Shorts wandern, die sie trug.

Seine Ungeduld war ansteckend. Jody hob den Saum seines Hemdes an. Bakers Lippen verließen ihre lange genug, damit sie ihm den Stoff über den Kopf ziehen konnte, dann machte er dort weiter, wo er aufgehört hatte. Jody stöhnte. Es war schwer, sich zu konzentrieren, wenn sie von seinen Küssen berauscht war.

Ihre Shorts fielen ihr bis zu den Knöcheln, und die kühle Luft zwischen ihren Beinen veranlasste sie dazu, nach Luft zu schnappen, während sie zurücktrat. Als sie nach unten schaute, stellte sie fest, dass sie von der Taille abwärts nackt war. Baker hatte ihren Slip mit den Shorts nach unten geschoben und sie hatte es nicht einmal bemerkt. Noch während sie diese überraschende Tatsache registrierte, zog er ihr das Hemd hoch und über den Kopf.

Um nicht die Einzige zu sein, die nackt war, fummelte Jody an seinem Gürtel und seiner Cargohose herum. Baker griff hinter sie, öffnete ihren BH und ließ ihn ihre Arme hinuntergleiten, während sie den Stoff seiner Hose über seine Beine schob. Ungeduldig zerrte er seine Boxershorts herunter und sobald er nackt war, legte Baker einen Arm um Jodys Taille und zog sie an sich.

Sie schnappte erneut nach Luft, als sie seinen harten Körper spürte, die warme Haut an ihrer eigenen, und das Geräusch wurde verschluckt, als Baker erneut ihren Mund verschlang. Jody kratzte mit den Fingernägeln über seinen Rücken, als er eine Hand auf ihren Hintern legte und sie gegen seine Erektion drückte. Sie spürte Feuchtigkeit an ihrem Bauch – und dann flog sie durch die Luft.

Jody prallte mit dem Rücken von der Mitte des Bettes ab, und dann war Baker da. Er schwebte über ihr und atmete schwer, während er den Blick über ihren Körper gleiten ließ.

»Schau dich an. So verdammt schön«, murmelte er.

Jody biss sich auf die Lippe und lächelte zu ihm hoch.

Er strich ihr mit den Fingerrücken über die Wange. Dann fuhr er weiter über ihr Schlüsselbein, entlang ihrer Brust, wo er einen Moment innehielt, um mit seinen Fingern ihre Brustwarze zu umkreisen, sodass sie hart wurde. Dann stützte er sich auf die Knie und wanderte mit seiner Hand weiter nach unten, um ihren Bauch zu streicheln, sodass Jody ihn einzog und lachte, da seine Berührung sie kitzelte.

Baker lächelte – dann landete sein Blick zwischen ihren Beinen. Er bewegte sich über sie, schob seine Knie zwischen ihre Beine und verbreiterte seine Haltung, sodass er ihre Schenkel nach außen drückte.

Jody spreizte die Beine, wobei sie sich nur ein wenig unsicher fühlte. Es war schwer, nicht verdammt erregt zu sein, wenn Baker sie so anschaute. Als wäre sie das Schönste, was er je gesehen hatte.

Und nicht nur das, er war auch noch hart. *So* hart. Sein Schwanz war lang. Nicht übermäßig dick, aber länger als jeder andere, mit dem sie je zusammen gewesen war. Die pilzförmige Eichel war dunkelrosa, die Adern entlang des Schaftes traten deutlich hervor und an der Spitze sammelte sich ein Tropfen Ejakulat, während sie ihn betrachtete. Jody leckte sich erwartungsvoll über die Lippen.

»Verdammte Scheiße«, sagte Baker, bevor er sich plötzlich weiter zurückzog und praktisch auf sie fiel. Er umschloss ihre Brustwarze mit den Lippen und Jody stöhnte auf, während sie den Rücken krümmte in dem Versuch, näher zu kommen. Eine seiner Hände landete auf ihrem Rücken, um sie zu ermutigen, ihn zu wölben, mit der anderen umfasste er ihre andere Brust. Er zwickte sie und spielte mit ihrem Nippel, während er die andere Brust mit dem Mund liebkoste.

Jody wimmerte, als er hart an ihr saugte. Sie war sich nicht sicher, ob das, was er tat, wehtat, weil es wirklich schmerzhaft war oder weil es sich einfach zu gut anfühlte. Eine Sekunde später, als er ihre Brustwarze mit einem lauten Ploppen losließ, entschied sie, dass es sich gut anfühlte. Besser als alles andere, was sie seit langer Zeit erlebt hatte. Sie griff mit einer Hand nach seinem Kopf, umklammerte sein Haar und versuchte, ihn zurück auf ihre Brust zu drücken.

Mit einem Lächeln widerstand er ihrem Griff. »Gefällt dir das?«

»Natürlich«, sagte Jody mit einem kleinen Augenrollen. Dann beugte sie sich vor und nahm eine *seiner* Brustwarzen in den Mund. Jetzt war er an der Reihe zu stöhnen. Die Hand an ihrem Rücken half ihr, in einer halb sitzenden Position zu bleiben, während sie mit ihm spielte und ihn neckte.

Sie saugte hart, wie er es bei ihr getan hatte, und wurde mit einem leisen »Heilige Scheiße« von Baker belohnt.

Sie ließ ihn los und legte sich mit einem zufriedenen Grinsen wieder hin. »Gefällt dir das?«, ahmte sie absichtlich nach.

»Verdammt, Tink«, murmelte Baker.

Jody verstand es als ein Ja. Dann küssten sie sich. Begierig. Sie ließen ihre Hände wandern, und Jody löste ihren Mund von seinem, um scharf einzuatmen, als seine Hand zwischen ihre Beine glitt. Mit einem Daumen fand er problemlos ihre Klitoris, woraufhin sie ihm ihre Hüften entgegenstieß.

Ohne ein Wort glitt Baker an ihrem Körper hinunter. Er küsste die Unterseite einer Brust, dann ihren Bauch. Dann schob er ihre Beine grob auseinander und starrte auf ihre Muschi.

Jody spürte keinerlei Verlegenheit. Dies fühlte sich perfekt an. Natürlich. Als hätte sie schon ewig darauf gewartet, genau da zu sein, wo sie war. Sie vergrub beide Hände in Bakers Haar und lächelte ihn an.

Er erwiderte das Grinsen, bevor er den Kopf senkte.

Jody wölbte sofort den Rücken und stöhnte.

Baker reizte sie nicht. Er leckte sie nicht vorsichtig. Er stürzte sich direkt auf ihre Klitoris, als wäre er sich sicher, dass sie es so wollte. Und warum sollte er nicht so selbstsicher sein? Er war zweiundfünfzig. Der Mann war offensichtlich keine Jungfrau mehr.

Plötzlich erinnerte Jody sich daran, dass er seit zehn Jahren nicht mehr mit einer Frau zusammen gewesen war. Das war schwer zu glauben, vor allem wenn er so verdammt gut war in dem, was er tat. Aber sie vergaß schnell alles andere als das Gefühl, das er in ihr auslöste – kurz vor dem Höhepunkt, und das innerhalb weniger Sekunden. Mit einer Hand streichelte er die Innenseite ihres Oberschenkels, dann spielte er mit ihren Schamlippen, während er weiter ihre Klitoris leckte und neckte.

Ihr Bauch spannte sich an und sie begann, mit den Hüften zu stoßen. Sie würde kommen, und zwar heftig. Es wäre ihr peinlich gewesen, wie schnell er sie zum Orgasmus gebracht hatte, aber dies war Baker. Allein der Anblick des Mannes erregte sie.

Er brummte ein knurrendes Stöhnen und die Vibrationen an ihrer Klitoris steigerten ihre Erregung nur noch mehr. Er hatte jetzt zwei Finger in ihr, und Jody drückte gegen sein Gesicht sowie seine Hand.

»Genau da ... mehr ... gleich ...«, stammelte sie. Aber dann konnte sie nichts mehr sagen, da sie über den Abgrund stürzte. Jody klammerte sich an Baker, hielt seine Haare fest und drückte ihn an sich, während sie von der Wucht ihres Orgasmus bebte.

Er hob den Kopf und der Anblick seines mit ihrer Nässe benetzten Bartes war sowohl überraschend als auch erregend zugleich. Er wischte sein Gesicht an ihrem Oberschenkel ab, während er seine Finger weiter sanft in ihrem Körper bewegte. Er rutschte nach oben und Jody konnte nichts anderes tun, als zu keuchen und ihn anzustarren.

Schließlich verließen Bakers Finger ihren Körper und sie ließ sich seufzend in die Matratze sinken. Er legte sich zwischen ihre Beine. Die Hand, die in ihr gewesen war, ließ er zu seinem Schwanz wandern, um sich selbst zu streicheln.

Plötzlich energiegeladen setzte Jody sich auf, da sie den Gefallen der fantastischen Empfindungen erwidern wollte, die er ihr soeben beschert hatte. Sie ging auf die Knie, legte eine Hand auf Bakers Brust und drückte ihn nach hinten. Er ließ sich bereitwillig auf den Rücken fallen und lächelte, als Jody an seinem Körper hochkroch.

»Ich bin dran«, sagte sie heiser.

»Bring mich nicht zum Kommen«, warnte Baker. »Ich will in dir sein, wenn es passiert.«

Die Worte ließen Jody erschaudern. Dieser Mann war so sexy. Er gab *ihr* das Gefühl, so sexy zu sein. »Okay«, sagte sie, dann senkte sie den Kopf.

Baker atmete scharf ein, als er Jodelles Zunge spürte. Er spannte den Bauch an, als sie über seine Bauchmuskeln leckte, bevor sie jedes einzelne Tattoo auf seiner Brust leckte und küsste. Es war, als würde sie sie zum ersten Mal sehen, obwohl sie seine nackte Brust schon unzählige Male gesehen hatte, einschließlich der vielen Male am Strand, bevor sie zusammengekommen waren. Aber sie auf Händen und Knien über ihm zu haben, ihre Brustwarzen, die seine Haut streiften, ihr verführerischer Plumeria-Duft in seinem Bart und auf seiner Zunge ... das war fast zu viel.

»Hör auf, mich zu necken, und saug an mir«, befahl er.

Als Antwort darauf zuckten Jodelles Lippen und sie ließ eine Hand zwischen ihre Körper gleiten, um seinen Schwanz zu umfassen.

»Das werde ich«, sagte sie, während sie ihre Hand langsam an seinem Schwanz auf und ab bewegte.

Baker konnte nicht sprechen. Ihre Hand fühlte sich so gut an. So anders als seine eigene. Obwohl er sich mindestens einmal am Tag einen runtergeholt hatte, seit er bei ihr eingezogen war, fühlte es sich an, als wäre es Jahre her, dass er gekommen war. Ihre Berührung war sowohl eine Qual als auch das Lustvollste, was er in seinem ganzen Leben erlebt hatte.

Dann schnappte er nach Luft, als sie nach unten glitt und über seine Schwanzspitze leckte. Zu sehen, wie ihr dunkles Haar über ihre Schultern hing, wie sie seine Schenkel und seinen Schwanz küsste, das Funkeln in ihren Augen, die Röte von ihrem vorherigen Orgasmus auf ihrer Brust und ihre Zunge, mit der sie ihn leckte – Baker dachte, sein Herz würde ihm aus der Brust springen.

»Das ist eine schlechte Idee«, murmelte er. Er hatte keine Ahnung, wie er sich davon abhalten sollte zu explodieren.

»Ich halte es für eine großartige Idee«, entgegnete Jodelle, bevor sie den Kopf weiter senkte.

Baker hielt den Atem an, während er zusah. Mit einer Hand umfasste sie seine Hoden und mit der anderen den Ansatz seines Schwanzes, während sie ihn festhielt. Er stöhnte tief in der Kehle, als ihr warmer Mund seinen Schwanz umschloss.

»Heilige Scheiße!«, fluchte er, während er eine Hand in ihrem Haar vergrub. Er drückte sie nicht nach unten. Er zwang sie nicht, mehr von ihm zu nehmen. Er musste sich einfach an etwas festhalten, damit er nicht in Millionen Stücke zerbrach. Und er könnte sich an niemand Besserem festhalten als an Jodelle.

Die nächsten Minuten waren buchstäblich eine Qual, als Jodelle an seinem Schwanz saugte. Sie ging völlig darin auf, wippte mit dem Kopf auf und ab, sog die Wangen ein und befeuchtete ihn mit ihrem Speichel. Baker wusste, dass pausenlos Sperma aus ihm heraustropfte, aber das schien die Frau zwischen seinen Beinen nicht zu stören.

Sie ging auf die Knie, um einen besseren Winkel zu bekommen, und Baker tat sein Bestes, um sich jede Sekunde dieses Moments einzuprägen. Sie war nicht schüchtern. Sie war nicht im Geringsten zurückhaltend. Ihre Technik war nicht perfekt oder geübt, als hätte sie das schon mit Dutzenden von Männern gemacht, was seine Liebe für sie nur noch verstärkte. Aber an ihrem hungrigen Stöhnen war zu erkennen, dass Jodelle genoss, was sie tat. Sie blies ihm nicht aus Pflichtgefühl einen und revanchierte sich auch nicht einfach nur, nachdem er sie geleckt hatte.

Er ertrug die Mischung aus Lust und Schmerz so lange wie möglich, bis er es keine Sekunde länger aushielt. Sein Schwanz pochte und seine Hoden taten weh, bevor er seine Hand in ihrem Haar anspannte. Als sie den Kopf hob, um ihn fragend anzusehen, verband ein dünner Strang Speichel ihren Mund mit der geschwollenen Spitze seines Schwanzes. Es war so verdammt sexy, dass er in diesem Moment fast gekommen wäre.

Baker war fertig. Er musste in ihr sein. Sofort.

Er setzte sich auf, wobei er seine Hand in Jodelles Haar ließ, und sie fiel lachend auf den Rücken. Baker war noch nie so froh darüber gewesen, dass sie eines Abends beim Kuscheln im Bett über Verhütung gesprochen hatten. Sie hatte ihm erzählt, dass sie die Pille nahm, um ihren Zyklus zu regulieren, und als er ihr versicherte, dass er trotzdem ein Kondom benutzen würde, hatte sie ihn sogar darum gebeten, es nicht zu tun, weil sie allergisch gegen Latex sei, woraus die meisten Kondome bestanden.

Hätte ihm das eine andere Frau erzählt, hätte Baker zuerst alles getan, um diese Geschichte zu bestätigen – bis hin zum Überprüfen ihrer Krankenakte. Dann hätte er sich dennoch auf die Suche nach latexfreien Kondomen gemacht. Er vertraute nicht leicht, und obwohl er seit Jahren keinen Sex mehr gehabt hatte, hatte er damals auf keinen Fall gewollt, dass eine Frau, die er nicht liebte, mit seinem Kind schwanger wurde.

Aber das hier war Jodelle. Er vertraute ihr aus vollem Herzen.

Er stützte sich auf einem Ellbogen neben ihrem Kopf ab und hielt eine Hand in ihren Haaren, sodass sie keine andere Wahl hatte, als ihn anzustarren. Mit der anderen Hand vergewisserte Baker sich, dass sie noch feucht war und ihn ohne Schmerzen aufnehmen konnte. Sobald er mit dem Finger ihre Klitoris berührte, zuckte Jodelle zusammen und spreizte die Beine. Er schob seinen Finger sanft in sie hinein, zufrieden damit, wie leicht er in sie hinein- und hinausgleiten konnte.

»Ich bin bereit«, sagte sie.

»Ich will nur sichergehen.«

»Baker«, jammerte sie, während er sie weiter mit dem Finger fickte.

Er grinste. »Ja?«

Sie ließ eine Hand zwischen sie gleiten, um seine Erektion zu streicheln.

»Scheiße, du kämpfst nicht fair«, flüsterte er.

»Rein in mich. Ich bin bereit. Mach Liebe mit mir«, befahl sie.

Daraufhin war Baker fertig damit, edel zu sein. Er war fertig mit dem Warten. Er hatte sein ganzes Leben lang nach dieser Frau gesucht, er würde keine Sekunde länger warten. Er packte seinen Schwanz am Ansatz und strich mit der Spitze zwischen ihren feuchten Schamlippen über ihre Klitoris.

Sie wimmerte und stieß ihre Hüften nach oben. Beim nächsten Mal setzte Baker an ihrem Eingang an und begann, langsam in sie einzudringen. Er biss die Zähne zusammen, umklammerte seinen Schwanz fester und tat alles in seiner Macht Stehende, um seinen Orgasmus zurückzuhalten.

Es half nicht, dass Jody ihre inneren Muskeln anspannte und ihn zusammenpresste, als er eindrang.

Er hielt inne. »Tue ich dir weh?«

»Neeeeeiiiin«, stöhnte sie. »Mehr! Bitte!«

Baker tat, was sie verlangte, und stieß hinein, bis seine Hoden ihren Hintern berührten und ihre Schamhaare sich miteinander vermischten. Als er nach unten schaute, konnte er nicht sehen, wo er aufhörte und sie anfing.

»Du fühlst dich so gut an«, flüsterte sie.

»Gib mir eine Sekunde«, flehte er, während er die Augen schloss und sein Bestes tat, um sich unter Kontrolle zu halten.

Er spürte, wie Jodelle seine Brust streichelte und dann mit den Händen über seinen Bizeps glitt, bevor sie dort blieb, um ihn festzuhalten. Sie zog die Beine nach oben und drückte seine Hüften, während sie direkt über seinem Hintern ihre Knöchel kreuzte. »Lass dir so viel Zeit, wie du brauchst«, sagte sie. »Ich bin zufrieden damit, wo du bist.«

Baker öffnete die Augen und lachte.

Die Bewegung ließ sie aufstöhnen. »Okay, das war eine Lüge. Ich will, dass du dich bewegst, Baker. Bitte!«

Der Anblick ihrer Begierde ließ seine eigene ein wenig verblassen. Baker wollte sie mehr befriedigen, als dass er selbst zum Höhepunkt kommen wollte. Er zog seine Hüften ein wenig zurück, dann stieß er wieder in sie hinein.

Das brachte ihm ein weiteres Stöhnen ein.

Er tat es noch einmal.

Diesmal hörte er ein Quieken.

Bevor er wusste, wie ihm geschah, hämmerte Baker in Jodelle hinein, als hinge sein Leben davon ab. Jedes Mal wenn seine Hoden auf ihren Hintern prallten, stöhnten beide in Ekstase auf.

»Ja. Mehr. Fester!«

Ihre Brüste hüpften mit jedem Stoß, und Baker konnte den Blick nicht von ihr abwenden. Sie war das Schönste, was er je gesehen hatte. Und sie gehörte ihm. Ganz und gar *ihm*. Niemand sonst würde sie jemals wieder so sehen. Niemand sonst würde spüren, wie ihre Muschi seinen Schwanz zusammenpresste. Niemand sonst würde die Geräusche hören, die sie machte, während er sie nahm.

Sie zu befriedigen war nun Bakers einziger Lebensinhalt. Er würde für die Ehre töten, Jodelle für immer für sich zu beanspruchen.

Von seinen Gedanken überwältigt hielt Baker inne, als er vollständig in Jodelle vergraben war, und drehte sie so, dass sie auf ihm lag. Sie blinzelte überrascht und stützte sich mit den Händen auf seiner Brust ab.

»Du bist dran«, erklärte er.

Sie grinste und ließ ihre Hüften kreisen. Dann krümmte sie den Rücken und drückte sich auf seinen Schwanz. Zögerlich hob sie sich ein paar Zentimeter, dann ließ sie sich wieder fallen. »Oh, das fühlt sich gut an!«, sagte sie, fast so, als wäre sie überrascht.

Baker kam der Gedanke, dass sie vielleicht noch nie auf diese Weise Sex gehabt hatte, aber all das vergaß er, als sie begann, ihn ernsthaft zu ficken. Ihre Brüste hüpften nun richtig und er konnte den Blick nicht mehr von ihnen abwenden. Jodelle ließ den Kopf zurückfallen, während sie ihn ritt und ihr Bestes gab, um ihren Orgasmus zu erreichen.

Baker bekam nicht die Reibung, die er brauchte, um zu kommen, aber das war ihm scheißegal. Er würde hier liegen bleiben und sie so lange machen lassen, wie sie wollte. Der Anblick war wohl kaum abtörnend.

Als sie eine Hand zwischen ihre Beine schob und begann, ihre Klitoris zu reiben, wusste Baker, dass es voreilig gewesen war zu glauben, er könne die ganze Nacht hier liegen, ohne einen Orgasmus zu bekommen.

Dann hörte Jodelle auf, sich zu bewegen. Stattdessen drückte sie nach unten, während sie mit den Fingern über ihre Klitoris fuhr, als sie der Explosion immer näher kam. Ihre inneren Muskeln krampften sich so fest um seinen Schwanz zusammen, dass Baker die Augen verdrehte. Verdammt, sie war umwerfend.

Ihre Muskeln spannten sich an, die Fingernägel der Hand, mit der sie sich auf seiner Brust abstützte, gruben sich in seine Haut und sie krümmte sich zu ihm, als sie erneut kam. Baker konnte nur fasziniert und ehrfürchtig zusehen, wie sie es ihm gab. Er spürte, wie sich ihre Muschi wie verrückt um seinen Schwanz zusammenzog, ihre Erregung aus ihr herauslief und seine Hoden überzog.

Als sie ihre Augen einen Spalt öffnete, sah sie ihn direkt an. »Wow«, sagte sie.

»Du bist so verdammt schön«, erwiderte Baker.

Sie errötete.

Er drehte sie erneut, bis sie wieder auf dem Rücken lag. Dann begann Baker, sich zu bewegen. Langsam und sanft. Rein und raus. Sie war mehr als feucht und das Gefühl, in ihr zu sein, war himmlisch. Baker stützte sich auf die Ellbogen und vergrub seine Nase an der Haut unter ihrem Ohr. Er atmete ihren Duft ein, als wäre er ein sterbender Mann und sie der Sauerstoff, den er zum Leben brauchte. Ihre moschusartige Essenz und der Duft von Plumeria würden sich für immer in sein Gedächtnis einbrennen.

Das war kein Ficken, das war Liebe mit der Frau, ohne die Baker nicht leben konnte.

Es dauerte nicht lange. Die Erinnerung an ihr eigenes Vergnügen, während sie auf seinem Schwanz saß, war ihm noch frisch im Gedächtnis. Als Jodelle sich nach oben streckte und sanft in sein Ohrläppchen biss, kam Baker sofort. Er vergrub sich so tief in ihr, wie er konnte, und zitterte in ihren Armen, als seine Hoden sich von innen nach außen zu stülpen schienen.

Ihr Atem strich über die empfindliche Haut von Bakers Ohr, während sie ihn festhielt und flüsterte, wie sexy sie ihn fand. Wie sie nicht glauben konnte, dass er ihr gehörte. Dass er das Beste war, was ihr je passiert war.

Als Baker das Gefühl hatte, wieder atmen zu können, hob er den Kopf. Er streichelte ihr Gesicht und küsste sie sanft. Sein Schwanz war schließlich weich geworden, aber da er so lang war, steckte er immer noch tief in ihrem Körper. Es fühlte sich gut an. Richtig.

»Erdrücke ich dich?«, fragte er.

Jodelle schüttelte den Kopf. »Nein.«

»Ist das unangenehm?«

»Nein.«

»Gut. Denn ich bin mir nicht sicher, ob ich mich bewegen kann.«

Sie kicherte. »Ich glaube, das ist mein Satz.«

Baker streichelte mit einem Finger ihre Augenbraue. »Ich liebe dich«, sagte er leise.

Ihre Augen füllten sich sofort mit Tränen.

»Das tue ich. Ich sage das nicht, weil ich von deiner magischen Muschi überwältigt bin, obwohl ich das irgendwie auch bin. Ich liebe dich, weil du einen Teenager bei dir aufgenommen hast, der jemanden brauchte, der sich um ihn kümmert. Ich liebe dich, weil du dich um die Jugendlichen am Strand kümmerst. Ich liebe dich, weil du hart arbeitest und dir trotzdem Zeit nimmst, das Leben so gut es geht ohne deinen Sohn zu genießen. Ich liebe dich, weil du dich weigerst, Mana in den Hintergrund treten zu lassen. Ich liebe dich für alles, was du bist, Jodelle. Es war kein Scherz, als ich dir sagte, dass ich glaube, dass Seelen zusammen wiedergeboren werden. Ich habe mein ganzes Leben lang versucht, dich zu finden, ohne wirklich zu wissen, wonach ich gesucht habe. Ich werde alles in meiner Macht Stehende tun, um es nicht zu vermasseln.«

»Perfektion kannst du nicht vermasseln«, entgegnete Jodelle leise. »Ich liebe dich auch. Ich glaube, das tue ich schon seit Jahren. Seit ich dich das erste Mal gesehen habe, wie du in deinem Neoprenanzug aus dem Meer kamst, dein Surfbrett unter dem Arm, und dabei ganz nach Silberfuchs und umwerfend aussahst. Du hast mich angelächelt und mir das Gefühl gegeben, dass ich in diesem Moment der einzige Mensch auf der Welt bin.«

Baker schloss die Augen. Er würde diesen Abend nie vergessen. Niemals. Er würde ihn in Ehren halten. Niemand würde ihm etwas wegnehmen, was ihm gehörte. Er hatte ein Leben in der Hölle hinter sich ... und als Gegenleistung hatte er Jodelle geschenkt bekommen. Er würde dafür sorgen, dass kein Tag verging, an dem sie nicht wusste, dass sie geschätzt und geliebt wurde.

»Nicht dass ich mich beschweren will, aber werden wir den Rest des Abends im Bett verbringen? Ich meine, ich mag dich hier, aber ...« Kaum hatte Jodelle zu Ende gesprochen, knurrte ihr der Magen.

Bakers Lippen zuckten.

Sie erwiderte sein Lächeln. »Tut mir leid. Ich habe nicht viel zu Mittag gegessen. Ich habe an der Webseite gearbeitet und vergessen, etwas zu essen.«

Baker nickte. Er musste aufstehen und dafür sorgen, dass seine Frau versorgt wurde. »Das ist erst unser Anfang«, versprach er.

Jodelle blinzelte nicht einmal. »Nein, das ist es nicht.«

Baker runzelte die Stirn.

»Unser Anfang war, als du dich geweigert hast, mein Haus zu verlassen, weil Ben hier war und du dafür sorgen wolltest, dass ich in Sicherheit bin«, sagte sie. »Und fürs Protokoll ... ich bin froh, dass du nicht darauf bestanden hast, dass wir zu dir gehen. Ich mag mein Haus. Ich weiß, es ist klein, aber es ist meins. Letztes Jahr habe ich meine Hypothek abbezahlt. Und das ist der Ort, an dem Mana war.«

»Ich werde meins zum Verkauf anbieten«, sagte Baker, ohne zu zögern.

Jodelle wirkte überrascht. »Ich meinte nicht ...« Sie brach ab.

»Was hast du *dann* gemeint?«, fragte er.

»Nun ... ich *wollte* sagen, dass es mir egal ist, wo wir wohnen, solange ich dich an meiner Seite habe, aber das stimmt nicht. Ich weiß, dass Mana tot ist. Ich weiß, dass materielle Dinge nicht viel bedeuten und dass Erinnerungen das Wichtigste sind, aber ich bin mir nicht sicher, ob ich dieses Haus aufgeben kann.«

»Das würde ich auch nie von dir verlangen. Hast du ein Problem damit, dass ich hier bin?«

»Nein«, antwortete Jodelle kopfschüttelnd.

»Dann werde ich mein Haus verkaufen und wir werden hier wohnen. Denn ich kann dich nicht aufgeben.«

Sie lächelte. »Okay.«

Verdammt, Baker liebte diese Frau. »Ich muss zugeben ...«, sagte er, ohne seinen Gedanken zu Ende zu führen.

»Ja?«, drängte Jodelle.

»Ich möchte mich im Moment nicht wirklich bewegen. Mir gefällt, wo ich bin.«

Jodelles Grinsen wurde breiter und sie bewegte sich ein wenig unter ihm. »Mir gefällt auch, wo du bist. Und wo ich bin. Aber ich denke, wenn wir hier bleiben, könnten wir verhungern. Dann würde Ben nach Hause kommen und deinen Hintern sehen.«

Baker brach in Gelächter aus. So sehr, dass sein Schwanz schließlich aus dem warmen, sicheren Hafen herausrutschte, den er gefunden hatte.

»Verdammt«, sagte er, immer noch lachend.

Jodelle lachte mit ihm.

»Wenn du mich fragst, ist es mir egal, ob Ben meinen Arsch sieht. Solange *du* bedeckt bist.«

»Du bist süß«, erklärte Jodelle.

Baker schüttelte den Kopf. »Nein, bin ich nicht.«

»Für mich bist du es.«

»Das ist wahr. Willst du zusammen duschen?«

»Ja.«

Wieder kein Zögern und nicht im Geringsten schüchtern. Es gefiel Baker verdammt gut. »Wirst du immer so einvernehmlich sein?« Er konnte sich die Frage nicht verkneifen.

»Nein«, sagte sie. »Du wirst es merken, wenn ich sauer bin, und ich bin sicher, ich werde nachgeben und dir sagen warum, ohne dass du nachfragen musst. Ich werde launisch, Baker. Du hast es noch nicht gemerkt, weil so viel los ist, aber es ist so. Manas Geburtstag ist immer schwierig für mich, und ich bin kein großer Fan von Weihnachten.«

»Wir werden etwas Besonderes machen, um seinen Geburtstag zu ehren. Und wenn du willst, können wir zu Weihnachten verreisen«, schlug Baker vor.

Jodelle schüttelte den Kopf. »Du bist zu gut zu mir.«

»Überhaupt nicht.«

»Wirst du dich auch von mir verwöhnen lassen?«, fragte sie.

»Das tust du doch schon. Komm jetzt. Wir müssen aufstehen, duschen, zu Abend essen und versuchen, anständig zu wirken, wenn Ben nach Hause kommt, damit es dir nicht peinlich ist, wenn er einen Blick auf dich wirft und weiß, was wir gemacht haben.«

»Meinst du, er wird es wissen?«

»Tink, du glühst förmlich. Wenn er es nicht tut, ist er verdammt dumm.«

»Ben ist nicht dumm«, beschwerte Jodelle sich.

Baker hob eine Augenbraue.

»Gut. Also, wir müssen aufstehen, du musst aufhören, so verdammt sexy zu sein, und du musst mir helfen herauszufinden, wie ich aufhören kann zu glühen, damit es mir nicht peinlich ist, wenn Ben nach Hause kommt.«

Baker brach wieder in Gelächter aus. Er konnte sich nicht erinnern, wann er jemals so viel gelacht hatte. Als er vorhin ankam, war er ziemlich niedergeschlagen gewesen. Er hatte den Tag damit verbracht, mit Drogendealern zu verhandeln, was immer riskant war, und ein paar der Gefallen einzufordern, die er sein Leben lang gesammelt hatte. Aber für Jodelle würde er alles tun, und ein Arschloch wie Rowden von der Straße zu holen, damit er sich nicht mehr an den jungen

Leuten in der Gegend vergreifen konnte, war jeden verlorenen Gefallen wert.

»Komm schon«, sagte er, während er sich drehte, um sich an der Bettkante aufzusetzen. »Duschen, essen und dann ausruhen bis zu Bens Rückkehr.«

»Baker?«, sagte Jodelle, wobei sie eine Hand auf seinen Rücken legte.

»Ja?«

»Ich liebe dich.«

Baker schnürte sich die Kehle zu. Er glaubte nicht, dass er jemals müde werden würde, das zu hören. »Ich liebe dich auch.« Dann stand er auf, streckte eine Hand aus und seufzte zufrieden, als die Frau, die er liebte, sie nahm und sich von ihm aus dem Bett helfen ließ. Sie gingen Hand in Hand sowie splitterfasernackt ins Bad, und nichts hatte sich in seinem Leben je natürlicher angefühlt.

KAPITEL ZWANZIG

Jodys Leben fühlte sich in letzter Zeit an, als würde es sich mit einer Million Kilometer pro Stunde bewegen. Ben bei ihr zu haben war eines der besten Dinge, die ihr in den letzten fünf Jahren passiert waren, aber es bedeutete auch, dass sie mehr zu tun hatte. Sie half ihm bei den Hausaufgaben, wenn er nicht weiterkam, und gestern hatte er sie gefragt, ob sie ihm das Kochen beibringen würde – eine Aufgabe, auf die Jody sich bereits freute.

Und dann war da noch Baker. Sie machte sich Sorgen darum, wie intensiv er daran arbeitete, Al Rowden zur Strecke zu bringen, damit er sie beschützen konnte. Sie tat ihr Bestes, um für ihn da zu sein und seine Abendstunden so stressfrei wie möglich zu gestalten. Ihre Lieblingszeit des Tages war, wenn sie und Baker ins Bett gingen. Er hielt sie fest im Arm, als wollte er sie auch im Schlaf beschützen. Sie hatten zwar noch nicht wieder miteinander geschlafen, aber er berührte sie seit dem Sex vor ein paar Abenden wesentlich offener und freier, und sie erwischte ihn immer wieder dabei, wie er sie mit einem zärtlichen, sehnsüchtigen Blick ansah.

Außerdem arbeitete sie immer noch in ihrem eigenen Job, machte immer noch Sandwiches und Snacks für ihre Surf-Schützlinge und schrieb immer noch SMS im Gruppenchat mit ihren neuen Freundinnen. Es war viel, aber Jody war nie glücklicher gewesen.

Gestern hatte Kenna allen eine SMS geschickt, um einen Termin für die nächste Übernachtungsparty festzulegen. Bei all dem, was los war, fühlte Jody sich nicht wohl dabei, woanders zu übernachten. Baker hatte nicht versucht, sie unter Druck zu setzen, sondern nur gesagt: »Mach das, was sich für dich richtig anfühlt.«

Also hatte sie der Gruppe mitgeteilt, dass sie im Moment nicht wegkönne, sich aber auf jeden Fall in naher Zukunft mit ihnen treffen wolle, sobald sich ihr Leben ein wenig beruhigt hatte. Das hatte eine Flut von besorgten Nachrichten ausgelöst, die Jody sehr berührten. Es war lange her, dass Menschen sich so um sie sorgten, wie diese Frauen es zu tun schienen. Und die Hälfte von ihnen hatte sie noch nicht einmal kennengelernt.

Im Moment stand sie in der Küche und wartete darauf, dass Ben von der Schule nach Hause kam. Sie hatte gerade die Snacks für die jugendlichen Surfer für den morgigen Tag fertig gemacht und Baker war gerade aus seinem eigenen Haus zurückgekehrt. Er arbeitete sehr hart an der Rowden-Sache und an den Projekten, die er mit der Regierung durchführte. Jody hatte gerade erklärt, dass sie die Übernachtungsparty abgelehnt hatte und hoffte, sich wohler damit zu fühlen, der nächsten beizuwohnen.

Er zog sie in seine Arme. »Ich muss sagen, ich bin gar nicht so traurig. Ich hätte dich wahnsinnig vermisst, wenn du gegangen wärst. Ich bin es gewohnt, dich nachts im Arm zu halten. Die Woche, in der ich weg war, war beschissen, aber wenigstens war ich beschäftigt. In deinem Bett zu schlafen, ohne dass du neben mir liegst, würde sich nicht gut anfühlen.«

Jody drückte ihn fest an sich. »Was glaubst du, wie ich mich gefühlt habe? Aber die Übernachtungspartys sind nur eine Nacht.«

»Ich bin zweiundfünfzig, ich habe nicht mehr unbegrenzt viele Nächte, Tink.«

Jody rollte mit den Augen. Baker war übermäßig dramatisch. Sie zog sich zurück und legte ihm eine Hand an die Wange. »Du bist ein knallharter ehemaliger SEAL und reist um die Welt, um mit den bösen Jungs zu verkehren. Ich denke, du wirst auch eine Nacht ohne mich auskommen.«

Baker lehnte sein Gesicht für einen Moment in ihre Hand, bevor er es drehte und ihre Handfläche küsste. »Wir werden kreativ werden müssen«, sagte er.

»Kreativ?«, fragte Jody mit einem Stirnrunzeln.

»Ich mag Ben sehr. Ich habe kein Problem damit, wenn er da ist. Aber nachts, wenn ich mit meiner Frau schlafen will, möchte ich nicht, dass es dir peinlich ist, wenn er uns hört.«

Jody wurde rot. Ja, das wollte sie auch nicht. »Nun, er ist den ganzen Tag in der Schule«, entgegnete sie achselzuckend.

Bakers Augen funkelten. »Damit kann ich arbeiten«, sagte er.

Jody konnte definitiv damit arbeiten, tagsüber mit Baker zu schlafen. Sie lächelte ihn an.

»Scheiße. Jetzt will ich dich ins Bett zerren.«

»Ben wird jeden Moment nach Hause kommen«, antwortete sie bedauernd.

Baker nickte. »Ja.« Er beugte sich vor und küsste sie auf die Stirn. Dann presste er seine Lippen auf ihre, um sie innig zu küssen.

Jody liebte ihn so sehr. Er war ein guter Mann. Ja, er konnte manchmal übermäßig intensiv sein, aber sie hätte ihn nicht anders gewollt. »Hat Ben dir gesagt, was er heute Abend vorhat?«, fragte Jody. »Es ist Freitag, also nehme ich an, dass er etwas mit Tressa unternimmt.«

»Ich bin nicht für seinen Terminkalender zuständig, Tink«, erwiderte Baker grinsend.

»Ich weiß, aber ich dachte, er hätte vielleicht etwas zu dir gesagt.«

»Hat er nicht. Aber er wird bald nach Hause kommen und dann kannst du ihn fragen.« Während Baker sie musterte, gab Jody ihr Bestes, um sich keine Sorgen anmerken zu lassen. Aber natürlich sah er es trotzdem. »Was ist los?«

»Nichts.«

»Tink, sprich mit mir.«

»Ich will nur nichts Falsches sagen oder tun. Ich bin nicht seine Mutter, das weiß ich. Aber ich will auch nicht, dass er die ganze Nacht wegbleibt oder sich in der Schule mit den falschen Leuten einlässt. Mir ist klar, dass dies sein letztes Schuljahr ist und er bald weg sein wird, aber trotzdem. Ich möchte auch mit ihm darüber reden, was er nach seinem Abschluss machen will, aber auch hier möchte ich nicht zu weit gehen. Es fühlt sich sogar komisch an, ihm eine Sperrstunde zu geben. Ich meine, er war diesbezüglich bisher entspannt, aber heute ist Freitag, da will er wahrscheinlich lange wegbleiben, aber nach Mitternacht passiert nichts Gutes mehr. Und dann ist da noch sein Stiefvater. Wer weiß, was *er* vorhat. Ich will nur nicht, dass Ben es mir übel nimmt.«

Baker nahm ihr Gesicht in die Hände und sagte: »Atmen, Tink.«

Jody holte tief Luft.

»Erstens ist Ben nicht dumm«, begann er. »Er weiß, dass er verdammtes Glück hat, hier gelandet zu sein. Er wird nichts tun, um das zu vermasseln. Zweitens ist er ein guter Junge. Ich weiß nicht, wie er das geschafft hat, denn seine Mutter oder dieses Arschloch Rowden haben ihn nicht gerade angeleitet. Er war stark genug, um zu wissen, dass er aufhören muss, Fahrzeuge zu knacken, und stattdessen anfangen muss, den rechten Weg zu gehen. Er wird nicht zu lange draußen bleiben und dich beunruhigen.«

Jody griff nach Bakers Handgelenken und nickte. »Ich liebe dich.«

Sein Gesicht wurde sanfter. »Und ich liebe dich. Ben hat verdammtes Glück, jemanden wie dich an seiner Seite zu haben. Wenn du über seine Pläne nach dem Abschluss reden willst, dann tu es. Er wird sicher froh sein, dass sich jemand für ihn interessiert.«

»Ich mag Tressa«, sagte Jody leise. »Ich glaube, Ben mag sie auch sehr.«

»Der Meinung bin ich auch.«

»Er lernt, wie man mit einer Frau umgeht, wenn er dich beobachtet«, gestand Jody.

Baker blinzelte, und es war offensichtlich, wie viel ihm ihre Worte bedeuteten.

»Du bist ein wunderbares Vorbild für ihn«, sagte Jody.

»Ich habe viel zu lange gebraucht, um dich zu finden«, knurrte Baker.

Jody runzelte verwirrt die Stirn. »Was?«

»Ich wünschte, ich hätte dich früher gefunden. Die Zeit, die mir noch bleibt, ist nicht annähernd genug, um sie an deiner Seite zu verbringen.«

»Baker«, flüsterte Jody gerührt.

»Wenn Ben lernt, sich das zu nehmen, was er will, seine Frau so zu behandeln, als wäre sie das Wichtigste in seinem Leben ... dann habe ich kein Problem damit, sein Vorbild zu sein.«

Jody beugte sich vor und er ließ seine Hände von ihrem Gesicht sinken. Sie legte ihre Stirn auf seine Brust und schlang die Arme um ihn. »Jetzt fange ich an zu weinen«, murmelte sie.

»Wenn du weinst, wenn Ben hier reinkommt, wird er sich Sorgen machen«, lachte Baker.

»Dann musst du aufhören, so nett zu sein. Ich kann damit nicht umgehen.«

»Blödsinn. Du wirst lernen müssen, damit umzugehen, denn nett ist alles, was du von mir für den Rest deines Lebens bekommen wirst.«

Jody schniefte erneut. »Siehst du, du machst es schon wieder.«

Baker lachte noch mehr. »Komm schon, Tink. Wisch deine Tränen weg. Ben kommt bald nach Hause, dann kannst du ihn überreden, heute Abend seine Hausaufgaben zu machen, anstatt bis Sonntag zu warten – was verrückt ist, aber wenn es das ist, was du willst, tu dir keinen Zwang an. Dann könnt ihr beide entscheiden, was es zum Abendessen gibt, und du kannst ihm zeigen, wie man es kocht. Ich vermute, du hast recht damit, dass er den Abend mit Tressa verbringen will. Vielleicht sagst du ihm, dass er um Mitternacht zu Hause sein soll ... dann können wir ein paar Stunden allein sein.«

Jody sah zu ihm auf und holte tief Luft. »Was ist, wenn er Tressa hierherbringen will?«, fragte sie.

»Dann haben wir einen ruhigen Abend, um sie besser kennenzulernen, und wir gehen ins Bett, wenn Ben wieder zurück ist, nachdem er sie nach Hause gebracht hat.«

»Du wirst doch nicht sauer sein, dass wir nicht ... du weißt schon?«

»Ich bin nicht wegen des Sex mit dir zusammen, Jodelle. Ich mag es, mit *dir* zusammen zu sein. Ruhig auf der Couch zu sitzen, dir in der Küche zuzusehen, wie du am Computer zauberst, mit dir am Strand abzuhängen, während du deine Schützlinge im Auge behältst. Wenn die Zeit reif ist, werden wir uns wieder lieben, und wir werden es beide verdammt genießen. Aber ich brauche keinen Sex, um dich zu lieben. Ich liebe dich einfach.«

»Richtige Antwort«, flüsterte Jody.

Sie hörten beide, wie die Tür geöffnet wurde, bevor Ben rief: »Hey!«

Jody drehte sich in Bakers Armen um und lächelte Ben an. »Hey, wie war die Schule?«

»Alles in Ordnung?«, fragte er, anstatt auf ihre Frage zu antworten. »Hat Al noch etwas gemacht?«

»Nein! Uns geht es gut. Es ist alles in Ordnung«, sagte Jody schnell.

»Warum siehst du dann so aus, als hättest du geweint?«, fragte Ben mit finsterer Miene.

»Weil Baker so nett ist«, erklärte sie ihm.

Der Junge sah verwirrt aus. »Du weinst, weil Baker so nett ist«, wiederholte er.

»Ja.«

»Tipp: Versuche nicht, die Gedanken einer Frau zu verstehen«, sagte Baker zu Ben.

»Klar. Also ... geht es dir gut?«, fragte der Teenager, ohne den Blick von Jody abzuwenden.

»Mir geht es gut, Ben, wirklich.«

»Okay.«

»Hast du viele Hausaufgaben auf?«, fragte sie, während sie sich aus Bakers Armen löste, aber sie freute sich, dass er eine Hand auf ihrem Rücken behielt.

»Er ist gerade erst zur Tür hereingekommen, Tink. Gib ihm einen Moment Zeit zum Durchatmen«, schimpfte Baker.

»Er wird ein besseres Wochenende haben, wenn er seine

Hausaufgaben jetzt macht. Dann kann er sich am Sonntag entspannen und muss sich keine Gedanken darum machen.«

»Oder er kann sich jetzt entspannen, weil er weiß, dass er *heute Abend* keine Schularbeiten machen muss«, erwiderte Baker. »Dass er die nächsten zwei Tage frei hat von dem Scheiß.«

»Ich habe nicht viel auf, Miss Jody«, sagte Ben mit einem kleinen Grinsen. »Ich werde sie nach dem Abendessen erledigen. Wenn es okay ist, werde ich heute Abend mit Tressa abhängen.«

»Natürlich ist das in Ordnung. Wie sehen eure Pläne aus?«, fragte Jody.

»Ich weiß nicht. Wir hatten heute noch keine Gelegenheit, viel darüber zu reden. Ich schreibe ihr später eine SMS und dann überlegen wir uns was.«

»Ihr könnt gern herkommen«, bot sie an.

»Danke. Aber du hast es sicher satt, mich um dich herum zu haben. Du und Baker wollt wahrscheinlich allein sein. Wir werden ins Kino gehen oder so.«

»Ich werde es nie satthaben, dich um mich zu haben«, erwiderte Jody sanft. »Ich weiß, dass mein Haus nicht sehr groß ist und du nicht viel Privatsphäre hast, um mit Tressa zu reden, aber du kannst sie immer gern hierherbringen.«

»Danke«, sagte Ben leise. »Ich werde mich umziehen.«

Jody nickte ihm zu.

Als er den Flur erreicht hatte, drehte er sich um und sagte: »Das Haus hat die perfekte Größe. Es ist schön, dass wir uns oft sehen und es keine Räume gibt, die tabu sind.« Ohne auf eine Antwort zu warten, machte Ben sich auf den Weg in sein Zimmer.

Jody holte tief Luft und starrte auf die Arbeitsplatte. Sie spürte, wie Baker hinter sie trat. »Ich mag seine Mutter und seinen Stiefvater wirklich nicht«, sagte sie mit leiser Stimme, damit Ben sie nicht hörte.

»Ich auch nicht«, murmelte er, wobei er sein Kinn auf ihre Schulter legte.

Jody kämpfte darum, die gute Laune von vor ein paar Minuten wiederzuerlangen. Als sie sich wieder gefangen hatte, fragte sie: »Schweinekoteletts oder Hähnchen mit Parmesan heute Abend?«

Baker küsste sie auf die Schläfe und antwortete: »Koteletts.«

»Ben!«, rief Jody.

»Ja, Miss Jody?«, hörte sie ihn aus seinem Zimmer.

»Beeil dich! Es gibt Schweinekoteletts und du willst kochen lernen. Heute Abend ist ein guter Zeitpunkt, um damit anzufangen.«

»Bin gleich da!«, brüllte Ben.

»Willst du mit uns lernen, wie man Schweinekoteletts macht?«, fragte Jody Baker.

»Auf keinen Fall. Aber ich will zusehen, wie meine Frau ihr Wissen an einen Teenager weitergibt, der sich nach mütterlicher Liebe sehnt. Also werde ich mich mit meinem Laptop an den Tisch setzen und zusehen.«

»Wirst du Treffen mit rivalisierenden Terroristen planen, um den dritten Weltkrieg zu verhindern, während wir kochen?«, fragte Jody.

Sie spürte die Vibration seines Lachens in ihrem Rücken. »Das habe ich gestern schon gemacht«, scherzte er. »Heute Abend moderiere ich ein Treffen mit dem Präsidenten und chinesischen Staatsoberhäuptern zum Thema globale Erwärmung.«

Jody drehte sich um und starrte ihn an, nicht sicher, ob sie ihm glauben sollte oder nicht.

Baker brach in Gelächter aus. »War nur Spaß, Tink. Meine Güte.«

»Es würde mich wirklich nicht überraschen, wenn das auf deiner Agenda stünde, Baker. Du bist wirklich erstaunlich.«

Er schüttelte den Kopf. »Ich liebe dich, Frau. So verdammt sehr.«

»Ich liebe dich auch.«

»Okay, ich bin bereit!«, verkündete Ben, als er den Raum betrat. Er trug eine andere Jeans als noch vor einer Minute und ein blaues Polohemd. Die Farbe betonte seine haselnussbraunen Augen, und er hatte sich auch die Haare gekämmt. Wenn Jody sich nicht irrte, hatte er sich sogar parfümiert oder zumindest etwas von dem Körperspray benutzt, das sie auf dem Waschtisch in seinem Badezimmer gesehen hatte. Er hatte sich auf jeden Fall für das Treffen mit Tressa herausgeputzt.

Jody tat ihr Bestes, um ihr Lächeln zu verbergen, und sagte: »Also gut, komm rein und wir fangen mit den Koteletts an.«

Zwei Stunden später verbarg Baker ein Grinsen, als er beobachtete, wie Jodelle Ben bei seinen Hausaufgaben »half«. Es war offensichtlich, dass der Junge keine Hilfe brauchte, aber es war ebenso offensichtlich, dass er wollte, dass Jodelle sich gebraucht fühlte.

Das Abendessen war köstlich und Ben war stolz, dass sein erster Kochversuch so gut gelaufen war. Das lag vor allem daran, dass Jodelle darauf achtete, dass er alles richtig machte, aber Baker hatte das Gefühl, dass Ben alles, was sie ihm heute Abend beigebracht hatte, behalten würde. Der Junge saugte ihre Aufmerksamkeit auf wie ein Schwamm.

Sie besprachen gerade seinen Aufsatz über die Regierung, als Bens Handy vibrierte. Der Teenager blickte darauf und jeder Muskel in seinem Körper spannte sich an. Er stand abrupt auf, wobei sein Stuhl hinter ihm auf den Boden fiel. Er eilte in sein Zimmer und war innerhalb von Sekunden mit dem Autoschlüssel in der Hand zurück.

Baker und Jodelle waren ebenfalls schnell aufgestanden, und nun ging Baker zu dem Jungen und hielt ihn am Arm fest, um ihn daran zu hindern, aus dem Haus zu laufen. »Was ist los?«

»Ich muss gehen«, stieß Ben zwischen zusammengebissenen Zähnen hervor.

»Rede mit mir«, befahl Baker.

»Lass mich gehen«, schrie Ben, der versuchte, seinen Arm aus Bakers Griff zu reißen, aber dieser ließ nicht locker.

»Erst wenn du mir sagst, was hier los ist«, forderte er.

Baker blickte in Bens Augen, wo er Wut und Angst erkannte. Was auch immer er für eine Nachricht erhalten hatte, sie war schlecht.

»Er hat Tressa!«

»Was? Wer hat sie?«, fragte Jodelle.

Aber Baker musste nicht fragen. Er wusste es. Rowden machte seinen nächsten Schritt.

Baker streckte seine Hand nach Bens Handy aus. Ihre Blicke trafen sich, und selbst inmitten der Krise fühlte es sich gut an, dass Ben ihm genügend vertraute, um sein Handy zu entsperren und es ihm zu geben.

Baker ließ Ben nicht los, da er nicht wollte, dass er aus dem Haus stürmte, während er die SMS las, die der Junge gerade erhalten hatte.

Rome: Hey Mann, ich dachte, du willst das wissen. Ich habe von Lani gehört, die von einer ihrer Freundinnen, die Tressa nahesteht, erfahren hat, dass sie heute Abend alle bei dir zur großen Party gehen. Anscheinend dachte sie, dass du da sein würdest.

»Rowden gibt heute Abend eine seiner Partys?«, fragte Baker.

Ben nickte. »Ja. In der Schule haben alle darüber gesprochen. Ich habe mit Tressa nicht darüber geredet, weil ich nicht wollte, dass sie dabei ist.«

»Glaubst du, Rowden weiß, dass du und Tressa zusammen seid?«, fragte Baker.

»Ich bin sicher, dass er es weiß. Alex Flores ist einer seiner treuesten Gefolgsleute. Wir standen uns mal nahe, aber als ich aufhörte, Autos zu knacken, hielt er mich für ein Weichei, und er hasst mich jetzt. Das beruht auf Gegenseitigkeit. Wie auch immer, ich bin sicher, dass er das eingefädelt hat. Tressa darf da nicht mit hineingezogen werden, Baker!«, sagte Ben mit leiser, verzweifelter Stimme.

»Das wird sie nicht. Schreib ihr eine SMS. Sofort. Sag ihr, dass du auf dem Weg bist, um sie abzuholen«, befahl Baker, als er ihm sein Handy zurückgab.

»Wenn sie im Keller ist, wo normalerweise die Partys stattfinden, wird die Nachricht nicht ankommen. Al hat eine Art Störsender oder so etwas. Er will, dass sich alle darauf konzentrieren, sich zu besaufen, und sich keine Gedanken darüber machen, was er mit einigen der Jugendlichen in der Garage am Haus macht. Dort bringt er ihnen bei, wie man in Fahrzeuge einbricht«, entgegnete Ben.

Baker ließ Ben los und ging zu der Glasschale auf dem Tresen. Er schnappte sich seinen Schlüssel und hielt ihn dem Jungen hin. »Geh und starte meinen Wagen. Ich bin in einer Sekunde da. Fahr *nicht* ohne mich, sonst werde ich wütend. Und ich bin schon wütend. Du willst mich nicht noch wütender sehen.«

Ben nickte einmal, nahm den Schlüssel und ging zur Tür.

»Baker, was machst du?«, fragte Jodelle.

Er kehrte zu ihr zurück und legte seine Hände auf ihr Gesicht. Wie immer packte sie seine Handgelenke. Ihre Augen waren weit aufgerissen und sie sah verdammt besorgt aus.

»Du hast es gehört. Tressa ist bei Rowden. Er feiert eine seiner Partys. Wir müssen sie da rausholen.«

Im Handumdrehen verwandelte sich die Sorge in Jodelles Gesichtsausdruck in Wut. »Er will sich an Ben rächen, weil er ihn verlassen hat, indem er seine Freundin rekrutiert. So ein *Arschloch*! Hol sie, Baker. Sorge dafür, dass sie in Sicherheit ist. Und versuche bitte, Ben davon abzuhalten, seinen Stiefvater zu ermorden. Ich will ihn nicht die nächsten vierzig Jahre im Knast besuchen müssen.«

Baker wollte über ihre Worte lachen, aber er war viel zu wütend. »Je nachdem, in welchem Zustand sie ist – ich weiß nicht, ob jemand sie dazu überredet hat, Ecstasy zu nehmen oder nicht –, kommen wir vielleicht nicht direkt nach Hause.«

»Du musst tun, was du tun musst.«

Baker legte den Kopf schief. »Du bist nicht verärgert, dass ich die beiden nicht gleich hierherbringe?«

»Nein. Ich vertraue dir.«

Diese drei kleinen Worte setzten sich in Bakers Psyche fest und wärmten ihn von innen heraus. »Du vertraust mir?«, fragte er.

»Ja. Das habe ich gerade gesagt.«

»Nein, Tink. Du *vertraust* mir?«

Sie starrte zu ihm auf.

»Du hast mir gesagt, du glaubst, dass es das ist, was du in diesem Leben lernen sollst.«

»Ja«, murmelte sie leise.

»Es macht mich fertig, dass wir unsere ruhige Nacht nicht bekommen, aber ich schwöre dir, du wirst es nie bereuen, mir vertraut zu haben«, erklärte Baker.

»Ich weiß. Ich denke, du solltest jetzt rausgehen und Tressa holen, bevor Ben ungeduldig wird und beschließt, deinen Zorn zu riskieren und ohne dich zu fahren.«

»Richtig. Jodelle?«

»Ja?«

»Er wird dafür bezahlen. Es ist scheiße, dass er seinen Zug jetzt macht, wo er in ein paar Tagen viel zu beschäftigt sein wird, um sich mit seinem Stiefsohn anzulegen. Aber das Arschloch ist erledigt. *Bald.*«

»Gut. Geh, Baker. Ruf mich an oder schick mir eine SMS, wenn du kannst, um mir zu sagen, was los ist.«

»Mache ich. Schließ die Tür ab und geh nicht aus dem Haus, okay?«

»Okay.«

Baker hob ihr Gesicht an, küsste sie kurz, aber mit all der Liebe, die er in seinem Herzen hatte, dann drehte er sich um und ging zur Tür.

Zehn Minuten später fuhr Baker hinter einer langen Reihe von Fahrzeugen auf der Straße vor Rowdens Haus vor. Es lag in einer schönen Nachbarschaft, jedes Grundstück war mindestens fünf Hektar groß, sodass Rowden genügend Platz und Raum hatte, um seine Partys zu feiern, ohne dass die Nachbarn sich über Lärm oder eine mit Fahrzeugen vollgestopfte Straße aufregten. Ben hatte ihm auf der Fahrt den Grundriss des Hauses beschrieben. Fünf Schlafzimmer, ein riesiger Keller, der eher wie ein Bunker aussah. Zwei Garagen, eine auf der Vorderseite des Hauses und eine größere auf der Rückseite, in der Rowden den Jugendlichen beibrachte, wie man Fahrzeuge aufbrach.

Baker wandte sich an Ben. »Warte hier.«

»Auf keinen Fall«, entgegnete Ben. »Ich komme mit dir mit.«

»Nein, tust du nicht«, sagte er. »Ich weiß, dass du zu deinem Mädchen willst, aber ich will nicht, dass du einen Fuß auf dieses Grundstück setzt. Rowden wusste, dass du wegen Tressa kommen würdest. Er hat darauf gesetzt. Ich will nicht, dass er dich erpresst, damit du bleibst. Nichts für ungut, Ben, aber wenn du da reingehst, eine Szene machst und vielleicht ein paar Schläge austeilst, hat er noch mehr Stoff, den er gegen dich verwenden kann.«

Bens Nasenflügel blähten sich auf und es sah nicht so aus, als würde er zustimmen. Er hatte nur im Sinn, Tressa zu finden. Baker konnte das respektieren, aber er musste auch klug sein.

»Er wird wahrscheinlich deine Mutter benutzen, um an dich heranzukommen, wenn es mit Tressa nicht funktioniert«, fuhr Baker fort. »Vielleicht eine rührselige Geschichte darüber, dass es ihr nicht gut geht. Oder er wird dir sagen, dass er sie wieder einweisen lassen will. Er wird sie gegen dich benutzen, und das braucht keiner von euch. Vertrau mir, dass ich dein Mädchen da raushole, Ben.«

»Was ist, wenn er versucht, *dich* zu erpressen?«, fragte Ben.

Verdammt, er war wirklich ein guter Junge. Er sorgte sich um jeden, nur nicht um sich selbst. »Das wird nicht passieren. Glaubst du, ich würde dich *oder* Jodelle ungeschützt lassen? Auf gar keinen Fall. Er ist am Ende, Ben. Ich brauche nur noch ein paar Tage, um den Abzug zu drücken. Jetzt vertrau mir, dass ich Tressa für dich da raushole.«

Ben drehte sich und sah ihn an. Der Anblick der Qual in seinen Augen war schmerzhaft. »In Ordnung, Baker.«

Ohne eine weitere Sekunde zu verschwenden, nickte er, mehr als erleichtert, dass Ben ihm in dieser Sache vertraute. »Bleib hier. Ich schicke sie zu dir raus.«

Baker hatte Tressa schon einmal getroffen, als sie Ben am Strand beim Surfen zusah, aber er war sich nicht sicher, ob sie ihn heute Abend erkennen würde. Es war dunkel, sie würde wahrscheinlich verwirrt sein, warum Ben nicht im Haus war, obwohl ihr jemand gesagt hatte, dass er da sein würde, und sie könnte Angst haben. Oder sogar unter Drogeneinfluss stehen. Aber es zählte nur, dass sie raus und zu Ben kam. Es würde ihr gut gehen, sobald sie ihn sah.

Baker stieg aus dem Wagen und ging die lange Auffahrt zur Haustür hinauf. Er erwog, das Haus und das Grundstück auszukundschaften, aber das würde zu viel Zeit kosten. Wenn jemand Tressa etwas Ecstasy gegeben oder die Tatsache ausgenutzt hatte, dass sie ohne Ben dort war, hatte er keine Zeit zu verlieren.

Baker ging bis zur Haustür und drückte mit dem Finger auf die Klingel. Er ließ auch nicht los. Er lehnte sich dagegen, in der Hoffnung, dass der unerträgliche Klang der Klingel jemanden zur Tür locken würde, und zwar sofort.

Innerhalb von Sekunden wurde die Tür von einem Jungen aufgerissen, der etwa vierzehn oder fünfzehn Jahre alt zu sein schien.

»Verdammt, gib mir doch die Chance, die Tür zu öffnen!«, meckerte der Junge. Dann schaute er auf, sah Baker und schluckte. Schwer.

»Geh und hol Tressa.«

»Ähm, wen?«

»Tressa Dixon. Lange schwarze Haare, etwa eins sechzig groß. Sie ist verdammt hübsch. Ich weiß, dass du sie nicht übersehen hast.«

»Oh, die«, sagte der Junge. »Na gut. Ich gehe sie suchen«, erwiderte er, während er begann, die Tür zu schließen.

Baker drückte eine Handfläche gegen die Tür und stieß sie auf. Der Junge sah erschrocken aus und wich einen Schritt zurück. »Hey, das können Sie nicht machen!«

»Ich habe es gerade getan. Geh und hol Tressa, verdammt noch mal. Du hast etwa drei Sekunden Zeit, bevor ich die Beherrschung verliere.«

Der Junge huschte davon, als eine tiefe Stimme fragte: »Tut mir leid, wer sind Sie?«

Baker sah auf und erblickte Al Rowden zum ersten Mal persönlich ... und war nicht beeindruckt. Er trug Designerklamotten, die verrieten, dass er zu sehr versuchte, cool zu sein. Er hatte deutliche Geheimratsecken und es war offensichtlich, dass er sich die Haare gefärbt hatte, um jünger auszusehen, als er war. Er hatte etwa zehn Kilo Übergewicht, was ihm jedoch gut stand.

Aber es war der verächtliche Blick in seinen Augen, der Baker sofort auffiel.

»Ich bin wegen Tressa hier«, sagte er, ohne auf seine Frage zu antworten.

»Ich werde Sie noch einmal fragen, wer Sie sind. Es ist nicht sicher, die Gäste meines Sohnes mit jedem gehen zu lassen, der an die Tür kommt.«

»Aber es ist sicher, wenn sie sich in Ihrem Keller aufhalten, wo Drogen und Alkohol frei verfügbar sind?«, entgegnete Baker. Er durfte sich nicht zu früh verraten, aber er wollte den Mann unbedingt wegen all der Arten, auf die er die Jugendlichen verdarb, zur Rede stellen.

»Ich habe einen Sicherheitsdienst«, erklärte Rowden und blickte auf eine Kamera, die auf die Tür gerichtet war.

»Ja, ich weiß«, sagte Baker. Er hatte bereits einen Freund beauftragt, sich in das System zu hacken, und er hatte jede Menge Videobeweise davon, wie dieses Arschloch am letzten Wochenende fröhlich Teenager zu sich nach Hause eingeladen hatte und dieselben Jugendlichen früh morgens betrunken oder im Drogenrausch wieder gegangen waren.

Rowdens Augen wurden schmal. »Wenn Sie mir nicht sagen, wer Sie sind, rufe ich die Polizei.«

Baker wollte auf keinen Fall, dass die Beamten sich in seinen Plan einmischten. Es gab einige Polizisten, die Rowden in der Tasche hatte. Sie würden zusammen mit diesem Wichser untergehen, aber Baker hatte jetzt keine Zeit, sich mit diesem Mist zu beschäftigen.

»Mein Name ist Baker Rawlins«, antwortete er.

In Rowdens Augen flackerte keinerlei Erkenntnis auf. »Ich kenne Sie nicht«, sagte er nach einem Moment.

»Nein. Aber ich kenne *Sie*«, erwiderte Baker, der sich nicht zurückhalten konnte.

Ein Geräusch hinter Rowden veranlasste ihn, sich umzudrehen, und Baker sah, wie Tressa zur Tür begleitet wurde.

Hinter ihr standen zwei Mädchen, die offensichtlich nur nach Klatsch und Tratsch suchten. Tressa sah verwirrt und nervös aus, da sie nicht wusste, wer an der Tür stand und nach ihr fragte. Als sie ihn sah, weiteten sich ihre Augen.

»Mr. Baker!«

»Zeit zu gehen, Tressa«, sagte er.

»Heilige Scheiße, er ist ein totaler DILF!«, flüsterte eines der anderen Mädchen.

Rowden besaß die Frechheit, einen Arm auszustrecken und Tressa den Weg zur Tür zu versperren. »Nicht so schnell«, mahnte er.

Aber Baker war fertig. »Komm schon, Tressa«, sagte er in tiefem, hartem Tonfall.

Sie gehorchte sofort und schlängelte sich an Rowdens Arm vorbei, bis sie mit Baker auf der Veranda stand.

»Mein Wagen ist der schwarze, der letzte in der Reihe. Ben erwartet dich dort«, erklärte er.

Ihre Augen leuchteten vor Erleichterung auf. »Ben ist hier?«

Als Baker nickte, entspannte sie sich sichtlich. Ja, es hatte ihr nicht gefallen, hier zu sein, und sie war mehr als bereit zu gehen. Ohne zu zögern, lief sie von der Veranda.

Baker war froh, dass es auch nicht so aussah, als hätte sie Drogen genommen. Ihre Pupillen waren normal groß und sie schien nicht unruhig zu sein, was ein weiteres gutes Zeichen war. Sie war misstrauisch und ein wenig nervös, aber das war zu erwarten, nachdem sie auf einer großen Party auf Ben gehofft hatte, nur um zu erfahren, dass er nicht da war.

»Mein Sohn ist hier?«, fragte Rowden, der an Baker vorbeischaute, als könnte er durch die Dunkelheit sehen.

»Ben ist *nicht* Ihr Sohn«, sagte er und trat einen Schritt zurück. Am liebsten hätte er diesem Arschloch eine reingehauen, aber dann würde Rowden bestimmt seine Kumpane bei der Polizei anrufen und Baker müsste sich mit diesem Mist auseinandersetzen, was Rowdens feurigen Niedergang verzögern würde. Ganz zu schweigen davon, dass es Jodelle beunruhigen würde, und das war das Letzte, was er jetzt tun wollte. Sie konnte den zusätzlichen Stress nicht gebrauchen.

»Ich bin mit seiner Mutter verheiratet«, blaffte Rowden arrogant.

»Das bedeutet einen Scheißdreck. Wo wir gerade dabei sind, wo ist Emma?«, fragte Baker.

»Sie schläft«, antwortete Rowden abfällig.

»Klar. Weil in ihrem Haus eine verdammte Riesenparty stattfindet und sie schlafen kann. Natürlich. Ich hätte es wissen müssen.«

Er musste Ben und Tressa von dort wegbringen. Aber es war praktisch eine Qual zu gehen, wenn er wusste, dass noch andere Jugendliche im Haus waren, die dort nichts zu suchen hatten. Die von Rowden verdorben wurden. Leider hatte Baker schon vor langer Zeit gelernt, dass er nicht alle retten konnte, so beschissen es auch war. Und im Moment lag sein Fokus auf Ben, Tressa und Jodelle.

»Sie haben es versaut«, knurrte Rowden. »Ich werde alles über Sie herausfinden, Baker Rawlins, und Sie werden sich wünschen, Sie hätten sich nicht mit mir angelegt.«

Er konnte sich ein Lachen nicht verkneifen. Erstens würde dieses Arschloch nichts über ihn finden. Nichts, von dem er nicht wollte, dass es gefunden wurde. Sein Leben war fest verschlossen, im Gegensatz zu dem dieses Arschlochs. Wenn er erst einmal wusste, wonach genau er suchen musste, war es keine große Herausforderung mehr, alle Leichen in seinem Keller zu finden ... und der war voll damit. Er würde untergehen. Hart.

»Nur zu«, sagte Baker, als er sich zum Gehen wandte.

»Das werden Sie noch bereuen!«, rief Rowden entrüstet.

Baker hob nur eine Hand und zeigte ihm den Mittelfinger, während er davonging. Er hörte, wie die Tür hinter ihm zuschlug, und beschleunigte das Tempo, um zu seinem Wagen zu joggen.

Ben stand draußen vor dem Fahrzeug und hielt Tressa im Arm. Er hielt ihr Gesicht in den Händen, so wie er es bei Baker und Jodelle mehr als einmal gesehen hatte. Sie unterhielten sich leise, und so sehr Baker ihnen auch ihren Freiraum lassen wollte, er musste sie aus dieser Gegend weg und in Sicherheit bringen.

»Steig ein, Ben. Wir müssen los.«

»Ist er hinter uns her?«, fragte Ben und drehte sich, sodass Tressa dicht an seiner Seite war und sein Arm um ihre Schultern lag.

»Nein. Aber das heißt nicht, dass wir hierbleiben sollten.«

»Richtig«, sagte Ben. Er öffnete die Hintertür, half Tressa hinein und stieg hinter ihr ein.

Bakers Lippen zuckten. Er hätte nie gedacht, dass er einmal den Chauffeur für ein paar Teenager spielen würde, aber es machte ihm wirklich nichts aus. Er setzte sich hinter das Steuer und fuhr los. Er schwor sich, dass er das nächste Mal, wenn er in diesem Haus war, zusehen würde, wie Al Rowden in Handschellen abgeführt wurde.

Ben und Tressa unterhielten sich leise auf dem Rücksitz, aber Baker blendete sie aus. Er fuhr auf den Parkplatz des Sunset Beach und stellte den Motor ab.

»Baker?«, fragte Ben verwirrt.

»Es gibt nichts, was den Kopf besser frei macht als ein Spaziergang im Sand und die Gischt im Gesicht zu spüren. Geh mit Tressa spazieren, Ben. *Sprich* mit ihr.« Baker war sich nicht sicher, ob Ben seinem Mädchen alles erzählen würde, was los war, aber sie musste wissen, warum es keine gute Idee war, jemals wieder zu seinem Haus zu gehen.

»Gut. Danke.«

»Ich bleibe hier«, sagte Baker. »Nimm dir so viel Zeit, wie du willst. Ich werde nirgendwo hingehen.«

»Miss Jody?«, fragte Ben.

Zum hundertsten Mal wurde Baker daran erinnert, dass dieser Junge ein gutes Herz hatte. »Ich werde sie anrufen. Sie kommt schon klar.«

Ben nickte. Er war offensichtlich noch nicht bereit zu lächeln.

»Wir bringen Tressa nach Hause, wenn du bereit bist«, fügte Baker hinzu.

»Danke, Mr. Baker«, murmelte Tressa leise.

»Nenn mich Baker«, entgegnete er.

Sie nickte.

Die Teenager stiegen aus und gingen in Richtung Strand.

Ben hielt vor dem Wagen inne und hockte sich vor Tressa, sodass Baker ihn nicht sehen konnte. Als er aufstand, legte er ihre Sandalen auf die Motorhaube des Fahrzeugs. Dann zog er seine eigenen Schuhe aus und legte sie neben die von Tressa, bevor er ihre Hand ergriff. Sie gingen auf die Brandung zu.

Der Strand war nicht menschenleer, aber es war definitiv nicht so viel los wie tagsüber. Es war auch dunkel, aber es gab genügend Lichter von den Häusern entlang des Ufers, sodass Baker zuversichtlich war, dass die Teenager in Ordnung wären. Ben würde dafür sorgen, dass Tressa nichts geschah.

Baker stieg aus dem Wagen, holte sein Handy aus der Tasche und tippte auf Jodelles Namen.

»Geht es ihr gut?«, fragte sie anstelle einer Begrüßung.

Er hatte das Gefühl, dass sie die ganze Zeit, in der sie weg gewesen waren, im Haus auf und ab gegangen war und sich Sorgen gemacht hatte. Sie mochte ihm vertrauen, aber das hieß nicht, dass sie sich keine Sorgen machte. »Es geht ihr gut.«

Er hörte sie erleichtert seufzen. »Und Al? Ist er noch am Leben?«

Baker schnaubte. »Ja, Tink.«

»War es schlimm?«, fragte sie.

»Ja und nein. Der Junge, der an der Tür war, hat sich mir zum Glück nicht widersetzt und ist sofort losgezogen, um Tressa zu suchen. Rowden tauchte auf. Wir haben ein paar Worte gewechselt, und dann bin ich mit Tressa gegangen.«

»Ich glaube, du lässt einige Dinge aus, Baker«, warf sie ihm vor.

»Das Arschloch hat mich bedroht«, gestand er lachend.

»Was? Das ist überhaupt nicht lustig!«, beschwerte Jodelle sich.

»Es ist verdammt lustig«, konterte er. »Er denkt, dass er seine Beziehungen nutzen kann, um Dreck über mich herauszufinden. Erstens wird er nichts finden. Zweitens wird er keine Zeit haben, die Dinge ins Rollen zu bringen, bevor er auffliegt.«

»Sicher. Wo bist du jetzt? Kommst du nach Hause?«

»Ich habe Ben und seine Freundin an den Strand gebracht. Sie gehen spazieren und unterhalten sich. Ich bleibe hier, bis sie zurückkommen. Ich will sicher sein, dass es den beiden gut geht, bevor wir Tressa absetzen und nach Hause kommen.«

»In Ordnung.«

»Bist du sauer, dass wir nicht sofort nach Hause kommen?«, fragte Baker.

»Nein. Du bist bei ihnen. Sie sind in Sicherheit. Es wird dir und Ben wahrscheinlich guttun, etwas Zeit allein miteinander zu verbringen, nachdem ihr Tressa nach Hause gebracht habt. Du kannst mit ihm reden und ihm versichern, dass du alles unter Kontrolle hast. Ich bin mir sicher, dass er ziemlich aufgebracht ist, das aber vor seiner Freundin nicht zeigen will. Ich möchte auch nicht, dass er verrückte Rachepläne schmiedet. Also ja, ich habe kein Problem damit, dass du noch ein bisschen länger weg bist.«

Baker senkte den Kopf und blickte auf den Sand unter seinen Füßen auf dem Parkplatz. Er hatte sich gegen die Fahrertür gelehnt und war darauf vorbereitet gewesen, Jodelle davon überzeugen zu müssen, dass Ben die Zeit mit Tressa allein brauchte. Aber er hätte es besser wissen müssen.

»In diesem Sinne, wenn er sich weiter mit Ben anlegt, bekommt er es mit mir zu tun«, schimpfte Jodelle.

»Falsch«, sagte Baker, der sich wieder aufrichtete.

»Baker, im Ernst, ein sechzehnjähriges Mädchen zu benutzen, um sich an Ben zu rächen oder ihn zu kontrollieren, ist einfach nur beschissen!«

»Das ist es«, stimmte er zu. »Aber du gehst nicht in die Nähe dieses Wichsers.«

»Ich kann nicht versprechen, dass ich nichts Verrücktes tue. Ich habe Mana verloren. Ich werde Ben *nicht* verlieren.«

Baker brauchte eine Sekunde, um diesen Schlag zu verdauen. Egal wie sehr er sie liebte, egal wie glücklich er sie machte, er würde niemals in der Lage sein, ihren Sohn zurückzubringen. »Und ich kann *dich* nicht verlieren, Jodelle. Es würde mich buchstäblich in Stücke reißen. Ich würde mich nie wieder erholen. Du musst in Sicherheit sein.«

»Und ich kann nicht zulassen, dass die Menschen, die ich liebe, erpresst oder gezwungen werden, Dinge zu tun, die sie nicht tun wollen, wie Fahrzeuge aufbrechen, Drogen nehmen und zu schrecklichen, furchtbaren Menschen werden. Er hatte seine Chance bei Ben, genauso wie seine Mutter. Sie haben versagt, also schreite ich ein! Wie auch immer ich das tun muss.«

»Scheiße«, fluchte Baker.

Jodelle seufzte. Dann hörte er zu seinem Entsetzen, wie sie kicherte. »Wie wäre es damit – ich verspreche dir, dich zu informieren, wenn ich etwas Verrücktes vorhabe. Dann kannst du mir aus der Patsche helfen, wenn es nötig ist.«

»Wie wäre es, wenn du mich informierst, wenn du etwas Verrücktes vorhast, und ich es dir dann ausrede und mich stattdessen um das kümmere, was dich bedrückt?«

»Ich bin nicht schwach«, sagte Jodelle.

Baker runzelte die Stirn. »Das habe ich auch nicht behauptet.«

»Ich brauche keine Hilfe.«

»Nein, die brauchst du nicht. Wahrscheinlich sollten wir dieses Gespräch von Angesicht zu Angesicht führen, aber da du es angesprochen hast – ich halte dich auf keinen Fall für schwach. Im Gegenteil, du bist eine der stärksten Frauen, die ich je getroffen habe. Sogar stärker als Elodie und die anderen. Ja, sie haben viel Schlimmes durchgemacht, und ich bin stolz darauf, dass sie dank ihrer inneren Stärke und einem Haufen Glück heil davongekommen sind. Aber du, Jodelle ... du hast Schläge eingesteckt, die die meisten Menschen dauerhaft in die Knie zwingen würden, und du hast weitergemacht. Nicht nur das, du hast auch etwas getan, als Ben dringend Hilfe brauchte. Die meisten Menschen hätten sich schlecht gefühlt und ihr Leben weitergeführt, ohne sich einzumischen. Du hast dich nicht nur eingemischt, sondern ihn eingeladen, in Manas Zimmer zu wohnen, und ihm angeboten, dich selbst und die große Liebe, die du in dir trägst, zu teilen.

Ihn dort zu haben, in Manas Zimmer, in dem Alter, in dem dein Sohn war, als er dir weggenommen wurde, ihn über seine Freunde reden zu hören, zu sehen, wie er in denselben Gewässern surft, die Mana genommen haben ... das ist *Stärke*, Tink. Aber du bist nicht unantastbar. Ich habe dir einmal gesagt, dass meine Scheiße nicht auf dich übergeht, und das meinte ich auch so.«

»Al Rowden ist nicht deine Scheiße«, sagte Jodelle leise.

»Doch, das ist er. Weil ich ihn zu meiner Scheiße *mache*«, gab Baker zurück.

Wieder ein Seufzer. »Baker?«

»Ja, Tink?«

»Wenn das alles vorbei ist, würde ich gern zu meinem langweiligen Leben zurückkehren. Du weißt schon, an Grafiken arbeiten, Surfer beobachten und das Schlimmste, was passieren kann, ist ein verbranntes Abendessen.«

»Das klingt großartig«, sagte Baker.

»Schickst du mir eine SMS, wenn du auf dem Weg nach Hause bist?«

»Ja, Tink, das kann ich machen.«

»Und sag Tressa, ich bin froh, dass es ihr gut geht.«

»Klar.«

»Und sag Ben, dass seine Sperrstunde aufgehoben ist, solange er bei dir ist.«

Baker lachte. »Ist es okay, wenn er bis zwei Uhr wegbleibt?«

»Ähm ...«

»Genau. Das dachte ich mir. Wir werden weit vor Mitternacht zu Hause sein.«

»In Ordnung.«

»Ich lege jetzt auf«, sagte Baker. »Versuche, dich zu entspannen. Ben geht es gut. Tressa geht es gut. Diese Scheiße wird bald vorbei sein.«

»Okay. Ich liebe dich, Baker.«

»Ich liebe dich auch.«

»Baker?«

»Ja?«

»Ich glaube, Ben möchte Tressa morgen vielleicht sehen. Du weißt schon, um sicherzugehen, dass es ihr gut geht nach allem, was heute Abend passiert ist. Und wenn das der Fall ist, und da ich normalerweise samstags freihabe und so ... dachte ich, wenn du nicht zu sehr in deine Pläne für Al Rowdens Untergang vertieft bist ... könnten wir vielleicht etwas Zeit miteinander verbringen.«

»Wenn du damit meinst, dass wir miteinander schlafen, dann verdammt, ja«, knurrte er.

»Toll. Dann haben wir eine Verabredung.«

Baker schwoll das Herz an. »Ja, Tink, die haben wir.«

»Okay. Sei vorsichtig. Es ist dunkel. Und je später es wird, desto mehr betrunkene Autofahrer gibt es auf den Straßen.«

»In Ordnung.«

»Wir sehen uns bald.«

»Ja, das werden wir«, stimmte Baker zu. »Achte darauf, dass die Tür abgeschlossen ist.«

»Ist sie.«

»Überprüfe es noch einmal«, drängte Baker.

»Gut. Mache ich.«

»Ich liebe dich.«

»Ich liebe dich auch. Tschüss.«

»Tschüss.«

Baker steckte sein Handy ein und starrte auf den Ozean hinaus. Er konnte gerade noch die weiße Gischt der Wellen sehen, die an das Ufer schlugen. Er musste ein paar Nachrichten verschicken, um sicherzugehen, dass die Dinge noch nach Plan liefen, aber das würde warten müssen, bis er an seinen Computer kam und auf das Dark Web und das unauffindbare Kommunikationsnetzwerk zugreifen konnte, das er aufgebaut hatte.

Rowdens bequemes Leben neigte sich dem Ende zu – und Baker konnte es kaum erwarten.

KAPITEL EINUNDZWANZIG

Am Montagmorgen saß Jody auf dem, was sie für *ihren* Picknicktisch hielt, am Strand und sah ihren Schützlingen beim Surfen zu. Ben war da draußen und Jody war erleichtert, dass es ihm nach dem Vorfall am Freitagabend gut zu gehen schien. Am Samstag hatte er den ganzen Tag mit Tressa bei ihr zu Hause verbracht und am Sonntag hatte er seine Freundin zwar nicht gesehen, aber sie hatten fast den ganzen Tag über SMS geschrieben und miteinander telefoniert, wenn er nicht gerade Hausarbeiten erledigte oder Jody beim Abendessen half.

Heute Morgen hatte Baker ihn überredet, surfen zu gehen, und jetzt waren sie hier.

»Geht es dir gut?«, fragte Baker neben ihr.

Jody drehte sich um und betrachtete den Mann, in den sie bis über beide Ohren verliebt war. Es war fast beängstigend, wie viel Baker ihr bedeutete. Sie hatten den Samstagmorgen zusammen im Bett verbracht, was genauso umwerfend und fantastisch gewesen war wie das erste Mal, als sie miteinander geschlafen hatten. Dann hatten sie geduscht, gegessen und Baker hatte sich im Wohnzimmer über sie hergemacht. Es war eine der besten sexuellen Erfahrungen ihres Lebens gewesen. Nachdem Jody sich revanchiert und Baker einen geblasen hatte, bis er explodiert war, hatte er von Herzen zugestimmt.

Am Sonntag hatte Baker darüber gesprochen, noch mehr von seinen Sachen in ihr Haus zu bringen. Er hatte seine Computerausrüstung noch nicht mitgebracht, weil er einige Änderungen vornehmen wollte, um ihre Internetverbindung sicherer zu machen. Als sie gefragt hatte, was das bedeutete, fing er an, über das Dark Web, das Verwischen seiner Spuren und VPNs zu reden, und Jody schaltete sofort ab.

Sie sagte ihm einfach, dass er in ihr Haus bringen und tun könne, was er wolle, und dass sie damit einverstanden sei ... weil es bedeutete, dass er dann öfter da war.

Nach allem, was passiert war, sogar nach dem Mist mit Bens Stiefvater, fühlte sie sich heute ziemlich entspannt, auch wenn Baker gerade gesagt hatte, dass er heute Nachmittag für eine Weile zum Marinestützpunkt fahren müsse.

»Jodelle?«, fragte Baker besorgt. »Geht es dir gut?«

»Tut mir leid. Ja, mir geht's gut.«

»Ich würde nicht gehen, wenn es nicht wichtig wäre.«

Jody sah ihn an und nickte. »Ich weiß. Und es ist in Ordnung. Ich bin keine hilflose Idiotin, die keinen Tag ohne ihren Mann überleben kann.«

Bakers Lippen zuckten. »Ich weiß. Ich schätze, *ich* fühle mich im Moment nicht wohl dabei, euch beide zu verlassen.«

Jody beugte sich vor und legte ihren Kopf auf Bakers Schulter. Sofort legte er einen Arm um ihre Taille und hielt sie fest. »Du sagtest, du bräuchtest noch ein oder zwei Tage, um alles zu regeln, was Rowden betrifft«, sagte sie.

»Ja«, stimmte Baker zu.

»Heute wird also ein ganz normaler Tag«, beruhigte Jody ihn. »Du machst dein Ding, ich mache meins. Wir werden schon klarkommen. Ich habe mir überlegt, Ben heute Abend zu zeigen, wie man Lasagne macht. Wäre das für dich in Ordnung?«

»Alles, was du machst, ist für mich in Ordnung, Tink.« Dann holte er tief Luft. »Ich hoffe, dass ich um sechzehn Uhr mit meiner Besprechung fertig bin. Danach fahre ich direkt nach Hause, also sollte ich gegen siebzehn Uhr zurück sein, wenn der Verkehr nicht zu stark ist.«

»Okay.«

»Ich bin vielleicht den größten Teil des Tages nicht erreichbar«, warnte Baker.

Jody hob den Kopf und sah ihn stirnrunzelnd an. »Alles in Ordnung?«

»Ja. Aber manchmal erfordern die Dinge, die ich mit den hohen Tieren besprechen muss, ein bisschen mehr Sicherheit. Der Raum wird komplett abgeriegelt, auch die Handysignale werden gestört. Es ist nur eine Vorsichtsmaßnahme, aber das bedeutet, dass ich außer in den Pausen und beim Mittagessen den größten Teil des Tages nicht erreichbar sein werde. Wenn du etwas brauchst, rufst du Mustang an. Wenn du ihn nicht erreichen kannst, rufst du Midas an. Wenn er nicht erreichbar ist –«

»Ich weiß, ich weiß, rufe ich Aleck oder Pid oder Jag oder Slate an«, beendete Jody den Satz für ihn.

»Genau. Aber du hinterlässt mir eine Nachricht und ich rufe dich so schnell wie möglich zurück.«

»Es wird nichts passieren«, beruhigte Jody ihn.

»Ich habe gelernt, dass das Chaos normalerweise über einen hereinbricht, wenn man es am wenigsten erwartet«, sagte Baker. »Und je näher Rowdens Untergang rückt, desto nervöser werde ich. Ich hätte das Treffen heute gern verschoben, aber ich kann nicht.«

»Ich werde den ganzen Tag zu Hause bleiben. Ich muss nicht einkaufen gehen. Ich habe schon alles, was ich für die Lasagne brauche. Ich treffe mich heute Nachmittag mit Ben hier am Strand. Er hat bereits gesagt, dass er Tressa mitbringen und mit mir an Land bleiben wird, um ihr mehr über das Surfen beizubringen, indem er ihr erklärt, was seine Freunde im Wasser machen.«

»Ich habe Rowden am Freitagabend verärgert«, sagte Baker. »Er ist der Typ Mann, der sein Gesicht wahren will. Er wird etwas versuchen.«

»Sollen wir zu Hause bleiben? Nicht an den Strand gehen?«

Baker presste die Lippen aufeinander, dann seufzte er. »Ben ist gestresst. Er hat so viel mehr um die Ohren als die meisten Teenager. Ich möchte ihm nur ungern das wegnehmen, was ihm hilft, diesen Stress abzubauen. Ich denke, es ist in

Ordnung, da es ein öffentlicher Strand ist, aber halte die Augen nach Problemen offen. Halte dein Handy immer griffbereit. Konfrontiere Al nicht, falls er auftauchen sollte.«

»Glaubst du, er wird auftauchen?«, fragte Jody.

»Ganz ehrlich? Nein. Es ist zu öffentlich. Er wird im Hintergrund bleiben wollen, aber das heißt nicht, dass er keine Bedrohung darstellt.«

»Dein Höllenfeuer und deine Verdammnis werden auf ihn niederregnen, bevor er seine Pläne ausführen kann«, entgegnete Jody mit einem kleinen Lächeln.

»Ich hoffe, du hast recht.«

»Das habe ich«, sagte Jody mit mehr Wagemut als Gewissheit. Al war offensichtlich ein riesiges Arschloch, dem es egal war, ob er junge Leute verdarb, seine Frau mit Schmerzmitteln süchtig machte – und sie damit in einen Dauerrausch versetzte – und gestohlene Waren für Drogen und Spielgeld verkaufte. Er lebte in einem Kartenhaus und Baker war kurz davor, alles in die Luft zu jagen. Jody fühlte sich ein wenig blutrünstig in ihrem Verlangen zu sehen, wie Al Rowden seine gerechte Strafe bekam, aber sie fühlte sich auch schlecht, weil Bens Mutter wahrscheinlich ins Kreuzfeuer geraten würde. Aber sie waren erwachsen. Seine Mutter hatte ihre Entscheidung getroffen und nun mussten sowohl sie als auch Rowden mit den Konsequenzen ihres Handelns fertigwerden.

Baker drehte den Kopf und küsste Jody auf die Schläfe. »Ich liebe dich, Tink.«

»Ich liebe dich auch.«

Sie saßen in den Armen des anderen da und sahen den Jugendlichen beim Surfen zu, bis es Zeit war, dass sie zur Schule gingen. Baker hielt sich zwei Finger an den Mund, um einen langen, lauten Pfiff zu erzeugen. Es war äußerst wirkungsvoll und Jody war ein wenig neidisch, dass die Surfer sofort darauf reagierten und zum Ufer paddelten.

Sie versorgte sie mit Frühstückssandwiches und blieb, bis das letzte Fahrzeug vom Parkplatz fuhr. Jody packte ihre Kühlbox in den Kofferraum von Bakers Wagen, während er Bens Brett auf dem Dachgepäckträger befestigte. Auf dem Weg zurück zu ihrem Haus nahm er ihre Hand in die seine. Es war eine einfache Sache, nicht im Geringsten sexuell, und Jody fühlte sich in diesem Moment so zufrieden wie schon lange nicht mehr. Fünf Jahre, um genau zu sein. Das Leben warf ihr immer wieder Steine in den Weg, aber wenn sie etwas aus Kaimanas Tod gelernt hatte, dann zu schätzen, was sie in diesem Moment hatte.

Als sie zu Hause ankamen, ging Jody ins Haus und machte sich einen Kaffee, während Baker Bens Surfbrett in der kleinen Garage neben dem Haus verstaute. Sie war voll mit Kartons und anderem Kram, den Jody im Laufe der Jahre angesammelt und nicht weggeschmissen hatte.

Als Baker hereinkam, sagte er: »Wenn die Sache mit Rowden erledigt ist, werde ich als Nächstes deine Garage ausmisten, damit du Platz für deinen Bus hast.«

»Es macht mir nichts aus, in der Auffahrt zu parken«, erwiderte sie. »Es ist ja nicht so, dass ich jemals Eis von meinen Scheiben kratzen muss oder so.«

»Ja, aber es passen nur zwei Fahrzeuge in die Einfahrt, was bedeutet, dass entweder Ben oder ich auf der Straße parken müssen. Ich will das nicht auf Dauer machen, weil es die Nachbarn ärgert und die Gefahr, dass jemand den Wagen streift, mit jedem Tag größer wird, an dem einer von ihnen da draußen steht.«

Jody biss sich auf die Lippe. »Baker, das Haus ist nicht sehr groß. Ich habe keine Ahnung, wo wir alles unterbringen sollen, falls du einziehst. Wir werden die Garage also eher für *mehr* Sachen brauchen.«

Baker ging auf sie zu und küsste sie sanft. »Wenn, nicht falls.«

»Was?«

»*Wenn* ich einziehe, nicht falls«, sagte er. »Und du musst dir keine Sorgen um mein Zeug machen. Wenn es nicht mehr passt, verkaufe ich es, gebe es Theo oder Lexie findet jemanden bei *Food For All*, der es braucht.«

»Du kannst deine Sachen nicht weggeben«, erwiderte Jody verärgert.

»Warum nicht?«

»Na ja ... weil es deine Sachen sind«, sagte sie lahm.

»Jodelle, materielle Dinge sind mir scheißegal. Das Einzige, was mich interessiert, bist du. Und warum brauchen wir zwei Sofas, wenn das eine, das du hast, so bequem ist? Wir brauchen keine zwei Betten, zwei Tische oder zwei Geschirrsets. Ich denke, wir können deinen Fernseher gegen meinen austauschen, weil er größer ist, aber wenn du an dem hier hängst, ist das auch okay.«

»Baker«, flüsterte Jody überwältigt.

»Ich will nur, dass du Platz für *mich* in deinem Leben machst. In diesem Haus. Alles andere ist unwichtig.«

»Okay«, sagte sie. Sie liebte diesen Mann mehr, als sie es noch vor einer Minute getan hatte. »Hilfst du mir, Manas Sachen durchzugehen? Ich könnte es nicht ertragen, alles wegzugeben. Einige der Sachen in der Garage stammen aus seinem Zimmer ... Dinge, die ich einfach nicht wegschmeißen konnte.«

»Natürlich werde ich das«, entgegnete Baker sanft und zog sie in seine Arme.

Das war einer von Jodys Lieblingsorten. An ihn gepresst, während er sie festhielt. Sie standen eine lange Minute so da, bevor Baker sich widerwillig zurückzog. »Ich muss duschen und mich auf den Weg machen«, sagte er bedauernd.

»Ich weiß.«

Baker senkte den Kopf und drückte seine Lippen auf ihre. Der Kuss war nicht kurz. Er war leidenschaftlich, und Jody konnte die Liebe, die er für sie empfand, durch die intime Begegnung ihrer Lippen spüren. Er trat zurück, küsste ihre Nasenspitze und ihre Stirn, dann vergrub er die Nase an der Haut unter ihrem Ohr und atmete tief ein.

Jody lächelte. Sie liebte es, wie er das immer tat. Als könnte er nicht genug von ihrem Duft bekommen.

Er strich ihr mit einer Hand über die Wange und mit dem Daumen über die Lippen, bevor er seine Hand schließlich sinken ließ und sich auf den Weg ins Schlafzimmer machte.

Jody brauchte einen Moment, um ihr Gleichgewicht wiederzufinden, aber als sie sich schließlich stabil fühlte, wandte sie sich mit einem breiten Lächeln im Gesicht der Kaffeemaschine zu. Man konnte mit Sicherheit behaupten, dass sie glücklich war. Es war noch nicht lange her, dass sie sich nicht hatte vorstellen können, sich jemals wieder so zu fühlen. Aber Baker und Ben hatten das Unmögliche geschafft.

Später am Nachmittag saß Jody auf ihrem Picknicktisch und wartete auf ihre Schützlinge. Sie war etwas früher zum Strand gefahren, um mit den anderen Surfern zu sprechen und sich ein Bild von den Bedingungen zu machen, damit sie den Highschool-Schülern Bescheid geben konnte, bevor sie hinausgingen.

Baker hatte ihr um die Mittagszeit eine SMS geschickt, in der er sich nach ihrem Tagesablauf erkundigte und ihr bestätigte, dass er gegen sechzehn Uhr losfahren würde.

Es war jetzt halb vier, was bedeutete, dass er bald aus der Besprechung heraus und auf dem Weg nach Hause wäre. Wenn der Verkehr nicht zu schlimm war, was in Honolulu immer ein Glücksspiel war, sogar auf der Schnellstraße, die zur Nordküste führte, könnte er rechtzeitig zu Hause sein, um ihr und Ben beim Zubereiten der Lasagne zu helfen.

Sie war in Gedanken versunken, als sie hörte, wie ihr Name von hinten gerufen wurde.

»Miss Jody! Miss Jody!«

Als Jody sich umdrehte, sah sie, wie Felipe und Lani vom Parkplatz auf sie zuliefen.

Der Anblick der beiden erschreckte sie sofort und für eine Sekunde konnte Jody sich nicht bewegen. Sie hatte es gerade geschafft aufzustehen, als die beiden Teenager sie erreichten. Sie waren außer Atem und hatten die Augen weit aufgerissen. Beide fingen gleichzeitig an zu reden, und Jody musste eine Hand hochhalten und streng sagen: »Einer nach dem anderen. Was ist los?«

Lani nahm einen tiefen Atemzug. »Es geht um Ben!«

Zum zweiten Mal innerhalb einer Minute wurde sie vom Grauen beinahe überwältigt. Dann machte Felipe da weiter, wo Lani aufgehört hatte.

»Ben wurde beim Mittagessen angegriffen! Alex und ein

paar seiner Freunde haben ihn verprügelt. Es war *schlimm*, Miss Jody. Er lag nur noch stöhnend da, als die Lehrer alle von ihm weggingen.«

Der Gedanke, dass Ben verletzt sein könnte, ließ Jodys Adrenalinspiegel in die Höhe schnellen. »Warum?«

»Das weiß niemand«, sagte Lani. »Aber *alle* wissen, dass sie sich nicht verstehen, obwohl sie sich früher sehr nahestanden.«

»Wo ist er jetzt?«, fragte Jody.

»Ich schätze, zu Hause«, antwortete Felipe. »Der Direktor hat Alex und die anderen, die ihn angegriffen haben, suspendiert, das ist also gut.«

Aber Jody hatte den letzten Teil ausgeblendet. Sie war den ganzen Nachmittag zu Hause gewesen und kam gerade von dort. Wenn Ben beim Mittagessen verletzt worden war, hätte er schon zu Hause sein müssen, bevor sie zum Strand gefahren war. Dann kam ihr ein anderer Gedanke in den Sinn. »Was meinst du mit *zu Hause*? Welches Zuhause?«

Felipe sah verwirrt aus. »Na, *sein* Zuhause. Sein Vater hat ihn abgeholt. Ich nehme an, er hat ihn zu einem Arzt gefahren und ihn dann wahrscheinlich nach Hause gebracht, damit er sich erholt.«

Nein. *Neinneinneinnein!* Die Panik in Jody wuchs um das Zehnfache. Wenn Al Rowden Ben abgeholt und in sein Haus gebracht hatte, war das nicht gut. Ganz und gar nicht.

In der nächsten Sekunde verschwand die Panik und Entschlossenheit strömte durch ihre Adern.

Sie drehte sich um und ging ohne ein weiteres Wort auf den Parkplatz zu.

»Miss Jody?«, rief Lani. »Wo willst du hin? Was ist mit deiner Kühlbox?«

Jody blieb nicht stehen. Sie scherte sich einen Dreck um ihre Kühlbox. Sie konnte nur an Ben denken, der sich in den Klauen seines Stiefvaters befand. Eines Mannes, der sich keinen Deut um ihn scherte. Der kurz davor war, durch *Bakers* Hände seinen Niedergang zu finden. Der wahrscheinlich immer noch wütend darüber war, dass Ben seinen Klauen entkommen war. Und wenn Ben verletzt war, war er besonders verwundbar. Jody würde es Al zutrauen, Bens Verletzungen als

Ausrede zu benutzen, um ihn noch mehr zu verletzen und damit davonzukommen.

Sie stieg in ihren Bus und wählte Bakers Nummer, während sie wie eine Verrückte zu Al Rowdens Haus fuhr. Das Telefon klingelte ein paarmal, bevor die Mailbox anging.

»Baker, ich bin's. Ben wurde verletzt. Alex und ein paar andere Jungs haben ihn beim Mittagessen verprügelt. Al hat ihn abgeholt und nach Hause gebracht. Zu *ihm* nach Hause. Dort ist er jetzt schon seit Stunden. Ich bin auf dem Weg zu ihm, um zu sehen, ob ich zu ihm gelangen kann. Ich liebe dich.«

Sie legte auf. Die Besorgnis drohte sie zu überwältigen, aber Jody schob sie beiseite. Man nenne es Mutterinstinkt, man nenne es eine Vorahnung, man nenne es, wie man wollte, aber sie wusste, dass sie sofort zu Ben musste.

Sie versuchte noch dreimal, Baker anzurufen, in der Hoffnung, dass er vielleicht früher aus der Besprechung kam, aber jedes Mal ging der Anruf auf die Mailbox. Sie machte sich nicht die Mühe, eine weitere Nachricht zu hinterlassen. Sie hatte keinen Zweifel daran, dass Baker so schnell wie möglich kommen würde, sobald er wusste, was los war.

Jody war ein wenig nervös, da sie wusste, dass er sich auf dem Marinestützpunkt befand und nicht sofort zu ihr und Ben kommen konnte, aber sie hatte keinen Zweifel, dass er kommen *würde*. Sie musste nur Ben finden, die Situation einschätzen und in der Zwischenzeit alles Nötige tun.

Erst als sie ihren Wagen direkt vor Als Haus geparkt hatte, fiel ihr ein, dass sie Mustang anrufen sollte. Sie wählte seine Nummer, aber auch da ging die Mailbox ran. Je länger sie dort saß, desto mehr geriet sie in Panik. Ben war irgendwo in diesem Haus und sie musste ihn mit eigenen Augen sehen, um sicher zu sein, dass es ihm gut ging. Da sie keine Sekunde länger warten wollte, sprang Jody aus dem Wagen und joggte zum Haus.

Sie hämmerte mit der Faust gegen die Tür, während sie mit der anderen Hand klingelte.

»Machen Sie die Tür auf!«, schrie sie, wobei sie in die Kamera schaute, von der Baker ihr nach seinem Besuch dort erzählt hatte. »Ich weiß, dass Sie da drin sind. Ich will Ben sehen! Machen Sie die Tür auf!«

Erstaunlicherweise öffnete sich die Tür. Jody hatte irgendwie damit gerechnet, ignoriert zu werden und die ganze Nacht dort stehen zu bleiben.

Al selbst stand vor ihr, mit einem fiesen Grinsen im Gesicht. »Wie ich sehe, hat sich der Spieß umgedreht. Jetzt sind Sie es, die *mein* Haus betreten will.«

»Wo ist er?«, fragte sie.

»Wer?«

»Sie wissen wer! Ben. Wo ist er? Ich weiß, dass er hier ist. Mir wurde gesagt, dass Sie ihn abgeholt haben.«

Al schnalzte mit der Zunge. »Es geht ihm nicht gut, Miss Spencer. Wir wissen Ihre Sorge zu schätzen, aber er ruht sich aus.«

»Fick dich«, fauchte Jody. »Ich werde nicht gehen, bevor ich ihn gesehen habe. Ben? *Ben!*«, rief sie laut, ohne sich darum zu scheren, ob es jemand in der Nachbarschaft hörte. Sie hoffte sogar, gehört zu werden.

Zu ihrem Entsetzen packte Al sie am Arm und zerrte sie ins Haus. »Halt die Klappe!«, knurrte er.

»Lassen Sie mich los!«, zischte sie zurück. Sie war verängstigt, wütend, überwältigt und verzweifelter, als sie es für möglich gehalten hätte. Der Gedanke, dass Mana mit jemandem wie Rowden zusammen sein könnte, ließ sie entschlossen die Zähne zusammenbeißen. Mana war nicht hier – aber Ben schon. Und sie wollte verdammt sein, wenn sie ihn im Stich ließ, wie so viele andere Erwachsene, die ihn lieben und sich um ihn kümmern sollten.

»Ich habe keine Ahnung, was Sie an dem kleinen Idioten finden«, meckerte Al. »Er ist ein verdammter *Dreckskerl.* Ein jugendlicher Krimineller. Er braucht eine strenge Hand, und Ihr verdammtes Verhätscheln tut ihm nicht gut.«

»Wenn er ein Dreckskerl ist, dann weil Sie ihn dazu *gemacht* haben«, gab Jody zurück. »Anstatt ihm beizubringen, was richtig und was falsch ist, haben Sie ihn dazu ermutigt, ein Krimineller zu werden. Und wozu? Damit Sie mit dem Geld seine Mutter unter Drogen setzen konnten? Um Ecstasy zu kaufen, um seine Freunde unter Ihrer Kontrolle zu halten? Um alles zu verspielen wie ein Verlierer? Sie sind erbärmlich!«

Jody hatte einen Moment, um zusammenzuzucken, als sie sah, wie er ausholte, aber sie wandte sich nicht schnell genug ab. Seine Faust traf ihre Wange und nur sein schmerzhafter Griff um ihren Arm hielt sie aufrecht. Für einen Moment erschienen Sterne in ihrem Blickfeld und sie musste tief durchatmen, um nicht ohnmächtig zu werden. Sie war noch nie geschlagen worden, und es tat weh. Sehr sogar.

Zu spät wurde ihr klar, dass sie Al nicht hätte sagen sollen, dass Ben ihr alles erzählt hatte. Sie hätte es anders angehen lassen sollen. Aber sie war *so* wütend gewesen! Sie hatte nicht nachgedacht, bevor sie den Mund aufmachte.

Jetzt hatte sie sich selbst *und* Ben in Gefahr gebracht.

Als der Schmerz in ihrem Gesicht von heftigem Brennen zu einem dumpfen Pochen überging, sah sie Al an. Er grinste bösartig, als hätte er es genossen, sie zu schlagen.

»Ich rufe jetzt die Polizei an«, sagte er zu ihr. »Ich werde den Beamten sagen, dass Sie sich in mein Haus gedrängt haben. Sie werden Sie wegen Hausfriedensbruchs verhaften.«

»Sie haben *mich* gepackt. Sie haben mich geschlagen und halten mich gesetzeswidrig fest.« Sie war sich nicht ganz sicher, was in den Gesetzesbüchern darüber stand, jemanden in ein Haus zu zerren, aber es hörte sich gut an. »Ich habe weder vor Ihnen noch vor der Polizei Angst«, spottete sie und hob das Kinn. »Sie sind nichts weiter als ein abgehalftertes Arschloch. Vor allem im Vergleich zu *Baker*.«

Bei der Erwähnung von Bakers Namen zog Al die Oberlippe zurück. Er packte ihren Arm noch fester, sprach jedoch nicht. Jody war entschlossen, ihn noch mehr zu reizen. Sie wollte ihm genauso wehtun, wie er seinem Stiefsohn wehgetan hatte.

»Ben schaut zu Baker auf. Er vergöttert ihn. In Bens Augen kann er nichts falsch machen. Und das ist kein Wunder. Er sieht nicht nur gut aus und ist klug, er ist auch edel und ein echter Held der Marine.« Sie lachte prustend. »Ich habe sogar gehört, dass eines der Mädchen ihn als DILF bezeichnet hat. Wie nennen sie *Sie*? Übergewichtig, kahlköpfig und *erbärmlich*!

Ich wette, die Jugendlichen lachen hinter Ihrem Rücken über den bemitleidenswerten alten Mann, der so tut, als sei er noch jung.«

Al ließ ihren Arm los und holte mit der anderen Faust aus, um sie erneut zu schlagen.

Diesmal war Jody auf ihn vorbereitet. Sie drehte sich, um einem direkten Schlag ins Gesicht auszuweichen, woraufhin seine Faust auf ihre Schulter traf. Es tat immer noch weh, aber nicht so sehr wie der Schlag ins Gesicht. Die Wucht ließ sie nach hinten stolpern. Sie prallte mit der Hüfte gegen die Ecke eines Tisches an der Wand in der Eingangshalle und fiel hin, wobei sie mit der Wange auf dem Fliesenboden aufschlug.

Al stürzte sich auf sie und trat ihr erst in den Oberschenkel und dann in die Seite, während sie versuchte, sich zu einem Ball zusammenzurollen, um sich zu schützen. Nach ein paar weiteren Tritten griff er nach unten und zog sie in die Höhe. Er keuchte, sein Blick war wild – und es war offensichtlich, dass sie ihn *zu* sehr gereizt hatte.

»Sie wollen das kleine Arschloch sehen?«, zischte Al. »Gut!«

Er führte sie in Richtung einer Treppe. Jody stolperte und tat ihr Bestes, um auf den Beinen zu bleiben, denn sie hatte das Gefühl, dass Al sie an den Haaren ziehen würde, sollte sie fallen. Oben angekommen zerrte er sie durch den Flur bis zu einer Tür ganz am Ende. Er holte einen Schlüssel aus seiner Tasche und steckte ihn in das Schloss.

Sie war nicht überrascht, dass er Ben in ein Zimmer gesperrt hatte, und schnappte nach Luft, als er sie mit einer Hand auf ihrem Rücken hineinstieß. Erneut stürzte Jody zu Boden, aber sie stand schnell wieder auf und drehte sich zu Al um.

»Sie hätten nicht kommen sollen, Miss Spencer«, sagte er düster.

»Wie auch immer«, entgegnete sie kopfschüttelnd, wobei sie ihr Bestes tat, um ihre Schmerzen zu verbergen. »Rufen Sie die Polizei an. Tun Sie es! Ich fordere Sie heraus!«

»Ich habe es mir anders überlegt. Ich werde niemanden anrufen. Sie werden die Konsequenzen Ihres Handelns tragen müssen.«

»Sie können mich nicht hier festhalten. Das ist Freiheitsberaubung«, gab sie zurück.

»Keiner wird es erfahren«, sagte Al. »Alex oder einer der anderen wird Ihren Bus nehmen und ihn irgendwo parken. Ich werde jedem, der fragt, erklären, dass Sie hier waren, aber gegangen sind, nachdem Sie sich vergewissert hatten, dass Ben in Sicherheit ist. Und sie werden mir glauben. Ich bin ein verdammter Richter. Ich bin hier *sehr* beliebt.«

Er war völlig verrückt. Jody schluckte schwer und bemerkte, dass sie ihre Handtasche mit ihren Schlüsseln und dem Telefon fallen gelassen hatte, als sie die Treppe hinuntergestürzt war. »Was dann?«, fragte sie. »Wollen Sie mich einfach für immer hierbehalten? Sie müssen wissen, dass die Leute nicht aufhören werden zu suchen.«

»Überdosis«, murmelte Al. »Es wird eine Schande sein, wenn Ihre Leiche am Strand gefunden wird.«

Wenn Jody nicht so verängstigt gewesen wäre, hätte sie gelacht. Er klammerte sich an einen Strohhalm. Sie hatte in ihrem Leben noch nie Drogen genommen. Keiner würde glauben, dass sie eine Überdosis genommen hatte. Und sie mochte vielleicht nicht viele Freunde haben, aber die, die sie *hatte*, würden definitiv niemanden damit davonkommen lassen, sie umzubringen und zu versuchen, es auf Drogen zu schieben.

»Lass sie gehen«, murmelte Ben schwach hinter ihr.

Jody wirbelte herum. Wieso hatte sie ihn nicht früher gesehen? Wie konnte sie den Grund vergessen, warum sie hier war? Sie eilte an die Seite des Bettes und wimmerte, als sie Bens armes Gesicht sah. Seine Augen waren fast zugeschwollen, seine Nase stand in einem seltsamen Winkel und sein Gesicht war schon ganz schwarz und blau.

»Oh, Ben«, schluchzte sie und streckte eine Hand nach ihm aus. Sie konnte sich gerade noch rechtzeitig zurückhalten. Auf keinen Fall wollte sie ihm noch mehr Schmerzen bereiten, indem sie ihn berührte.

»Lass sie gehen, Al«, murmelte Ben erneut. »Sie hat nichts damit zu tun.«

»Hatte sie auch nicht, bis du die Klappe aufgerissen und ihr zu viel erzählt hast«, knurrte Al. Dann machte er auf dem Absatz kehrt und knallte die Tür hinter sich zu.

Jody hörte, wie abgeschlossen wurde, aber es war ihr egal.

»Es tut mir so leid, Miss Jody«, flüsterte Ben.

»Das muss es nicht. Das ist nicht deine Schuld. Ist alles in Ordnung mit dir? Was tut weh?«

Ben lachte und zuckte sofort vor Schmerz zusammen. »Na ja ... alles?«

»Okay, beweg dich nicht. Wir bringen dich ins Krankenhaus und lassen dich untersuchen. Du wirst schon wieder.«

»Ähm ... wie sollen wir ins Krankenhaus kommen, wenn Al uns eingesperrt hat und vorhat, deinen Bus loszuwerden, dich mit Drogen vollzustopfen, bis du an einer Überdosis stirbst, und deine Leiche dann irgendwo abzulegen?«

Bens Stimme war am Ende seiner Frage lauter geworden und Jody merkte, dass er in Panik war.

»Baker«, sagte sie.

»Was?«

»Baker kommt zu uns. Er wird sich um Al kümmern, und dann holen wir dir Hilfe«, versicherte Jody ihm ruhig. Seltsamerweise *fühlte* sie sich ruhig. Baker würde nicht glücklich darüber sein, dass sie allein hergekommen war, aber sie konnte nicht *nicht* hier sein. Und wenigstens hatte sie wie versprochen versucht, ihn anzurufen. Jody zuckte zusammen, als sie sich auf den Rand der Matratze setzte und nach Bens Hand griff. Seine Knöchel waren blutig und geschwollen, ein Beweis dafür, dass er sich gewehrt hatte, aber sie hielt sie trotzdem fest.

»Er hat dich geschlagen«, sagte Ben gebrochen.

Jody zuckte mit den Schultern und ignorierte den Schmerz, den die Bewegung verursachte. Sie würde noch eine ganze Weile wund sein, aber Ben war es wert. »Ja. Aber jeder, der mich sieht, wird wissen, dass Al mich angerührt hat, und wenn er versucht, eine Geschichte darüber zu erfinden, dass ich freiwillig hier war, um dich zu sehen, wird jeder wissen, dass er lügt.«

»Oder die Spuren könnten *ihm* zum Vorteil gereichen, wenn man dich am Strand angespült findet«, murmelte Ben.

»Stimmt, aber er wird keine Zeit haben, einen Plan auszuhecken, um mich zu töten und meine Leiche zu entsorgen«, erwiderte Jody.

Ben sah immer noch besorgt aus.

»Baker ist auf dem Weg«, sagte sie entschlossen. »Er wird wahrscheinlich mit einem Aufgebot an Polizisten und knallharten Navy-SEAL-Freunden im Schlepptau auftauchen. Wir müssen einfach abwarten.«

»Er wird ausrasten, wenn er sieht, dass Al dich geschlagen hat«, sagte Ben.

Er hatte nicht unrecht. Aber Jody vertraute ihrem Mann. Er würde nicht glücklich sein, aber er hatte versprochen, nichts zu tun, was ihn in Schwierigkeiten bringen und ihn ihr wegnehmen würde. »Er wird das schon in den Griff kriegen«, versicherte sie Ben. »Also ... was ist heute passiert?«

Ben schaute skeptisch, antwortete dann aber: »Ich war auf dem Weg zum Mittagessen mit Tressa, als Alex und seine Arschlochfreunde sich auf mich stürzten. Sie waren zu viert und ich habe mein Bestes gegeben, um mich zu wehren, aber es hat nichts genützt. Nach dem zu urteilen, was Al auf der Fahrt hierher erzählt hat, bin ich mir ziemlich sicher, dass er ihnen gesagt hat, dass sie das tun sollen, damit er einen Vorwand hat, mich zu holen.«

»Arschlöcher!«

Ben sah überrascht aus. »Miss Jody! Du fluchst doch nicht.«

»Ich habe heute mehr als genug Schimpfwörter benutzt, aber ich denke, die Situation rechtfertigt es. All diese Idioten werden dafür bezahlen! Und wenn sie meinen Bus beschädigen, werde ich nicht glücklich sein«, grummelte Jody.

Ben starrte sie eine Sekunde lang an, bevor er den Kopf schüttelte. »Ich fühle mich wie in der Twilight Zone. Ich kann nicht glauben, dass du nicht wütender oder verängstigter bist.«

»Ich bin wütend, weil du verletzt bist«, sagte Jody zu ihm. »Ich bin wütend, dass dein Stiefvater ein Idiot und deine Mutter nirgends zu sehen ist. Sie sollte Himmel und Hölle in Bewegung setzen, um dich zu beschützen. Aber egal – ich stehe hinter dir. Und Baker steht hinter *uns*. Ich habe ihn angerufen, Ben. Er weiß, dass ich hier bin. Ich habe versprochen, ihn anzurufen, wenn ich etwas Verrücktes vorhabe, und das habe ich getan. Nicht dass ich es für verrückt halte, dich selbst zu holen, aber ich vermute, Baker ist da anderer Meinung. Ich traue ihm immer noch zu, dass er sich zusammenreißt, wenn er uns findet.«

»Ich hoffe, Tressa geht es gut«, sagte Ben leise.

»Da bin ich mir sicher. Sie macht sich bestimmt Sorgen um *dich*«, erwiderte Jody.

»Ja, und das ist scheiße. Aber ich bin froh, dass sie sich mit mir angelegt haben und nicht mit ihr«, erklärte er entschieden.

Jody sah sich im Zimmer um, verärgert darüber, dass es kein Badezimmer gab. Sie hatte keine Möglichkeit, einen Waschlappen nass zu machen, um zu versuchen, das Blut von Bens Gesicht zu entfernen. Sie wollte nicht einmal daran denken, pinkeln zu müssen. Baker würde hier sein, bevor das ein Problem wäre. Daran hatte sie keinen Zweifel.

»Miss Jody?«

Sie blickte zu ihm hinunter und zuckte angesichts der Schmerzen zusammen, die er haben musste. »Ja, Ben?«

»Ich werde nie vergessen, dass du mir heute zur Rettung gekommen bist.«

Sie lächelte ihn an und drückte sanft seine Hand. »Ich rette dich nicht. Das ist die Aufgabe von Baker. Ich bin nur hier, um deine Hand zu halten und dir zu zeigen, dass du geliebt wirst.«

Er blinzelte bei ihren Worten und schloss dann die Augen. Aber nicht, bevor ihm eine Träne über die Schläfe ins Haar gelaufen war. Jody strich ihm sanft die Haare aus dem Gesicht, beugte sich dann vor und küsste seine Stirn. »Entspann dich, Ben. Baker hat das im Griff.«

Sie tat ihr Bestes, um ein Stöhnen zu unterdrücken, als sie sich aufrichtete.

Ben öffnete wieder die Augen. »Du musst dich hinlegen«, sagte er.

»Mir geht es gut.«

»Nein. Du wirst ein blaues Auge bekommen und ich sehe an deinen Bewegungen, dass deine Seite wehtut. Hat er dich da auch geschlagen?«

»Er hat mich getreten«, gab Jody zu.

Bens Miene verfinsterte sich. »Leg dich hin«, wiederholte er, diesmal mit mehr Nachdruck.

»Schon gut, schon gut«, murmelte Jody und bewegte sich langsam, bis sie neben Ben auf dem Doppelbett lag. Sie ergriff seine Hand und hielt sie fest, während sie an die Decke starrte. Im Liegen fühlte es sich besser an als im Sitzen. Sie atmete tief ein und war froh, als es nicht wehtat.

»Er kommt wirklich?«, flüsterte Ben, nachdem ein oder zwei Minuten vergangen waren.

»Er kommt«, sagte Jody voller Zuversicht. »Wir werden dich untersuchen lassen. Dann fahren wir nach Hause. Ich wollte dir heute Abend beibringen, wie man Lasagne macht, aber das muss vielleicht noch ein oder zwei Tage warten. Ich koche uns Tomatensuppe, du kannst Tressa anrufen und ihr versichern, dass es dir gut geht, und dann nehmen wir uns ein oder zwei Tage frei, bevor wir uns wieder in den Alltag stürzen.«

Ben lachte. »Du hast dir alles gut überlegt.«

»Ja.« Jody drehte den Kopf und bemerkte, dass Ben das Gleiche getan hatte und sie aus seinen zugeschwollenen Augen ansah.

»Ich glaube, ich muss Tressa eher früher als später anrufen.«

Jody lächelte ihn an. »Ja, das denke ich auch. Du kannst Bakers Handy benutzen.«

»Ich sage immer noch, dass er ausflippen wird, wenn er dich sieht. Wenn ich sehen würde, dass Tressa ein blaues Auge hat und langsam gehen muss, weil sie getreten wurde, würde ich das bestimmt nicht gut aufnehmen.«

»Er wird wütend sein, kein Zweifel. Aber er wird sich unter Kontrolle halten. Willst du wissen warum?«

»Ja.«

»Weil er es versprochen hat. Weil Al vielleicht etwas Mitleid bekommen würde, wenn Baker den Mistkerl verprügelt. Weil Baker sich in der letzten Woche den Arsch aufgerissen hat, um deinen Stiefvater zu Fall zu bringen. Um dafür zu sorgen, dass er niemandem mehr wehtun kann. Wenn er die Kontrolle verliert, wenn er mich sieht, gefährdet das alles, was er für deine Sicherheit getan hat. Und Tressas. Und meine. Und für die jedes zwölfjährigen Kindes, das es cool finden könnte, einen Wagen aufzubrechen oder eine Pille zu nehmen, die es für eine Weile alles vergessen lässt.«

Ben musterte sie, dann nickte er. »Du hast recht.«

»Ich weiß«, sagte Jody selbstgefällig.

»Außerdem bist du verrückt«, murmelte Ben kopfschüttelnd.

»Nein. Ich vertraue meinem Mann, und ich liebe dich. Es war ausgeschlossen, dich auch nur eine Sekunde länger als nötig Al ausgeliefert zu lassen. Ich wäre schon früher hier gewesen, aber ich hatte erst vor Kurzem erfahren, was passiert ist.«

»Du liebst mich wirklich?«, fragte Ben mit der leisesten Stimme, die sie je von dem Jungen gehört hatte.

»Ja«, sagte Jody und drückte erneut seine Hand. »So sehr.«

»Weil ich dich an Mana erinnere?«

»Nein. Weil du *du* bist, Benjamin Miller.«

Er verstummte, und Jody tat es ihm gleich. Sie hatte nicht gelogen. Dieser junge Mann hatte sich in ihr Herz geschlichen. Sie respektierte ihn, mochte ihn und ja, sie liebte ihn sehr.

Jody hob ihre linke Hand, zuckte angesichts der Schmerzen durch die Bewegung zusammen und sah, dass es halb fünf war. Es war kaum zu glauben, dass eine Stunde vergangen war, seit sie Baker angerufen hatte. Aber das bedeutete, dass er bald hier sein sollte.

Lächelnd entspannte Jody sich auf der Matratze. Al Rowden hatte keine Ahnung, welches Höllenfeuer auf ihn zukam.

KAPITEL ZWEIUNDZWANZIG

Baker war völlig konzentriert. Er war fünf Minuten vor vier aus seiner Besprechung gekommen und lächelte, als er sah, dass Jodelle ihm auf die Mailbox gesprochen hatte – bis er sah, dass sie danach noch mehrmls angerufen hatte. Dann schoss sein Adrenalinspiegel in die Höhe.

Er war bereits in Bewegung, als er ihre Nachricht fertig angehört hatte.

Einige Anrufe später – Anrufe bei Mustang und den Beziehungen, die er bei seinen Recherchen über Rowden geknüpft hatte – hatte Baker eine Polizeieskorte auf dem Weg nach Norden in die Wege geleitet. Sein Adrenalinspiegel war so hoch, dass seine Hände zitterten. Alle möglichen Worst-Case-Szenarien wirbelten ihm durch den Kopf. Er wollte glauben, dass er in Rowdens Haus ankommen und feststellen würde, dass Jodelle dort gewesen und dann mit Ben abgehauen war, aber er wusste es besser.

Rowden dachte, er sei unantastbar. Er war zu lange mit zu vielen Dingen davongekommen. Er war eingebildet, eitel und davon überzeugt, dass die Männer und Frauen, die er in der Tasche hatte, ihm immer den Rücken freihalten würden.

Er irrte sich.

Rowden würde untergehen. Heute. In diesem Moment.

Baker hoffte nur, dass er Jodelle nicht mit in den Abgrund reißen würde.

Die Sorge um sie hielt Baker in höchster Alarmbereitschaft, während er nach Norden raste. Seine Rolle bei dem, was passieren würde, war minimal. Ja, er setzte die Räder in Bewegung, aber er war kein Hauptakteur, wenn es um die eigentliche Zerschlagung ging. Er musste sich zurücklehnen und das SWAT-Team sein Ding machen lassen. Der Polizeichef von Honolulu hatte vor wenigen Minuten einen Durchsuchungsbefehl erhalten, der von einem Richter unterschrieben worden war, während sie zur Nordküste fuhren. Der Direktor des örtlichen FBI-Büros war auf dem Weg. Ebenso wie ein Vertreter der Drogenvollzugsbehörde.

Dank Bakers Informationen waren alle Strafverfolgungsbehörden auf der Insel in irgendeiner Weise in das Geschehen involviert.

Ganz zu schweigen davon, dass der Dealer, bei dem Rowden seine Drogen kaufte, sich verpflichtet hatte, ihn nie wieder zu bedienen. Der Buchmacher, bei dem er seine Wetten abschloss, war nicht mehr bereit, Rowdens Geld anzunehmen.

Im Grunde war der Mann am Ende. Das Imperium, das er jahrelang aufgebaut hatte, war unter seinen Füßen zerbröckelt. Jetzt ging es nur noch darum, den Mann in Gewahrsam zu nehmen, bevor er noch jemandem etwas antat. Er würde sicher versuchen, die Informationen, die er über die Leute hatte, zu seinem Vorteil zu nutzen, aber er hatte sein Druckmittel verloren. Er konnte versuchen, so viel zu verraten, wie er wollte, aber wenn er klug war, kümmerte er sich um sich selbst und zog nicht andere mit in den Abgrund.

Alles geschah etwa vierundzwanzig Stunden früher als erwartet, aber Baker war froh, dass die verschiedenen Behörden sich beeilt hatten, das zu tun, was getan werden musste. Sie hatten die Dringlichkeit verstanden und entsprechend gehandelt.

Baker wollte wütend auf Jodelle sein, weil sie zu Rowdens Haus gefahren war, aber er konnte es nicht. Sie hatte genau das getan, was sie versprochen hatte. Sie hatte ihn kontaktiert und versucht, seine Hilfe zu bekommen. Sie hatte auch Mustang angerufen. Aber sie konnte Ben genauso wenig schutzlos zurücklassen, wie sie ihren eigenen Sohn hätte ignorieren können, wenn er Hilfe brauchte. Ihr großes Herz war einer der vielen Gründe, warum er sie liebte.

Baker trat sich geistig selbst in den Hintern, als sie sich dem Viertel näherten, in dem Rowden wohnte. Er hätte darauf bestehen sollen, das heutige Treffen mit dem Admiral des Stützpunktes zu verschieben. Er hätte warten sollen, bis Rowden hinter Gittern war. Er hatte den Mann unterschätzt, was er sonst nie tat. Niemals.

Und sein Fehler hatte Jodelle in Gefahr gebracht. Ebenso wie Ben.

Die Polizeiwagen, die ihn umgaben, schalteten ihre Lichter und Sirenen aus, als sie näher kamen, um unbemerkt anfahren zu können. Auf keinen Fall wollten die Beamten, dass Rowden etwas Unüberlegtes tat, wenn er dachte, dass er aufgeflogen war. Baker glaubte nicht, dass er das tun würde. Der Mann war zu arrogant. Er hielt sich für unantastbar, davon überzeugt, dass keine Anklage durchgehen würde. Er irrte sich.

Ein SWAT-Bus parkte bereits auf der Straße, ein Stück von Rowdens Haus entfernt. Baker schaute sich um, konnte aber Jodelles Wagen nicht sehen. Er war sich nicht sicher, ob das ein gutes oder ein schlechtes Zeichen war. Einmal mehr betete er, dass es bedeutete, dass sie gekommen war, Ben abgeholt hatte und wieder weggefahren war. Aber das Kribbeln in seinem Bauch sagte ihm, dass das nicht der Fall war. Rowden hatte seinen Stiefsohn aus einem bestimmten Grund hergebracht. Er würde ihn nicht so einfach gehen lassen.

Baker sprang aus dem Wagen und stand mit geballten Fäusten da, als die Beamten sich versammelten, um das große Haus zu betreten.

Mustang und Midas tauchten neben Baker auf. Sie waren auf dem Stützpunkt in Midas' Wagen eingestiegen und hatten sich dem Konvoi angeschlossen. Der Rest des Teams wartete in der Gegend von Honolulu. Sie passten auf die Frauen und Kinder auf, für den Fall, dass etwas schieflief. Dafür gab es keine Anzeichen, aber nach allem, was in der Vergangenheit passiert war, wollte niemand ein Risiko eingehen.

»Alles klar?«, fragte Mustang.

»Nein«, stieß Baker zwischen zusammengebissenen Zähnen hervor.

Sein Freund war klug genug, keine Plattitüden darüber zu machen, dass er sicher war, dass es Jodelle gut ging. Mustang wusste besser als die meisten anderen, wie anstrengend es war, nicht zu wissen, ob es der eigenen Frau gut ging. Er hatte etwas Ähnliches mit Elodie durchgemacht.

Glücklicherweise war das SWAT-Team vorbereitet und brauchte nicht lange, um das Haus zu betreten. Baker sah mit zusammengebissenen Zähnen zu, wie sie an die Haustür hämmerten und Rowden aufforderten herauszukommen. Sie ließen ihm weniger als zwanzig Sekunden Zeit, bevor sie mit dem Rammbock die dicke, verzierte Tür einschlugen.

Baker hörte Rufe und Befehle, dass die Leute sich hinlegen sollten. Er trat einen Schritt nach vorn, bevor Mustang ihn am Arm packte und aufhielt.

»Warte. Gib ihnen Zeit, alle zu sichern.«

Für Mustang war das leicht zu sagen. Diesmal war es nicht *seine* Frau, die in Gefahr war.

»Scheiß aufs Warten«, widersprach Midas. »Geh. Wir halten dir den Rücken frei.«

Baker wusste, dass die Abneigung seines Freundes gegen das Warten daher rührte, dass er fast zu spät gekommen wäre, um Lexie zu retten. Hätte er sich an dem Morgen, an dem sie angegriffen wurde, nicht dagegen entschieden, einen Stopp für ihren Lieblingskaffee einzulegen, wäre es vielleicht ganz anders gekommen.

Baker eilte auf die Tür zu, die nun schief in den Angeln hing. Er erwartete, dass ihn jemand aufhalten würde, aber niemand tat es. Er betrat das Haus, hielt inne und neigte den Kopf, als er den Beamten zuhörte, die immer noch das Haus durchsuchten.

In dem riesigen Eingangsbereich lagen vier Teenager auf den Fliesen, die Hände auf dem Rücken, aber von Rowden keine Spur. Baker hob sein Kinn und rief: »Jodelle?«

Zwei der Polizisten, die die Jugendlichen bewachten,

zuckten bei dem Geräusch zusammen, rührten sich aber ansonsten nicht.

Er rief ihren Namen erneut. »Jodelle!«

»Wenn sie hier ist, werden die Beamten sie finden«, sagte Midas.

Baker war nicht bereit zu warten. Er musste sie sehen. Sofort.

Zu seiner Überraschung hörte er seinen Namen. Er war nur schwach zu vernehmen, aber Baker wandte sich sofort der Treppe zu und nahm jeweils zwei Stufen auf einmal. Das Haus war übertrieben groß, aber er blieb nicht stehen, um die Gemälde an den Wänden oder den Berberteppich zu bewundern.

Als er an einem Schlafzimmer vorbeikam, entdeckte er, wie zwei Beamte Rowden auf dem Boden festhielten, während zwei andere nach einer Frau sahen, die regungslos auf einem großen Bett in der Mitte des Raumes lag. Rowden schrie, dass sie einen Fehler machten und dass die Beamten dafür mit ihrem Job bezahlen würden, aber Baker ging weiter. Seine Sorge galt nicht Rowden, sondern Jodelle.

»Jodelle!«, schrie er noch einmal.

»Baker!«, hörte er aus einem der Zimmer am Ende des Flurs. »Wir sind hier drin!«

Fast benommen von der Erleichterung, ihre Stimme zu hören, lief Baker auf das Geräusch zu. Er öffnete zwei Türen und fand leere Schlafzimmer vor, bevor er die dritte versuchte. Abgeschlossen.

»Tretet zurück!«, rief Baker.

Er glaubte, Jodelle lachen zu hören, aber das konnte nicht sein. Sie musste Todesangst haben.

»Bist du hinten?«, brüllte er.

»Ja!«, erwiderte sie.

Baker hob einen Fuß, und nach einem kräftigen Tritt war er nicht länger durch eine Tür von der Frau getrennt, die er liebte.

Ohne Rücksicht darauf, ob jemand im Raum sein könnte, der eine Waffe auf ihn richtete – Jodelle hätte ihn in diesem Fall gewarnt –, stürmte er ins Schlafzimmer. Er warf einen kurzen Blick auf Ben, der auf dem Bett lag und einfach nur schrecklich aussah, aber dann blieb sein Blick an Jodelle haften, die neben dem Teenager auf der Matratze saß.

Sein Blick landete direkt auf ihren lächelnden Lippen.

Verdammte Scheiße. Sie *lächelte!*

»Hi«, sagte sie.

Baker glaubte, Mustang hinter sich lachen zu hören, aber er war so verdammt erleichtert, dass es Jodelle gut ging, dass ihm schwindelig wurde. Er beugte sich vor und stützte seine Hände auf die Knie, um die Schwärze in seinen Augenwinkeln zu vertreiben. Meine Güte, er durfte jetzt nicht ohnmächtig werden.

»Baker?«, fragte Jodelle erschrocken. Dann spürte er ihre Hand auf seiner Schulter.

Viel zu schnell richtete er sich auf und packte sie.

Das Schwindelgefühl ließ ihn zu Boden fallen, Jodelle in seinen Armen.

Sie kämpfte nicht darum aufzustehen. Sie schmiegte sich einfach an ihn, mit den Knien rechts und links von seinen Hüften, und hielt ihn ebenso fest.

»Verdammt, Baker. Du weißt doch, dass du nicht hier drin sein sollst, bis wir Entwarnung geben«, meckerte eine verärgerte Stimme von der Tür her.

»Ihr habt euch zu viel Zeit gelassen«, antwortete er dem Leiter des SWAT-Teams ohne Reue.

»Sei vorsichtig mit ihr«, sagte Ben vom Bett aus.

Baker hob den Kopf und sah den Teenager an. »Was?«

»Sie ist verletzt. Sei vorsichtig.«

Die Erleichterung, die er bei Jodelles Anblick empfunden hatte, verflog augenblicklich. Jeder Muskel in Bakers Körper spannte sich an. Er legte seine Hände auf ihre Schultern und hob sie vorsichtig von seiner Brust, damit er jeden Zentimeter ihres Körpers sehen konnte.

»Es geht mir gut«, sagte sie leise.

Da bemerkte er schließlich die Prellung in ihrem Gesicht. Die Abdrücke in Form von Fingern auf ihrem Oberarm. Die Art, wie sie sich steif hielt, als versuchte sie, eine andere Verletzung zu entlasten, die er nicht sehen konnte.

»Holt die Sanitäter her. Sofort!«, forderte Baker.

»Ja, bitte«, stimmte Jodelle zu. »Aber nicht für mich. Für Ben. Al hat ihn von den Jungs verprügeln lassen. Und er liegt hier seit *Stunden,* mit getrocknetem Blut bedeckt und voller Schmerzen«, erklärte Jodelle sichtlich entrüstet. »Er muss untersucht werden. Und er braucht saubere Kleidung. Oh, und er will Tressa anrufen, um ihr zu sagen, dass es ihm gut geht. Sie muss krank vor Sorge sein.«

Baker konnte den Blick nicht von der Prellung in ihrem Gesicht abwenden, die immer dunkler wurde. Wut kochte in ihm hoch und vernebelte ihm fast die Sicht.

»Ruft meinen Anwalt an! Das ist illegal! Ihr könnt nicht einfach so in mein Haus stürmen!«, brüllte Rowden aus dem Flur.

Ohne nachzudenken, denn er wusste genau, dass es Rowden war, der Jodelle angefasst hatte, setzte Baker sich in Bewegung. Er hatte nichts anderes im Sinn, als dem Arschloch zu zeigen, was mit Männern passierte, die jemanden anfassten, der schwächer war als sie – vor allem *seine* Frau.

»Baker«, sagte Jodelle leise, als sie nach seiner Hand griff.

Irgendwie war er aufgestanden, hatte Jodelle zur Seite geschoben und war ein paar Schritte zur Tür gegangen, ohne es zu merken. Erst ihre Hand an seiner holte ihn aus seinem roten Nebel der Wut heraus. Baker blickte zu ihr hinunter.

»Ich brauche dich«, sagte sie leise. »*Wir* brauchen dich. Al hat die Jugendlichen dazu gebracht, meinen Bus mit meinem Handy und meiner Handtasche irgendwohin zu bringen. Du musst uns zum Kahuku Medical Center bringen, damit Ben behandelt werden kann. Er wird Hilfe brauchen, um sich einen Kittel oder so anzuziehen, und ich bin sicher, dass es ihm lieber ist, wenn du das tust als ich. Wenn du das Arschloch schlägst, wird er versuchen, dich verhaften zu lassen. Er wird einen Weg finden, um diese Durchsuchung, oder was auch immer es ist, als unzulässig oder illegal oder so erklären zu lassen. Und ich will auf keinen Fall, dass du dich dabei auch noch an der Hand verletzt.«

Baker kämpfte immer noch mit dem, was sein Kopf und sein Herz ihm sagten. Er wollte Rowden dafür bezahlen lassen, aber er wusste auch, dass Jodelle recht hatte.

»Ich wusste, dass du kommen würdest«, fuhr sie fort, während sie seine Hand drückte. »Ich habe Ben gesagt, dass du so schnell wie möglich hier sein würdest. Er hat sich Sorgen gemacht, aber ich nicht.«

Ihr Vertrauen in ihn war entwaffnend.

Baker atmete tief durch und tat etwas, was er als Erwachsener selten tat – er überließ den Umgang mit dem Bösewicht jemand anderem. Er hatte die Vorarbeit erledigt und Rowden dem FBI auf dem Silbertablett serviert. Der Mann würde ins Gefängnis wandern, egal wie sehr er auch schrie und um sich schlug.

Baker trat näher an Jodelle heran und strich mit dem Daumen sanft über die dunkle Prellung auf ihrer Wange.

Sie legte ihre Hand auf seine und lehnte den Kopf in seine Handfläche. »Vielleicht habe ich Rowden verspottet und ihn ein bisschen zu weit getrieben«, gestand sie leise. »Aber ... wenigstens wusste ich, dass die Polizisten nur einen Blick darauf werfen müssten, um zu wissen, dass er mich geschlagen hat.«

Baker knurrte, behielt sich jedoch fest im Griff.

»Die Sanitäter sind hier«, verkündete Midas.

Baker öffnete den Mund, um ihnen zu sagen, dass sie Jodelle untersuchen sollten, aber sie drehte sich um und zeigte auf das Bett. »Gut. Ben muss untersucht werden. Er wurde in der Schule von mehreren Teenagern angegriffen. Ich habe keine Ahnung, ob außer seiner Nase noch etwas anderes gebrochen ist, aber er hat starke Schmerzen.«

Der Sanitäter nickte und machte sich auf den Weg zum Bett.

»Wenn du damit fertig bist, sie herumzukommandieren, dürfen sie dich dann untersuchen?«, fragte Baker mit einem kleinen Grinsen. Er konnte nicht fassen, dass er gerade lächelte, aber wie konnte er das nicht tun?

»Mir geht's gut«, versicherte sie ihm. »Ich brauche nur ein langes, heißes Bad und einen Mann, der mich im Arm hält.«

»Abgemacht«, sagte Baker. Aber wenn sie glaubte, dass sie um eine vollständige Untersuchung herumkommen würde, lag sie falsch.

Jodelle trat näher, legte eine Hand auf seine Brust und stellte sich auf die Zehenspitzen. Baker beugte sich hinunter und sie platzierte ihre Lippen an seinem Ohr.

»Danke«, flüsterte sie. »Danke, dass du jemand bist, dem ich vertrauen kann. Ich weiß, dass du sauer bist, aber danke, dass du dich für mich zusammenreißt. Ich liebe dich, Baker. Ich wusste, dass du kommen würdest. Ich *wusste* es.«

Dann ließ sie sich wieder auf die Fersen sinken und lächelte.

Baker war immer noch stinksauer. Er konnte seine Wut nicht einfach wie mit einem Schalter ausknipsen. Aber für Jodelle würde er das Adrenalin kontrollieren, das immer noch durch seine Adern pulsierte. Er beugte sich hinunter und küsste den Bluterguss auf ihrer Wange. Dann ihre Stirn. Dann ihre Nase. Und schließlich presste er seine Lippen auf ihre. Er küsste sie sanft, da er sie nicht noch mehr verletzen wollte, als sie es ohnehin schon war.

Als er den Kopf hob, holte er tief Luft und drehte sich zu Mustang um, ohne Jodelle loszulassen. »Meinst du, du kannst einen der Polizisten dazu bringen, mit den Dreckskerlen da unten zu reden und herauszufinden, wo sie Jodelles Bus hingebracht haben?«

»Ja, das kann ich machen«, antwortete Mustang mit einem Lächeln.

Dann wandte Baker sich an Midas. »Und könntest du alle wissen lassen, was los ist? Dass es Jodelle gut geht? Ben auch? Ich vermute, Lexie und die anderen haben schon ihre Mistgabeln geholt und sind bereit, die Burg zu stürmen, wenn sie nicht bald etwas hören.«

Midas lachte. »Da liegst du nicht falsch, Bruder. Ich kümmere mich darum.«

»Danke.«

»Wir treffen euch im Krankenhaus«, sagte Mustang an der Tür.

»Das ist nicht nötig«, entgegnete Baker.

»Wir treffen euch im Krankenhaus«, wiederholte Mustang mit Nachdruck, begleitet von einem funkelnden Blick.

»Das wäre großartig. Danke«, sagte Jodelle zu ihm.

Baker nickte seinem Freund zu.

Mustang hob sein Kinn an, dann verschwand er im Flur.

»Du hattest Glück«, sagte der Sanitäter zu Ben, während er ihm half, sich langsam aufzusetzen. Ben zuckte zusammen, nickte aber. »Du wirst noch eine Weile Schmerzen haben und ein paar hässliche Prellungen behalten, aber es sieht nicht so aus, als hättest du innere Blutungen. Ich kann nicht beurteilen, ob deine Rippen angeknackst sind oder nicht, dafür musst du geröntgt werden, aber soweit ich das beurteilen kann, hast du dich ganz gut geschützt.«

Baker spannte den Kiefer an und der Hass auf Rowden kochte erneut in ihm hoch. Aber wie schon zuvor genügte Jodelles Berührung, um seine Wut unter Kontrolle zu bringen.

Es dauerte einige Minuten der Diskussion, aber schließlich entschieden die Sanitäter, Ben mit einem Tragestuhl die Treppe hinunter und in den Krankenwagen zu bringen. Der Teenager bestand darauf, dass er gehen konnte, aber Jodelle und die Sanitäter wollten nichts davon hören.

Als Ben auf dem Stuhl festgeschnallt und bereit für den Transport war, schaute er zu Baker auf und fragte leise: »Meine Mom?«

Baker wollte sich dafür schämen, nicht einmal an die Frau gedacht zu haben, außer dass er im Vorbeigehen ihre Anwesenheit in einem Raum bemerkt hatte. Er öffnete den Mund, um dem Jungen zu sagen, dass er keine Ahnung hatte, als Midas das Wort ergriff.

»Sie wird nach Honolulu in eine Entzugsklinik gebracht. Sie ist ziemlich weggetreten.«

Ben seufzte und nickte. »Das habe ich mir schon gedacht.«

Jodelle ging zu ihm hinüber und legte eine Hand auf Bens Schulter. »Sie bekommt Hilfe. Endlich. Vielleicht ist das der Anstoß, den sie braucht, um von den Drogen loszukommen und ihr Leben wieder in den Griff zu bekommen.«

Ben zuckte mit den Schultern.

Jodelle runzelte die Stirn, als die Sanitäter begannen, Ben aus dem Zimmer und in den Flur zu bringen. Baker legte sanft einen Arm um ihre Taille. Sie war nicht so sicher auf den

Beinen, wie sie es vorgab zu sein. Trotzdem war Baker von ihrer Stärke beeindruckt.

Sie schaute zu ihm auf. »Sie tut mir leid.«

»Sie musste doch wissen, was ihr Mann da macht«, entgegnete Baker.

»Vielleicht, vielleicht auch nicht. Aber sie verliert das Beste, was ihr je passiert ist. Ben. Das ist scheiße. Ich hoffe, dass sie, sobald sie sauber oder zumindest nicht mehr so zugedröhnt ist, die Kurve kriegt und tut, was sie tun muss, um irgendeine Art von Beziehung zu ihrem Sohn zu retten.«

»Komm schon, Tink. Du kannst den Rest der Welt an einem anderen Tag retten. Jetzt müssen wir erst einmal ins Krankenhaus und uns davon überzeugen, dass es Ben gut geht. Dann musst du untersucht werden. Dann fahren wir nach Hause und ich bereite dir ein Bad vor.«

Jodelle lehnte sich an seine Seite, womit sie den Großteil ihres Gewichts an ihm abstützte. »Ich liebe dich, Baker.«

»Ich liebe dich auch. Mehr als du je wissen wirst. Und jetzt komm, lass uns aus diesem verdammten Haus verschwinden.«

»Mit Freuden«, seufzte sie.

Stunden später, lange nachdem die Sonne untergegangen war, nachdem sie und Ben einen Arzt gesehen hatten und nach Hause gehen durften, solange sie sich beide schonten, nachdem sie ein langes Bad genommen hatte, nachdem Mustang losgezogen war, um Abendessen in einem Sandwich-Laden in Haleiwa zu besorgen, nachdem ihr Bus sicher und wohlbehalten zurückgebracht worden war und nachdem Ben in sein Zimmer gegangen war, um Tressa anzurufen, saß Jody auf der Couch in ihrem Wohnzimmer.

Sie hatte eine SMS nach der anderen von Elodie und den anderen bekommen, die wissen wollten, ob es ihr gut ginge. Sie hatte ihr Bestes getan, um ihnen auszureden, am Morgen zu ihr zu kommen. Es war gut, dass sie sich sowohl um sie als auch um Ben sorgten, aber Jody brauchte noch etwas Zeit, bevor sie sich in der Lage fühlte, jemanden zu unterhalten.

Mustang war vor nicht allzu langer Zeit gegangen und sie beobachtete Baker durch ein Fenster. Er war in ihrem Garten. Dorthin hatte er sich zurückgezogen, nachdem sein Freund gegangen war, mit der Aussage, er brauche einen Moment für sich.

Jody war nicht im Geringsten beleidigt. Er war jede Sekunde an ihrer Seite gewesen, seit er die Tür zu dem Raum eingetreten hatte, in dem Al Rowden sie und Ben eingesperrt hatte. Als sie gehört hatte, wie er ihren Namen rief, hatte sie sich entspannt. Baker war gekommen, wie sie es erwartet hatte, und sie und Ben waren in Sicherheit.

Die Zurückhaltung, die Baker nach dem Anblick ihrer Verletzungen an den Tag gelegt hatte, war bewundernswert. Aber Jody war keine Idiotin, sie wusste, dass die Selbstdisziplin einen Tribut gefordert hatte. Er war ein Mann, der es gewohnt war, mitten im Geschehen zu sein. Die bösen Jungs selbst zur Strecke zu bringen. Beiseite zu treten, damit andere sich um Rowden kümmerten, nicht einmal eine Minute mit Bens Stiefvater allein zu bekommen ... um ihm zu sagen, was für ein Idiot er war, oder ihm mitzuteilen, dass *Baker* der Grund dafür war, dass er wahrscheinlich den Rest seines Lebens hinter Gittern verbringen würde ... das musste an ihrem Mann nagen.

Also gab Jody ihm den Freiraum, den er brauchte.

Als er nach draußen gegangen war, waren seine Fäuste geballt und sein Kiefer angespannt gewesen. Er hatte eine Mango aufgehoben, die von einem großen Obstbaum in ihrem Garten gefallen war, und sie so fest er konnte gegen den Stamm geworfen. Er hatte ihn genau getroffen und die Mango war zerbrochen, weshalb das klebrige Fruchtfleisch überall verteilt war. Dann hob Baker eine weitere Mango auf und tat dasselbe.

Er warf die faulenden Früchte wieder und wieder, bis er keine mehr hatte, die er werfen konnte. Dann schloss er die Augen, neigte den Kopf zurück und stand völlig regungslos da.

Eine Träne löste sich und lief ihre Wange hinunter, aber Jody wandte den Blick nicht von ihrem Mann ab. Schließlich lockerten sich seine Fäuste und er holte tief Luft. Es dauerte weitere fünf Minuten, bis seine Schultern sich entspannten und er sich umdrehte, um wieder ins Haus zu kommen.

Jodys Gesicht war inzwischen tränennass und sie schluchzte ununterbrochen. Baker hielt inne, als er sie sah.

»Scheiße«, murmelte er.

Jody schenkte ihm ein zittriges Lächeln. »Nein, mir geht es gut. Ich … Ich liebe dich einfach so sehr.«

Baker sah auf seine klebrigen Hände hinunter und machte sich sofort auf den Weg zur Spüle. Jody drehte sich um und spürte, wie ein kleiner Schmerz durch ihren Oberkörper schoss. Aber das hielt sie nicht davon ab, ihren Mann im Auge zu behalten. Er wusch sich die Hände und trocknete sie ab, dann ging er auf sie zu. Er setzte sich hin und hob sie vorsichtig hoch, um sie auf seinen Schoß zu ziehen. Er lehnte sich zurück, drückte sie an sich und seufzte.

»Geht es dir besser?«, fragte sie.

»Ja.« Er holte ein Taschentuch aus der Schachtel auf dem Tisch neben der Couch und hob es an ihr Gesicht. Er trocknete ihre Wangen, bevor er es ihr vor die Nase hielt. »Putzen.«

Jody verdrehte die Augen und schnappte sich das Taschentuch von ihm. Sie schnäuzte sich, was ein weiteres Stechen in ihrem Oberkörper verursachte, und lehnte sich dann an ihn zurück, als er das benutzte Taschentuch nahm und zurück auf den Tisch warf. Ihre Wange lag an seiner Brust und sie konnte das rhythmische Pochen seines Herzschlags hören.

»Es tut mir leid.«

»Was?«, fragte er.

»Dass ich mich in diese Situation gebracht habe. Ich weiß, dass du wütend sein musst.«

»Ich bin nicht wütend. Ich wäre es aber, wenn du mich nicht angerufen hättest.«

»Ich wusste, dass du mit deiner Besprechung fast fertig warst«, sagte Jody zu ihm. »Aber ich wollte nicht warten. Ben war schon seit Stunden da und ich hatte keine Ahnung, wozu Al fähig ist. Nein, das ist nicht wahr. Ich weiß genau, wozu er fähig ist. Er hat eine Gruppe von Jugendlichen geschickt, um seinen Stiefsohn zu verprügeln, damit er ihn wieder unter seine Kontrolle bekommt und weiter erpressen kann.«

»Was hat er zu dir gesagt?«, fragte Baker.

»Was meinst du?«, fragte Jody, um Zeit zu schinden. Der

Polizeichef hatte zugestimmt, dass sie sofort medizinisch behandelt werden sollte, und aus Rücksicht auf Baker eingewilligt, dass sie ihre Aussage morgen machen könne. Demnach hatte er die Details noch nicht erfahren.

»Du weißt, was ich meine. Ben hat angedeutet, dass Rowden ziemlich schlimme Sachen gesagt hat.«

Jody zuckte mit den Schultern. »Er war verzweifelt. Er war dabei, die Kontrolle über Ben zu verlieren, und er musste wissen, dass sein Druckmittel gegen ihn beschissen war, und ich glaube, er hatte Angst vor dem, was mein Erscheinen für ihn bedeuten könnte.«

»Was hat er gesagt?«, wiederholte Baker.

»Ich will nicht, dass du wieder rausgehst und deine Wut an meinem armen Mangobaum auslässt«, entgegnete Jody, ohne wirklich zu scherzen.

»Mir geht es gut. Ich musste nur etwas von der Anspannung und dem Stress ablassen, den ich in mir trage, seit ich deine Sprachnachricht abgehört habe.«

Sie seufzte. »Er meinte, er würde mich zu einer Überdosis zwingen. Und mich dann ins Meer werfen.«

Jeder Muskel unter ihr spannte sich an, und für einen Moment hatte Jody wieder Angst um ihren armen Mangobaum. Aber Baker zügelte seine Gefühle und drückte sie sanft.

»Ich hasste es, dass Ben das hören musste, aber ich wusste, dass es nicht passieren würde«, fuhr sie fort.

»Er hätte dich umbringen können«, murmelte Baker mit tiefer, gequälter Stimme.

»Ich weiß. Und ich hatte Angst. Aber ich hatte keinen Zweifel daran, dass du dort eintreffen würdest, bevor er die Chance hätte, irgendetwas von seinen Plänen umzusetzen.«

Baker schüttelte den Kopf. »Das hättest du nicht wissen können.«

Jody setzte sich auf und sah ihm in die Augen. »Doch, das konnte ich. Baker, du warst fünfzehn, zwanzig Minuten davon entfernt, aus deiner Besprechung zu kommen. Ich wusste, dass du kommst, so gut, wie ich meinen eigenen Namen weiß. Ich fühle mich schlecht, weil du heute mehr gelitten hast als ich. Du warst krank vor Sorge um Ben und mich, weil du nicht wusstest, was wir durchmachen, und wir haben nur auf dem Bett gelegen und darauf gewartet, dass du eintriffst.«

»Du bist fantastisch«, flüsterte Baker.

»Bin ich nicht«, beharrte sie. »Wenn ich dich nicht hätte, wäre ich ein Wrack gewesen. Aber ich habe gesehen, wie du unermüdlich daran gearbeitet hast, ihn zu Fall zu bringen. Ich hatte volles Vertrauen in dich. Vertrauen, Baker. Ich habe es gelernt. *Du* hast es mir beigebracht. Ich weiß nicht, ob ich so sehr an die Sache mit den Seelen glaube, wie du es tust, aber wenn du recht hast, habe ich mehr als das gelernt, was ich in diesem Leben brauche. Deinetwegen.«

»Dem muss ich zustimmen«, sagte Baker. »Und deinetwegen habe ich die wahre Bedeutung der Liebe gelernt.«

»Baker«, flüsterte Jody.

»Schade, dass es so lange gedauert hat, bis ich dich gefunden habe«, murmelte er und rutschte nach unten, bis Jody auf der Couch auf ihm lag.

»Du weißt, dass wir ein gemütliches Bett haben, oder?«, fragte sie lächelnd.

»Ja. Aber wir können Ben von hier aus besser hören. Nur für den Fall, dass er etwas braucht.«

Die Liebe, die Jody für diesen Mann empfand, schien mit jedem Tag größer und größer zu werden.

»Er wird mit dem, was passiert ist, zu kämpfen haben«, sagte sie leise. »Besonders wegen seiner Mutter.«

»Ja. Aber er hat uns zum Reden. Er wird das schon schaffen«, erwiderte Baker zuversichtlich.

Eine ganze Minute verging, bevor Jody grinsend fragte: »Was glaubst du, wie lange wir wirklich Zeit haben, bis Elodie und die anderen hier einfallen?«

»Höchstens einen Tag«, antwortete Baker ohne jede Angst in der Stimme. »Aber wenn du wirklich noch nicht bereit bist, werde ich mit Mustang und den anderen reden.«

»Ist schon okay. Ich möchte sie wirklich alle kennenlernen. Genauso wie deine Freunde. Und ich möchte Theo kennenlernen. Und mit ihnen im Duke's essen gehen. Und *Food For All* und das Wandgemälde von Theo sehen.«

Baker lachte. »Dann werden wir das tun.« Er drehte sich und küsste sie auf die Schläfe.

Jody schmiegte sich an ihren Mann, und obwohl sie die besten Absichten hatte, wach zu bleiben, um sich zu vergewissern, dass es Baker nach allem, was passiert war, wirklich gut ging, fiel sie in dem Moment, in dem sie die Augen schloss, in einen tiefen, heilenden Schlaf, in der Gewissheit, dass die Menschen, die sie am meisten liebte, unter ihrem Dach sicher waren.

Baker schlief nicht. Er konnte es nicht. Er konnte weder sein Gehirn abschalten noch die Visionen von all den verschiedenen Möglichkeiten, wie der heutige Tag hätte anders verlaufen können. Als er das Vibrieren seines Handys auf dem Küchentisch hörte, schaffte er es, unter Jodelle hinauszuschlüpfen, ohne sie zu wecken, was nur zeigte, wie erschöpft sie war und dass der heutige Tag ihr mehr zugesetzt hatte, als sie zugeben wollte.

Er sah, dass es Slate war, der anrief. Er trat nach draußen, um zu reden, ohne Jodelle oder Ben zu wecken. »Was ist los, Slate?«

»Ich weiß, es ist spät, es tut mir leid. Wie geht's Jodelle? Und Ben?«

»Sie sind in Ordnung. Sie schlafen.«

»Freut mich zu hören. Midas hat uns wissen lassen, dass die Ärzte meinen, sie hätten nur oberflächliche Verletzungen, die schnell heilen sollten, oder?«

»Mh-hm.«

»Gut. Ich rufe an, damit du weißt, was mit Rowden los ist.«

Baker richtete sich auf. »Und?« Er hatte vorgehabt, morgen früh seine Kontakte anzurufen, um herauszufinden, was vor sich ging, aber es wäre besser, jetzt schon Bescheid zu wissen.

»Obwohl er zu Hause nach einem Anwalt schrie, hat er bei seiner Ankunft in Honolulu eingewilligt, ohne einen solchen mit dem FBI zu sprechen. Er hat alles abgestritten. Aber nachdem das FBI die Beweise gegen ihn vorgelegt hatte, begann er zu reden. Schnell. Zuerst versuchte er, alles auf Ben zu schieben, und sagte, er sei derjenige, der *ihn* in die Einbrüche verwickelt habe. Dann behauptete er, Ben sei derjenige, der Ecstasy für die Partys gekauft hat. Als die Beamten ihm diesen Schwachsinn nicht abnahmen, wandte er sich gegen Emma. Er behauptete, sie bräuchte dringend das Oxy und hätte ihn angefleht, es für sie zu besorgen.«

»Was für ein verdammtes Arschloch«, knurrte Baker.

»Ja. Er hatte nicht viel über das Glücksspiel zu sagen, aber der Buchmacher, mit dem du gesprochen hast, hat sehr gute Aufzeichnungen – ganz zu schweigen von den Audio- und Videoaufnahmen ihrer Treffen. Als sie ihm die Befragungen mit den Leuten zeigten, die du aufgespürt hast, die für ihn gearbeitet und die er erpresst hatte, hat Rowden dichtgemacht. Er konnte nichts mehr leugnen. Und die älteren Jugendlichen zu finden, die sich gegen ihn gewehrt hatten und wegen der Scheiße, zu der Rowden sie gezwungen hatte, im Gefängnis für Erwachsene gelandet sind, war der Nagel zu seinem Sarg. Ihm droht eine ganze Reihe von Anklagen, aber allein die Korruptionsvorwürfe werden ihn wegen seiner Position als Jugendrichter für eine sehr lange Zeit ins Gefängnis bringen.«

»Gut«, entgegnete Baker, der die Erleichterung in seiner Stimme nicht verbergen konnte.

»Fürs Protokoll …«, sagte Slate. »Du bist manchmal verdammt beängstigend, Baker. Aber meine Frau und ich sind sehr froh, dich einen Freund nennen zu dürfen. Außerdem sind Freunde füreinander da. Deshalb möchte ich dich vorwarnen. Morgen Nachmittag wird eine Karawane von Leuten in deine Richtung ziehen. Die Frauen haben zugestimmt, euch den Vormittag zu schenken, aber sie warten nicht ein paar Tage, wie Jodelle vorgeschlagen hat. Sie kommen, um sich mit eigenen Augen davon zu überzeugen, dass es dir, Jodelle und Ben gut geht.«

»Scheiße«, seufzte Baker scherzhaft.

Slate lachte. »Wir stehen hinter dir«, sagte er. »Heute, morgen und in Zukunft. Mach dich darauf gefasst, dass du zu Babypartys, Gelübdeerneuerungen, Geburtstagsfeiern, Abschlussfeiern, Grillpartys und allem anderen, was sich die

Frauen ausdenken, eingeladen wirst. Wir haben vielleicht nicht die Beziehungen, die du hast, aber das heißt nicht, dass wir nicht für dich da sind, wenn du uns brauchst.«

Baker war fast überwältigt von seinen Gefühlen ... was sonst nie passierte. Er schob es auf alles, was an diesem Tag passiert war. Er hatte sich immer allein gefühlt, was ihn vorher nie gestört hatte. Jetzt hatte er nicht nur eine Frau, die ihn liebte, sondern auch einen Teenager, der zu ihm aufschaute, ein Team von SEALs, die ihn behandelten, als wäre er immer noch einer von ihnen, und ihre Frauen, die ihn mit Zuneigung überschütten wollten, nur weil ihre Männer ihn als Freund betrachteten.

Baker war ein Glückspilz, und das wusste er.

»Wenn jemand ein paar Malasadas auftreiben könnte ... Jodelle würde sich freuen.«

»Erledigt«, versprach Slate.

»Oh, und uns gehen die Erdbeer-Pop-Tarts aus.«

Slate lachte. »Will ich wissen, was es damit auf sich hat? Denn ich weiß, dass *du* das Zeug nicht isst.«

»Die sind für Jodelle.«

»Mehr musst du nicht sagen. Sonst noch was?«, fragte Slate.

»Nur ... danke.«

»Wir werden sehen, ob du das morgen immer noch sagst, wenn wir alle über dich herfallen. Ich bin froh, dass es Jody gut geht«, erwiderte Slate leise. »Und Ben.«

»Danke für die Info.«

»Ich kann nicht glauben, dass ich etwas wusste, was du nicht wusstest. Du lässt nach, Baker.«

Er lachte. »Wie auch immer. Ich habe mit Jodelle auf der Couch gekuschelt. Das ist viel wichtiger, als etwas über dieses verdammte Arschloch herauszufinden.«

»Stimmt«, sagte Slate.

»Außerdem bin ich zufrieden. Ich wusste, dass er aus dem Drecksloch, in das er sich hineingegraben hat, nicht mehr herauskommt.«

Slate lachte. »Du bist ein arrogantes Arschloch, aber du hast nicht unrecht.«

»Wir sehen uns morgen«, erklärte Baker, der selbst lächelte.

»Bis morgen«, verabschiedete Slate sich.

Baker legte auf und starrte einen Moment lang in die dunkle Nacht hinaus. Dann drehte er sich um und schaute hinein. Jodelle lag noch immer da, wo er sie zurückgelassen hatte. Die Farbe des Blutergusses in ihrem Gesicht war im Laufe des Tages intensiver geworden, was Baker immer noch wütend machte, aber die Liebe und Bewunderung, die er für sie empfand, überschatteten seinen Zorn auf Rowden.

Er ging leise zurück ins Zimmer, legte sein Handy auf den Tresen und machte sich wieder auf den Weg zur Couch. Er manövrierte Jodelle so, dass sie an seine Seite geschmiegt war, woraufhin sie zufrieden seufzte.

»Alles in Ordnung?«, murmelte sie schläfrig.

»Ja. Geh wieder schlafen, Tink.«

»Ich liebe dich.«

»Ich liebe dich auch.«

Baker würde es nie leid werden, diese Worte zu hören oder zu sagen. Er war ein Idiot, ihrer Anziehungskraft so lange widerstanden zu haben. Dafür würde er sich für den Rest seines Lebens in den Hintern treten. Aber sie gehörte jetzt zu ihm, genau wie er zu ihr. Es gab keinen Ort, an dem er lieber wäre.

Er hielt sie in seinen Armen und dankte seinen Glückssternen, dass ihre Seelen wieder zueinandergefunden hatten.

EPILOG

Ein Jahr später

Jody war sich nicht sicher, warum Ben so sehr darauf bestand, an den Strand zu gehen. Eigentlich hatte sie geplant, sich den Nachmittag freizunehmen, da er zu Besuch war. Er war im ersten Studienjahr an der Universität von Hawaii in Honolulu und war fürs Wochenende vorbeigekommen. Nach allem, was im letzten Jahr und in den Monaten danach passiert war, hatte Ben sich von seiner Pseudo-Entführung und den Schlägen gut erholt.

Jody hatte gedacht, dass sie das auch schaffen würde, aber sie hatte danach wochenlang Albträume gehabt. Meistens davon, wie sie durch ein riesiges leeres Haus lief, Bens Namen schrie und ihn nicht finden konnte. Aber jedes Mal wachte sie in Bakers Armen auf, er streichelte ihr Haar und sagte ihr, dass sie in Sicherheit sei. Dass es Ben gut ginge. Dass es ihr gut ginge. Er hasste es, ihre Schwierigkeiten damit zu sehen, aber er war ihr Fels in der Brandung und sie hatte keine Ahnung, was sie im letzten Jahr ohne ihn getan hätte.

Obwohl Jody gern glaubte, dass Ben so oft zu Besuch kam, um *sie* zu sehen, wusste sie, dass er vor allem wegen Tressa an die Nordküste zurückkehrte. Die beiden waren immer noch zusammen, sie beendete gerade ihr letztes Jahr an der Highschool und sie standen einander näher denn je.

»Komm, Miss Jody! Wir werden die guten Wellen verpassen«, rief Ben an der Haustür.

Jody verdrehte die Augen. »Ich komme ja schon. Meine Güte! Bleib locker.«

Ben lächelte sie nur an.

Sie schnappte sich ihre Schlüssel aus der Glasschale auf dem Tresen und ging zur Tür hinaus. Baker war vor etwa zehn Minuten mit der Kühlbox weggefahren und hatte gesagt, dass er die Snacks an die Jugendlichen verteilen würde.

Jody lächelte ihren Bus an, als sie sich ihm näherte. Sie war so erleichtert gewesen, dass Alex und seine Kumpane ihr Fahrzeug nicht ruiniert hatten, als sie es vor einem Jahr auf Wunsch von Al Rowden entsorgt hatten. Sie hatten die Reifen zerstochen, aber das ließ sich leicht beheben. Das Fenster auf der Beifahrerseite war ebenfalls kaputt gewesen, aber auch hier hatten Bakers Freunde dafür gesorgt, dass es innerhalb weniger Tage ersetzt wurde.

Als sie unterwegs waren, fragte Jody: »Wie ist es dir ergangen, Ben? Jetzt, da der Prozess endlich vorbei ist?« Es hatte länger gedauert, als Jody und Baker es sich gewünscht hatten, bis Rowdens Fall vor Gericht kam, aber es war geschafft. Er hatte bis zum Schluss gekämpft und sich geweigert, sich schuldig zu bekennen, obwohl die Beweise gegen ihn dank Baker erdrückend waren.

»Mir geht es gut«, antwortete Ben in lässigem Tonfall.

»Im Ernst, Schatz, wie *geht* es dir?«, beharrte Jody.

Ben drehte sich um und sah ihr in die Augen. »Ganz ehrlich, es geht mir gut. Er hat bekommen, was er verdient hat.«

»Ja, das hat er.« Al Rowden würde fast den Rest seines Lebens hinter Gittern verbringen. Wenn er entlassen würde, wäre er ein alter Mann, was Jody mehr als recht war. »Wie geht es deiner Mutter?«, fragte sie.

»Soweit ich weiß ist sie wieder in der Entzugsklinik.«

Emma Rowden hatte es nicht leicht gehabt, von ihrer Oxycodon-Sucht loszukommen. Seit dem Abend, an dem die

Polizei ihr Haus durchsucht hatte, war sie immer wieder auf Entzug gewesen. Sie wurde sauber, ging in eine Wohngruppe für Süchtige, wurde dann rückfällig und der Kreislauf begann von vorn.

»Es tut mir leid«, sagte Jody.

Ben zuckte mit den Schultern. »Es ist, wie es ist.« Dann fügte er leise hinzu: »Ich glaube nicht, dass sie es schaffen wird, Miss Jody.«

Ihr wurde das Herz schwer. »Oh, Ben.«

»Sie leidet. Jeder Tag ist die Hölle für sie. Ich hasse es, sie so zu sehen.«

»Ja«, murmelte Jody traurig.

»Sie ist nicht stark genug, um sich durchzukämpfen. Ich habe das Gefühl, dass ich früher oder später einen Anruf erhalten werde, um zu erfahren, dass sie von uns gegangen ist. Und damit wäre ich im Reinen. Wenigstens hätte ihr Leiden dann ein Ende.«

Jody atmete tief ein und versuchte, nicht zu weinen. Die Situation mit Bens Mutter war so verdammt traurig. Die Tatsache, dass Ben sie nicht hasste, war ein Beweis dafür, was für ein guter Mensch er war.

»Aber genug davon. Ich freue mich darauf, mit Baker zu surfen. Für einen alten Mann ist er immer noch ziemlich beeindruckend.«

Jody kicherte. »Lass *ihn* das nicht hören.«

»Niemals«, sagte Ben, wobei er wirklich entsetzt klang.

Als sie auf den Parkplatz fuhren, war Jody überrascht, dass er so voll war. »Gibt es heute einen Wettbewerb, von dem ich noch nichts wusste?«

»Ich weiß nicht ... da ist ein Platz!«, rief Ben mit ausgestrecktem Zeigefinger.

Jody parkte und schaltete die Zündung aus. Sie stieg aus und war überrascht, als Ben seinen Arm bei ihr einhakte und sie schnell in Richtung Strand lenkte.

»Hast du nicht etwas vergessen?«, fragte sie lachend. »Du brauchst dein Brett, wenn du surfen willst.«

»Ich komme zurück und hole es«, erwiderte Ben.

Zum ersten Mal wurde Jody misstrauisch. Baker, der vor

ihnen losgefahren war, Ben, der unbedingt heute zum Strand wollte, anstatt mit Tressa abzuhängen, und sein Brett, das er im Bus gelassen hatte ... alles deutete darauf hin, dass irgendetwas vor sich ging, in das sie nicht eingeweiht war.

Als sie zum Strand gingen, sah Jody viele Menschen, von denen sie die meisten wiedererkannte. Alle von Bakers SEAL-Kameraden waren da, ebenso wie ihre Frauen, und Kenna sah aus, als würde sie jeden Moment entbinden. Charlotte, Monicas Tochter, wackelte unsicher umher, ihren Vater dicht auf den Fersen, um sie aufzufangen, wenn sie fallen sollte.

Neben den SEALs und ihren Familien sah Jody auch Kal, Lani, Brent, Rome und Felipe. Sogar Tressa war da, zusammen mit einigen Eltern der anderen Jugendlichen, auf die sie beim Surfen aufpasste.

»Was um alles in der Welt?«, fragte sie und sah zu Ben auf.

»Du wirst schon sehen«, versprach er lächelnd.

Baker kam auf sie zu, woraufhin Ben seinen Griff um ihren Arm löste.

»Ich dachte schon, du würdest nie kommen, Tink«, sagte Baker.

»Wenn ich gewusst hätte, dass hier Schabernack getrieben wird, hätte ich mich vielleicht ein bisschen mehr beeilt«, erwiderte sie.

Er grinste, beugte sich hinunter und küsste sie kurz, bevor er sie in die wartende Menge zog. Ohne zu zögern, führte er sie zu »ihrem« Picknicktisch und drehte sie beide so, dass sie allen zugewandt waren.

»Ich werde mich kurz fassen, denn die Wellen sind heute fantastisch, aber danke, dass ihr alle gekommen seid. Wir alle wissen, was Kaimana Spencer vor über sechs Jahren an diesem Strand getan hat. Er hat sich geopfert, um das Leben eines anderen zu retten. Er war großzügig, selbstlos und im wahrsten Sinne des Wortes ein Held.«

Baker drehte sich zu Jody um, und sie konnte nicht anders, als feuchte Augen zu bekommen. Er legte eine Hand auf ihre Wange und sprach weiter. Diesmal fühlte es sich an, als wären sie die einzigen beiden Menschen auf der Welt. »Von jetzt an ist das Manas Platz. Und deiner.« Baker deutete auf den Picknicktisch hinter ihr und Jody folgte verwirrt seinem Finger. Der Tisch sah genauso aus wie immer ... nur dass dort jetzt ein Metallschild angeschraubt war. Sie beugte sich vor und las:

> **Im Gedenken an Kaimana Spencer,**
> **der selbstlos sein Leben gab,**
> **während er tat, was er liebte. Surf weiter, Bruder.**
> **»Außerhalb des Wassers bin ich nichts.« Duke Kahanamoku**

Die Tränen in ihren Augen kullerten über ihr Gesicht.

»Er wird nie vergessen werden. Niemals. Sein Vermächtnis wird für immer weiterleben«, sagte Baker, als er sie in seine Arme zog.

Jody hielt sich fest, ohne den Blick von der Gedenktafel abzuwenden.

Alle um sie herum jubelten, und Jody hatte Mühe, sich zusammenzureißen. »Hast du das arrangiert?«, fragte sie Baker.

Er zuckte mit den Schultern. »Ben hatte die Idee, ich habe einfach mitgemacht.«

»Ich liebe dich«, sagte Jody zu ihm.

»Ich liebe dich auch. Jetzt ... küss mich, dann misch dich unter deine Freunde.«

»Unsere Freunde.«

»Ja«, stimmte Baker zu.

Sie stellte sich auf die Zehenspitzen, aber Baker kam ihr entgegen, wie er es immer tat. Er küsste sie lange und innig, ohne sich darum zu kümmern, dass sie vor all ihren Freunden standen. Als er seine Lippen von den ihren löste, war Jody schwindelig. Er grinste und strich mit einem Finger über ihre Wange.

»Ich kenne diesen Blick«, murmelte er leise.

»Ja, das ist der Blick, mit dem du mich anmachst, bevor du dich ins Meer stürzt«, scherzte Jody.

Baker grinste nur noch breiter.

»Ich habe Baker genau an dieser Stelle zum ersten Mal getroffen«, sagte Monica neben ihnen.

»Ja, du hast mein Tattoo gesehen und dich so erschrocken, dass du auf den Hintern gefallen bist«, erwiderte Baker.

»Hier hat Baker auch seine Beängstigender-Typ-Nummer abgezogen und mich gewarnt, dass ich großen Ärger bekomme, wenn ich Midas etwas antue«, fügte Lexie grinsend hinzu. Sie und Midas hatten vor ein paar Monaten in einer stillen Zeremonie den Bund der Ehe geschlossen. Seine Eltern und Geschwister waren dabei gewesen und die Party, die Kenna danach am Strand ihrer Wohnung für sie geschmissen hatte, war groß, laut und sehr lustig gewesen.

»Hier gibt es auf jeden Fall viele Erinnerungen«, sagte Carly, als sie sich zu den anderen gesellte, Elodie, Kenna und Ashlyn auf den Fersen.

»In diesem Sinne gehe ich mit Ben raus in die Wellen«, verkündete Baker. Er küsste Jody auf die Stirn und joggte dann zum Parkplatz, um sein Brett aus dem Wagen zu holen.

»Ich glaube, wir machen ihm Angst«, sagte Ashlyn lächelnd.

Alle lachten.

»Geht es dir gut?«, fragte Elodie. »Wir waren uns nicht sicher, ob es eine gute Idee ist, dich damit zu überraschen, aber Baker hat darauf bestanden, dass es für dich in Ordnung ist.«

»Es ist mehr als in Ordnung«, versicherte Jody ihr sofort. »Ich habe keinen Zweifel, dass Kaimana in dieser Welt Großes geleistet hätte. Man würde sich an ihn wegen seiner guten Seele und seiner unglaublichen Energie erinnern. Meine größte Angst war immer, dass er aus dem Gedächtnis der Menschen verschwindet. Jeder, der das hier sieht, wird seinen Namen lesen, und das allein wird ihn davor bewahren, für immer zu verschwinden.«

Carlys Augen füllten sich mit Tränen.

Jody musterte sie misstrauisch. »Ähm ... bist du schwanger, Carly?«

Die andere Frau sah einen Moment lang überrascht aus, dann lachte sie. »Ich kann doch nichts vor dir verbergen, oder?«

Sofort gratulierten ihr alle anderen und umarmten sie.

Kurze Zeit später waren die Surfer alle in den Wellen und

die anderen machten sich zum Aufbruch bereit, als Elodie auf Jody zukam.

»Woher wusstest du es?«, fragte sie mit einem wehmütigen Blick in den Augen.

»Carly ist normalerweise nicht so emotional. Außerdem erzählt sie uns schon seit Monaten, dass sie und Jag versuchen, schwanger zu werden. Ehrlich gesagt war es eine Vermutung.«

Elodie nickte.

Jody streckte eine Hand aus und legte sie auf den Arm ihrer Freundin. »Es wird bei dir und Scott auch passieren. Ich weiß es.«

Elodie seufzte. »Wir versuchen es schon seit über einem Jahr«, murmelte sie kopfschüttelnd.

»Gib nicht auf«, sagte Jody streng.

»Das tue ich nicht, es ist nur ... frustrierend. Der nächste Schritt ist ein Besuch in der Kinderwunschklinik. Wenn das nicht klappt, werden wir über eine Adoption nachdenken. Es gibt auch eine Menge Kinder da draußen, die eine Pflegefamilie brauchen. Wir brauchen kein Kind, um eine Familie zu sein, aber ich weiß, dass Scott sich wirklich ein Kind wünscht.«

Jody umarmte sie. »Du und Scott werdet die besten Eltern der Welt sein. Egal ob es ein eigenes Baby ist oder ein Teenager, der einen sicheren Ort zum Ankommen braucht.«

Elodie schenkte Jody ein kleines Lächeln. »Ben ist ein guter Junge.«

»Ja, das ist er.«

»Er hat Glück, dass er euch hat.«

»Nein, wir sind die Glücklichen«, erwiderte Jody.

Da kam Elodies Mann auf sie zu und legte einen Arm um ihre Taille. »Bist du bereit zu gehen?«

»Nur wenn du versprichst, dass wir auf dem Heimweg bei der Dole Plantage anhalten und einen Dole Whip kaufen.«

»Ich würde nicht im Traum daran vorbeifahren, ohne anzuhalten«, sagte Mustang mit einem Lächeln. Er nickte Jody zu und fragte: »Sehen wir uns bald?«

»Ja, natürlich. Ich schätze, wir werden uns alle schon bald im Krankenhaus versammeln, um die Geburt von Kennas und Alecks Baby zu feiern«, antwortete Jody.

»Sehr richtig«, sagte Mustang. Er umarmte Jody kurz und machte sich dann mit Elodie im Arm auf den Weg zum Parkplatz.

Eine Stunde später war nur noch Jody am Strand. Sie saß auf Manas Picknicktisch und starrte ihren Mann an, während Baker den Sandstrand entlang auf sie zuging.

Sie stand auf, hielt ihm ein Handtuch hin und sah zu, wie er sich abtrocknete. Er hatte seinen Neoprenanzug bis zur Taille heruntergezogen, und Jody konnte nicht anders, als ihn anzustarren. Er mochte dreiundfünfzig sein, aber bei Baker wurden ihr immer noch die Knie weich.

»Wenn du mich noch länger so anstarrst, bin ich nicht mehr für meine Taten verantwortlich zu machen«, warnte Baker.

Jody verdrehte die Augen. »Wie auch immer. Du weißt, dass du heiß bist«, gab sie zurück.

»Das ist mir scheißegal. Mir ist nur wichtig, dass du mich liebst«, erwiderte er.

»Nun, zu deinem Glück tue ich das.«

»Gut.« Er griff in die kleine Seitentasche seines Neoprenanzugs und ging im Sand auf ein Knie. Er hielt einen wunderschönen, etwa einkarätigen Ring mit kleinen Diamanten hoch, die einen lupenreinen Topas in der Mitte umgaben. »Das ist Manas Geburtsstein, ich dachte mir, das ist angemessen. Willst du mich heiraten, Jodelle? Ich werde dich nie im Stich lassen. Ich werde mir ein Bein ausreißen, damit du sicher und zufrieden bist. Ich werde –«

Jody ließ ihn nicht ausreden. Sie warf sich auf ihn und rief: »Ja!«

Er fing sie auf und fiel lachend auf den Rücken in den Sand.

»Scheiße, Tink, ich hätte fast den Ring fallen lassen«, beschwerte er sich lächelnd.

Jody lag auf dem Mann, den sie mehr liebte, als sie je für möglich gehalten hätte. »Das ist der beste Tag aller Zeiten.«

»Ja«, stimmte er zu, als er den Ring an ihren Finger steckte. Dann schlang er die Arme um sie und küsste sie.

»Hey, ihr zwei, Sex on the Beach ist ein Drink, nichts, was

man wortwörtlich nehmen sollte«, rief Ben, wobei der Humor in seiner Stimme deutlich zu hören war.

Jody löste widerwillig ihre Lippen von Bakers und hielt ihre Hand hoch. »Er hat mich gefragt, ob ich ihn heiraten will«, verkündete sie Ben mit einem breiten Lächeln.

»Herzlichen Glückwunsch!«, sagte er. Allerdings klang er nicht sonderlich überrascht. Er wusste offensichtlich, was Baker geplant hatte. »Tressa und ich werden jetzt losziehen.«

»Bist du zum Abendessen zu Hause?«, fragte Jody, als Baker ihr beim Aufstehen half.

»Machst du Lasagne?«, fragte Ben.

»Äh … ja?«

»Dann bin ich zum Abendessen zu Hause«, antwortete er mit einem Lächeln. »Darf Tressa auch kommen?«

»Natürlich«, sagte Jody zu ihr. »Du bist immer willkommen.«

»Danke«, erwiderte Tressa.

Als sie weggingen, sagte Baker: »Er wird sie heiraten.«

»Jup«, stimmte Jody zu, ohne auch nur einen Funken Angst zu verspüren.

»Ich liebe dich, Tink. Ich werde dich nie im Stich lassen. Niemals.«

»Ich weiß«, erwiderte sie. »Meinst du, wir können nach Hause fahren und feiern, dass wir verlobt sind?«

Jody hatte Baker noch nie so schnell reagieren sehen wie nach dieser Frage.

Sie lachte und fühlte sich so leicht und glücklich wie seit Jahren nicht mehr. Bevor sie den Strand verließen, fuhr sie mit der Hand über die Plakette auf dem Tisch. »Ich liebe dich, Mana«, flüsterte sie. Baker drückte ihre Hand zur Unterstützung und sie lächelte zu ihm hoch. »Lass uns nach Hause fahren.«

»Nach Hause«, wiederholte er.

Eineinhalb Jahre später

. . .

Jody stand in Jonnys Garten mit Blick auf die Waimea Bay. Er war ein ehemaliger Profisurfer, den Baker kannte und der ihnen freundlicherweise erlaubt hatte, seinen Garten als Ort für ihre Hochzeitszeremonie zu nutzen. Jody war sehr neugierig darauf, wie sich die beiden Männer kennengelernt hatten, aber sie hatte das Gefühl, dass keiner von beiden die wahre Geschichte zugeben würde, also fragte sie gar nicht erst.

Weder sie noch Baker hatten sich etwas Großes oder Ausgefallenes gewünscht. Ein Treffen ihrer engen Freunde mit Blick auf die Stelle, an der Kaimana so gern surfte und an der er Wettkämpfe beobachtet hatte, in der Hoffnung, eines Tages selbst dabei zu sein.

Sie hatten eine kurze, aber herzliche Zeremonie geplant. Diese Hochzeit war völlig anders als ihre erste. Keine große Kirche. Kein großer Empfang. Keine vierzehn Brautjungfern und Trauzeugen. Keine teuren Kleider, Smokings und Menschen, die sie nicht kannte, die ihr dabei zusahen, wie sie ihrem Mann Gehorsam und Respekt schwor.

Es war laut. Kennas fünf Monate altes Baby weinte und Monicas Tochter plapperte pausenlos mit jedem, den sie zum Zuhören bewegen konnte. Lexie hatte verkündet, dass sie mit einem Mädchen schwanger war, und Carly war so schwanger, dass sie praktisch platzen könnte. Jody betete, dass sie nicht auf dem gepflegten Rasen Wehen bekommen würde. Ashlyn und Slate hatten das achtjährige Mädchen mitgebracht, das sie als Pflegekind aufgenommen hatten. Sie tat ihr Bestes, damit Charlotte nicht hinfiel, während sie über den Rasen tapste und mit den Erwachsenen plapperte.

Theo war mit Midas und Lexie gekommen und saß gerade mit einem Blatt Papier und seinen Stiften unter der Veranda und zeichnete. Jody hatte ihn jetzt schon einige Male getroffen und war jedes Mal aufs Neue von seinem Talent beeindruckt. Er war ein wenig ungesellig, aber das störte niemanden im Geringsten. Er hatte ein großes Herz und war bei ihren Zusammenkünften immer willkommen.

Das Beste an diesem Tag war, dass sich alle wohlfühlten, sich amüsierten und leger gekleidet waren. Letzteres war das Einzige, worauf Jody bestanden hatte.

Sie trug ein gelbes Sommerkleid mit kleinen Flügelärmeln, dessen Rock ihr bis zu den Knien reichte. Dazu trug sie weiße Flipflops mit einer großen gelben Blume an den Zehen. Jody hatte ihr Haar offen gelassen, und als es ihr während der Zeremonie immer wieder ins Gesicht wehte, stellte Baker sich neben sie statt vor sie, wickelte ihr Haar in seine Faust und hielt es ihr aus den Augen, während er sie liebevoll ansah.

In seinen schwarzen Schwimmshorts, dem weißen Hemd und den schwarzen Flipflops an seinen Füßen sah er äußerst gut aus. Jody musste sich immer wieder in den Arm kneifen, um sich zu vergewissern, dass dies wirklich ihr Leben war. Es war nicht so, dass sie ein geringes Selbstwertgefühl hatte, sie war nur immer noch voller Ehrfurcht, dass ein so wunderbarer und heißer Mann wie Baker mit ihr zusammen war.

»Sie dürfen die Braut jetzt küssen«, erklärte der Standesbeamte. Jody hatte ihn kennengelernt, kurz bevor sie und Baker gemeinsam über den Rasen zu dem Platz am Rande des Gartens mit dem besten Blick auf die Bucht gegangen waren, wo sie ihr Gelübde sprachen.

Die Hand in ihrem Haar wurde fester, als Baker ihren Kopf nach hinten neigte und seinen eigenen senkte. Wie immer stellte Jody sich auf die Zehenspitzen, um ihm auf halbem Weg entgegenzukommen. Er legte seinen freien Arm um sie und hielt sie fest, während Jody ihre Hand in seinem Nacken platzierte.

Sie hatte in den letzten anderthalb Jahren viele wunderbare Küsse von Baker bekommen, aber dieser schien sie alle zu übertreffen. Vielleicht lag es an den Jubelrufen und Pfiffen ihrer Freunde im Hintergrund. Vielleicht lag es daran, dass es ihr erster Kuss als Mann und Frau war. Vielleicht lag es auch daran, dass Jody in ihrem ganzen Leben noch nie so glücklich gewesen war. Was auch immer der Grund war, sie wusste, dass sie diesen Moment nie vergessen würde. Niemals.

Baker hatte gerade den Kopf gehoben, um sie anzulächeln, als der Himmel beschloss, sich zu öffnen. Der Regen fiel in Strömen, aber Jody war zu glücklich, um sich darum zu scheren.

Ihre Freunde lachten und machten sich auf den Weg zur

großen überdachten Terrasse auf der Rückseite von Jonnys Haus. Aber Jody und Baker lagen sich in den Armen, ohne den Regen zu bemerken, der ihre Kleider in Sekundenschnelle durchnässte.

Baker lächelte noch breiter. »Alles Gute zum Hochzeitstag«, sagte er.

Jody schlang die Arme um seinen Hals. »Mein Ehemann.«

»Meine Ehefrau«, erwiderte er. Dann schüttelte er den Kopf. »Ehrlich gesagt hätte ich nie gedacht, dass mir das passieren würde. Ich dachte, ich würde im Dienst für mein Land sterben.«

»Ich bin froh, dass du es nicht getan hast.«

»Ich auch«, sagte er mit einem kleinen Grinsen. Dann wurde er nüchtern. »All die Scheiße, die ich gesehen und getan habe … du bist meine Belohnung.«

»Baker«, flüsterte Jody.

»Es ist wahr«, beharrte er. »Du bist zu gut für mich. Ich weiß es, meine Freunde wissen es, aber es ist mir scheißegal. Ich werde nie etwas tun, um es zu versauen. Niemals.«

»Ich weiß. Ich auch nicht«, versprach sie.

Er beugte sich hinunter, um sie erneut kurz zu küssen.

Jody seufzte zufrieden. Sie drehte den Kopf und schaute über die Waimea Bay. Die Wellen waren riesig, vermutlich wegen des Sturms, der hereingebrochen war. »Ich habe das Gefühl, dass er hier ist«, sagte sie.

»Das ist er«, stimmte Baker zu. »Ich möchte glauben, dass dies Manas Art ist, dir mitzuteilen, dass er mit mir einverstanden ist.«

Jody riss den Blick von den Wellen los und sah zu ihrem Mann auf. »Er hätte dich für mich geliebt«, versicherte sie ihm. »Selbst mit siebzehn Jahren war er beschützend. Er hat sich immer Sorgen gemacht, dass ich allein sein würde, wenn er seinen Abschluss macht und auszieht.«

Baker nickte und trat einen kleinen Schritt von ihr zurück. Er löste seine Hand aus ihrem Haar, woraufhin ihr die nassen Strähnen über die Schultern fielen. Jody blickte einen Moment lang verwirrt zu ihm auf, bevor er eine ihrer Hände in seine nahm und die andere um ihre Taille schlang. Dann begann er, mit ihr zu tanzen. Im Regen, während ihre Freunde im Schutz der Terrasse zusahen und die Wellen weit unter ihnen tobten.

Sie hätte es nicht für möglich gehalten, aber in diesem Moment verliebte Jody sich noch mehr in Baker.

Sie tanzten ihren ersten Tanz, klatschnass, mit dem Wind und dem Regen auf ihren Körpern, und nichts in Jodys Leben hatte sich je perfekter angefühlt.

Zwei Jahre später

Jody stand mit Bakers Arm um ihre Schultern da und beobachtete Ben. Sie waren am Ka'ena Point und Ben verstreute die Asche seiner Mutter im Meer. Emma Rowden hatte es in den letzten zwei Jahren nicht leicht gehabt. Sie hatte so sehr versucht, von ihrer Drogensucht loszukommen, aber am Ende war es ihr nicht gelungen.

Ben, der so ein toller Junge – nein, *junger Mann* – war, hatte sein Bestes getan, um seine Mutter in seinem Leben zu halten. Selbst nach allem, was sie ihm angetan hatte, oder besser gesagt, was sie nicht getan hatte, hatte er es dennoch in seinem Herzen gefunden, ihr zu vergeben und mit ihr in Kontakt zu bleiben.

Tressa stand etwa drei Meter hinter Ben, um ihm Privatsphäre und gleichzeitig den nötigen Halt zu geben. Sie waren sich näher als je zuvor. Tressa hatte nach dem Highschool-Abschluss angefangen, die Universität von Hawaii zu besuchen, und Jody hatte den Verdacht, dass sie mehr Zeit in Bens Wohnung in der Nähe des Campus verbrachte als in ihrem eigenen Zimmer im Studentenwohnheim.

Ben stand auf und Tressa ging sofort zu ihm. Von Jodys Standpunkt aus, etwa zehn Meter hinter den beiden, konnte sie sehen, dass sie ein intimes Gespräch führten.

»Ich hasse das für ihn«, sagte Jody leise.

»Ich weiß«, erwiderte Baker, der sie fest an sich drückte.

Als Ben sie gefragt hatte, ob sie die Landzunge für einen

guten Ort halten würde, um die Asche seiner Mutter zu verstreuen, hatte sie von ganzem Herzen zugestimmt. Als er ihre Sachen aus dem letzten Rehabilitationszentrum abholte, in dem sie gelebt hatte und in dem sie von einem der anderen Bewohner gefunden worden war, hatte sich dort ein an ihn adressierter Brief befunden.

Ben hatte ihn Jody lesen lassen, und es war eines der traurigsten Dinge, die sie je gesehen hatte.

Lieber Ben,

ich weiß, dass ich keine gute Mutter gewesen bin, und es tut mir so leid. Du hast etwas Besseres verdient. Ich werde Jodelle für immer dankbar sein. Sie war für dich da, als ich es nicht war. Ich weiß, dass du es zu etwas Großem bringen wirst. Es ist nicht fair von mir, dich darum zu bitten, aber vielleicht denkst du ab und zu an mich. Erinnere dich an die guten Zeiten, die wir hatten, als du klein warst. Wir hatten es nicht leicht, aber ich weiß jetzt, zu spät, dass wir glücklich waren.

Ich bin stolz auf dich. Du bist das Beste, was ich je in meinem Leben gemacht habe, und auch das hätte ich fast vermasselt. Ich habe es vermasselt. Nochmals, es tut mir leid. Danke, dass du mir vergibst. Das war sicher nicht leicht, aber du weißt, dass es mir sehr viel bedeutet.

Ich bin einfach so müde, Ben. So verdammt müde. Ich kann nicht mehr kämpfen. Sei nicht traurig. Das ist es, was ich will. Ich will nur, dass der Schmerz aufhört. Geh und sei großartig, mein Sohn. Ich habe keinen Zweifel, dass du das sein wirst.

Ich hab dich lieb. Ich habe es dir nicht immer so gezeigt, wie ich es hätte tun sollen, und das werde ich immer bereuen.

In Liebe
Mom

Irgendwie war Emma Rowden in den Besitz einer tödlichen Dosis Methamphetamin gekommen. Soweit Jody wusste hatte sie die starke Droge noch nie vorher eingenommen. Aber sie hatte sich absichtlich die doppelte Dosis gespritzt, die selbst ein Schwerstsüchtiger normalerweise nehmen würde, um high zu werden.

Ben war zwar traurig gewesen, aber nicht wirklich überrascht. Er wusste, wie schwer seine Mutter zu kämpfen hatte, weil er sie immer wieder besucht hatte.

Jody sah zu, wie Ben dem Meer einen Luftkuss zuwarf, dann drehte er sich um und ging auf sie und Baker zu.

»Geht es dir gut?«, fragte Jody leise.

»Ja«, sagte Ben.

Es war offensichtlich, dass es ihm nicht gut ging, aber Jody sprach ihn nicht auf die Lüge an. Das Quartett ging schweigend die etwa vier Kilometer zurück zum Parkplatz, jeder in seinen Erinnerungen versunken ... guten und schlechten.

An diesem Abend blieb Tressa zum Essen. Die Stimmung hatte sich aufgehellt und sie spielten ein paar Runden Uno. Als Tressa nach Hause fuhr, um ihre Familie zu besuchen, war es schon spät. Ben würde am nächsten Nachmittag zurück nach Honolulu fahren. Er hatte vor, am Morgen mit Baker zu surfen und dann mit Tressa und ihrer Familie zu Mittag zu essen, bevor die Collegestudenten wieder zur Schule zurückkehrten.

Nachdem er sich verabschiedet hatte, ging Ben in sein Zimmer, das Jody nicht mehr verändert hatte, seit er vor zwei Jahren an die Universität gegangen war.

Baker ging ins Bett, nachdem er wie jeden Abend die Schlösser an Türen und Fenstern überprüft hatte. Jody seufzte zufrieden, als sie sah, wie er seine Routine erledigte. Ihr Mann hörte nie auf, sich um sie zu kümmern. Sie war heute noch genauso verliebt in ihn wie vor über zwei Jahren, als er sich weigerte, sie mit Ben allein im Haus zu lassen. Durch und durch beschützend, das war Baker.

Nachdem sie die Küche aufgeräumt hatte, machte Jody sich selbst auf den Weg ins Bett. Im Flur blieb sie vor Bens Tür stehen und klopfte leise.

»Ben? Bist du wach?«

»Ja.«

Jody öffnete die Tür einen Spalt und spähte hinein. Ben saß auf der Kante seines Bettes, immer noch in den Klamotten, die er den ganzen Tag über getragen hatte, und starrte auf den

Brief, den seine Mutter ihm geschrieben hatte. Jody brach fast das Herz.

Sie ging hinein, setzte sich neben ihn und legte einen Arm um seinen breiten Rücken. Sie sprach nicht, sondern umarmte den Jungen, den sie so lieb gewonnen hatte, als wäre er ihr eigener.

Ben drehte sich um, zog ein Knie auf die Matratze, schlang die Arme um Jody, vergrub seinen Kopf an ihrer Schulter und weinte.

Jody hielt ihn so fest wie möglich und tat, was sie konnte, um ihn zu trösten. Emma Rowden war keine gute Mutter gewesen. Sie hatte in dem Brief, den sie Ben geschrieben hatte, nicht gelogen. Sie hätte ihren Sohn beschützen müssen. Sie hätte alles tun sollen, was sie tun musste, um ihn in Sicherheit zu bringen. Und das hatte sie nicht getan. Aber das hieß nicht, dass sie ihn nicht liebte oder dass Ben sie nicht liebte.

Ben weinte mehrere Minuten lang an ihrer Schulter, bevor sein Schluchzen schließlich nachließ. Er setzte sich auf und wischte sich die Tränen mit dem Ärmel seines Hemdes ab. »Es tut mir leid«, murmelte er leise.

Jody legte ihre Hände auf sein Gesicht und schüttelte den Kopf. »Es muss dir nie leidtun, wenn du deine Gefühle zeigst, Ben. Das sollte dir *niemals* leidtun.«

Er nickte, und sie ließ ihre Hände sinken.

»Ich hab dich lieb«, sagte Jody zu ihm. Bens Blick begegnete dem ihren. »Du bist großartig und deine Mutter hatte recht, du wirst Großartiges in dieser Welt erreichen.«

»Danke«, sagte er. »Ich hab dich auch lieb, Miss Jody.«

Jody lächelte. Sie würde es nie leid werden, dass er sie so nannte.

»Geh schlafen. Baker wird dir morgen in den Wellen in den Hintern treten wollen.«

Ben rollte mit den Augen und wischte sich mit den Handflächen die Reste der Tränen von den Wangen. »Als ob.« Dann beugte er sich vor und umarmte Jody erneut. Eine lange, emotionale Umarmung. »Danke für alles. Ich meine es ernst.«

»Natürlich«, sagte Jody in sein Haar. »Ich habe es schon einmal gesagt und werde es sicher wieder sagen, aber was soll's. Ich bin zwar nicht deine leibliche Mutter, aber du bist wie ein Sohn für mich, und du wirst immer einen Platz bei uns haben, Ben. Für immer.«

Er nickte und zog sich zurück. Jody nahm das als ihr Zeichen zu gehen. Sie stand auf, drückte seine Hand und trat auf die Tür zu. Sie zog sie hinter sich zu und machte sich in dem Wissen, dass sie gleich durchdrehen würde, auf den Weg zu dem einen Menschen, der sie immer aufmuntern konnte.

In der Sekunde, in der Baker sie das Schlafzimmer betreten sah, warf er die Decke zurück und kam zu ihr.

Jody schmiegte sich an ihn, als würde sie in tausend Stücke zerspringen und er wäre der einzige Mensch, der sie zusammenhalten könnte. Ohne ein Wort zu sagen, führte er sie zum Bett und brachte sie irgendwie unter die Decke, ohne sie loszulassen.

Dann weinte Jody. Um Ben. Um Emma. Um den Schmerz, den sie beide erlitten hatten.

»Er wird schon wieder«, sagte Baker mit leiser Stimme, nachdem sie sich einigermaßen zusammengerissen hatte.

»Ich weiß«, murmelte Jody an der nackten Haut seiner Schulter.

»Er hat dich. Und mich. Und Tressa und ihre Familie.«

»Ich weiß«, wiederholte Jody. Dann sagte sie etwas grob: »Ich hoffe, Al verbringt eine schreckliche Zeit im Gefängnis.«

Baker lachte. »Es ist nicht gerade ein Fünf-Sterne-Ferienhaus, Tink.«

»Trotzdem. Ich will, dass er hungrig ist. Und friert. Und sich fragt, was er in seinem Leben falsch gemacht hat. Ich will, dass die anderen Gefangenen ihn wie Scheiße behandeln und dass er einsam ist und Angst hat, dass sich jede Sekunde jemand auf ihn stürzen könnte, solange er lebt.«

»Verdammt, Frau«, sagte Baker.

»Du hast Beziehungen. Du kannst das doch arrangieren, oder?«, fragte sie, wobei sie zu Baker aufsah.

»Das kann ich, aber ich muss es nicht. Er spürt das alles schon und noch mehr.«

»Ehrenwort?«, fragte Jody.

»Ehrenwort«, versicherte Baker ihr.

Jody nickte. Sie hatte nie nach seinen Beziehungen gefragt, aber wenn Baker sagte, dass Al Rowden litt, wusste sie ohne jeden Zweifel, dass er es tat. »Gut.«

»Blutrünstig«, murmelte Baker, als er sie wieder an sich drückte.

»Er hat Ben verletzt«, erwiderte sie einfach.

Und so einfach *war* es. Niemand verletzte die, die sie liebte. Sie würde alles tun, was nötig war, um Ben zu beschützen. Es spielte keine Rolle, dass er jetzt zwanzig Jahre alt war. Es würde auch keine Rolle spielen, wenn er dreißig oder vierzig wäre. Sie würde ihn immer beschützen wollen. »Ich liebe dich, Baker«, flüsterte sie an seiner Haut und fuhr mit einem Finger über eines der Tattoos auf seiner Brust.

»Ich liebe dich auch, Jodelle. Wirst du schlafen können?«

»Ja«, sagte sie mit einem leichten Nicken. »Und selbst wenn nicht, bist du da.«

»Verdammt richtig«, murmelte Baker.

Jody drückte ihren Mann und schickte ein stilles Gebet an Kaimana, in dem sie ihm dafür dankte, dass er Ben und Baker zu ihr geführt hatte. Sie war sich sicher, dass er dafür gesorgt hatte, dass sie in ihr Leben traten. Sie schlief in den Armen des Mannes ein, den sie liebte, und zweifelte nicht im Geringsten daran, dass er sie ebenso sehr liebte.

Vier Jahre später

Jody war so stolz auf Ben, dass sie dachte, sie würde platzen.

Heute war seine Abschlussfeier an der Universität von Hawaii und er würde direkt auf die Graduiertenschule gehen, um Meeresbiologie zu studieren. Jody wusste, dass er alle seine Ziele erreichen und sein Leben mit der Arbeit am Meer verbringen würde, das er schon in jungen Jahren zu lieben gelernt hatte.

Sie und Baker waren nach Honolulu gekommen und hatten die Nacht zuvor in einem Hotel verbracht, um sich nicht durch den morgendlichen Verkehr zu kämpfen und zu riskieren, zu spät zur Zeremonie zu kommen. Baker hatte ihnen eine Suite mit Meerblick gegönnt, und obwohl sie sich nicht jeden Tag liebten, nicht einmal annähernd, hatten sie letzte Nacht die Hände nicht voneinander lassen können.

Ihr Mann gab ihr immer noch das Gefühl, die schönste Frau der Welt zu sein, auch wenn sie in den letzten Jahren ein paar Pfunde zugenommen hatte. Er betete jeden Zentimeter ihres Körpers an, flüsterte ihr Worte der Bewunderung und des Lobes zu, während er sie mit seinem Mund und seinen Fingern zum Höhepunkt brachte, bevor er in sie eindrang und sie ein weiteres Mal zum Orgasmus brachte, während er sein eigenes Vergnügen bekam.

Sie wollten gerade aufbrechen, als ein Klopfen an der Hoteltür Jody überraschte, da sie niemanden erwartet hatte.

Baker schien nicht im Geringsten erschrocken zu sein, als er hinüberging und die Tür öffnete. Ben kam herein – und Jody konnte nicht anders, als die Stirn zu runzeln.

»Was ist los? Ich dachte, du gehst mit Tressa zu der Zeremonie?«

»Tue ich auch. Aber ich wollte erst mit dir reden«, antwortete Ben.

Das verringerte Jodys Nervosität nicht gerade. Sie schaute Baker besorgt an, aber sein Gesichtsausdruck war leer. »Ooookay«, sagte sie nervös.

Ben warf einen Blick auf Baker, und ihr Mann nickte ihm beruhigend zu. Das war das erste Anzeichen dafür, dass Baker wusste, was los war.

»Komm, setz dich«, drängte Ben sanft.

Jody setzte sich auf die Couch in der inständigen Hoffnung, dass sie nichts Schlimmes hören würde. Zum Beispiel, dass Ben seinen Abschluss nicht geschafft hatte oder dass er und Tressa sich getrennt hatten – was Jody das Herz brechen würde – oder dass er sich einem Wanderzirkus anschloss oder so.

Zum ersten Mal bemerkte sie, dass Ben ein Stück Papier in der Hand hielt. Er starrte darauf hinunter und fingerte nervös daran herum, bevor er tief durchatmete und ihr in die Augen schaute.

»Ich habe mit Baker darüber gesprochen und er hielt es für eine gute Idee. Aber wenn du das nicht so siehst, wenn du nicht glücklich bist, musst du ehrlich zu mir sein. Für mich ist es so oder so in Ordnung ... aber ich wollte nur etwas tun, um dir zu zeigen, wie viel du mir bedeutest.«

Und schon beruhigte Jody sich und konzentrierte sich darauf, Ben zu beruhigen. Sie hasste es, ihn so nervös zu sehen. Sie streckte eine Hand aus und legte sie auf seine. »Was auch immer es ist, es wird alles gut«, sagte sie sanft.

Bens Lippen zuckten. »Du weißt nicht einmal, was ich sagen werde, und versuchst, mich zu trösten.«

Jody zuckte mit den Schultern. Das tat sie. Sie konnte es nicht leugnen.

»Gut, also ... du weißt, dass ich Rowdens Namen nicht angenommen habe, als meine Mutter ihn heiratete. Es war nicht wirklich meine Entscheidung, meine Mutter hat nur nie den Papierkram erledigt, um ihn zu ändern, und das Arschloch, das sie geheiratet hat, wollte mich nicht adoptieren. Also habe ich den Mädchennamen meiner Mutter behalten. Sie hat mir nie gesagt, wer mein leiblicher Vater war, und er hat mir auch nie wirklich etwas bedeutet. Aber ich habe nachgedacht ... und mir kam eine Idee. Es mag dumm sein und dir vielleicht nicht gefallen, aber ... ich dachte, ich ändere meinen Nachnamen in Spencer.«

Jeder Muskel in Jodys Körper spannte sich an. Sie blinzelte, weil sie nicht sicher war, ob sie ihn richtig verstanden hatte.

»Wie gesagt, ich habe mit Baker gesprochen und er hat mir erzählt, dass du deinen Nachnamen nicht ändern wolltest, als ihr geheiratet habt, wegen Kaimana. Denn das war sein Nachname, und du hattest das Gefühl, einen Teil von ihm zu verlieren, wenn du deinen Namen in Rawlins änderst. Und da du die einzige Mutter bist, die ich noch habe, habe ich mich gefragt, ob du vielleicht bereit wärst, dass ich deinen und Manas Namen teile. Wenn ich heirate, hoffe ich, dass meine Frau ihren Nachnamen in meinen ändern wird. Und unsere Kinder werden ihn auch haben. Ich habe den Papierkram ausgefüllt.« Er deutete auf das Stück Papier in seiner Hand. »Aber ich habe es noch nicht eingereicht, weil ich erst deine Erlaubnis und deinen Segen haben wollte.«

Bens Worte waren am Ende etwas übereilt, als wäre er sich nicht sicher, wie sie reagieren würde, und als wollte er erst sein ganzes Argument vorbringen, bevor sie Nein sagte.

Aber Jody hatte nicht die Absicht, Nein zu sagen. In ihrem ganzen Leben hatte noch niemand etwas für sie getan, das sie so tief berührte. Baker hatte kein Problem damit gehabt, dass sie Spencer als Nachnamen behielt, aber die Vorstellung, dass Ben ihren Namen annehmen wollte, machte sie sprachlos.

Sie starrte den jungen Mann vor ihr einen Moment lang an, dann brach sie in Tränen aus.

Ben sah erschrocken aus, aber Baker zögerte nicht. Er setzte sich auf Jodys andere Seite und zog sie an sich. Jody lehnte sich an ihn, während ihr Körper durch die Wucht ihres Schluchzens bebte.

»Mein Gott, Tink. Atme durch.«

Sie versuchte es, aber Jody war einfach überwältigt.

»Ist das ein Ja? Oder ein Nein?«, fragte Ben zögerlich.

Jody zog sich aus Bakers Armen und warf sich in Bens. »Ja! Oh mein Gott, ja! Ich kann nicht ... das ist ... ich weiß nicht, was ich sagen soll!«

Ben umarmte sie fest und gab sie dann sanft an Baker zurück, als wüsste er nicht, was er mit einer weinenden Frau anfangen sollte.

Es dauerte noch ein paar Minuten, bis sie sich völlig unter Kontrolle hatte, aber Jody konnte nicht aufhören zu lächeln. Nicht in ihren kühnsten Träumen hätte sie sich diesen Moment vorstellen können.

»Ich werde den Papierkram dann nächste Woche einreichen«, sagte Ben, der wesentlich entspannter und wieder wie er selbst klang, als er aufstand.

Baker zog Jody auf die Füße, wobei er einen Arm um ihre Taille legte.

»Du solltest jetzt besser gehen«, sagte er zu ihm. »Du willst doch nicht deine eigene Abschlussfeier verpassen.«

»Stimmt«, erwiderte Ben. Er umarmte Jody erneut. »Ich

liebe dich, Miss Jody«, sagte er leise. Dann zog er sich zurück und machte sich auf den Weg zur Tür.

Jodys Augen füllten sich erneut mit Tränen, aber sie kämpfte dagegen an. Heute war ein glücklicher Tag, und sie wollte nicht mehr weinen. Als die Tür sich hinter Ben schloss, drehte Jody sich zu Baker um. »Ich kann nicht glauben, dass du davon wusstest und mich nicht gewarnt hast!«, rief sie, wobei sie ihm einen leichten Klaps auf die Brust gab.

Baker grinste. »Er wollte, dass ich es für mich behalte. Also habe ich es getan«, entgegnete er schlicht.

Das war so typisch für ihren Mann. Er hatte ihr vor Jahren versprochen, dass seine Geheimnisse und das, was er tat, sie nie berühren würden, und das hatten sie auch nicht getan. Kein einziges Mal. Letzten Monat hatte er sich von seinem Job bei der Regierung zurückgezogen. Es hatte länger gedauert als ursprünglich beabsichtigt, aber er würde nicht mehr nach Übersee reisen, um ruchlose Leute zu »besuchen«, um Geschäfte zu machen und Informationen auszutauschen. Er nutzte zwar immer noch das Dark Web, um Informationen zu sammeln, aber Jody war erleichtert, dass er diese Reisen nicht mehr machen musste.

»Ich glaube, du solltest dein Make-up in Ordnung bringen, bevor wir gehen«, sagte er sanft zu ihr.

Jody kicherte. Sie war sich sicher, dass sie furchtbar aussah. Sie stellte sich auf die Zehenspitzen und küsste Baker. Es war kein kurzer Kuss. Als sie sich zurückzog, atmeten sie beide schwer. Baker warf einen Blick auf das Bett und Jody lachte laut auf. »Dafür ist jetzt keine Zeit, tut mir leid«, neckte sie ihn.

»Ich bin froh, dass wir noch eine Nacht bleiben«, sagte Baker achselzuckend und mit einem Grinsen, das Jodys Körper kribbeln ließ. »Geh schon, Tink. Wir müssen los, damit wir einen guten Platz bekommen.«

Sie nickte, nahm Bakers Hand, küsste die Handfläche und machte sich auf den Weg ins Bad. Als sie kurz vor der Tür zurückblickte, sah sie, dass Baker sich nicht bewegt hatte. Er stand immer noch dort, wo sie ihn zurückgelassen hatte, und starrte sie mit einem Lächeln im Gesicht an. Als er ihren Blick bemerkte, hob er leicht das Kinn an.

Jody konnte nur zurücklächeln und sich zum viermillionsten Mal darüber wundern, wie viel Glück sie hatte.

Sechs Jahre später

»Also, nach sechs Jahren ...« sagte Elodie, hielt dann inne und sah zu ihrem Mann auf, der hinter ihr stand, die Arme um ihre Taille und das Kinn auf ihre Schulter gelegt, »sind wir endlich schwanger!«, verkündete sie.

Alle drehten durch. Sie schrien und jubelten, umringten Elodie und Mustang und umarmten sie überschwänglich.

Jody lehnte sich zurück und betrachtete die Szene mit einem breiten Grinsen im Gesicht.

»Sie sind wirklich glücklich«, sagte Baker hinter ihr. Er stand genauso wie Mustang da, sein Kinn auf ihrer Schulter, seine Hände um ihren Bauch gelegt.

»Ja«, stimmte Jody zu.

»Aber Mustang hat eine Heidenangst«, fügte Baker hinzu.

Jody blickte zu ihrem Mann auf. »Du hast es gewusst?«

Er hob nur eine Augenbraue als Antwort.

»Natürlich wusstest du es«, antwortete Jody auf ihre eigene Frage.

»Drillinge«, sagte Baker leise.

Jody drehte sich in seinen Armen. »Im Ernst?«

»Ja. Es wird eine Risikoschwangerschaft sein. Nach vier Jahren Fruchtbarkeitsbehandlungen war dies ihr letzter Versuch, bevor sie sich für eine Adoption entschieden hätten. Die Ärzte haben sechs Embryonen eingepflanzt in der Hoffnung, dass wenigstens einer von ihnen lebensfähig ist.«

»Drei«, hauchte Jody. »Heiliger Strohsack.«

Baker lachte und seine Brust vibrierte unter ihren Händen. »Ja.«

Sie standen mitten auf der Wiese hinter den Coral Springs Condos. Kenna und Aleck wohnten mit ihrem inzwischen fünfjährigen Sohn immer noch in der gleichen Wohnung. Sie trafen sich immer noch regelmäßig, und jetzt, da alle Kinder hatten, waren die Treffen verrückter denn je.

Lexies Sohn war fast drei und ihre Tochter war jetzt vier Jahre alt, und Letztere war mit Kennas Sohn befreundet. Monica und Pid hatten zwei Töchter und einen Sohn, der letztes Jahr geboren worden war, und beide behaupteten, dass sie keine weiteren Kinder mehr haben wollten. Carlys Tochter war viereinhalb und ihr Sohn sechs Monate alt. Ashlyn und Slate hatten in den letzten vier Jahren mehr als zwei Dutzend Kinder zur Pflege aufgenommen und gerade die Adoption ihrer jüngsten Pflegekinder abgeschlossen, ein Geschwisterpaar im Alter von zehn und acht Jahren.

Jedes Treffen, das sie jetzt hatten, war voller Lachen, manchmal voller Tränen und viel, viel Liebe. Und während alledem hatten Elodie und Mustang gelächelt, Gesichter sauber gewischt, Kleinkindern hinterhergejagt und jedermanns Kinder so behandelt, als wären es ihre eigenen. Aber Jody und alle anderen wussten, wie schwer es für das Paar war. Sie hatten sich schon so lange Kinder gewünscht, aber es war nicht dazu gekommen.

Sie hatten vier Jahre lang Fruchtbarkeitsbehandlungen über sich ergehen lassen, und die Enttäuschungen waren so groß gewesen, dass Jody anfing, sich Sorgen um Elodies geistige Gesundheit zu machen. Deshalb war die Nachricht, dass sie endlich schwanger war, überwältigend und freudig.

»Ich freue mich so für sie«, sagte Jody. »Aber drei? Auf einmal? Oje!«

»Das habe ich auch schon gedacht. Gut, dass sie viele Freunde haben, die auf sie aufpassen und ihnen helfen, wenn es zu verrückt wird.«

Jody nickte, während sie bereits überlegte, was sie tun könnte, um dem Paar zu helfen.

»Sollte ich mir Sorgen machen, dass sich die Räder in deinem Kopf drehen?«, murmelte Baker.

Jody lächelte zu ihm auf. »Vielleicht«, antwortete sie ehrlich.

»Wenn es irgendetwas in meinem Leben gibt, das ich

bereue, dann, dass ich dir keine Kinder geschenkt habe«, sagte Baker.

Jodys Herz schmolz dahin. »Es wären wunderschöne Kinder geworden«, flüsterte sie.

»Ja«, stimmte Baker zu. »Aber das Gute daran, dass unsere Freunde die Kinder haben und wir nicht, ist, dass wir sie am Ende des Tages zurückgeben können, wenn sie launisch, überzuckert oder erschöpft sind.«

»Oh ja, da stimme ich dir zu«, sagte Jody.

»Kommt her, ihr zwei!«, rief Lexie. »Wir machen ein Gruppenfoto!«

»Was glaubst du, wie lange es diesmal dauern wird?«, fragte Jody Baker leise, als sie sich zu der Gruppe gesellten. Sie hatten damit begonnen, jedes Mal wenn sie zusammenkamen, ein Gruppenfoto zu machen. Jody hatte vergessen, wer es vorgeschlagen hatte, aber alle waren sich einig, dass sie die Fortschritte ihrer »kleinen Familie« dokumentieren wollten.

»Zu verdammt lange«, erwiderte Baker leise.

Jody konnte sich ein Lachen nicht verkneifen. Alle dazu zu bringen, stillzustehen und in die gleiche Richtung zu schauen, war ein fast unmögliches Unterfangen, aber gerade das machte die Bilder so toll. Es gab immer ein weinendes Baby oder jemanden, der in die andere Richtung schaute oder ein komisches Gesicht machte.

Als sie sich zusammenstellten, hatte Jody die Gelegenheit, einen Moment mit Elodie zu sprechen. Sie umarmte sie fest. »Ich freue mich so für dich«, sagte sie zu ihr.

»Ich mich auch«, antwortete Elodie. »Aber was ist, wenn –«

»Nein. Keine Was-wäre-wenns. Immer positiv denken«, schimpfte Jody.

»Du klingst wie Scott«, sagte Elodie lächelnd.

»Ich hielt deinen Mann schon immer für einen klugen Mann«, scherzte Jody.

Elodie umarmte sie erneut. Dann flüsterte sie ihr ins Ohr: »Es sind Drillinge.«

Jody lächelte. »Ich weiß«, flüsterte sie zurück.

Elodie verdrehte die Augen. »Ich hätte es wissen müssen. Baker weiß *alles*.«

Sie nickte. »Dir wird es gut gehen. Und deinen Babys auch. Denk an meine Worte.«

»Also gut, Leute! Lächelt in die Kamera!«, rief Kenna.

Jody hatte Mitleid mit Robert, der sich endlich von seiner Arbeit als Portier in Coral Springs zurückgezogen hatte, aber von Kenna immer noch zu ihren Treffen eingeladen wurde. Er genoss es, eine Art Großvaterfigur für die Kinder zu sein, und zögerte nie, sich freiwillig für die Gruppenfotos zur Verfügung zu stellen. Theo war auch da, etwas abseits, und zeichnete wie immer. Es überraschte niemanden, dass er sich so gut mit den Kindern verstand. Er duldete es, dass sie seine Zeichenstifte und sein Papier benutzten, aber die Erwachsenen versuchten meist, Buntstifte und ihr eigenes Papier mitzubringen, damit die Kinder Theo nicht zu sehr störten.

Baker stellte sich hinter Jody und nahm sie wieder in den Arm. Er seufzte ihr ins Ohr, während das übliche Chaos begann und Robert versuchte, alle gleichzeitig zum Lächeln zu bringen.

Jody hatte kein Problem damit zu lächeln. Sie liebte ihr Leben. Sie liebte ihre Freunde. Ab und zu war sie traurig, weil Kaimana nicht hier war, um alle kennenzulernen, aber Baker schien zu wissen, wann sie niedergeschlagen war, und tat alles in seiner Macht Stehende, um sie aufzuheitern. Aber im Moment war Jody zufrieden. Sie schaute zu Baker auf, der eine Hand an die Seite ihres Kopfes legte und sich vorbeugte, um sie zu küssen.

In diesem Moment wurde das Bild ihres Treffens aufgenommen. Mit Jody und Baker, die sich küssten, der Hälfte der Kinder, die nicht in die Kamera schauten, Carlys Kleinkind, das sich die Seele aus dem Leib schrie, und Elodie und Midas, die beide die Augen geschlossen hatten. Als Jody das Bild am nächsten Tag sah, nachdem Kenna es per E-Mail an die Gruppe geschickt hatte, lachte sie sich kaputt und druckte es sofort aus, um es an ihre Wand zu hängen.

Zehn Jahre später

. . .

Baker stand an der Wand der Empfangshalle und sah zu, wie Jodelle mit Ben den Mutter-Sohn-Tanz tanzte. Die letzten zehn Jahre waren voller Lachen, aber auch voller Meinungsverschiedenheiten, hier und da ein wenig Angst und mehr Liebe gewesen, als er in all seinen zweiundsechzig Jahren zusammen jemals empfunden hatte.

Gott, wie war er nur in die Sechziger gekommen? An den meisten Tagen fühlte er sich keinen Tag älter als dreißig ... okay, vielleicht vierzig. Aber nicht zweiundsechzig. Ab und zu ging er noch surfen, aber die meiste Zeit saß er mit Jodelle am Strand und beobachtete ihre Schützlinge.

Natürlich hatten die Jugendlichen sich im Laufe der Jahre verändert, aber es gab immer noch Teenager, die sie beim Surfen in den manchmal gefährlichen Gewässern im Auge behalten mussten. Jodelle arbeitete immer noch als Grafikdesignerin, und sie war verdammt gut darin. Baker war immer wieder erstaunt über ihre Kreativität und darüber, wie sie so komplizierte und schöne Grafiken für ihre Kunden erstellen konnte.

Was ihn anging, so glaubte Baker nicht, dass er jemals ganz aufhören könnte, nach Informationen über Menschen zu graben. Die Befriedigung, die er empfand, wenn er etwas fand, um jemandem zu helfen oder einen Bösewicht zur Strecke zu bringen, ließ nie nach. Heutzutage gab er jede Information, die er ausfindig machte, an jemand anderen weiter, aber er hatte immer noch viele Verbindungen in der Welt.

Jodelle sah heute Abend strahlend aus. Das tat sie in seinen Augen aber immer. Egal ob sie das bodenlange, fließende Brautmutterkleid trug, das sie gerade anhatte, oder ob sie in Shorts und Trägerhemd auf dem Picknicktisch am Strand saß, oder ob sie gar nichts anhatte, während sie ganz in seinen Armen lag. Er liebte sie so sehr, dass es fast beängstigend war. Baker würde nichts in seinem Leben ändern, wenn er dadurch genau da landen würde, wo er in diesem Moment war.

Das Ehegelübde von Ben und Tressa war herzlich und bewegend gewesen und die Party war in vollem Gange. Jodelle hatte den ganzen Abend gestrahlt, und das konnte er ihr nicht verdenken. Als das Paar als Ben und Tressa Spencer angekündigt worden war, drehte Jodelle durch, drehte sich zu ihm um und weinte an seiner Schulter.

Ben hatte einen fantastischen Job bei einer Forschungsfirma für Meeresbiologie und Tressa arbeitete als Anwaltsgehilfin in einer der vielen Anwaltskanzleien der Stadt. Sie waren vor zwei Jahren zusammengezogen, gleich nachdem er ihr einen Antrag gemacht hatte. Baker wusste aus Insiderkreisen, dass Tressa ein Kind erwartete, und er konnte es kaum erwarten, dass Jodelle es erfuhr. Sie würde eine tolle Großmutter sein, wenn man bedachte, wie sehr sie sich um die dreieinhalbjährigen Drillinge von Elodie kümmerte.

Baker verspürte kein Verlangen, auf der Tanzfläche zu stehen, aber er liebte es, seine Frau lachen und mit Bens jüngeren Freunden tanzen zu sehen. Der Fotograf, den Ben und Tressa angeheuert hatten, übertrieb es ein wenig mit all den Fotos, aber Baker hatte keinen Zweifel daran, dass Jodelle jedes einzelne davon in Ehren halten würde.

Ihr kleines Haus war voll von Bildern. Jeder Zentimeter der Wände war mit Fotos bedeckt, und auf jeder freien Fläche waren kleine Bilderrahmen aufgestellt. Ältere Bilder von Kaimana und Jodelle, Fotos von ihrer eigenen Hochzeit, Bilder von den Kindern ihrer Freunde und so viele Gruppenfotos, wie Jodelle nur unterbringen konnte. Es gab auch Aufnahmen von Ben und Jodelle, Ben und Tressa und sogar von Ben und Baker. Egal wo er sich in ihrem Haus umdrehte, Baker sah sich Liebe und glücklichen Erinnerungen gegenüber.

Es verging kein Tag, an dem er nicht bedauerte, Jodelle nicht schon früher kennengelernt zu haben, aber er tat sein Bestes, um jeden Moment mit ihr in vollen Zügen zu genießen. Er konnte nicht zurückgehen, um etwas in seinem Leben zu ändern, aber er konnte verdammt gut dafür sorgen, dass Jodelle ohne jeden Zweifel wusste, dass sie geliebt wurde.

Für den Rest des Abends achtete Baker darauf, dass seine Frau viel Wasser trank und ihr Sektglas nie leer wurde. Am Ende des Abends hatte Jodelle ihre Stöckelschuhe unter dem Tisch abgelegt, ihre Haare waren aus der kunstvollen Hochsteckfrisur vom Morgen gefallen und ihre Wangen waren vom Tanzen und dem Alkoholkonsum gerötet.

Ben und Tressa waren vor einer Stunde abgereist, und jetzt wollte Baker seine Frau in ihr Hotelzimmer bringen. Sie trank nicht viel, aber wenn sie es tat, verlor sie alle Hemmungen – und wurde im Bett absolut unersättlich. Baker war mehr als bereit, diesen Teil des Abends zu beginnen.

Auf dem Weg zu ihrem Hotel kuschelte sie sich im Taxi an ihn, schmiegte sich an seine Seite, als sie mit dem Aufzug zu ihrem Zimmer fuhren, und sobald sie allein waren, griff sie nach seiner Krawatte.

So sehr Baker auch den Gedanken ausleben wollte, den er den ganzen Abend über gehabt hatte, indem er ihr den Reißverschluss öffnete und zusah, wie sich der Stoff an ihren Füßen sammelte, wollte er ihr das Geschenk überreichen, das Ben ihm gegeben hatte. Ben kannte Jodelle gut. Er wollte nicht, dass sie auf dem Empfang weinte ... noch mehr, als sie es schon während der Hochzeit getan hatte.

»Lass mal kurz los, Tink. Ich muss dir etwas geben«, sagte er.

Sie grinste und ließ ihre Hand über seine Brust in Richtung seines Schwanzes gleiten. »Ich weiß, was du mir geben kannst«, erwiderte sie anzüglich.

Baker lachte, ergriff ihre Hand und zog sie zu der kleinen Couch im Zimmer hinüber. Er setzte sich mit ihr hin und griff nach dem eingepackten Rahmen, den Ben ihm zuvor gegeben hatte. Er wusste, was drin war, und war auf Jodelles Tränen gefasst, wenn sie es sah.

Sie grinste, als sie das Geschenk erblickte, und griff eifrig danach. Seine Frau war ein Fan von Geschenken. Er tat sein Bestes, um ihr so viele Geschenke wie möglich zu machen, einfach nur, weil es ihm Spaß machte, ihr beim Auspacken zuzusehen.

Sie riss das weiß-cremefarbene Geschenkpapier auf, während Baker sprach. »Es ist von Ben. Er hat Theo ein Bild von unserer eigenen Hochzeit gegeben und ihn gebeten, es für dich in eine Zeichnung zu verwandeln.«

Erstaunlicherweise war Theo Merkl zu einem der begehrtesten Künstler in Honolulu geworden. Vor Jahren hatte Lexie angefangen, einige seiner Zeichnungen zu verkaufen, um ihm etwas Taschengeld zu verschaffen. Sie hatte damit begonnen, zehn von ihnen zu einem Straßenfest mitzunehmen – und sie alle innerhalb von dreißig Minuten verkauft. Seitdem war seine Popularität exponentiell gewachsen. Der Mann hatte eine unheimliche Fähigkeit, extreme Emotionen in seinen Werken darzustellen.

Er zeichnete nicht des Geldes wegen, denn er hatte kein Verständnis für das Konzept des Sparens und dafür, was es bedeutete, reich oder arm zu sein. Er war glücklich, sein Leben so zu führen, wie er es immer getan hatte. Lexie und Midas hatten ein Konto für Theo eröffnet und seine Einkünfte investiert. Dadurch würde er nie wieder obdachlos werden.

Es gab eine Warteliste für seine Kreationen, aber Theo liebte es mehr als alles andere, für seine Freunde zu zeichnen. Als Ben ihn ausfindig gemacht und ihm das Bild von Miss Jody gegeben hatte, die mit ihrem frisch angetrauten Ehemann im strömenden Regen stand und ihn mit der ganzen Liebe in den Augen ansah, die sie für ihn empfand, hatte Baker keinen Zweifel daran gehabt, dass Theo sich vermutlich darüber freute, diesen Moment zu rekreieren.

Baker beobachtete, wie sich Jodelles Augen mit Tränen füllten, als sie auf die Zeichnung starrte. Sie strich mit den Fingern ehrfürchtig über das Glas, bevor sie mit feuchten Augen zu ihm aufsah.

»Das sind wir«, sagte sie unnötigerweise.

Baker nickte und zog sie an seine Seite, während er das Bild betrachtete. Er hatte es noch nicht gesehen und war jetzt genauso beeindruckt wie jedes Mal, wenn er eine von Theos Zeichnungen sah. Der Mann war ein Meister. Er mochte zwar geistig minderbemittelt sein, aber sein Talent war unvergleichlich.

»Aber sieh mal, es ist verschmiert«, sagte Jodelle mit einem Stirnrunzeln. Sie fuhr mit dem Daumen über einen auffälligen Fleck auf dem Kunstwerk. Er befand sich direkt über ihrer Schulter, und selbst durch die Regenbögen, die Theo gezeichnet hatte, war er gut zu sehen.

Ihm fiel etwas im Geschenkpapier auf dem Couchtisch vor ihnen auf, das Jodelle in ihrem Überschwang, das Geschenk zu öffnen, weggeworfen hatte.

Er hob den kleinen Umschlag auf und reichte ihn Jodelle. Sie legte das gerahmte Bild auf ihren Schoß und öffnete ihn. Sie zog ein Stück Papier heraus und las den Inhalt laut vor.

»Miss Jody, ich dachte mir, dass an meinem Hochzeitstag eine Erinnerung an deinen eigenen Ehrentag angebracht ist. Ich kann nur hoffen, dass Tressa und ich uns genauso innig lieben wie du und Baker. In Liebe, Ben. PS: Ich habe Theo nach dem Fleck auf der Zeichnung gefragt und er hat mir gesagt, dass er jedes Mal, wenn er in deiner Nähe ist, eine kleine ›schwebende Nebelkugel‹ in deiner Nähe sieht. Er sagte, dass er sie in alle Zeichnungen einfügt, die er von dir macht. Mir ist es noch nie aufgefallen, aber wenn Theo sagt, dass es da ist, bin ich mir sicher, dass es so ist.«

Jodelle schaute Baker verwirrt an. »Ist es dir auf seinen anderen Zeichnungen aufgefallen?«, fragte sie.

Als Antwort zückte Baker sein Handy. Er hatte von jeder Zeichnung, die Theo ihnen gegeben hatte, ein Foto gemacht. Sie waren so gut, dass er sie überall ansehen wollte, nicht nur, wenn er zu Hause war. Er öffnete eine von Jodelle, die Elodies Drillinge hielt. Ihre Arme waren offensichtlich voll, aber ihr Kopf war nach hinten geworfen, als sie hysterisch über etwas lachte, das jemand gesagt hatte. Als Baker genauer hinsah, entdeckte er einen kleinen Fleck in der Nähe ihres rechten Ellbogens, der ihm vorher noch nie aufgefallen war. Er wies Jodelle darauf hin und scrollte dann zum nächsten Bild.

Es zeigte Jodelle mit ihrem Arm um Ben. Sie saßen an ihrem Picknicktisch am Strand. Das Bild war von hinten gezeichnet, und tatsächlich war ein kleiner Fleck in der Nähe ihres Knöchels am unteren Rand des Bildes zu sehen.

Auf jedem einzelnen Bild, das Baker sich ansah, hatte Theo diesen kleinen Fleck eingezeichnet. Sie befanden sich alle in der Nähe ihrer Arme oder Beine, was wahrscheinlich der Grund dafür war, dass Baker es vorher nicht bemerkt hatte. Er konzentrierte sich immer auf das Glück und die Liebe in Jodelles Augen und Gesicht.

Er nahm die neueste Zeichnung, die Theo ihnen gegeben hatte, in die Hand und starrte einen Moment lang auf den Fleck – dann füllten sich seine Augen plötzlich mit Tränen.

Jodelle entging seine Reaktion nicht. »Baker?«, fragte sie besorgt und legte eine Hand auf seinen Oberschenkel.

Als er sich zu seiner Frau umdrehte, flüsterte Baker: »Es ist Kaimana.«

»Was?«, fragte Jodelle verwirrt.

Baker fuhr noch einmal mit dem Daumen über den Fleck. »Ich weiß, das klingt verrückt, aber ich glaube, das ist Mana. Er hat über dich gewacht.«

Jodelle schaute ihn erstaunt an. »Das hört sich nicht verrückt an«, sagte sie. »Ich spüre ihn manchmal. Aber ich dachte, alle würden sagen, dass ich nur eine trauernde Mutter bin.«

Eine Träne lief Baker über die Wange und Jodelle wischte sie mit dem Daumen weg.

Dann stützte sie sich auf der Couch auf die Knie und küsste seine Wange. »Nicht weinen, Baker. Nicht deswegen. Ich habe immer gespürt, dass er in der Nähe ist. Ich finde es großartig, dass Theo das bestätigt hat.«

Baker tat sein Bestes, um seine Gefühle unter Kontrolle zu bringen. Nur diese Frau konnte diesen Teil von ihm zum Vorschein bringen. Er nickte ihr zu.

»Geht es dir gut?«, fragte sie.

Baker seufzte und küsste sie kurz. »Ja, Tink. Mir geht's gut.«

»Heißt das, wir können uns jetzt ausziehen?«

Baker lachte prustend. Als Antwort stand er auf, wobei er Theos Zeichnung vorsichtig auf den Tisch legte. Er nahm sich die Zeit, den Fleck zu berühren und Kaimana eine stille Botschaft zu schicken, in der er ihm noch einmal schwor, immer auf seine Mama aufzupassen, bevor er sich umdrehte, Jodelle auf den Arm nahm und zum Bett ging.

Sie schlang die Arme um ihn und kicherte. Er legte sie auf die Matratze und schob eine Hand in ihren Nacken. Sie ließ ihre Hände auf seiner Brust ruhen und schaute zu ihm auf.

»Hast du dich heute Abend amüsiert, Jodelle?«

Sie seufzte. »Oh ja. Tressa war wunderschön. Und Ben sah so gut aus in seinem Smoking. Ich freue mich so für sie.«

»Und wie fühlst du dich?«

Sie rümpfte die Nase. »Inwiefern?«

»Körperlich, Tink«, antwortete er grinsend. »Ist dir übel?«

»Oh. Nein. Beschwipst, ja. Geil, definitiv. Übel? Nein.«

»Okay, gut. Ich habe eine Schachtel Pop-Tarts für morgen früh in meiner Tasche«, informierte er sie.

Jodelle strahlte ihn an. »Man sollte meinen, dass ich da inzwischen rausgewachsen bin.«

Baker zuckte mit den Schultern. »Wenn du das tust, lass es mich wissen. Sonst bringe ich sie dir immer mit.«

»Du stehst immer hinter mir«, sagte Jodelle leise.

»Auf jeden Fall«, bestätigte Baker.

Dann schockte Jodelle ihn, indem sie den Kopf zurückwarf und sagte: »Wenn du hier bist, Mana, wird es Zeit, dass du für eine Weile gehst. Ich werde mit meinem Mann schlafen, und dafür brauche ich dich *nicht* in der Nähe.«

Baker lachte, aber als Jodelles Blick seinen traf, wurde er nüchtern.

»Ich liebe dich, Jodelle Spencer. So verdammt sehr, das weißt du gar nicht.«

»*Doch*, ich weiß es«, erwiderte sie. »Weil ich dich genauso liebe, Baker Rawlins.« Dann griff sie nach dem Reißverschluss an ihrem Rücken.

Baker hielt sie sofort auf, indem er ihre Hand ergriff und den Reißverschluss selbst öffnete. »Davon träume ich schon den ganzen Abend, du wirst es mir nicht verwehren«, sagte er streng.

»Dann fang an«, forderte Jodelle.

»Mit Vergnügen.« Dann machte Baker sich daran, seine Frau zu lieben.

*

Vielen Dank, dass Sie die Reihe »Die SEALs von Hawaii« gelesen haben. Ich hatte schon immer eine Schwäche für den Staat Hawaii. Ich bin mir sicher, dass Sie Baker auch in zukünftigen Büchern wiedersehen werden, denn ich habe das Gefühl, dass er wie Tex ist ... er mischt sich immer in die Angelegenheiten anderer Leute ein.

Und keine Sorge ... in meinem Kopf lauern noch mehr Navy SEALs, die ungeduldig darauf warten, dass ihre Geschichten erzählt werden.

Seien Sie nett. Lesen Sie weiter. Und bleiben Sie stark.

BÜCHER VON SUSAN STOKER

BIOGRAFIE

Susan Stoker ist die New York Times, USA Today und Wall Street Journal Bestsellerautorin der Buchreihen »Badge of Honor: Texas Heroes«, »SEAL of Protection«, »Die Delta Force Heroes« und einigen mehr. Stoker ist mit einem pensionierten Unteroffizier der US-Armee verheiratet und hat in ihrem Leben schon überall in den Vereinigten Staaten gelebt – von Missouri über Kalifornien bis hin zu Colorado. Zurzeit nennt sie die Region unter dem großen Himmel von Tennessee ihr Zuhause. Sie glaubt ganz und gar an Happy Ends und hat großen Spaß daran, Geschichten zu schreiben, in denen Romantik zu Liebe wird.

Besuchen Sie Susan im Netz!
www.stokeraces.com
facebook.com/authorsusanstoker
twitter.com/Susan_Stoker
bookbub.com/authors/susan-stoker
instagram.com/authorsusanstoker
Email: Susan@StokerAces.com

www.ingramcontent.com/pod-product-compliance
Lightning Source LLC
Chambersburg PA
CBHW060314100726
47907CB00002B/397